BASTEI
LÜBBE

A.J. Holt

# Internet Kill

Ins Deutsche übertragen
von Joachim Honnef

BASTEI
LÜBBE

BASTEI-LÜBBE-TASCHENBUCH
Band 25 340

Originaltitel:
Watch me

Deutsche Lizenzausgabe 1997
Bastei-Verlag Gustav H. Lübbe GmbH & Co.,
Bergisch Gladbach
Lektorat: Dr. Edgar Bracht
Printed in Germany, April 1998
Einbandgestaltung: CCG, Köln
Titelbild: Bavaria Bildagentur
Satz: hanseatenSatz-bremen, Bremen
Druck und Verarbeitung: Elsnerdruck, Berlin
ISBN 3-404-25340-x

# 1

IHR NAME?«
*Clarice Starling.*
»Janet Louise Fletcher.«
»Ich glaube, Ihre Freunde nennen Sie Jay, ist das richtig?«
»Ja.«
»Jay, Sie sind Special Agent des FBI, ist das korrekt?«
»Ja.«
»Sie haben das Bakkalaureat in Psychologie der University of Ohio?«
»Ja.«
»Den Magister in Kriminologie der Columbia University in New York?«
»Ja.«
»Und das Bakkalaureat in Informatik und Statistik der George Washington University in Washington, D. C.?«
»Das ist richtig.«

Die elegant gekleidete Verteidigerin erhob sich. Sie wirkte nicht wie eine Rechtsanwältin aus dem Beverly-Hills-Viertel, sondern eher wie ein Model für Damenbekleidung und stand in dem Ruf, ihre Mandanten aus den unmöglichsten Situationen herauszupauken. Sie hieß Samantha Rhodes, und in den Gerichtskreisen von Los Angeles kursierten Gerüchte, daß sie gelegentlich perverse Killer wie diesen Angeklagten verteidigte, nur um im Gespräch zu bleiben.

Laut Barney Silkwood, dem Stellvertretenden Bezirksstaatsanwalt und Ankläger, hatte ihr Mandant Dennis Lloyd Shaw elf Stewardessen erst gequält, dann vaginal, oral und anal vergewaltigt, sie enthauptet und anschließend über den Leichen masturbiert. Jetzt wurde Janet Fletcher in den Zeugenstand gerufen, und der Angeklagte starrte sie an und lächelte verächtlich.

»Euer Ehren«, sagte Samantha Rhodes.

»Miss Rhodes.« Die Richterin hieß Rose Alexander und war eine kleine, verhutzelte Schwarze.

»Die Verteidigung hat bereits Special Agent Fletchers Qualifikation als erfahrene Zeugin in diesem Fall außer Streit gestellt. Müssen wir wirklich ihren ganzen Lebenslauf durchgehen?«

»Mr. Silkwood?«

»Euer Ehren, ich halte es für wichtig, daß die Jury etwas über Special Agent Fletchers Werdegang erfährt.«

»Ich schließe mich dieser Auffassung an.« Richterin Alexander nickte.

»Nur solange Silkwood die Geschworenen nicht zu Tode langweilt«, murmelte Shaws Anwältin, als sie sich setzte. Die Richterin ließ die Bemerkung durchgehen und blickte die Verteidigerin nur tadelnd an.

»Wie lange haben Sie für das FBI gearbeitet, Jay?« fragte Staatsanwalt Silkwood.

»Seit 1985. Ich besuchte die Akademie gleich nach meiner Promotion in Kriminologie. Ich belegte im Sommersemester mehrere Seminare und Abendkurse, um das Bakkalaureat in Informatik zu erlangen.«

»Warum haben Sie Informatik studiert?«

»Ich sah darin ein unentbehrliches Werkzeug der modernen Verbrechensbekämpfung. Ich wollte mit den Entwicklungen der Technologie Schritt halten.«

»Worin genau bestand Ihre Tätigkeit beim FBI?«

Die Geschworenen blickten interessiert auf. Jay runzelte die Stirn und bemühte sich, wie eine Expertin auszusehen.

»Ich arbeite für CART. Das ist die Abkürzung für das ›Computer Analysis and Response Team‹ des Labors.«

»Was machen Sie dort?«

»Ich analysiere mit Hilfe von Computern Indizien und Beweise. Ich entschlüssele, öffne Dateien und programmiere für verschiedene Abteilungen des FBI. Besonders für den Erkennungsdienst.«

»Sie wurden gebeten, der Sonderkommission des Los Angeles Police Department bei der Aufklärung der Stewardessen-Morde zu helfen, ist das richtig?«

»Ja.«

»Warum erbat man Ihre Hilfe?«

»Weil ich mit dem Programm C-Bix vertraut bin.«

»Was genau ist C-Bix?«

»Das steht für Criminal Behavior Index. Das ist eine Schablone von ein paar hundert Vergleichsmerkmalen kriminellen Verhaltens, besonders in bezug auf Gewaltverbrechen.«

»Sie haben dieses Programm für das FBI selbst entwickelt?«

»Ja.«

»Wie funktioniert es, Jay?«

»Eine Datenbank von Verdächtigen wird durch C-Bix herausgefiltert. Auf der Basis von Vergleichsrechnungen wird die Liste der Verdächtigen reduziert.«

»Wie wurde in diesem Fall die Datenbank der Verdächtigen gebildet?«

»Die Opfer arbeiteten alle für Inlands-Fluggesellschaften, die den Los Angeles International Airport anflogen. Sie alle flogen auf den regelmäßigen Flugverbindungen. Daher baten wir die Fluggesellschaften um Zugang zu ihren Reservierungsunterlagen rückwirkend für ein Jahr.«

*Das stimmte nicht ganz. In den SABRE-Reservierungscomputer hineinzukommen, war so leicht wie das Knakken des Schlosses vom Tagebuch eines Teenagers. Erst nachdem wir die Daten hatten, die wir brauchten, baten wir um die Erlaubnis.*

»Was war das Ergebnis Ihrer Ermittlung?«

»Wir hatten in den vergangenen zwölf Monaten insgesamt elf Millionen Passagiere, die ein- und auscheckten. C-Bix wurde programmiert, um jeden Namen auszusondern, der nicht auf den Passagierlisten aller betroffenen Fluggesellschaften erschien. Das gab uns 1136 Namen. Wir ließen diese Namen durch den Computer des National Crime Information Center in Washington überprüfen, um zu sehen, wie viele im Strafregister erfaßt waren. Das reduzierte die Liste auf 382. Wir verglichen diese Liste mit der VICAP-Datenbank.«

»Was ist VICAP?«

»*Violent Criminal Apprehension Program.* Eine Datei von Gewaltverbrechen.«

»Was war das Ergebnis?«

»Wir kamen auf eine Liste von zweiunddreißig möglichen Verdächtigen«, antwortete die FBI-Agentin.

»Was geschah dann?«

»Wir benutzten C-Bix, um die besonders Verdächtigen auf der Basis auszuwählen.«

»Tauchte Mr. Shaws Name auf dieser Liste auf?«

»Ja.«

Samantha Rhodes, die Rechtsanwältin des Angeklagten, erhob sich wieder. »Einspruch, Euer Ehren. Wenn die ursprünglich von Special Agent Fletcher vorbereitete Liste elf Millionen Namen enthielt, ist die Möglichkeit von Personenverwechslung oder Computerfehlern überwältigend groß. Die Verteidigung hat hier ihren eigenen Computertest gemacht: Es sind zweihundertsechzig D. Shaws allein im Telefonbuch der Los Angeles County verzeichnet. Das setzt voraus, daß der sogenannte Stewardessen-Mörder in Los Angeles wohnt, was bis jetzt nicht bewiesen ist. Nach unserer Zählung leben über dreitausend D. Shaws in den verschiedenen

Städten, von denen die in Frage kommenden Flüge ausgingen.«

»Mr. Silkwood?«

»Vielleicht ist Agentin Fletcher so freundlich, meine Kollegen aufzuklären, daß diese Bedenken unbegründet sind«, sagte der Ankläger.

»Wir sind uns der Möglichkeit von Personenverwechslung durchaus bewußt. Aber die meisten der Personen auf der Liste haben Kreditkarten für ihre Reservierungen benutzt. Mr. Shaw bildete da keine Ausnahme. Er benutzte eine Citibank-Visa-Kreditkarte auf den Namen Dennis Lloyd Shaw.«

»Einspruch abgelehnt.«

Samantha Rhodes verzog entnervt das Gesicht und setzte sich.

»Wir sprachen darüber, daß Mr. Shaw auf Ihrer Liste stand«, fuhr Barney Silkwood fort.

»Ja.«

»Wie groß war die Wahrscheinlichkeit, daß er als Täter in Frage kam?«

»Sehr groß.«

»Wie hoch?«

»Bitte genauer.«

*Dies alles gehörte zum Drehbuch. Jetzt kommt der Zuckerguß auf den Kuchen.*

»In gewissem Grade basieren unsere Daten und Berechnungen auf früheren, gut dokumentierten Verbrechen. Bis jetzt war Ted Bundy am oberen Ende der Kurve, gefolgt von Jeffrey Dahmer und David Berkowitz.«

»Der sogenannte Sohn von Sam?«

»Ja.«

»Und nun?«

»Dennis Lloyd Shaw übertraf Ted Bundy um fast zwanzig Prozent. Wir hatten nie eine höhere Bewertung.«

Der Stellvertretende Bezirksstaatsanwalt blickte in

Samantha Rhodes' Richtung, lächelte kurz und widmete dann seine Aufmerksamkeit wieder Jay.

»War sonst noch jemand in Ihrer engeren Wahl?«

»Ja. Wir hatten sieben Möglichkeiten.«

»Was haben Sie an diesem Punkt getan?«

»Die Sonderkommission der Polizei von L. A. ließ sie alle überwachen. Zu diesem Zeitpunkt wohnte Mr. Shaw nicht mehr in Los Angeles.«

»Wohin war er gezogen?«

»Florida«, antwortete Jay Fletcher. »Seine Firma hatte ihn dorthin versetzt.«

»Er wurde in Miami festgenommen?«

»Ja.«

»War das kurz nach der Ermordung der elften Stewardeß, der armen Miss Cynthia Goode?«

Samantha Rhodes stand wieder auf. »Einspruch, Euer Ehren. Mr. Silkwood stellt eine Suggestivfrage. Es ist keine Verbindung zwischen meinem Mandanten und dem Mord an Miss Goode hergestellt worden.«

»Sie war auf dem Flug nach Miami, als er dort hinzog.«

»Das waren zweihundert andere Leute ebenfalls.«

»Aber die hatten nicht seine Punktzahl bei der Wahrscheinlichkeitsrechnung.« Silkwood ging zu seinem Platz zurück und blätterte in seinen Notizen. Die Sitzung war vorüber.

»Einspruch stattgegeben.«

»Keine weiteren Fragen.«

Samantha Rhodes verzichtete aufs Kreuzverhör, und Jay war entlassen. Als sie vom Zeugenstand hinabstieg, bemerkte sie eine Bewegung am Tisch der Verteidigung. Dennis Lloyd Shaw, der Angeklagte, hatte den Blick immer noch auf sie gerichtet und bewegte die Hände auf dem Tisch. Er stieß mit dem linken Zeigefinger in die gewölbte Handfläche seiner rechten Hand. Die Geste war obszön, unmißverständlich und nur für sie bestimmt. Sie erschauerte.

Barney Silkwood blätterte an seinem Tisch in Papieren. Samantha Rhodes blickte zur Decke empor. Jemand hüstelte, und ein Stuhl knarrte. Dennis Lloyd Shaw trug eine äußerst selbstzufriedene Miene zur Schau. Er lächelte Jay weiterhin an und drehte den versteiften Zeigefinger langsam in der gewölbten rechten Handfläche. Der Hurensohn verspottete sie.

*Du Scheißkerl!*

Jay ging zu ihrem Platz und setzte sich.

Zwei Tage später endete der Prozeß, und die Jury begann mit ihren Beratungen. Jay konnte nur beten, daß Justitia, die altehrwürdige Göttin der Gerechtigkeit, nicht so taub und einfältig wie blind war.

## 2

JAY FLETCHER UND Lieutenant Mike Stearns vom Los Angeles Police Department saßen in einer Bar des Flughafens von Los Angeles und warteten darauf, daß Jays Flug aufgerufen wurde. Die Bar war fast leer, und jenseits des Panoramafensters war ein surreales Ödland von schwefelfarbenen Lichtern und großen leeren Flugzeugen, die auf dem Asphalt der Rollbahnen wie gestrandete Wale an einem mitternächtlichen Strand wirkten.

Stearns war Anfang Vierzig, ein paar Jahre älter als Jay, und fast zwanzig Jahre Polizeiarbeit hatten Spuren in seinem Gesicht hinterlassen. Die beiden hatten während Jays Aufenthalt in Los Angeles ernsthaft geflirtet, aber es war nichts daraus geworden. Die Anziehung und das Kribbeln waren da, doch beide scheuten die Komplikationen, die eine Beziehung gebracht hätte. Die Ermittlung in einem Mordfall, wie Stearns und Fletcher soeben eine beendet hatten, war nicht gerade der ideale Hintergrund für eine Liebesaffäre, auch nicht für eine flüchtige; aber es war schön, zu wissen, daß die Säfte noch flossen.

Jay nippte an einem Gin Tonic, und Stearns trank sein viertes Bier. Sie waren beide erschöpft nach der Shaw-Ermittlung, aber sie teilten auch ein Gefühl des Triumphs über einen gut erledigten Job. Wie es aussah, war die Jury über das Stadium hinaus, den Angeklagten schuldig zu sprechen oder nicht – jetzt versuchten die Geschworenen herauszufinden, wie hart Shaw bestraft werden konnte. Für Mike Stearns war es nicht genug.

»Es ist, als wollte man einen Berg mit einem Hammer abtragen«, sagte er und trank noch einen Schluck Bier. »Shaw kommt hinter Gitter, aber ein Dutzend andere stehen bereit, um seinen Platz einzunehmen.«

»Was willst du denn tun?« fragte Jay. »Aufgeben? Kerle wie ihn davonkommen lassen?«

»Frag den Staatsanwalt«, schnaubte Stearns. »Der hat eigens eine Kostenberechnung für die Sonderkommission Stewardessen-Morde erstellt. Zwei Komma fünf Millionen, Jay. Nur um einen einzigen Verbrecher einzusperren.« Er schüttelte den Kopf. »Sie versuchen immer noch auszurechnen, was der Fall O. J. Simpson gekostet hat.«

»Das ist was anderes.« Jay lächelte und nippte an ihrem Gin Tonic. »Denk an all die Jobs, die durch diesen Fall geschaffen wurden. CNN-Reporter, T-Shirt-Verkäufer, Verleger, Ghostwriter, Fernsehproduzenten.«

Irgendwo draußen in der Dunkelheit röhrten die Triebwerke eines Jumbo Jets. Jay schaute auf ihre Armbanduhr. In vierzig Minuten würde sie hoch oben in der Luft schweben.

»Manchmal frage ich mich, warum wir uns für diese Drecksarbeit hergeben«, sagte Stearns und starrte in sein Bier. »Manchmal denke ich, daß ich die Hälfte meines Lebens vergeudet habe.«

»Es könnte schlimmer sein.« Jay zuckte die Achseln.

Aber sie wußte genau, was er meinte. Nach fast einem Jahrzehnt beim FBI war ihre Erfolgsquote jämmerlich. Von hundert Fällen hatten nur ein Dutzend zu Verurteilungen geführt. Wenn das alles nur ein Spiel sein sollte, dann handelte es sich um ein Spiel, in dem die Guten die Verlierer waren. »Jedenfalls wird Dennis Lloyd Shaw nicht mehr durch die Maschen des Gesetzes schlüpfen. Eins zu null für uns.«

»Verlaß dich nicht darauf«, brummte Stearns. »Ich habe schon größere Fische als ihn aus dem Netz schwimmen sehen.«

»Nun, wenigstens bin ich nicht Kelly Mountjoy«, sagte Jay.

»Wer?«

»Kelly Mountjoy«, antwortete sie mit einem Lächeln. »Ein Mädchen in meiner Klasse in der High School in Tomahawk, Wisconsin.«

»Was war mit der?« fragte Stearns.

»Sie war die erste in unserer Klasse, die ihre Unschuld verlor. Wir alle hatten die Entjungferung zwei Wochen lang mit ihr geplant.«

»Mädchen machen so was?«

»Natürlich. Wir legten fest, wie sie sich anziehen, was sie sagen und tun und mit wem es passieren sollte.«

»Bei uns Jungs lief das anders«, sagte Stearns nachdenklich. »Wir fummelten nur herum und hofften das Beste.« Er lachte. »Ich denke, so ist das immer noch.«

»Nun, aus einer Schnapslaune heraus habe ich vor ein paar Jahren an einem Klassentreffen teilgenommen, und da war Kelly. Verheiratet mit einem Geistlichen, einem Baptisten. Vier Kinder. Meine alte Freundin Margie Watson war schwanger mit Zwillingen, und Selena McKendrick, das Hasch rauchende Hippiemädchen, war inzwischen zur Nonne mutiert. Ich nehme an, alle dachten, ich wäre eine heimliche Lesbe oder so was, weil ich nicht verheiratet bin.«

»Und?« Stearns lächelte. »Bist du eine heimliche Lesbe?«

Jay zündete eine Zigarette an und seufzte theatralisch. »Ich bin nur eine engagierte Polizistin, verheiratet mit dem Job. Eine Märtyrerin des gesellschaftlichen Gewissens. Eine Quotenmöse.«

»Eine was?«

»So nennt man sie beim FBI. Als ich auf der Schule war, kam ein Anwerber aus Quantico und tat so, als wäre es meine feministische Pflicht, zum FBI zu gehen. Ich war in der Pubertät und schluckte den Köder. Erst ein paar Jahre später wurde mir klar, daß der Anwerber Anweisungen hatte, eine bestimmte Quote für das Programm zur Gleichberechtigung der Frau zusammenzusuchen.«

»Nun, ich hätte nie gedacht, daß ich es mal einer von der Bundespolizei sagen werde, aber du wirst mir fehlen, Jay.«

»Das beruht auf Gegenseitigkeit«, erwiderte Jay. Sie streichelte leicht über seine Hand.

Eine monotone Stimme kündigte über Lautsprecher ihren Flug an. Sie standen auf.

Stearns wollte Jay auf die Wange küssen, aber Jay drehte sich leicht zur Seite, und es wurde ein Kuß auf den Mund. Seine Lippen waren überraschend weich an ihren. Sie umfaßte mit einer Hand seinen Nacken und zog ihn sanft vorwärts. Dann öffnete sie die Lippen und genoß den Biergeruch seines Atems.

*Die Welt ist voller ungenutzter Möglichkeiten.*

Jay drückte leicht seinen Arm. Stearns nahm ihren Koffer, und sie verließen gemeinsam die Bar. Ein paar Minuten später ging Jay an Bord der Maschine nach Washington, D. C. Sie beobachtete, wie die Lichter des Flughafens von L. A. unter ihr verschwanden, lehnte sich zurück gegen ihr Kissen und schloß die Augen. Das monotone Summen der Triebwerke hätte sie ausschalten sollen wie eine Lampe, aber sie dachte an die kalten, wie toten Augen und das schmierige Lächeln von Dennis Lloyd Shaw.

Und genau das war das Problem. Die Männer in ihrem Leben waren Killer und Cops. Killer und Cops und nichts sonst. Keine liebevollen Berührungen, kein Mann brachte ihr Kaffee ans Bett, keine Verabredung an Silvester. Niemals Zärtlichkeit.

## 3

DIE MORGENDLICHE RUSH-hour war fast zu Ende, als der Mann mit dem Mietwagen vom Broadway abbog und in den Curtis-Park-Distrikt von Denver fuhr, eine Gegend mit schmalen Alleen und gepflegten viktorianischen Häusern, die aus der Zeit des Goldbooms in den sechziger Jahren des 19. Jahrhunderts stammten. Nach der Weltwirtschaftskrise war die Zeit in der Curtis-Park-Gegend hart gewesen, aber die Yuppie-Horden, die in den siebziger Jahren wieder in die Innenstadt gezogen waren, hatten das Viertel zu einer der begehrtesten Wohngegenden von Denver gemacht. Sie war immer noch im Aufwärtstrend.

An einem Stoppschild klappte der Mann die Sonnenblende herunter und blickte auf die gefaltete Seite mit den Kleinanzeigen der *Denver Post*. Er hatte eine der Anzeigen für möblierte Mietwohnungen markiert und vor zwei Tagen besichtigt. Sein neues Heim.

> Sechs Monate zu vermieten
> Sofort beziehbar ab 1. Dezember
> Ein-Zimmer-Apartment in Curtis Park,
> Nähe Innenstadt. 550 Dollar pro Monat.
> Anfragen an Telefon-Nr. 892-1112 abends.

Er hatte einige andere Angebote in der Zeitung gefunden, aber dieses war das beste. Das Apartment bot Platz genug, und vor allem erfüllte die Hausbesitzerin seine wesentlichen Kriterien. Die kürzlich geschiedene Mrs. Ellen Putnam und ihre Teenager-Tochter Tina waren genau das, was ihm der Arzt verschrieben hatte. Er lächelte über diesen kleinen Scherz und fuhr über die Kreuzung langsam straßenaufwärts. Inzwischen waren fast drei Monate vergangen, seit er Phoenix verlassen hatte, und es war an der Zeit für ein neues Abenteuer. Neues Blut.

Er fand das Haus und parkte am Bordstein. Wie all die anderen Häuser in der Straße war Mrs. Putnams Haus groß und gut gepflegt. Es war in dezenten Schattierungen von Anthrazitfarben und Weiß angestrichen und von einem niedrigen schmiedeeisernen Zaun umgeben. Der Rasen war tadellos gemäht, und Blumentöpfe hingen vom Dach der altmodischen Veranda. Es stand kein Wagen auf dem Zufahrtsweg, sein Timing war perfekt. Ellen Putnam war bereits zur Arbeit gefahren, und Tina würde in der Schule sein. Noch zwei Wochen bis zum Beginn der Sommerferien. Mehr als genug Zeit.

Der Mann drückte auf die Taste neben dem Sitz, woraufhin sich der Kofferraum öffnete, und stieg aus ins helle Morgenlicht. Wenn ihn jemand aus einem der anderen Häuser beobachtete, so würde er einen großen, sportlichen Mann Mitte Vierzig sehen, der einen dunkelgrünen Jogginganzug und schwarze Turnschuhe trug. Sein Haar war dunkelbraun, an den Schläfen grau, und die Augen waren hinter einer teuren Sonnenbrille verborgen. Sein Vollbart war kurz gestutzt und – abgesehen von dem grauen Streifen am Kinn – so dunkelbraun wie seine Haartracht.

Er ging um das Heck des Wagens herum und hob die Kofferraumhaube an, hob zwei schwarze Hartschalenkoffer heraus, schloß die Haube und verharrte einen Moment, um sich umzuschauen. Jeder, der ihn aus der Nähe sah, hätte ihn vermutlich als gutaussehend beschrieben, obwohl man sich gewundert hätte, warum er die Handschuhe eines Chirurgen trug. Er wußte, daß die durchsichtigen Handschuhe aus der Ferne unsichtbar waren.

Der Mann nahm die Koffer und schlenderte über den Zufahrtsweg zum Seiteneingang des Hauses. Er stellte die Koffer ab, nahm den Schlüssel, den Ellen Putnam ihm gegeben hatte, aus der Hosentasche und schloß die Tür auf. Dann hob er die Koffer wieder auf, schob die Tür mit der Spitze des Turnschuhs auf und trat ein. Er schaltete das Licht an und ging die kurze Treppe hinab in sein Apartment. Die Tür ließ er hinter sich auf. Er stellte die Koffer ab, stieg die Treppe hinauf, schloß und verriegelte die Tür und legte die Sicherheitskette vor. Zufrieden, weil er jetzt ungestört war, ging er ins Apartment zurück.

Es war groß, genau wie Ellen Putnam es beschrieben hatte, hell und mit niedriger Decke. Wohnzimmer, Schlafzimmer, Bad und Küche. Abgesehen vom Badezimmer war der Boden mit aschgrauem Teppichboden belegt. Nach dem Gefühl unter seinen Füßen nahm der Mann an, daß der Teppich über nacktem Beton verlegt worden war. Die Wände waren weiß angestrichen, und die beigefarbenen Möbel waren aus der mittleren Preisklasse und vermutlich aus einem Katalog bestellt worden.

Gestern, als er seine erste Monatsmiete und die Kaution bezahlt hatte, war er von Ellen Putnam zur Besichtigung des Apartments herumgeführt worden. Er wußte, daß die Tür am fernen Ende der modernen Küche zur Waschküche führte, die er sich mit der Frau und ihrer Tochter teilen würde. Eine kurze Treppe führte von der Waschküche hinauf in die Küche im oberen, von den Vermietern bewohnten Geschoß. Gestern hatte er gesehen, daß die obere Tür ebenfalls mit einem Riegel versehen war, aber er bezweifelte, daß Ellen oder Tina sich die Mühe machten, die Tür zu verriegeln. Und selbst wenn sie sich dazu entschlossen, würde das kein Problem für ihn darstellen.

Er trug den kleineren der beiden Koffer in seine Küche, legte ihn auf den Tisch und öffnete ihn. Er nahm die kleine Kamera mit dem Weitwinkelobjektiv und einen Plastikbeutel mit vier Modems in der Größe von Zigarettenschachteln heraus. Die Modems hatte er selbst hergestellt, aus Teilen, die im Handel erhältlich waren. Er schlang die Kamera am Riemen um den Hals, nahm den Plastikbeutel mit den Geräten zur Datenübertragung über Fernsprechleitungen, schob den kleinen Riegel an der Tür zur Waschküche auf und öffnete die Tür.

Es roch nach Waschmitteln, und durch ein kleines, staubbedecktes Fenster hoch in der hinteren Wand fiel schwaches Licht. Der Raum war ausgestattet mit einer relativ neuen Waschmaschine, einem Trockner und einer großen, altmodischen Waschwanne. Unterhalb der Treppe befand sich die Heizung mit einem Schaltkasten, aus dem ein Dutzend Kabel ragten, die in der Decke verschwanden. Seitlich der Treppe war ein dunkelblauer, emaillierter Durchlauferhitzer angebracht.

Der Mann öffnete den Schaltkasten und schaute hinein: zwei Reihen von Sicherungen und ein Plan mit den Schaltkreisen, der an der Innenseite der Tür klebte. Nichts Ungewöhnliches. Keine Alarmanlage. Das Erdgeschoß und das Apartment im Kellergeschoß hatten verschiedene Zähler. Er schloß den Schaltkasten. Darüber konnte er die typischen Drähte sehen, die von der Telefongesellschaft benutzt wurden. Zwei Leitungen, eine fürs Haus, eine fürs Apartment. Er nickte zufrieden vor sich hin. Mit seinem Splitter konnte er seine Computerleitung die ganze Zeit frei halten und trotzdem das Telefon benutzen, obwohl er wußte, daß das nicht oft nötig sein würde. Zufrieden wandte er sich von dem Schaltkasten ab, verließ die Waschküche und stieg die Treppe zum Erdgeschoß hinauf. Er neigte sein Ohr an die Tür und lauschte. Leise Radiomusik. Klassik, Schubert, um genau zu sein. Das Radio hatte in der Küche im Erdgeschoß gespielt, als er den Mietvertrag unterschrieben hatte. Ellen Putnam ließ es leise an, damit Archimedes Gesellschaft hatte, wenn sie auf der Arbeit war. Archimedes war ein Kakadu. Lächelnd wettete der Mann mit sich selbst und legte eine Hand auf den Türknauf. Er drehte sich leicht. Wette gewonnen. Da die Waschküche regelmäßig benutzt wurde, hatte er vermutet, daß Ellen oder Tina nicht jedesmal daran denken würden, die Tür abzuschließen. Er öffnete sie.

Die Küche war groß, und die Einrichtung war sicher erst zwei oder drei Jahre alt. Herd, große, zweitürige Kombination aus Kühl-, Gefrierschrank, zahlreiche Töpfe auf einer Querstange unter den Hängeschränken, schwarze Kunststoffschränke und Arbeitsplatte. All das stammte aus besseren Tagen, als ihre Ehe noch intakt gewesen war. Ellen hatte ihm alles darüber erzählt: die kürzliche Trennung von ihrem Mann Bob, der jetzt mit seiner jüngeren Geliebten in Vail wohnte; die Tatsache, daß die Scheidung noch nicht stattgefunden hatte, weshalb sie das Haus mindestens ein halbes Jahr noch nicht verkaufen konnte, was wiederum bedeutete, daß sie die Mieteinnahmen aus dem Apartment im Kellergeschoß brauchte. Der Mann hatte ihre Offenheit sofort attraktiv gefunden. Ihre Weichheit. Die leicht bittende, ehrliche Unschuld, die das Quälen so köstlich für ihn machen würde.

Da war ein Telefon mit einem Notizblock und einem Bleistift auf dem Tischchen beim Bogengang ins Wohnzimmer. Ellen Putnam hatte den Namen notiert, den er ihr genannt hatte, und dazu die Telefonnummer seines Hotels aufgeschrieben. Dr. Henry B. Saunders. Einem Doktor kann man stets vertrauen.

Er machte mit der Kamera einige Aufnahmen, bevor er ins Wohnzimmer ging. Eine Couch und einige Sessel waren um einen gemauerten Kamin gruppiert. Erdfarbene Bezüge, passend zu den weißen Berberteppichen. An den weißen Wänden große gerahmte Drucke von fernen Städten, die weder Ellen Putnam noch ihr Mann jemals besucht hatten.

Ein Tisch aus Birkenholz unter dem großen vorderen Fenster, das über den Rasen und die Straße hinausblickte. Im Fenster selbst ein Oval von Buntglas, das einen blutigen Strahl Sonnenschein auf die Mitte des Tisches warf. Das Fenster blickte nach Westen, und nach der Schätzung des Mannes würde der Lichtfleck beim Sonnenuntergang auf die Mitte des Bodens fallen. Eine passende Markierung. Wenn er abergläubisch gewesen wäre, hätte er das vielleicht als ein gutes Omen betrachtet.

Er durchquerte das Wohnzimmer und sah, daß das Lampenkabel in einen Doppelstecker eingestöpselt war, der fast vom Tisch verborgen wurde. Er bückte sich, fuhr mit der Hand am Kabel entlang und richtete sich auf. Der Chirurgenhandschuh war mit einer dünnen Staubschicht bedeckt. Er holte ein Modem heraus, stöpselte es ein und schob die kleine Box unter den Sessel. Man müßte sich schon auf Hände und Knie niederlassen, um das Kabel zu sehen, das in die Steckdose führte.

Der Mann stieg die Treppe ins Obergeschoß hinauf. Das Elternschlafzimmer lag zur Straße hinaus, das Zimmer mußte Tinas sein, wie die Poster von Rap-Gruppen an den Wänden und das Bett mit Baldachin und der pinkfarbenen Bettdecke verrieten. Am fernen Ende der Diele war ein kleines Zimmer, das vielleicht einst ein Kinderzimmer gewesen war, jetzt jedoch als Gästezimmer diente. Steril und unbenutzt. Der Mann ging zum Elternschlafzimmer und verharrte auf der Türschwelle. Er sog tief die Luft ein. Zwei oder drei Parfums, als ob sie sich nicht entscheiden konnte. Das paßte zu der Analyse, die er bereits von Ellens Persönlichkeit erstellt hatte. Noch ein Geruch. Etwas wie Zimt und Nelken. Vielleicht ein Duftsäckchen in einer der Schubladen des Schranks oder sogar – wie süß – unter dem Bettkissen.

Er fotografierte das Zimmer von der Türschwelle aus,

fing ein, wie die Sonnenstrahlen draußen durch die Bäume fielen und das dicke Federbett sprenkelten. Zwei rechteckige, schwarzlackierte Nachttische, jeder mit einem Telefonapparat, beide dunkelgrün.

Die Wände waren hellblau, die Decke eine Spur dunkler, und als er hinaufblickte, sah er eine Vielzahl von kleinen spitzen Umrissen. Er hatte sie in Geschäften gesehen. Aufkleber in Form von Sternen. In der Dunkelheit würden sie leuchten. Im Licht des frühen Morgens war es schwer zu erkennen, aber der Mann war überzeugt, daß Ellen sich große Mühe gegeben hatte, das Sternbild richtig hinzubekommen. Ja, diese etwas biedere Romantik war dem armen Bob auf die Nerven gegangen. Frauen mit dieser Art Sanftheit waren immer schwieriger zu finden.

Der Mann ließ sich neben dem Bett auf Hände und Knie nieder und hob das Federbett an. Da war eine Doppelsteckdose verborgen am Kopfende des Bettes. Ein Verbindungsstecker war in eine der Steckdosen eingestöpselt mit langen Kabeln, die zu den Nachttischlampen führten. Ein drittes, dünneres Kabel führte in den Verbindungsstekker. Der Blick des Mannes folgte dem Lauf des Kabels, das unter die Matratze führte. Er richtete sich auf, schlug das Federbett ganz zurück und hob die Ecke der Matratze an. Ein kleiner Vibrator mit roten Gumminoppen an der Spitze lag zwischen Matratze und Bettgestell versteckt. Nicht so romantisch wie die Aufkleber-Sternchen, aber vermutlich hilfreicher bei sexuellem Notstand. Er schaute unter das Kissen auf Ellens Seite des Bettes, nur so zum Spaß, und zu seiner Freude fand er das Duftsäckchen genau dort, wo er es sich vorgestellt hatte.

Zufrieden ließ er die Matratze sinken und kniete sich wieder hin. Er öffnete den Plastikbeutel und installierte schnell ein anderes Modem zwischen Kopfbrett des Bettes und der Wand. Das würde gewiß nicht bemerkt werden. Er richtete sich auf und schoß noch ein paar

Fotos. Langsam ging er durch das Schlafzimmer, um sich zu vergewissern, daß er jeden Winkel eingefangen hatte. Dann machte er drei Aufnahmen von dem Bett. Durch den Bildsucher konnte er Ellen fast dort liegen sehen. An einem Sonntagnachmittag vor nicht so langer Zeit war Tina mit einem ihrer Freunde ausgegangen, und Bob und Ellen hatten es hier getrieben. Bob hatte auf Ellen gelegen und an seine neue Geliebte gedacht, und Ellen ... woran hatte sie gedacht? An die aufgeklebten Sterne an ihrem Deckenhimmel? Es spielte keine Rolle. Der Mann ließ seinen Blick ein letztes Mal durch das Schlafzimmer schweifen, vergewisserte sich, daß er auf den ersten Blick alles so zurückließ, wie er es vorgefunden hatte, und wandte sich ab.

In Tinas Zimmer verbrachte er mehr Zeit. Von den beiden war sie die Wichtigere. Er mußte sie fast so gut kennen, wie er sein eigenes Kind gekannt hatte. Er schaute in alle Schubladen in ihrem Schrank, strich mit den Händen zärtlich über die weiße, seidene Unterwäsche, die gefalteten T-Shirts, die zusammengerollten, viel gewaschenen Socken, die Pyjamas. Unter Tinas Matratze war kein Vibrator versteckt, aber da war ein Tagebuch, rot wie ein Valentinsherz und unverschlossen. Er setzte sich auf die Bettkante und blätterte ein wenig in dem Notizbüchlein:

*Vince Gannett ist ein Pimmel ... Wenn ich Tabby nicht wiedersehe, drehe ich durch. Mom will kein MTV, sie sagt, wir können uns das nicht erlauben ... Terry wieder getroffen, ich glaube, er mag mich ... Terry und ich waren im IMAX und sahen den Stones-Film. Ich glaube, er wollte sich an mich heranmachen, aber ... Terry & Tina ... Tina & Terry. Ich möchte bei Terry die erste sein, es mit ihm ZUM ERSTENMAL tun, aber ... Andrea sagte mir ... Es war ganz nett, aber vielleicht sollten wir es nicht tun ... Gott! Es war so peinlich! Warum muß dein P. so schmuddelig sein???!!!*

Der Mann schloß das Tagebuch und legte es unter die Matratze zurück. Viele Karten und Notizen und Zettel waren an das Pinnbrett über dem kleinen pinkfarbenen Schreibtisch geheftet. Ein Foto von einem jungen Mann, der in einem blauen Smoking vor dem Kamin unten im Haus stand. Terry? Noch ein Foto. Tina, jünger, Hüften und Brüste noch ein Jahr oder zwei von ihren gegenwärtigen Kurven entfernt, stand vor einem Zelt auf einem Campingplatz neben einem Mann Anfang Dreißig. Daddy. Bob. Mr. Putnam.

Der Schatten der Person, die fotografiert hatte, war auf die untere Gesichtshälfte von Bob gefallen und verdeckte den Mund und das Kinn. Ellen? Bessere Tage, aber die Gewitterwolken zogen bereits herauf und ballten sich zu dunklen Schatten. Bobs Augen waren auf dem Foto ausdruckslos, versuchten die Wahrheit vor der Kamera zu verbergen. Ich liebe meine Tochter, aber meine Frau langweilt mich schrecklich. Ich bin in der Falle, kann nicht fort. Ich will weg, ich will weg, ich will weg.

»Bald«, sagte der Mann leise, der in dem stillen Zimmer stand. »Jetzt sehr bald.«

Er fand eine Steckdose hinter Tinas Schreibtisch und stöpselte ein anderes Modem ein. Dann schoß er ein halbes Dutzend Fotos, den Rest der Filmrolle. Einen Block von seinem Hotel aus war ein Fotogeschäft, in dem er bis zum Nachmittag den Film entwickeln lassen konnte. Er blickte auf seine Armbanduhr und sah, daß er fast eine halbe Stunde im Haus gewesen war. Es reichte, jedenfalls für den Augenblick. Er verließ das Zimmer und stapfte zufrieden hinunter. Morgen würde er offiziell in das Apartment einziehen, und dann konnte es beginnen.

# 4

KURZ NACH NEUN traf Jay Fletcher in Dulles ein. Sie nahm ein Taxi zu ihrem Apartment, ließ den Fahrer warten und brachte schnell ihr Gepäck in die Wohnung. Auf der Fahrt zur Arbeit fragte sie sich, ob sie sich die Zeit zum Duschen hätte nehmen sollen; Ende Juni war es in Washington so warm wie überall sonst erst im August, und als sie mit dem Taxi vor dem Eingang des Hoover Building an der Pennsylvania Avenue eintraf, fühlte sie sich schmutzig und verschwitzt.

Das Gebäude der FBI-Zentrale in Washington ist ein massiver Betonbunker, der den gesamten Block von der Zehnten zur Neunten Straße einnimmt. Seit der Fertigstellung kurz vor dem Tod des Namensgebers im Jahre 1975 wird das riesige und sündhaft teure Monument für J. Edgar Hoover als gigantischer Toaster mit zwei Scheiben Brot darauf beschrieben, als außerirdische Käsereibe und als ein über achthunderttausend Quadratmeter großes Beispiel dafür, wie man kein staatliches Gebäude gestalten sollte. Ein architektonisches Ungeheuer für die meisten Betrachter.

Jay trat in die willkommene Kühle der Empfangshalle mit Klimaanlage, einen kleinen Bereich, ausgestattet wie ein bequemes Wohnzimmer, komplett mit Couches, Couchtischen und behaglichen Polstersesseln. Durch eine Glaswand hat man einen Ausblick auf einen kleinen Hof mit einem Springbrunnen und Parkbänken. Es gibt keine Tür, die in den Hof hinausführt, und in all den Jahren, in denen Jay hier ein und aus ging, hatte sie nie jemanden dort im Hof gesehen und nicht einmal herausgefunden, wie man dorthin gelangte. Vermutlich war der Hof nur zur Schau da wie vieles andere von diesem FBI-Gebäude.

Gegenüber vom Eingang befindet sich ein Anmeldepult mit einem großen Spiegel dahinter. Der Spiegel ist in Wirklichkeit eine Spionglasscheibe, die es dem Sicherheitspersonal erlaubt, Besucher zu betrachten, ohne selbst gesehen zu werden.

Jay stellte fest, daß die Halle leer war bis auf den zivil gekleideten Wachmann am Empfangspult. Sie zeigte am Anmeldepult ihr kleines Lederetui mit dem Ausweis in der Plastikhülle und der Dienstmarke und trug sich ein. Der Wachmann nickte ihr zu und drückte auf einen Knopf unter dem Pult; eine der Aufzugtüren öffnete sich zischend. Jay betrat den Aufzug und fuhr hinab auf die Ebene des ersten Kellergeschosses.

Die Abteilung CART war ein Bereich von einem Dutzend kleiner, abgeteilter Räume um ein größeres Büro herum, in dem sich die Computer-Zentraleinheit befand. Die Terminals in jedem Büro waren mit der Zentraleinheit ebenso verbunden wie mit der VICAP- und National-Crime-Information-Zentraleinheit in Quantico und der noch moderneren Anlage des Gebäudes der technischen Abteilung in der Nähe. CART war im Kellergeschoß begraben, aber Jay wußte, daß die Abteilung einiges von der neuesten Technologie enthielt, über die das FBI verfügte. In krassem Gegensatz zu den Illusionen, denen sich die Öffentlichkeit hinsichtlich der Verbrechensbekämpfung hingibt, war das FBI lächerlich rückständig, was die Umstellung auf Computer anbetraf.

Oben beim Erkennungsdienst und in den Verwaltungsabteilungen wurden die Akten überwiegend immer noch mit der Schreibmaschine getippt, und die meisten Büros waren schrecklich altmodisch und unzureichend ausgestattet, aber von ihrem Terminal aus hatte Jay manchmal das Gefühl, sie könnte die Welt berühren. Möbel gab es in diesen Büros nicht, die Leuchtstofflampen verursachten ihr Kopfschmerzen, und der Kaffee war gräßlich. Und doch gab es keinen Ort auf dieser Welt, an dem sie sich lieber aufhielt.

Wie üblich herrschte im großen Büro mit der Zentraleinheit Unordnung. Stapel von Magnetbändern türmten sich auf Transportkarren; Regale waren überfüllt mit dicken Handbüchern für tausend verschiedene Systeme und Programme; und die Metallschreibtische waren mit scheinbar endlosen Ausdrucken übersät.

Jack Prine, CARTs Spezialist für Techniken des Ältermachens von Personen auf Fotos, saß an dem großen Grafik-Monitor im Vorzimmer und arbeitete an dem verschwommenen Foto eines Mädchens. Ein schwarzes Mädchen, das vermutlich vor Jahren entführt worden war. Prine würde ihr Bild auf den neuen Stand bringen, aber Jay wußte, daß die Chance, das Kind zu finden, statistisch sehr gering war.

Prine blickte auf, als sie eintrat, und grinste. »Sie sehen beschissen aus, Fletcher. Willkommen daheim.«

»Sie haben gut reden.«

Zu J. Edgar Hoovers Zeiten wäre ein Special Agent wie Prine auf der Stelle gefeuert worden. Sein strähniges blondes Haar hing über den Kragen, der Laborkittel über seinem verknitterten Anzug war voller Kaffeeflecken, und er weigerte sich, etwas anderes als Schnürsenkelkrawatten zu tragen. Wenn es jemals einen ›Agent Peinlichkeit‹ für das FBI gegeben hatte, dann war das Prine, aber solange er versteckt im Keller blieb, spielte es für niemanden eine Rolle, denn er war mit Abstand der beste Grafiker der Abteilung. Seine Techniken, Personen auf Fotos mittels Computer älter wirken zu lassen, als sie waren, galten als unheimlich akkurat, und er hatte wesentlich dazu beigetragen, daß mindestens ein halbes Dutzend Morde aufgeklärt worden waren, nachdem er anhand von Vergrößerungen aus den bisherigen Werten einer Funktion auf weitere geschlossen hatte.

»Lanford sucht Sie«, sagte Prine. »Entweder meldet sich sein Magengeschwür wieder, oder jemand hat ihm in seine Cornflakes gepinkelt.«

»Oh.« Charles Langford war der Stellvertretende Direktor des Computer Analysis Response Teams (CART) und Jay Fletchers direkter Vorgesetzter. Ein grauhaariger Witwer Ende Fünfzig mit zwei erwachsenen Töchtern, der die meiste Zeit seines Lebens als Erwachsener beim FBI verbracht hatte, was ihm anzusehen war. Er war auf die Ochsentour aufgestiegen, vom Special Agent zum Special Agent in Charge und schließlich zu seinem derzeitigen Rang als Stellvertretender Direktor, und dabei hatte er eine Handvoll Belobigungen und ein Magengeschwür bekommen.

Langford wußte kaum etwas über Computer im eigentlichen Sinn, aber Anfang der siebziger Jahre war er einer der ersten Verwaltungsbeamten beim FBI gewesen, der die Bedeutung der Mikroprozessortechnologie und ihr Potential bei der Verbrechensbekämpfung erkannt hatte. Seine Spitzenposition bei CART war das Ergebnis dieser Erkenntnis, und er wurde jetzt beim Federal Bureau of Investigation als der große alte Mann des Computers betrachtet. Es gab auch Gerüchte, daß er sein Geld in das gesteckt hatte, was ihm am Herzen lag und früh in die Microsoft Corporation investiert hatte, was seine Vorliebe für teure Anzüge und sein großes Haus in Chevy Chase erklärte. Entweder war es das, oder er wußte, wo J. Edgar Hoovers geheime Akten versteckt waren.

»Er will Sie sehen, sobald Sie eintreffen«, sagte Prine und verzog das Gesicht. »Ein höllischer Start in die Woche, Jay. Tut mir leid.«

Jay zuckte die Achseln. »Vermutlich will er einen Bericht über den Fall Stewardessen-Mörder.«

Prine schüttelte den Kopf. »Glaube ich nicht. Er ist verdammt sauer. Da ist was im Busch.«

»Sitzt er im Büro?«

»So ist es.« Prine grinste wieder. »Und wie gesagt, seine Stimmung ist äußerst mies.«

Charles Langfords Büro befand sich am Ende eines kurzen Gangs, der vom Ende des Hauptraums abzweigte. Vor einem Jahr hatte ein anonymer Witzbold einen FBI-Steckbrief nachgeahmt und an die Tür von Langfords Büro geheftet. Auf dem Steckbrief waren drei Gesichter – Anthony Hopkins, Jodie Foster und Jimmy Hoffa. Langford hatte den imitierten Steckbrief an der Tür gelassen, statt ihn abzureißen, überraschend für einen Mann, der als humorlos bekannt war.

Jay klopfte schüchtern an.

»Ja.« Ein Bellen. Wirklich mies gelaunt.

Jay öffnete die Tür und betrat das Büro. In Langfords Büro herrschte eine ähnliche Unordnung wie im Haupt-Computerraum. Der Schreibtisch war übersät mit Ausdrucken. Stapel von Regierungsberichten lagen auf den Aktenschränken, und am Schwarzen Brett hinter seinem Schreibtischsessel klebten drei Lagen Notizen. Langford hatte etwas auf einen Schreibblock gekritzelt und blickte nun auf.

»Sie wollten mich sprechen, Sir?«

Er starrte sie kalt an. »Sie haben Scheiße gebaut«, sagte er ohne Einleitung.

»Sir?« Jay war bestürzt. Sie hatte nicht gedacht, daß solche Worte zu seinem Vokabular zählten.

»Der Flieg-mich-Fall. Stewardessen-Mörder sowieso.«

»Dennis Lloyd Shaw.«

»Ich habe gestern abend zwanzig Minuten mit Barney Silkwood, dem Ankläger, telefoniert. Er hatte eine Information von Shaws Anwältin. Sie verlangt vom vorsitzenden Richter, daß er den Prozeß als fehlerhaft geführt erklärt.«

»Mit welcher Begründung?« fragte Jay betroffen und plötzlich sehr nervös.

»Wer war Ihre Verbindung zu der Sonderkommission der Polizei von L. A.?«

»Ein Mann namens Stearns. Lieutenant der Mordkommission.«

»Weiß er etwas über Computer?«

»Nein. Deshalb zog man mich hinzu.«

»So waren Sie die einzige, die Zugriff zu dem Reservierungscomputer in Tulsa hatte?«

»Das ist richtig. SABRE.«

»Und Sie haben all den Papierkram erledigt, richtig? Genehmigungen eingeholt, Paßwörter besorgt?«

»Ja.« Jay schluckte.

»Laut Shaws Anwältin hatten Sie zum erstenmal Zugriff auf den SABRE-Computer am neunundzwanzigsten Mai um 14 Uhr 15. An einem Sonntag.«

»Ich erinnere mich nicht genau.«

*Woher weiß sie das?*

»Na klar«, schnaubte Langford. »Offenbar hat Ihr Freund Lieutenant Stearns eine bessere Erinnerung.«

»Oh.«

»Shaws Anwältin setzte ihn unter Druck, und er erzählte ihr die ganze Geschichte, jedes Kapitel, jede Zeile.«

*Scheiße!*

»Vielleicht sollten Sie mir sagen, was genau das Problem ist«, bluffte Jay.

Als ob ich das nicht wüßte.

»Das Problem ist, daß Sie die offizielle Genehmigung von den Leuten in Tulsa erst am Dienstag, dem einunddreißigsten Mai erhielten. Die Tatsache, daß Sie zwei Tage vor der offiziellen Genehmigung Erkundigungen einholten, gefährdet das Beweismaterial, das Sie später gefunden haben. Es sind Früchte eines giftigen Baums, Fletcher. Unzulässig.«

»Hat Shaws Anwältin irgendeinen konkreten Beweis außer der Aussage von Stearns?«

»Darauf können Sie wetten.«

»Ich glaube das nicht«, sagte Jay.

Sie hatte alle Tricks und Möglichkeiten angewandt,

um die Informationen aus dem SABRE-Computer zu bekommen, und anschließend jeden Beweis ihres Hackens durch ein kleines, aber raffiniertes Programm vernichtet. Samantha Rhodes konnte unmöglich herausgefunden haben, daß sie den Computer ohne Genehmigung angezapft hatte.

*Es sei denn, Mike Stearns hat eine Aktennotiz gemacht, um sich zu schützen.*

»Leugnen Sie, daß Sie sich Zugriff zu dem Computer verschafft haben, ohne die Leute in Tulsa zu benachrichtigen?«

Jay schaute Langford lange an. Er starrte zurück, die Lippen zusammengepreßt, die Stirn ärgerlich gefurcht. Sie war tief genug in dem Schlamassel. Es war an der Zeit, sich zu retten und sich auf alles einzustellen, was auf sie zukam. Wenn Stearns ihr keine Rückendeckung gab, war sie ohnehin erledigt.

»Nein, ich leugne es nicht.«

»Allmächtiger!«

»Ich bezweifle immer noch, daß es einen hieb- und stichfesten Beweis gibt.«

»Meinen Sie wirklich, das spielt eine Rolle?« sagte Langford. »Shaws Anwältin weiß es, um Himmels willen! Beweis oder nicht, der Richter oder in diesem Fall die Richterin wird verlangen, daß Sie unter Eid aussagen. Um da rauszukommen, müßten Sie einen Meineid leisten. Wollen Sie das, Fletcher?«

Jay schüttelte den Kopf. Langford hatte recht. Irgendwie hatte Samantha Rhodes Wind von ihrer ungenehmigten Datenschnüffelei bekommen, und jetzt bellte sie den Mond an. Wenn sie, Jay, sich stur stellte, und es kam später heraus, daß Samantha Rhodes *tatsächlich* einen Beweis hatte, würde das katastrophal sein.

»Unberechtigter Zugriff auf einen Computer ist schon eine Straftat«, sagte Langford. »Ein Meineid würde es sogar noch schlimmer machen.«

»Welche Möglichkeiten gibt es also?« fragte Jay. »Oder versucht es Shaws Anwältin auf die harte Tour?«

»Silkwood hatte bereits eine Vorbesprechung. Das Miami Police Department hat Shaw bereits wegen des letzten Frauenmordes an der Angel – Blutflecke, Sperma und Fasern. Shaws Anwältin will eine Garantie für verminderte Schuldfähigkeit in diesem Fall und Unzurechnungsfähigkeit in allen anderen. Er wird in den Knast wandern, aber nicht für immer.«

»Eine andere Möglichkeit gibt es nicht?«

»Nein.« Es folgte langes Schweigen.

»Mist«, sagte Jay schließlich. »Er wird zwanzig Jahre bis lebenslänglich bekommen und in acht Jahren raus sein.«

»Genau.« Langford ließ seinen Kugelschreiber auf den Schreibblock fallen. »Wie ich schon sagte, Fletcher, Sie haben die Sache versaut. So können wir das wenigstens unter den Teppich kehren.«

»Es tut mir leid.« Sie wußte, daß das eine lahme Antwort war, aber was konnte sie sonst sagen?

»Das reicht nicht, Jay.« Langfords Tonfall wurde etwas weicher. »Wir waren schon einmal in einer ähnlichen Lage, als Sie mit C-Bix einen Strafprozeß vorbereiteten, erinnern Sie sich?«

»Das war etwas anderes«, wandte sie ein.

»Nein, keineswegs. Sie wollten Ihr Programm durch ein mittelgroßes, ländliches Zentrum laufenlassen und alle relevanten Datenbanken nutzen – lokale Sexverbrechen, Feuerteufel, Kreditbüros, Finanzamt, Adoptionsakten, Akten von Heil- und Pflegeanstalten und so weiter. Alles, was zum Täterprofil paßte. Eine groß angelegte Datenschnüffelei.«

»Das halte ich immer noch für vernünftig«, erwiderte Jay. »Wir hätten eine Liste von potentiellen Verdächtigen aufstellen können, bevor die Verbrechen stattfanden. Wir hätten einige Menschenleben retten können.«

»Und wir hätten gegen die verfassungsmäßigen Rechte von jedem Verdächtigen auf der Liste verstoßen.«

»Ich dachte, wir sollen Verbrechen bekämpfen.«

»Aber unter Beachtung der allgemeinen Spielregeln. Selbst die Bürgerrechte eines Monsters wie Ted Bundy standen unter verfassungsmäßigem Schutz, bis wir ihn auf dem elektrischen Stuhl gebraten haben. Entweder finden Sie sich damit ab, Jay, oder Sie verschwinden aus dem FBI.«

»Es ist also ein Spiel.« Jays Schultern sackten hinab. Ohne ihren Job fühlte sie nichts als Leere. Dann könnte sie ebensogut tot sein. »Nur ein Spiel.«

»Nein. Es ist das Gesetz«, sagte Langford mit einem tiefen Seufzer. »Wie lange arbeiten Sie schon für diese Abteilung, Jay?«

»Im September sechs Jahre.«

»Vielleicht brauchen Sie eine Ruhepause.« Er ließ das einwirken. Jay wurde blaß. Sie erkannte, worauf all dies hinauslief.

»Sie wollen, daß ich gehe?« fragte sie angespannt und kämpfte gegen Tränen an. Was auch geschehen mochte, sie würde nicht heulen.

»Nein, nichts dergleichen«, antwortete Langford nach langem Schweigen. »Aber dieser Fall Shaw ist noch nicht ausgestanden. Es wird noch dicke Luft geben. Ich kann damit fertig werden, aber ich will Sie aus der Feuerlinie haben.«

»Was heißt das?«

»Eine Versetzung. Sonderauftrag.«

Sonderauftrag? Jay glaubte, durch den Boden zu sinken. »Wohin?« brachte sie schließlich hervor.

»Santa Fe, New Mexico. Sie werden mit einem Mann namens Cruz zusammenarbeiten.«

»Wir haben dort nicht mal eine Außenstelle. Nur eine einheimische Agentur.«

»Ich habe Ihnen gesagt, es ist ein Sonderauftrag. Cruz

stellt ein Dezernat Brandstiftung auf. Er hat uns um Unterstützung in den Computerdingen gebeten.«

»Brandstiftung?« sagte Jay. »Dieser Typ ist bei der Feuerwehr?« Sie starrte Langford an. »Ich bin Cop, keine Feuerwehrfrau. Ich kann das nicht tun.«

»Sie stellen Täterprofile von Feuerteufeln genauso her wie von Serienmördern, Jay. Da ist kein Unterschied.« Er blickte wieder finster drein. »Es ist wichtige Arbeit, sie fällt unter das Mandat des FBI, und im Augenblick ist es das Beste, was ich Ihnen bieten kann.«

»Es sei denn, ich reiche ein Entlassungsgesuch ein.« Das war Blödsinn, und sie wußten es beide. Langford seufzte wieder.

»Wenn Sie das tun, sind Sie eine Privatperson, Agent Fletcher. Ich werde Sie nicht halten können.« Er schwieg kurz. »Und ich werde Sie nicht vor Leuten wie Shaws Anwältin schützen können ...« Er ließ seine Mahnung einwirken und musterte sie kühl. Die Sache war klar. Friß oder stirb.

*So kommt das FBI wenigstens nicht in Verlegenheit, auch wenn es bedeutet, daß ich in die Provinz geschickt werde.*

»Wann?« fragte sie leise.

»Ich habe Cruz gesagt, daß Sie in einer Woche dort sein werden. Aber ich möchte, daß Sie gleich dorthin reisen. Noch heute nachmittag.«

»Sozusagen eine Operation zur Vorbeugung?«

»Wenn Sie es so sehen wollen.«

Jay atmete tief durch. Plötzlich wurde ihr bewußt, daß sie immer noch den Becher mit Kaffee in der Hand hielt. Sie spielte kurz mit dem Gedanken, den Kaffee Langford ins Gesicht zu schütten, doch dann nickte sie und akzeptierte das Unvermeidliche.

»Also gut.« Sie wollte gehen, aber Langfords Stimme stoppte sie.

»Jay?«

»Sir?«

»Es ist nicht für immer, Jay. Sie haben viel für die Abteilung getan. Wir werden eine Kerze für Sie im Fenster brennen lassen.«

»Danke«, murmelte Jay und wandte sich wieder zur Tür.

Sie fuhr mit einem Taxi zu ihrem Apartment in einem alten, aus braunen Sandsteinen errichteten Haus in der Dreizehnten Straße mit Blick auf den Lincoln Park. Die Gegend, nur ungefähr zwei Kilometer von Capitol Hill entfernt, war einst überwiegend von Armen und Schwarzen bewohnt gewesen, doch die Zeiten hatten sich geändert, und die Schwarzen waren weiter Richtung RFK-Stadium und Beltway gezogen, wodurch Jays Umgebung zu einer Oase für weiße Geistesarbeiter geworden war. Der Lincoln Park war jetzt nicht mehr voller Taschendiebe, sondern voller Crack-Dealer, die Berater von Kongreßmitgliedern und Büroangestellte belieferten.

Das Apartment bestand aus fünf Räumen, alle in verschiedenen Gelbtönen angestrichen, ihrer Lieblingsfarbe. Aus dem Wohnzimmerfenster konnte sie über die Kastanienbäume und Magnolien zu der lebensgroßen Statue von Lincoln blicken, der die Unabhängigkeit proklamierte, und jenseits davon die ferne Kuppel vom Capitol sehen.

In der Wohnung war es brütend heiß, und die Luft roch abgestanden, weil über einen Monat lang nicht gelüftet worden war. Nadine, ihre Nachbarin unter ihr und ihre Jogging-Partnerin, hatte vergessen, die Pflanzen zu gießen, aber damit hatte Jay gerechnet. Nadine war Krankenschwester im nahegelegenen Capitol Hill Hospital, und wenn sie nicht gerade Doppelschichten machte, um die Raten für ihren nagelneuen schnittigen Wagen bezahlen zu können, unterhielt sie einen scheinbar endlosen Strom von Freunden oder war auf der Jagd nach einem ehetauglichen Arzt.

Jay schob eine CD in die Stereoanlage und verbrachte dann fünf Minuten damit, alle Fenster der Wohnung zu öffnen. Sie ging ins Badezimmer, zog sich aus, stellte die Dusche lauwarm ein und stieg in die Badewanne. Dann begann sie zu schluchzen, heulte schließlich laut und hämmerte mit den Fäusten gegen die Fiberglaswände der Duschkabine. Nach einer Weile begann sie sich das Haar zu waschen, wobei sie heftig ihre Kopfhaut massierte. Als sie die Dusche abstellte, war die Barocksuite zu Ende.

Sie trocknete sich vor dem großen Spiegel an der Badezimmertür ab und betrachtete sich kritisch. Durchschnittliche Größe, durchschnittliches Gewicht, durchschnittliches Haar. Ihr Busen war zu klein, die Hüften waren zu schmal und die Beine zu mager. Das einzige, von dem sie zuviel hatte, waren Schamhaare und Krähenfüße.

Im Wohnzimmer war es trotz Durchzuges immer noch stickig warm. Sie schaute aus dem Fenster im ersten Stock. Wenn drüben in einem der Häuser ein Spanner mit einem Fernglas am Fenster stand, sollte er sich ruhig an ihrem Anblick weiden. Sie trat ans Bücherregal neben der Stereoanlage und schaute auf die Buchtitel.

»Was, zum Teufel, weiß ich über New Mexico?« sagte sie laut. Sie hatte ein paar von Tony Hillermans Romanen gelesen, aber sie bezweifelte, daß die Heldentaten von Jim Chee und Joe Leaphorn ihr Einblicke in ihren neuen Job gewährten. Nach mehr als einem Jahrzehnt beim FBI hatte ihr Interesse an Detektivgeschichten und Krimis merklich nachgelassen. Für sie war Mord kein Geheimnis mehr; es war ein banaler tagtäglicher Horror und die Wurzel eines zunehmenden Zynismus, der ihr allmählich angst machte. Vielleicht hatte Charlie Langford recht; vielleicht brauchte sie einen Wechsel.

Sie fand ein fast zerfleddertes Taschenbuch von E. Nesbits »Geschichte des Amuletts«, die Phantasie eines viktorianischen Kindes, die sie dutzendemal gelesen hatte, schlurfte damit in ihr Schlafzimmer und ließ sich aufs Bett sinken. Sie schaltete den großen Ventilator auf dem Nachttisch an und machte es sich im Bett bequem. Das Buch, das von den Zeitreisen und Erlebnissen Londoner Kinder handelte, hatte einen zauberhaften Charme, und selbst die affenartige Kreatur namens Psammead (das P wurde nicht ausgesprochen) konnte Jay nicht beunruhigen.

Nach ein paar Minuten ließ sie das Taschenbuch zu Boden fallen und sich auf das Kissen zurücksinken. Sie schaute zur Decke und lauschte dem Summen des Ventilators.

Sie finden immer einen Dreh, um davonzukommen, dachte sie. Die Vergewaltiger, die Mörder, der Abschaum. Da ist immer eine Lücke im Gesetz oder ein Verfahrensfehler. Die meisten Mordanklagen versanden schon vorher.

Vor ihrem geistigen Auge sah sie das Gesicht von Dennis Lloyd Shaw, nur ein Glied in einer grausigen Kette, die sich über all die Jahre zurück bis zu Robby Robson erstreckte – dem Playboy aus Tomahawk, Wisconsin. Er hätte jede Frau haben können, warum hatte er es dann für nötig befunden, die magere kleine Janet Louise Fletcher zu vergewaltigen? Die ganze Sache war lächerlich. Der Cop, den sie gerufen hatte, konnte kaum ernst bleiben. Und ebensowenig Robby. Die ganze Stadt lachte – alle außer Jay Fletcher.

Sie erinnerte sich, wie sie sich damals gefühlt hatte: klein, dünn, hausbacken, mißbraucht. Und da war keiner dort draußen gewesen, der ihr zugehört hatte. Keiner, der ihr über diese Nacht hinweggeholfen hatte. Nun, jetzt hörte man ihr zu, wenigstens meistens. Kein kleines Mädchen saß zitternd in einem kahlen Raum, während ein Dreckskerl von Vergewaltiger lachte und ungestraft davonkam. Vielleicht war es später deswegen so leicht für den Anwerber gewesen, sie für die Polizeiarbeit zu gewinnen. Sie lachte schwach, legte eine Hand auf ihre Scham und drückte hart.

*Da kommt mir eine Idee.*

Der Ventilator summte. Einen Moment lang widerstand sie der Versuchung, und dann gab sie nach. Sie rollte sich über das Bett, zog die Schublade des Nachttischs auf und griff hinein.

## 5

DER MANN, DER sich Dr. Henry B. Saunders nannte, saß hinter dem Schreibtisch im Büro, das er gemietet hatte, und betrachtete durch eine Lupe die Fotos, die er in Ellen Putnams Haus am Curtis Park geschossen hatte. Die Kamera, die er benutzt hatte, war nicht die beste, und die Fotos waren alles andere als gestochen scharf, aber für seine Zwecke reichten sie aus.

Der kleinwüchsige Verkäufer in dem Fotogeschäft hatte gefragt, warum er so viele Fotos von einem leeren Haus entwickelt haben wollte, und Saunders hatte sich eine freche Antwort verkniffen und milde erklärt, daß er sie für Versicherungszwecke brauchte. Diese Auskunft hatte den Trottel offenbar zufriedengestellt. Vor zwanzig Jahren, in den Tagen, in denen Saunders mit alldem angefangen hatte, hätte der Angestellte im Fotogeschäft seine Neugier sehr bereut, doch inzwischen hatte Saunders sich besser unter Kontrolle und wußte, worauf er seine Energien zu richten hatte. Immerhin ein kleiner Erfolg seiner Therapie.

Er blickte von den Fotos auf und drehte sich mit dem Schreibtischsessel. Das kleine, voll möblierte Büro befand sich im neuen Stock eines Gebäudes an der East Colfax Avenue mit einem Blick auf das State Capitol und die Grünanlagen rings um den Komplex des Civic Center. Wenn er sich den Hals verrenkte, konnte er die

Berge im Westen sehen. Es war ein perfektes Operationszentrum in der Innenstadt für seine Aktivitäten fern vom Haus am Curtis Park, und wenn sein Werk in Denver vollbracht war, würde es ein idealer Platz sein, um eine neue Serie zu beginnen.

An diesem Morgen hatte er einen seiner Hartschalenkoffer ins Büro gebracht, die Telefonleitung ausgestöpselt und den Laptop angeschlossen. Mit dem tragbaren PC konnte er anfangen, die Identität eines neuen Zielobjekts zu suchen. Sozusagen ein neuer Anzug, der jetzt nötig war, weil Dr. Saunders' Anzug ein wenig am Kragen und den Manschetten ausfranste. Er würde diesen Computer immer anlassen, wenn er nicht im Büro war, und eine identische Einheit im Apartment im Kellergeschoß benutzen.

Das war natürlich ein anderer Grund, weshalb er eine Basis fern vom Curtis Park brauchte; er mußte schließlich auch auf einen Verfolger gefaßt sein, der tüchtiger war als diejenigen, mit denen er in der Vergangenheit fertig geworden war, einen Verfolger, der genug Verstand hatte, um die registrierten Telefonate von Ellen Putnams Mieter systematisch zu überprüfen. Mit den beiden Computern an Ort und Stelle würden diese Aufzeichnungen nur eine Liste von Anrufen in dem augenblicklichen Büro zeigen, das als Zentrale diente. Der tragbare Computer hier war mit einem Signalausfall ausgestattet, der seine Modem-Verbindungen mit Internet und den anderen E-mails löschen würde. Eine leere Seite und eine Sackgasse. Verwirrung für seine Feinde.

Er lächelte und schaute hinab auf die winzigen Gestalten der Touristen, die vor dem Capitol schlenderten. *Eine leere Seite.* Sein Therapeut hatte diese Formulierung oft benutzt. Wann war das gewesen? Kurz nach Vietnam? Da war er Sanitäter auf dem Luftwaffenstützpunkt Tan Son Hut in Saigon gewesen und hatte den Namen Jackson benutzt, ausgesucht nach der Hundemarke eines Gefallenen, der schwarz im Leben und noch schwärzer nach einem Absturz mit einem brennenden Kampfhubschrauber gewesen war. Damals war das Leben schön und einfach gewesen. Der Mann lächelte.

Am Ende war es zu leicht geworden, und er hatte sich wieder verwandelt, war heimgekehrt mit ein paar Medaillen und einer Entlassung aus psychiatrischen Gründen. Die Therapie war der Preis gewesen, den er für eine schnelle Entlassung gezahlt hatte. Zu Beginn hatte es ihn gewurmt, aber schließlich hatte er davon gelernt und aus einer unangenehmen Situation das Beste gemacht. Das alles lag weit zurück. Saunders konnte sich nicht einmal mehr an den Namen des Therapeuten erinnern, geschweige denn daran, daß er den Mann begraben hatte. Er schüttelte immer noch lächelnd den Kopf und beschäftigte sich wieder mit den Fotos. Wie lauteten noch die letzten Worte eines Sterbenden? So viel zu tun, und so wenig Zeit.

Jay Fletcher saß im Büro der Psychiaterin im Capitol Hill Hospital und ohrfeigte sich im Geiste selbst, weil sie auf Nadines Rat gehört hatte. Sie war mitten im Packen für den Umzug nach Santa Fe und hatte keine Zeit für diesen Blödsinn, aber nach zwei durchheulten Stunden und der anschließenden Freßorgie am Montagabend hatte ihre Freundin darauf bestanden, daß sie zu der Psychiaterin ging. Laut Nadine konnte der Besuch nicht schaden, und letzten Endes würde die Psychiaterin ihr einen Tranquilizer verschreiben.

Die Psycho-Lady hatte dreißig Pfund Übergewicht, trug einen Rock à la Woodstock/New Age, Bluse und Umhängetuch, und das ergrauende Haar reichte ihr bis zur Hüfte. In den ersten fünf Minuten fand Jay heraus, daß sie sich nicht als Psychiaterin bezeichnete; statt dessen war sie eine ›Heilerin‹ und eine ›Hilfe für geistige Gesundheit‹. Jay fragte sich, ob die Psychiaterin rasende Psychopathen als ›mental bedrohte Personen‹ bezeichnete.

Das Büro paßte genau zum Aussehen der Frau. Beruhigende erdfarbene Töne, ein paar große Knüpfarbeiten mit Fransen und jede Menge Pflanzen auf der Bank des Fensters, das auf die Constitution Avenue blickte. Statt eines Schreibtischs hatte sie einen naturbelassenen Tisch und statt einer Couch einen großen Weidenkorbsessel, der jedesmal knarrte, wenn Jay ihr Gewicht verlagerte. Ein halbes Dutzend leuchtend bunte mexikanische kleine Teppiche war auf dem mattgrünen Linoleum des Bodens verteilt.

Sie hatten fast eine Stunde lang geredet, und Jay wußte immer noch nicht, wohin das führte. Die Stimme der Psycho-Lady klang wie die eines Priesters, der die Letzte Ölung gibt, und Jay spürte, wie ihre Lider schwer wurden. Sie setzte sich ruckartig im Sessel auf, als ihr plötzlich klar wurde, daß lange Zeit Schweigen geherrscht hatte. Die Psychiaterin hatte eine Frage gestellt.

»Wie bitte?«

Es machte der Frau anscheinend nichts aus, daß Jay vor Langeweile eingedöst war. »Ich sagte soeben, es überrascht mich, daß Sie zu mir gekommen sind. Ich dachte, das FBI hat eigene Psychologen.«

»So ist es. Aber ich will keinen mehr vom FBI sehen.«

»Warum?«

»Ich bin ohnehin schon in Schwulitäten. Ich möchte dem FBI nicht noch mehr Munition liefern.« Und wenn sie zu einem Psychiater ihrer eigenen Wahl ging, konnte sie eine Anweisung der Vorgesetzten verhindern, einen der FBI-Psychologen aufzusuchen. Wenn sie schon verrückt zu werden drohte, dann wollte sie wenigstens den Zeitpunkt selbst bestimmen. Zu ihrer Überraschung begann die Plauderei ihr Spaß zu machen, New-Age-Lady hin, Woodstock-Nostalgikerin her. Sie hatte wenigstens jemanden, mit dem sie reden konnte.

»Sie erwähnten zuvor, daß Sie sich Sorgen machten, den Job zu verlieren.«

»Das würde eine Menge Probleme für jeden lösen.«

»Nur nicht für Sie.«

»Ja. Nur nicht für mich.« Sie ahmte den Tonfall der Psychologin nach. »Und ich bin nicht paranoid, Doktor; wohl aber das FBI! Es ist eine Grundregel: Bringe niemals das FBI in Verlegenheit. Jemand hat sogar ein Buch darüber geschrieben.«

»Wie haben Sie sich bei dem Gedanken gefühlt, das FBI zu verlassen?«

»Schrecklich. Ich wüßte nicht, was ich mit meinem Leben anfangen sollte. Ich habe kein anderes Leben.«

»Vielleicht ist dies das Problem. Sie sind zu sehr auf Ihre Arbeit fixiert.«

»Das werde ich auch nicht ändern, wenn ich mir einen Freund zulege, Doktor, glauben Sie mir.«

»Ich habe nichts von einem Freund gesagt.« Die Psychiaterin legte eine Pause ein und blickte ein paar Sekunden lang auf den Notizblock, der vor ihr lag. »Sie denken anscheinend, diese Versetzung nach New Mexico sei eine Art Bestrafung. Vielleicht sollten Sie das positiver sehen. Eine Veränderung der Lebensweise, eine Möglichkeit, die Dinge in einem anderen Licht zu betrachten.«

Da hatte die Psycho-Lady vielleicht recht, aber Jay hatte immer noch das Gefühl, ins Exil geschickt zu werden.

»Dinge, Mehrzahl? Für mich zählt nur eines, Doktor. Mein Job ist es, die Bösen zu schnappen. Ich erledige das, aber die Justiz läßt sie einfach wieder frei. Vor ein paar Jahren haben wir einen Kerl zur Strecke gebracht, der kleine Jungs mit Colaflaschen mißhandelte. Er präsentierte einen Psychiater, der sagte, sein Patient habe das nur getan, weil er als Kind selbst auf diese Weise mißhandelt wurde. Er bekam ein Jahr bis fünf Jahre, saß ein halbes Jahr und wurde dann auf Bewährung freigelassen. Wie kämpfe ich dagegen an, Doktor? Mein Gott, wie kann ich damit leben?«

»Sie sprechen über Selbstbeherrschung.«

»Stimmt. Ich befürchte, sie zu verlieren.«

»Was würde Ihrer Ansicht nach geschehen, wenn Sie die Kontrolle über sich verlieren, Jay?« Besänftigend sprach sie. Mitfühlend. Besser als nichts.

»Das ist genau das Problem, Doktor. Ich weiß nicht, was passieren würde.«

»Das macht Ihnen angst? Es nicht zu wissen?«

»Ja.«

*Mensch, Mädchen, du hast keine Ahnung!*

»Haben Sie überlegt, was Sie tun könnten, um diese Angst loszuwerden?«

*Viele Möglichkeiten. Ding, Dong. Schwarz, Weiß. Ja, nein. Wie bei einem Computer.*

*Eine Waffe nehmen und mir durch den Kopf schießen oder in den nächsten Imbiß gehen und herumballern.*

»Ja. Das macht mir ebenfalls angst.«

»Warum? Zu welchen Schlüssen sind Sie gelangt?«

»Zu keinem. Ich sehe keine Zukunft mehr für mich. Da ist nur ein großes, schwarzes Loch, an dessen Rand ich stehe.« Jay lächelte die Psychiaterin schwach an. »Die Furcht, in das Loch hineinzufallen.«

»Aber Sie können noch darüber lachen.« Die Psychiaterin erwiderte das Lächeln.

»Lachen angesichts ...« Es folgte angespannte Stille. Jay widerstand dem Drang, aus dem knarrenden Sessel aufzuspringen und aus dem Büro zu laufen.

»Was?« fragte die Psychiaterin. »Lachen angesichts ... was?«

»Ich bin mir nicht sicher.«

*Lügnerin.*

»Da gibt es noch etwas, das Sie natürlich bedenken sollten.«

»Was?«

»Ihr Alter.«

»Ich bin noch nicht mal vierzig, Doktor. Es ist ein bißchen früh für eine Midlife-crisis, finden Sie nicht auch?«

»Ich dachte mehr in ... körperlicher Hinsicht.«

Jay lachte, und es klang schrill in dem stillen Büro. »Ich bin ein bißchen jung für die Menopause, meinen Sie nicht?«

»Es ist etwas, über das man nachdenken sollte. Starker Streß kann zu demselben pathologischen Befund führen.«

»Meine Perioden waren regelmäßig wie ein Uhrwerk, seit ich dreizehn war, Doktor. Das sind sie immer noch.« Jay neigte sich vor und strich mit dem Zeigefinger über die Oberlippe. »Sehen Sie? Kein Bartwuchs. Und auch keine Hitzewallungen.«

*Keine Ehe, keine Kinder, kein Freund. Ein Judaskuß von Stearns auf dem Flughafen. Kein Wunder, daß ich depressiv bin.*

Die Psychiaterin hatte eine altmodische Männer-Taschenuhr, die an einem Lederriemen von ihrem Hals baumelte. Sie warf einen Blick auf die Uhr und schaute dann Jay an.

»Unsere Zeit ist fast abgelaufen.« Sie runzelte die Stirn. »Da wir nicht in der Lage sein werden, eine Langzeittherapie durchzuführen, kann ich leider nicht viel für Sie tun, befürchte ich.« Sie überlegte kurz. »Ich kann Ihnen ein Antidepressivum verschreiben, wenn Sie meinen ...«

Jay unterbrach schnell, bevor sie sich anders besinnen konnte. »Nein, danke, Doktor. Mein Boß hat mich für eine Weile auf die Weide rausgeschickt, aber ich kann noch eine Waffe tragen. Feuerwaffen und Drogen passen nicht sehr gut zusammen.«

»Ja, ich verstehe, was Sie meinen«, sagte die Psychiaterin mit dem geheimnisvollen Nicken einer Schamanin. Sie verstand natürlich überhaupt nichts, doch ihre Miene spiegelte leichte Besorgnis wider, als sie Jay musterte, als frage sie sich, wo sie die Waffe versteckt trug. Die Psychiaterin erhob sich und reichte Jay die Hand. Jay ergriff die Hand und schüttelte sie.

»Vielen Dank, Doktor. Ob Sie es glauben oder nicht, Sie haben mir geholfen.«

*Ein bißchen. Schick mich nicht ganz allein dort raus, Doc. Noch nicht. Vielleicht sollte ich die Pillen doch nehmen.*

»Ich hoffe es. Viel Glück, Jay. Sie können mich anrufen ... jederzeit. Sie haben meine Visitenkarte.«

»Danke. Mit mir wird schon alles in Ordnung kommen.«

*Lügnerin!*

Jay verließ das Büro und spürte die 9-mm-Browning-Dienstwaffe im Holster an ihrem Rücken wie eine eiskalte schwere Last.

Charles Langford lenkte seinen Wagen durch den Verkehr des späten Nachmittags in Richtung Georgetown University. Der Saab war sein Privatauto, kein Dienstwagen. Das oberere Management sah es nicht gern, wenn FBIler Privatwagen benutzten, aber Langford hatte keine Lust, sich anzupassen. Er hatte es längst aufgegeben, Benzin- und Kilometergeld geltend zu machen, aber er war überzeugt, sich so einige Unfallkosten zu ersparen.

Als er an einer Ampel an der N Street und Wisconsin Avenue wartete, blickte er auf das dicke Kuvert auf dem Beifahrersitz. Der Umschlag war heute von der Außenstelle Phoenix eingetroffen, und Langford hatte bereits genau gewußt, was er enthielt, bevor er den gräßlichen Inhalt gesehen hatte. Da war ein sauber getippter Aufkleber auf dem Kuvert

William DeMille Hawkins
Department of Criminology, Georgetown University
c/o Special Agent in Charge
Federal Bureau of Investigation Field Office
Phoenix Arizona

Die Ampel wechselte auf Grün, und Langford fuhr über die Kreuzung und dachte an den Umschlag und den Mann, an den er adressiert war.

Bill Hawkins hatte seine Laufbahn als Verbrechensbekämpfer Ende der sechziger Jahre als Militärpolizist in Saigon begonnen. Nach der Rückkehr in die Staaten war er bei der Army geblieben und hatte sich zur Criminal Investigation Division (CID) versetzen lassen, was zu einem Schreibtischjob im CID-Hauptquartier in Falls Church, Virginia, geführt hatte. Er hatte es geschafft, in Kriminologie zu promovieren, und dann war er vom militärischen ins zivile Leben gewechselt und 1976 zum FBI gegangen.

Hawkins war sofort der Abteilung Verhaltensforschung zugeteilt worden und hatte drei Jahre damit verbracht, durch das Land zu reisen und mit den berüchtigtsten Serienmördern, Vergewaltigern, Massenmördern und Kindermördern zu sprechen, um Informationen zu sammeln, die das Fundament des Programms der Abteilung zur Erstellung von Täterprofilen und der Grundstock für die Datenbank des National Center for the Analysis of Violent Crime (NCAVC) werden würden. Während dieser Zeit hatte er Charlie Langford kennengelernt, und seither waren sie befreundet.

1979 wurde Hawkins Field Agent, und in den nächsten neun Jahren arbeitete er in einer Reihe von Außenstellen und wurde schließlich Deputy Special Agent in Charge (SAC) des Washington Metropolitan Field Office. 1988, im Alter von neununddreißig Jahren, endete seine Laufbahn beim FBI abrupt, und er ging mit einer Invaliditätsrente in Pension.

Wie Langford und jeder andere Special Agent des FBI war sich Bill Hawkins der Gefahren seines Berufs bewußt, aber er war nicht auf die Ironie des Schicksals vorbereitet gewesen, daß der Propangastank seines Gasgrills ein defektes Ventil hatte. Das Gerät explodierte vor seinem Gesicht und raubte ihm das linke Augenlicht. Er konnte die körperlichen Voraussetzungen für einen FBI-Agenten nicht mehr erfüllen, und man bot ihm eine Reihe von Posten in der Bürokratie des FBI an. Er lehnte ab und wählte statt dessen den Vorruhestand. Ein Jahr später, unterstützt durch die begeisterten Empfehlungen von Langford und anderen Freunden beim FBI, nahm Hawkins eine Stelle als Dozent in Kriminalgeschichte an der Georgetown University an.

Er hielt enge Verbindung zum FBI, fungierte als Berater für das VICAP-Programm und die Leute der Abteilung Verhaltensforschung, die Täterprofile erstellten, und dehnte sein Lehrprogramm auf einen Kursus in Kriminalliteratur aus. Während seiner Zeit in Georgetown schrieb er außerdem vier Bücher, drei mit akademischem Inhalt, das vierte über die Geschichte von Scotland Yard, ein Titel, der ein paar Wochen lang auf der Bestsellerliste der *New York Times* stand.

Ein fünftes Buch, das die Geschichte der Pinkerton-Detektiv-Agentur erzählte, sollte später in diesem Jahr veröffentlicht werden, und als Langford zum letztenmal mit seinem Freund darüber gesprochen hatte, war von einer Verfilmung die Rede gewesen. Laut Hawkins lief alles prima. Dennoch konnten Bücher kein Ersatz für richtige Polizeiarbeit sein.

Langford bog nach rechts in die Siebenunddreißigste Straße und fuhr dann durch das Haupttor der Universität. Er fuhr langsam durch das Wirrwarr enger Zufahrtsstraßen zu der Ansammlung neugotischer Gebäude und gelangte schließlich zu Hawkins' Büro an der Südwestecke des Campus, das auf das dichte Grün des Archbold Parks hinausblickte. Langford parkte den Saab auf einem der Besucherparkplätze und nahm das Kuvert vom Beifahrersitz.

»Du wolltest es ja so haben«, murmelte er und stieg aus.

Hawkins betrachtete eine große Karte der Vereinigten Staaten, die an der Wand hing, als Langford das Büro betrat. Der FBI-Mann im Ruhestand war mittelgroß, hatte einen spitzen Bierbauch und dunkelblondes, schütteres Haar. Über seinem linken Auge und der oberen Wange war eine schwarze Augenklappe. Er trug ein blaues Hemd ohne Krawatte, verwaschene Blue jeans und alte Cowboystiefel. Hawkins bezeichnete das Ganze als ›das Outfit eines übergewichtigen Cowboys‹.

»Tag, Charlie.« Hawkins wies auf den großen, roten Ledersessel neben dem Schreibtisch und nahm selbst Platz. Langford schaute sich in dem kleinen Büro mit der hohen Decke um. Seit seinem letzten Besuch hatte sich nicht viel verändert; nur daß sich nun noch mehr Bücher als zuvor auf den Tischen stapelten und die Regale unter der Last des Geschriebenen zusammenzubrechen drohten. An einer Wand hingen Landkarten, einschließlich der großen Karte der USA, die mit großen roten Heftzwecken übersät war.

»Hier sieht es jedesmal chaotischer aus«, sagte Langford.

Hawkins lächelte, kippte die Lehne seines Schreibtischsessels zurück und legte die Füße auf den Schreibtisch. »Kreatives Chaos«, erwiderte er. »Das kommt mit dem akademischen Leben.«

»Unsinn«, sagte Langford.

»In einem unordentlichen Raum kann ich besser denken.«

»Hör auf, du bist ein Chaot, das weißt du selbst am besten.«

Hawkins blickte auf das Kuvert auf Langfords Schoß. »Vermutlich ist das vom Eismann.«

Langford lächelte matt. »Das mußt du bereits gewußt haben. Ich sah, daß du auf die Karte geschaut hast.«

»Wieder ein Mord?«

Langford nickte. »Phoenix.«

Hawkins zog eine Schreibtischlade auf, nahm eine Schachtel heraus, öffnete sie und entnahm eine Heftzwecke, die er an der entsprechenden Stelle auf die Karte heftete.

»Arizona«, sagte er, trat von der Landkarte zurück und schaute auf die neue Markierung. Die anderen Heftzwecken waren von Seattle über Boston und Cleveland bis nach Miami verstreut. Insgesamt vierzehn. »Frisches Gebiet.«

Langford zuckte die Achseln. »Soweit wir wissen.«

Hawkins kehrte zu seinem Schreibtischsessel zurück und setzte sich. »Erzähl mir, was ihr bisher herausbekommen habt.«

Langford nahm ein kleines Notizbuch aus der Innentasche seines Jacketts und blätterte darin.

»Ein Mann namens John Fuscianna mietet ein Apartment in Phoenix. Zahlt drei Monate im voraus, einschließlich Nebenkosten. Cash. Als er nicht mit der vierten Monatsmiete kommt, überprüft der Hausmeister das Apartment. Es gibt kein Anzeichen darauf, daß Fuscianna jemals eingezogen ist. Die Wohnung ist leer.«

»Bis auf den Kühl- oder Gefrierschrank«, sagte Hawkins voraus.

»Diesmal Gefrierschrank. Glücklicherweise haben sie den Strom nicht abgestellt. So brauchte sich die Polizei von Phoenix wenigstens nicht *damit* zu beschäftigen.« Langford atmete tief durch, bevor er fortfuhr. »So lag eine Leiche im Gefrierschrank. Mann Anfang Vierzig, schwarzes Haar, blaue Augen. Nackt. Keine Papiere, keine Kleidung, nichts. Eine Kugel im Hinterkopf. Kaliber zweiundzwanzig. Der Leichenbeschauer konnte nicht viel zum Todeszeitpunkt sagen. Zwei bis zweieinhalb Monate. Die Leiche war gefroren.«

»Hat die Polizei in Phoenix den Namen Fuscianna ermittelt, oder das FBI?«

»Wir«, sagte Langford.

»Auf Grund der Fotos?«

»Ja.« Langford strich über das Kuvert auf seinem Schoß. »Sie lagen unter der Leiche. Der Umschlag befand sich in einer Plastiktüte. Als die Cops von Phoenix die Plastiktüte öffneten, sahen sie deinen Namen auf dem Kuvert und übergaben es unserer Außenstelle.«

»Was habt ihr durch den Namen herausgefunden?«

»Fuscianna war in Des Moines vermißt gemeldet und wurde mit Haftbefehl gesucht. Immobilienmakler. Er zahlte nicht die monatlichen Alimente, und seine Ex-Frau suchte ihn. All seine Konten waren geplündert, einschließlich Treuhandgelder von ungefähr sechzig Riesen, Anzahlungen auf Häuser, die er verkaufte. Er hatte ein Dutzend Kreditkarten. Mit allen wurde Geld bis zum Limit abgehoben. Die Polizei von Des Moines sagte sich, er wollte abhauen und untertauchen.«

»VICAP?« fragte Hawkins.

»Ja. Zehn Wochen später meldete die Polizeistation Little Rock, daß er dreifachen Mord und Vergewaltigung begangen hat. Mutter, halbwüchsige Tochter und siebenjähriger Sohn. Die Petrie-Familie.«

»Geschieden?«

»Nein. Der Vater war bei der Air Force. Stationiert im Mittleren Osten.«

»Paßt alles auf den Eismann.«

»Ja. Aber keiner kam darauf, bis diese Sache in Phoenix passierte. Wenn wir eine direkte Verbindung zwischen VICAP und der Vermißtenkartei hätten, wären die Zusammenhänge eher klargeworden.«

»Ist der wahre Fuscianna bereits aufgetaucht?«

»Negativ. Als wir den Namen hatten, nahmen wir Kontakt mit Des Moines auf und fragten an, ob sie irgendeine nicht identifizierte Leiche herumliegen haben. Das hatten sie. Ein weiterer Tiefgefrorener. Eine Sicherung brannte durch, und der Gefrierschrank begann zu stinken. Sie lassen Fuscianna Zahnarzt das Gebiß identifizieren. Wir sollten in ein, zwei Tagen das Ergebnis haben.«

»Kann ich also Little Rock auf der Karte markieren?«

»Sieht so aus. Vielleicht auch Des Moines. Sie haben dort einen Fall von Vergewaltigung und Mord, der in den Zeitplan paßt.«

»Zu schade, daß du keinen Namen von der Leiche in Phoenix hast. Dann wäre vielleicht Zeit, den nächsten Mord zu verhindern.«

»Phoenix ist wie eine Etappe zwischen hier und da«, sagte Langford. »Wir versuchen, was Passendes in der Vermißtenkartei zu finden, aber ich bezweifle, daß was dabei herauskommt.«

»Und dann bringst du mir den Fall?«

»Du beschäftigst dich schon lange mit dem Eismann. Hast du ihn nicht so getauft?«

Hawkins nickte. »War doch kein schlechter Name, oder? Heutzutage wird er vielleicht Eisschrankmörder genannt.«

Langford lächelte. »Ich habe im letzten *Law Enforcement Bulletin* gelesen, daß das FBI pro Jahr achthunderttausend Akten mehr bekommt. Ein Codename ist so gut wie der andere, nehme ich an.« Er neigte sich vor und legte das Kuvert behutsam auf Hawkins' Schreibtisch. Hawkins warf kaum einen Blick darauf. »Oder vielleicht ist er ein Omen«, fügte Langford hinzu.

»Komm mir nicht mit dem Scheiß, eine Hand wäscht die andere, Charlie. Ich bin jetzt Dozent, kein Cop.«

Langford zuckte mit den Schultern. »Ich dachte nur, du wärst vielleicht interessiert.« Er erhob sich. »Besonders, weil die Uni im Sommer geschlossen ist.« Er schwieg kurz. »Besonders, weil der Eismann seine drekkigen Fotos dir geschickt hat, nicht mir.« Wieder eine Pause. »Hast du dich jemals gefragt, warum er dich ausgewählt hat?«

»Er brauchte ein Publikum. Es war kein Geheimnis,

daß ich in alten Fällen grabe. Das kam ihm gerade recht. Jeder Künstler braucht seinen Kritiker.«

»Meinst du, es ist so einfach?«

»Vielleicht nicht. Vielleicht verbirgt sich dahinter ein besonderer Tick.« Hawkins zuckte die Achseln. »Aber spielt das wirklich eine Rolle?«

»Eine Rolle spielt deine Antwort auf meine Frage. Übernimmst du diesen Fall?«

»Ich arbeite an einem neuen Buch, Charlie.«

»Tatsächlich? Ich könnte mir denken, dein alter Freund arbeitet an einem neuen Opfer.«

»Was soll ich machen, den verrückten Hurensohn ganz allein aufspüren?«

»Wir können nichts damit anfangen, Bill. Es ist die alte Geschichte. Wir haben jedes Jahr sieben- oder achttausend ungelöste Mordfälle. Die BSU klärt vielleicht fünfzig oder sechzig auf. Die gibt dauernd Fälle zurück. Der Eismann zieht durchs ganze Land, und wir haben jede Menge Zuständigkeitsprobleme. Mit der normalen Prozedur bringt man den Eismann nicht zur Strecke, das weißt du so gut wie ich. Und, wie ich schon sagte, aus irgendeinem Grund hat er dich als seine Verbindung zur realen Welt ausgewählt. Ohne dich hat er kein Publikum. Der Jäger kann nicht jagen, ohne selbst gejagt zu werden.«

»Welchen offiziellen Status würde ich haben?«

»Keinen.«

»Inoffiziell?«

»Ich werde sehen, was ich tun kann.«

»Das paßt nicht zu dir, Charlie. Halbe Sachen sind nicht dein Stil. Du könntest in Teufels Küche kommen, nur weil du mit mir über diese Sache gesprochen hast. Und ich bin kein Meuchelmörder.«

Langford blickte finster vor sich hin. »Gestern mußte ich eine Person wütend machen, die nur versuchte, ihren Job zu erledigen. Genaugenommen hätte ich sie feuern sollen. Als dieses Zeug von dem Eismann eintraf, dachte ich gleich an sie und über die Art, wie das System funktioniert. Jeder labert über Bürgerrechte und die Verfassung, ich auch, aber dann kam mir in den Sinn, daß die Ted Bundys und Mansons und Eismänner immer im Vorteil sind. Ich sagte mir, vielleicht ist es an der Zeit, daß wir die Chancen ein bißchen ausgleichen, das ist alles. Ich brauche keinen Meuchelmörder, Bill, sondern einen Bluthund. Finde ihn. Wie auch immer.«

Hawkins schaute seinen Freund lange an. »Okay«, sagte er schließlich. »Ich werde darüber nachdenken.«

»Danke«, sagte Langford. Er nickte kurz, wandte sich ab und verließ das Büro. Hawkins hörte, wie seine Schritte auf der Treppe verklangen. Seufzend nahm er das Kuvert. Vielleicht hatte Charlie recht; das Spiel zwischen ihm und dem Eismann dauerte lange genug. Es war an der Zeit, es zu beenden.

## 6

DER FEUERWEHRMANN AUS Santa Fe wartete vor dem Ausgang des Flughafens von Albuquerque. Er war klein und muskulös und hatte pechschwarzes Haar, einen ebenfalls schwarzen Schnurrbart und große, intelligent blickende schwarze Augen. Er trug schwarze Cowboystiefel, schwarze Jeans und ein schneeweißes Hemd, und er hockte auf dem rechten vorderen Kotflügel eines staubbedeckten, dunkelgrünen Jeep Cherokee. Die Fahrertür zierte ein Abzeichen, das den Wagen als offizielles Dienstfahrzeug des ›New Mexico State Fire Investigation Office‹ auswies. Der Mann hielt ein kleines Schild mit der Aufschrift FLETCHER mit der linken Hand hoch.

»Lieutenant Cruz?« Jay ging auf ihn zu. Sie stellte

ihre Koffer ab und ignorierte den Strom von Leuten, der aus dem Flughafengebäude an ihr vorbeizog. Sie war todmüde. Natürlich hatte im Flugzeug Rauchverbot geherrscht, die Klimaanlage war mitten im Flug defekt geworden, und die plötzliche Luftveränderung – Albuquerque lag zweitausend Meter über dem Meeresspiegel – machte sie kurzatmig. Es war kurz nach zwölf Uhr mittags und glühend heiß.

Cruz erhob sich lächelnd vom Kotflügel des Cherokee. »Special Agent Fletcher?«

»Ja«, sagte sie so freundlich wie sie nur konnte. Ihr fiel sofort auf, daß Cruz sie wohl nur um wenige Zentimeter überragte. »Ich fühle mich im Augenblick nicht wie ein Special Agent.«

Cruz runzelte die Stirn. »Jay wie die Initiale, oder Jay wie der Eichelhäher?«

»Wie die Initiale, aber buchstabiert wie der Vogel. Warum?«

»Ich habe dieselbe Initiale. J. M. Cruz. Aber jeder nennt mich Jay.«

»Wofür steht J. M.?«

»Jesus Maria. Eine kleine Belastung, sogar in New Mexico.«

»Mein Vorname ist Janet. Ich hasse ihn.«

»Wie wäre es, wenn Sie mich Cruz nennen und ich Sie Fletcher nenne?«

»Abgemacht.«

Cruz lud Jays Koffer in den Cherokee, während Jay auf dem Beifahrersitz Platz nahm. Cruz setzte sich hinters Steuer und fuhr los. Jay konnte die Skyline der Stadt vor dem strahlend blauen Himmel und zur Rechten zerklüftete Berge sehen. Am Ende der Flughafenstraße bog Cruz nach links ab und fuhr dann auf die Auffahrt zum I-25 Freeway. Während Cruz sich auf die mittlere Spur einfädelte, betrachtete Jay das Armaturenbrett. Eine Packung Marlboro Light lag vor der

Windschutzscheibe, und der Aschenbecher quoll fast über vor Kippen.

»Sie rauchen«, sagte Jay erleichtert.

Cruz nickte. »Wie ein Schlot.«

»Gott sei Dank.« Jay kramte in ihrer Handtasche und holte eine Packung Camel Filter und ihr Feuerzeug hervor. »Manchmal denke ich, die ganze Welt hat sich gegen mich verschworen.«

»Vielleicht sollten Sie noch eine Weile mit dem Rauchen warten«, sagte Cruz und warf ihr einen Seitenblick zu. »Die Höhe kann einem in den ersten Stunden zu schaffen machen. Santa Fe liegt sogar noch höher.«

»Ich werde es schon verkraften«, erwiderte Jay. Sie zündete eine Zigarette an, inhalierte tief den Rauch und bereute es sofort. Cruz hatte recht. Sekundenlang glaubte sie, ohnmächtig zu werden.

»Ich habe Sie gewarnt.« Cruz grinste. »Vielleicht sollten Sie mit dem Rauchen aufhören.«

»Kommt nicht in Frage.« Jay biß die Zähne zusammen. »Ich habe stundenlang auf diese Zigarette gewartet.«

Cruz fuhr weiter, und Jay rauchte weiter – vorsichtig. Die Schnellstraße führte aufwärts, schnitt fast genau durch die Mitte der Stadt. Jay schaute zum Fenster hinaus. Abgesehen von den Bergen hätte es jede mittelgroße Stadt in Nordamerika sein können. Einkaufszentren, Vororthäuser und ein herausfordernder Kern von glänzenden Bürotürmen. Die vorherrschende Farbe war anscheinend Braun, ungefähr zwei Schattierungen dunkler als der staubig aussehende Boden. Es gab anscheinend nicht viel Smog.

»Es wird schöner«, sagte Cruz nach einem Blick zu ihr. Er hatte recht. Eine Viertelstunde später blieb die Stadt hinter ihnen zurück. Die nördlichen Vororte verblaßten, und dann waren sie in offener Landschaft. Die Berge waren jetzt näher, gigantische Kegel und Rechtecke aus gekritzeltem sandfarbenem Gestein, am Fuß verhüllt von Streifen Erlen und Kiefern, die Ausläufer getupft mit Wacholder. Zur Linken entrollte sich ein breites, blaues Band.

»Der Rio Grande«, erklärte Cruz. »Rechts ist die Sandia Indian Reservation. Die Bäume dort oben gehören zum Cibola-Nationalpark.«

»Wie lange dauert die Fahrt dorthin?« fragte Jay. Cruz war anscheinend nett, aber sie wollte nicht plaudern, sondern schlafen.

»Eine Dreiviertelstunde bis eine Stunde.« Cruz blickte kurz zu ihr und lächelte. Er konnte anscheinend ihre Gedanken lesen. »Machen Sie ein Nickerchen, wenn Sie möchten. Mich stört das nicht. Sie sehen mitgenommen aus.«

»Danke«, sagte Jay. »Ich glaube, für einen Moment müßte ich wirklich mal die Augen schließen.«

»Nur zu.« Cruz nickte. Jay lehnte sich auf dem Sitz zurück und schloß die Augen. Cruz summte leise vor sich hin, ein melancholisches, fast hypnotisches Lied. Eine halbe Minute später war Jay eingeschlafen.

Als sie aufwachte, waren sie am Stadtrand von Santa Fe. »Tut mir leid«, murmelte Jay und setzte sich auf. »Ich bin eingedöst.«

Cruz lachte. »Sie haben anderthalb Stunden geschlafen. Ich habe sogar in Lamy eine Rast eingelegt, um etwas zu essen. Da ist noch etwas übrig, wenn Sie Hunger haben.«

Im Wagen roch es nach Knoblauch und Gewürzen, und auf dem Armaturenbrett lagen Papier und Schaumstoffschachteln.

Jay blinzelte und gähnte. »Nein, danke.«

Cruz nahm eine Hand vom Lenkrad und kramte in dem Durcheinander herum. Endlich fand er seine Zigarettenpackung und zündete sich eine Marlboro an. Jay blickte durch die Windschutzscheibe. Santa Fe war eine Ansammlung von zweigeschossigen und in unzähligen

Brauntönen gehaltenen Häusern, die nur von den Kirchtürmen überragt wurden.

»Ist das alles aus Lehmziegeln gebaut?« fragte Jay.

»Einiges ist aus Adobe«, sagte Cruz. »Das meiste ist eigentlich Stuck über Beton. Richtige Adobeziegel sind aus Ton und Sand und Stroh.« Er lachte leise. »Als ich ein Kind war, bedeuteten Häuser aus Adobe, daß man arm war. Jetzt wird das alles handgefertigt von altgewordenen Hippies, und die einzigen Leute, die es sich erlauben können, sind reiche Anglo-Amerikaner.«

»Bei all diesen Betonklötzen kann es nicht viele Feuer geben«, bemerkte Jay.

Cruz sah sie an und hob eine Augenbraue. »Sie werden überrascht sein, Fletcher.«

»Dann überraschen Sie mich.«

»Santa Fe hat in den vergangenen zehn Jahren viele Veränderungen durchgemacht. Es ist zum Beispiel viel größer geworden – überall wird Wohngebiet erschlossen. Vor zehn Jahren gab es hier ein paar Indianer, eine Menge Spanischstämmiger und ein paar Anglo-Amerikaner. Das hat sich alles auf den Kopf gestellt. Die Bevölkerung besteht jetzt überwiegend aus Anglo-Amerikanern, und die Spanier sind wegen der hohen Immobilienpreise abgewandert. Es gibt ein halbes Dutzend Indianerstämme, die untereinander hoffnungslos zerstritten sind. Die Indianer hassen die Spanier, und die Spanier hassen die Anglo-Amerikaner. Das sind Reibungen, und die führen zu Feuern.«

»Sie haben diesen Vortrag schon mal gehalten.« Jay lächelte.

»Ein paarmal«, antwortete Cruz und erwiderte das Lächeln. »Aber er stimmt.«

»Bei einem Namen wie Cruz müssen Sie spanischer Abstammung sein.«

»Ich bin ein Bastard. J. und M. sind nur die ersten beiden Initialen.«

»Und die anderen?«

»Jesus Maria San Ildefonso Standing Heart Cruz.«

Vor den Gebäuden der Taubstummenschule bog der Ermittler für Brandstiftung auf die Guadalupe Street ab. Einst war es ein Armenviertel gewesen, doch die alten Lagerhäuser und Verkaufsflächen der Gebrauchtwagenhändler waren in Touristenattraktionen umgewandelt worden. Es gab Promenaden mit Boutiquen, alte Arkaden und Kunstgalerien. Es war erst Mitte Juni, doch auf den Bürgersteigen wimmelte es bereits von Besuchern mit Hawaii-Hemden und von fotografierwütigen japanischen Touristenhorden.

Sie überquerten die schmale Brücke über den trockenen, mit Gras bewachsenen Graben des Santa Fe River, und Cruz lenkte den Cherokee durch ein Labyrinth gewundener, schmaler Straßen. In diesem Viertel gab es weitere Adobe- und kleine Fachwerkhäuser, aber mindestens die Hälfte davon war in Restaurants, Kunstgalerien und Juweliergeschäfte umgewandelt worden.

Cruz fuhr weiter nach Westen und bog schließlich in eine Sackgasse ein, die einen Block lang war und oberhalb einer breiten Schlucht endete. Die Häuser waren hier sehr klein, aber jedes hatte einen kleinen Vorhof. Vor dem letzten Haus in der Straße, einem kleinen, mit Stuck verzierten Landhaus, brachte Cruz den Wagen zum Stehen. Die Front des Hauses wurde von zwei knorrigen Apfelbäumen beschattet. Ein betagter Ford Escort parkte auf dem Zufahrtsweg. Der Wagen war grün wie der Cherokee und hatte ebenfalls das offizielle Abzeichen auf der Tür.

»Das ist Ihr Wagen für die Dauer Ihres Aufenthalts«, sagte Cruz und schaltete den Motor aus. »Ich habe ihn von der Highway Police geborgt. Ihr Boß in Washington zahlt für den Sprit und die Wartung.« Sie stiegen aus dem Jeep, und Cruz trug die Koffer und führte Jay zum Haus. »Mit dem Haus haben wir ein Schnäppchen gemacht«, erklärte Cruz und schloß die Tür auf. »Es gehört einem Typen von der Regierung, der bis September in Europa weilt. Wenn es mit dem Fall länger dauert, werden wir ein anderes Quartier für Sie suchen müssen.«

*Wenn es mit dem Fall länger dauert, werde ich mich umbringen,* dachte Jay.

Sie folgte Cruz ins Haus, das vier Zimmer hatte: Wohn-, Schlaf- und Eßzimmer sowie Bad und WC. Die Einrichtung war rustikal; die Teppiche waren mexikanisch, die Bilder im Wohnzimmer wohl indianisch. Das große Wohnzimmerfenster blickte über die Schlucht und auf die Hügel. Erst jetzt wurde Jay so recht bewußt, wie weit sie von ihrer vertrauten Umgebung in Washington entfernt war.

*Ich bin verbannt worden,* sagte sie sich. Es war ein altmodisches Wort, aber es paßte.

»Richten Sie sich nur in Ruhe ein«, sagte Cruz und ging zur Tür. »In ein paar Stunden komme ich zurück und mache mit Ihnen eine Besichtigungstour.«

»Ich möchte mir gern ansehen, wo ich arbeiten werde«, sagte Jay.

»Okay.« Cruz nickte. »Ich zeige Ihnen den Laden, und dann können wir uns meinen jüngsten Fall ansehen.« Er winkte, verließ das Haus und schloß die Tür. Jay seufzte, zündete sich eine Zigarette an und begann auszupacken.

Cruz' ›Laden‹ erwies sich als eine Reihe von Büroräumen über der Stadtbücherei am Rande der Innenstadt. Laut Cruz war es einst das Gerichtsgebäude gewesen, das die Feuerwehr, das Büro des Bürgermeisters, das Kreisgericht und Gefängnis beherbergt hatte. Nach dem vergammelten Aussehen der Büroeinrichtung und Ausrüstung zu schließen, arbeitete Cruz mit minimalem Budget.

Es gab ein paar relativ neu aussehende Computer-

Terminals und eine komplette Videoausrüstung, aber alles andere wirkte wie aus den dreißiger Jahren. Die Böden waren aus nacktem Holz, und die Plastikhülle über der alten elektrischen IBM-Schreibmaschine im Sekretariat sah aus, als wäre sie seit Jahren nicht mehr angerührt worden.

Jay ließ sich auf einen hölzernen Drehstuhl sinken und schaute sich um. Der Stuhl knarrte bei jeder Bewegung. »Das ist es?«

»Das ist es.« Cruz nickte und setzte sich hinter einen verschrammten Metallschreibtisch, der voller Papierstapel war.

»Wäre der Schluß falsch, daß Ihr Büro nicht das ungeteilte Vertrauen des Staates New Mexico genießt?«

Cruz grinste breit und zündete sich eine Zigarette an. »Wie kommen Sie denn auf diese Idee?«

»Cops bemerken solche Dinge«, sagte Jay. »Die feinen Unterschiede.«

»Sagen wir, es gibt ein gewisses Zögern seitens der maßgeblichen Regierungsstellen.«

»Warum?« fragte Jay.

»Sie sind doch selbst Bundespolizistin und müßten daher alles über die Bürokratie des Bundes wissen, Fletcher.«

»Einiges«, erwiderte sie und nickte.

»Es ist wie ein Tanz auf Eiern«, erklärte Cruz. »Jeder denkt, ich trete Leuten auf die Zehen.«

»Welchen Leuten?«

»Bundespolizisten, hiesigen Cops, hiesigen Feuerwehren. Suchen Sie sich was aus. Albuquerque hat eine eigene Feuerwehr mit Branddirektor und Las Cruces ebenfalls; dann gibt es die freiwilligen Feuerwehren und obendrein die Feuerwehren der Reservation. Jeder hat sein eigenes Revier.«

»Sie sollen das koordinieren?«

»Ja, und ebenfalls beraten und unterstützen, Verbindung mit den Militärs in White Sands halten, solcherlei Dinge.«

»Warum Sie?«

Cruz zuckte mit den Schultern. »Ich war viele Jahre Feuerwehrmann und wurde dann Cop.« Er lachte auf. »Und ich war naiv genug, um mich freiwillig für den Job zu melden.«

»Und jetzt komme ich daher und mache es noch schlimmer.«

»Der Erfolg dieser ganzen Sache hängt von Computern ab, davon bin ich überzeugt. Ohne irgendein System, das alle miteinander verbindet, ist die Sache unmöglich. Sie sind die Expertin aus der Großstadt ... und Sie kosten mich nicht viel.«

»Ich verstehe nichts von Bränden, Cruz.«

»Und ich verstehe nichts von Computern.« Er lächelte. »Sie bringen mir etwas über Bytes bei, und ich bringe Ihnen etwas über Brände bei.«

»Fair genug.«

Jay verbrachte eine Stunde an einem der Terminals im Fire Investigation Office (FIO) und machte sich schnell mit den Unzulänglichkeiten des Systems vertraut, das Cruz benutzte. Beide Terminals im Büro waren im Grunde Standard-IBM-PCs, verbunden über eine Telefonleitung mit dem Großrechner der Regierungsbehörden des Staates, die sich ein paar Blocks entfernt an der Plaza befanden.

Jay konnte auf den ersten Blick feststellen, daß die FIO-Computer eine sehr niedrige Priorität bei dem Großrechner hatten, und der geringe Zugriff, den Cruz hatte, wurde weiter behindert durch die eigenen Basisprogramme des Großrechners, von denen die meisten ein paar Jahre veraltet waren. Als sie ein bißchen tiefer grub, bemerkte sie, daß es für Cruz keine Verbindung zum lokalen Santa Fe Police Department, der Staatspolizei oder irgendeiner anderen Strafvollzugsbehörde gab. Die Terminals waren mit internen Modems ausgestattet, aber Cruz hatte nicht herausgefunden, wie er sie benutzen konnte. Das FIO war zum größten Teil taub, dumm und blind.

Nach diesem ersten Blick auf die Computer schlug Cruz vor, den Brandort des jüngsten Falls zu besichtigen, in dem er ermittelte. Jay stimmte zu, obwohl sie immer noch ein wenig benommen von den Auswirkungen des Höhenunterschieds war. Das betreffende Haus befand sich in den östlichen Ausläufern des Gebirges, hoch am fernen Ende der Hyde Park Road.

Von dem eingeschossigen, hochmodernen Gebäude waren nur noch die rußgeschwärzten Betonwände und Teile vom Dach zu sehen. Vor dem Feuer war der Bau offenbar ein schönes, herrschaftliches Wohnhaus gewesen, mit großen Fenstern, einer gefliesten Terrasse mit herrlichem Blick auf Santa Fe und einem Erlenhain.

Das geräumte Gebiet rings um die Hausruine war zerfurchter Schlamm. Cruz holte ein Paar Gummistiefel mit dicken Sohlen aus dem Kofferraum seines Dienstwagens und gab es Jay. »Ziehen Sie die an«, sagte er und nahm ein anderes Paar für sich. »Ein Brandort kann gefährlich sein, wenn man nicht vorsichtig ist, ganz zu schweigen von dem Schlamm.«

Jay zog die Gummistiefel an und folgte dann Cruz in den Innenhof der Hausruine. Überall lagen Glasscherben, und die Gartenstühle und der Tisch aus Plastik waren zu surrealen weißen und gelben Klumpen auf dem Steinboden geschmolzen. Es lagen auch verstreut Fragmente von verkohltem Stoff herum. Es roch nach verbranntem Holz und nasser Asche. Cruz schaute weiterhin auf das Haus. »Schnell und heiß«, sagte er schließlich. »Die Luft erhitzte sich so schnell, daß binnen weniger Minuten die Fenster herausgeblasen wurden.«

»Ein Unfall?« fragte Jay.

»Nie und nimmer«, antwortete Cruz und schüttelte

den Kopf. Er bückte sich und hob eines der kleinen Stükke von weißem Stoff ab, die zwischen den Glasscherben lagen. Daran klebte ein kleines Stück Isolierband. »Die Person, die den Brand inszeniert hat, wollte verhindern, daß jemand das Feuer zu früh entdeckt. Sie klebte die Ränder der Vorhänge mit Isolierband fest, damit das Feuer erst zu sehen war, wenn es zu spät war.« Cruz ließ das Stückchen Stoff fallen. »Kommen Sie.«

Er stapfte über den Innenhof und betrat das Haus durch das, was von einer gläsernen Schiebetür übriggeblieben war. Jay folgte dichtauf. Im Wohnzimmer sah es katastrophal aus. Ein Teil des Daches war eingestürzt, und Jay sah Abschnitte der entblößten Dachbalken, die fast völlig verbrannt waren. Der Boden war mit Schutt und den verbrannten Überresten der Möbel bedeckt. Cruz fand etwas, das wie ein nasses Kissen aussah und betrachtete es einen Augenblick lang. Dann warf er es Jay zu.

»Wie sieht das aus?« fragte er.

»Ein Couchkissen.«

»Fällt Ihnen irgendwas auf?«

»Die Oberseite hat noch mehr gebrannt als die Unterseite, und es ist aufgeplatzt. Die Füllung kommt heraus.«

»Nicht aufgeplatzt. Aufgeschlitzt. Unser Brandstifter wollte sichergehen, daß alles verbrennt.« Cruz lächelte. »Ich dachte, Sie bemerken die feinen Unterschiede.«

Jay erwiderte sein Lächeln und sog prüfend die Luft ein. »Benzin?« Dann schüttelte sie den Kopf. »Nicht ganz. Benzin und etwas anderes, richtig?«

»Halb und halb. Reines Benzin wäre vermutlich explodiert, hätte sich vielleicht sogar selbst gelöscht. Der andere Geruch ist Kerosin – das hält das Feuer in Gang.« Er nickte anerkennend. »Sie haben eine ziemlich gute Nase, Fletcher.«

Sie gingen zur Mitte des Wohnzimmers. Hier war über

ihnen der Himmel zu sehen. Teile des Dachbalkens waren völlig verbrannt, und das Dach war eingestürzt und in das Zimmer gefallen. Cruz nahm ein Taschenmesser aus seiner Tasche, klappte die Klinge heraus und drückte sie in ein Stück Dachbalken direkt vor ihnen. Die Klinge versank über einen Zoll in dem verkohlten Balken, bis sie auf Widerstand stieß.

»Hat hier der Brand angefangen?« fragte Jay.

»An fünf Stellen.« Cruz nickte. »Wenn man herausfinden will, wo das Feuer angefangen hat, muß man die Stelle suchen, wo der Brand am tiefsten ist.« Er wies mit der Messerklinge auf eine Stelle von etwa einem halben Meter auf dem Balken. »Sehen Sie das?«

Jay nickte. Das Holz war in schwarze, glänzende, fliesengroße Vierecke gestückelt. »Sieht wie Kohle aus.«

»Das nennen wir ›Krokodilleder-Muster‹«, erklärte Cruz. »Je intensiver das Feuer ist, desto kleiner sind die Vierecke, bis man zum Ursprung des Feuers kommt.« Er zog das Messer aus dem Balken. »Dann hat man Holzkohle.« Er richtete sich auf. »Ist Ihnen sonst noch etwas aufgefallen?«

Jay schaute sich um. Es gab anscheinend verschiedene Abschnitte, wo es stark gebrannt hatte, die zur Rückwand des Hauses führten. Sie ging um einen Schutthaufen herum und schob mit den Stiefeln Dreck zur Seite.

Vor dem Brand war der Boden von Wand zu Wand mit Teppichboden ausgelegt gewesen, über Sperrholz auf einer Betonschicht. An den Stellen, wo es besonders stark gebrannt hatte, waren der Teppichboden und das Sperrholz bis auf den Beton hinab verbrannt. Der Brandstifter hätte genausogut Wegweiser zum Brandherd aufstellen können.

*Das ist zu leicht.*

»Er legte mit der Benzin-Kerosin-Mischung Spuren zum Rest des Hauses.«

»Volltreffer«, sagte Cruz.

»Er muß verrückt gewesen sein«, dachte Jay laut. »Er hätte selbst im Feuer umkommen können.«

»Dieser Typ ist kein Verrückter«, widersprach Cruz. »Dies ist eine Brandstiftung aus Rache. Und der Brandstifter war längst fort, bevor das Feuer begann.«

»Wie hat er das geschafft?«

»Mit einem Kondom«, sagte Cruz. »Wenn wir über den Balken hier gehen, werden wir finden, was von einem Nagel oder einer Heftzwecke übriggeblieben ist.«

»Wie kann man mit einem Kondom ein Feuer machen?« fragte Jay.

»Weiße Modifikation von Phosphor und Wasser«, sagte Cruz.

»Weißer Phosphor entzündet sich, wenn er Kontakt mit Luft bekommt. Der Feuerteufel nagelte ein mit Phosphor gefülltes Kondom an den Balken direkt über der Lache der Benzin-Kerosin-Mischung und stach ein kleines Loch in das Kondom. Das Wasser tropfte heraus, bis der Phosphor der Luft ausgesetzt war. Der Phosphor entzündete sich und fiel hinab in die Lache des Brandbeschleunigers.«

»Sie haben das schon einmal gesehen.«

»Dies ist der vierte Brand solcher Art in den vergangenen zwei Monaten. Der Bastard macht mich wahnsinnig.«

»Wie kommen Sie darauf, daß das Motiv Rache ist?« fragte Jay.

»Es gibt im Grunde zwei Arten von Brandstiftung«, sagte Cruz. »Brandstiftung mit einem Motiv und Brandstiftung ohne eins. Echte Feuerteufel und Pyromanen, die Verrückten, geben sich für gewöhnlich nicht so große Mühe und benutzen auch keine verzögert wirkenden Brandbeschleuniger.« Cruz klappte sein Taschenmesser zusammen und schob es in die Tasche seiner Jeans. »Wenn man also einen Psychopathen ausschließt, muß es ein Motiv geben, und ich kann mir kein anderes für diese vier Brände denken.« Sie gingen zurück in den Innenhof.

»Weisen die Opfer Gemeinsamkeiten auf?«

»Nichts, was ich erkennen kann.« Cruz zuckte die Achseln. »Der Besitzer dieses Hauses arbeitet bei Los Alamos.«

»Bei dem Labor?«

»Richtig. Er ist der Leiter einer Forschungsabteilung. Das erste Opfer arbeitete ebenfalls für die Los Alamos Labors, aber in einer ganz anderen Abteilung. Das zweite Opfer ist ein Anwalt in Albuquerque, der hier ein Sommerhaus hat, und das dritte ist ein Künstler, der Bühnenbilder für das Opernhaus von Santa Fe entwirft.«

»Kennen sie sich untereinander?«

»Nein.«

»Wurde jemand bei den Bränden verletzt?«

»Nein. Der Täter schlug jeweils zu, als niemand zu Hause war.«

»Dann ist er kein Killer«, sagte Jay.

»Noch nicht«, entgegnete Cruz. »Aber bei solchen Delikten kann leicht etwas dazwischenkommen, und dann ...«

Sie kehrten zum Jeep zurück, und Jay öffnete die Beifahrertür, setzte sich und zog die schweren Stiefel aus. »Sind Sie sicher, daß all die Brandstiftungen von derselben Person begangen wurden?«

»Ganz sicher. Die Ausführung ist identisch, und wir haben nie irgendeine Information bezüglich der Benutzung des Kondoms an die Medien gegeben.« Cruz zog seine Cowboystiefel an und warf die schlammbedeckten Gummistiefel hinten in den Cherokee. Jay folgte seinem Beispiel. Dann nahm sie auf dem Beifahrersitz Platz. Cruz setzte sich hinters Steuer, ließ den Motor an und fuhr los.

»Sie haben etwas übersehen«, sagte Jay, als sie auf

der Hyde Park Road waren und zurück nach Santa Fe fuhren.

»Offenkundig«, räumte Cruz ein. »Aber was?«

»Sie sind überzeugt, daß es derselbe Täter ist und sein Motiv Rache ist?«

»Ja, das bin ich.«

»Dann muß es irgendein gemeinsames Element zwischen den Opfern geben. Etwas, das sie miteinander verbindet, auch wenn Sie es nicht sehen können.«

»Und wie finden wir heraus, welches gemeinsame Element es ist?« fragte Cruz.

»Ganz einfach«, sagte Jay. »Wir fragen den Computer.«

## 7

BILL HAWKINS LEHNTE an einem der weiß gestrichenen Holzpfosten, von denen die Glyzinienlaube gestützt wurde, rauchte seine Pfeife und beobachtete den Sonnenuntergang über den Potomac-Palisaden und dem dunklen, gewundenen Band des Flusses dreißig Meter unterhalb von ihm. An dieser Stelle war der Fluß, bedingt durch die alte Felsschlucht, schmal und tief und tückisch; drei Kilometer flußabwärts an der Chain Bridge stieß der Fluß auf das Gezeitenwasser von der Chesapeake Bay und wurde breit und träge.

Das verschachtelte alte Farmhaus auf dem Steilufer war eine von Hawkins' Extravaganzen, seit er das FBI verlassen hatte. Das Haus war auf dem Grundstück des alten High View Hotel erbaut und hatte einst William Doak, Herbert Hoovers Arbeitsminister, gehört, der es ›Notre Nid‹ getauft hatte. Hawkins, der es von Doaks Sohn mit der Versicherungssumme nach dem Unfall gekauft hatte, hatte es scherzhaft in ›Goldeneye‹ umbenannt. Fünf Jahre später war der Name noch passender, als Washingtons unablässige Ausdehnung die Immobilienpreise in den Himmel trieb. Jetzt war das Haus zweimal soviel wert, wie es ihn gekostet hatte.

Nicht, daß er die Absicht gehabt hätte, es zu verkaufen. Goldeneye war sein Heim, das erste und letzte nach einem Nomadenleben, das als Army-Kind begonnen hatte, das von Garnison zu Garnison umgezogen war und in seinen Jahren als Erwachsener angedauert hatte. Heutzutage reiste er so wenig wie möglich, und wenn er es hätte bestimmen können, dann hätte er es vorgezogen, hier zu sterben, wo er stand, seine Pfeife rauchte, den Sonnenuntergang betrachtete und vielleicht ein Glas Glenfiddich in der Hand hielt. Er lächelte bei diesem Gedanken; Trinken war nie sein Laster gewesen, aber die Vorstellung gefiel ihm. Das war besser als die Dose Pepsi, die neben dem Computer in seinem Arbeitszimmer schal wurde.

Er wandte sich vom Sonnenuntergang ab, kehrte ins Haus zurück, zog die Tür zu und schloß sie ab. Es war an der Zeit, wieder an die Arbeit zu gehen. Er ging durch die lange Diele mit dem Kirschbaumholzboden und betrat sein Arbeitszimmer. Es war ein großer Raum mit hohen Terrassentüren am fernen Ende, die sich zum Rosengarten hin öffneten. Einst war dieser Raum die Bibliothek gewesen, komplett mit eingebauten Bücherschränken aus Eiche an den Wänden, schwerem, dunkelgrünem Teppichboden und den Nikotinflecken eines halben Jahrhunderts auf der Stuckdecke.

Das Arbeitszimmer, peinlich genau ordentlich, war das krasse Gegenteil seines Universitätsbüros. Wenn ihn jemand fragte, warum die beiden Büros so unterschiedlich waren, dann erklärte er, daß das Büro in der Uni für abstraktes Denken diente, während das Arbeitszimmer in Goldeneye für konkretere Aufgaben bestimmt sei. Er war sich nicht sicher, ob diese Erklärung ganz zutreffend war, aber er wußte, daß er sich hier behaglicher fühlte als im Büro in der Uni. Dies war ein Heim; das Büro auf der Georgetown University war etwas anderes – fast wie eine andere Version von ihm selbst, die nur den Teil zeigte, den er preisgeben wollte.

Hawkins setzte sich an den Computer, zündete seine Pfeife, die ausgegangen war, neu an und stöberte langsam in den Dateien auf dem großen Farbmonitor des Computers. Es gab siebenunddreißig Eismann-Akten auf der Festplatte, geschützt vor neugierigen Augen mit einem Paßwort aus sechs Buchstaben. Dieses Dokument, nicht das erste, das er bezüglich des Eismanns angelegt hatte, war das mit dem frühesten Datum: 27. Juli 1968. Welch ein Jahr war das für ihn gewesen! Er war ein zweiundzwanzigjähriger Militärpolizist in Saigon gewesen und hatte eine Heidenangst gehabt. Er hatte angenommen, sein Journalismusstudium führe zu einem Job bei *Stars and Stripes* oder seine guten Schreibmaschinenkenntnisse zu einer Verwendung auf der Schreibstube, doch man hatte ihm einen weißen Helm, ein Sam-Browne-Koppel und einen Schlagstock gegeben und ihn zum Militärpolizisten gemacht.

Den ganzen Sommer lang holte er betrunkene und manchmal gewalttätige Offiziere aus dem Pink Nightclub im Hotel Catinat und fuhr mit einem Jeep die Tu-Do-Straße hinauf und hinab, von den Docks zur Basilika, hielt Ausschau nach verdächtigen Fahrrädern, die vielleicht Bomben waren, und hörte immer wieder Aretha Franklin ›Chain of Fools‹ singen. Fünfundzwanzig Jahre später glaubte er immer noch die Saigoner Gerüche nach Gewürzen und faulendem Fisch wahrzunehmen, wenn er dieses Lied hörte.

Wenn er nicht auf Patrouille war, lag er auf seinem Bett, las Carlos Castaneda und suchte nach Antworten. Er fand keine, und aus Gründen, die er auch später nie genau benennen konnte, war er in der Army geblieben, als seine Dienstzeit vorüber war, und ließ sich zum CID versetzen. Von Fahrradbomben zu Heroinschmugglern, Schwarzmarktschiebern und illegalen Goldhändlern.

Unterdessen gab es in der Heimat die Ermordung von Bobby Kennedy und Martin Luther King, den Parteitag der Demokraten in Chicago, Black Panthers, Sit-ins auf dem Campus, die Präsidentenwahl von Richard Milhous Nixon. Und irgendwo dazwischen, wie einen einzelnen Baum im Wald von Gewalt, gab es auch einen Mord in Berkeley, California.

Die Ermordete hieß Carol Prentice, ein achtzehnjähriger Freigeist aus Rochester, New York, mit langem, dunkelbraunem Haar, einer kleinen blauroten Tätowierung unterhalb des Bauchnabels, die einen Penis zeigte, und einem Apartment in einem alten Haus in der Dana Street, um die Ecke der Mary-Beck-High-School und weniger als einen Block vom Eingang zum Berkeley Campus entfernt. Ihr Vater arbeitete für Kodak, und ihre Mutter verkaufte Kosmetikwaren an ihren Bekanntenkreis. Ihr Bruder, zehn Jahre älter, war katholischer Priester.

Carol Prentice war mit einem einzigen Schlag mit einem Louisville-Slugger-Schlagholz ermordet worden, während sie – vermutlich schlafend – auf einer Schaumstoffschicht lag, die sie als Matratze benutzte. Laut Autopsiebericht war sie nach dem Schlag, der wie von einem Golfer ausgeführt worden war, auf der Stelle tot gewesen. Aus der Richtung des Schlages folgerte man, daß der Mörder Linkshänder war, und nach der Aufprallwucht nahm man an, daß er zwischen 1,76 und 1,80 Meter groß sein mußte. Die Autopsie ergab ebenfalls, daß Carol Prentice in den letzten zwölf Stunden vor ihrem Tod mit mindestens zwei verschiedenen Partnern Geschlechtsverkehr gehabt hatte. Es gab kein Anzeichen auf Vergewaltigung, und Schamhaare, die am

Tatort gefunden wurden, ließen darauf schließen, daß einer ihrer Partner ein Schwarzer war.

Die junge Frau hatte sich für Schauspielkunst an der Berkeley-Universität einschreiben lassen und war Mitglied der Berkeley Agit-Prop, einer politischen Theatergruppe, und ebenfalls Praktikantin der San Francisco Mime Troup (SFMT) gewesen. Wie sich herausstellte, war das Louisville-Slugger-Schlagholz eines, wie es das SFMT-Team für die regelmäßigen Spiele am Samstag auf dem Mary-Beck-Spielfeld benutzte. Carol Prentice war linke Außenfeldspielerin gewesen. Einige Mitglieder der SFMT und Berkeley Agit-Prop gaben zu, dann und wann Geschlechtsverkehr mit dem Mädchen gehabt zu haben, aber alle hatten Alibis für die Tatzeit.

Es gab eine unglaubliche Fülle von Beweismaterial am Tatort, und selbst jetzt noch erstaunte Hawkins, daß so wenig bei der Ermittlung herauskam. Außer der Mordwaffe, den Schamhaaren und Sperma gab es blutbespritzte Männerkleidung, und die Spurensicherer fanden eine große Anzahl kürzlich abgeschnittener Haare in der Küchenspüle. Die Männerkleidung bestand aus einer abgetragenen Blue jeans, einem Paar Turnschuhe, dicken Wollsocken und einem Sweatshirt der Berkeley-Universität.

Haarproben von Sweatshirt und Jeans paßten zu den Schamhaaren des Schwarzen, die bei Carols Leiche gefunden wurden. Das Haupthaar aus der Küchenspüle war mittelbraun und sehr lang. Es waren auch Gesichtshaare in der Spüle, und ein kürzlich benutzter Rasierapparat lag auf der Arbeitsplatte in der Küche. Gesichts- und Haupthaar stimmten genau überein.

Freunde des Opfers verrieten den Ermittlern, daß Carol Prentice seit kurzem eine Beziehung mit einem jungen Mann gehabt hatte, der nur als Wheels bekannt war. Nach dem, was sie über ihn wußten, war Wheels vor ein paar Monaten von irgendwo aus dem Osten aufgetaucht und hatte im Haight-Ashbury-Distrikt gewohnt. Sein Spitzname war offenbar darauf zurückzuführen, daß er ein Motorrad fuhr. Es gab keinen Beweis, daß Wheels sich an der Uni eingeschrieben hatte. Zeugen sagten übereinstimmend aus, daß Wheels mit Akzent aus dem Mittelwesten sprach und anscheinend ziemlich intelligent war. Wheels hatte langes, mittelbraunes Haar und einen zottigen mittelbraunen Bart. Wie es aussah, hatte der Mann kurz nach der Ermordung von Carol Prentice die Kleidung gewechselt, sich das Haar geschnitten und den Bart abrasiert.

Nach anderthalb Wochen Ermittlung hatte die Polizei von Berkeley keine wesentlichen Spuren, obwohl die Akte über zwanzig verschiedene Befragungen aufwies. Es gab nur zwei andere kleine Bruchstücke von Informationen, die Hawkins interessierten. Ein schlauer Cop von Berkeley namens Goddard hatte darauf hingewiesen, daß der Mord kurz vor jenem Zeitpunkt stattgefunden hatte, da Carol für gewöhnlich die Miete zu bezahlen pflegte. Laut Vermieterin hatte Carol stets bar und pünktlich bezahlt, und es fand sich kein Geld in der Wohnung. Goddard hatte daher gefolgert, daß das Motiv für die Ermordung des Mädchens wahrscheinlich Geldgier gewesen war. In den Augen von Hawkins eine ziemlich oberflächliche Schlußfolgerung, zumal angesichts der großen Mengen von Marihuana und Haschisch, die in dem Apartment sichergestellt worden waren.

Zwei andere Zeugen, beide Jugendliche der Mary-Beck-High-School, die die Schule geschwänzt hatten, erwähnten, daß sie ungefähr zu der Tatzeit einen Mann mit der Uniform eines Corporals der Army aus dem Haus hatten kommen sehen, in dem Carol Prentice gewohnt hatte. Die Zeugen waren überrascht gewesen, denn Leute in militärischer Uniform waren in jener turbulenten Zeit ein seltener Anblick in Berkeley. Ihre Beschreibung des Corporals paßte zu der von Wheels.

Er war in seiner Verkleidung zu Carol Prentice' Apartment gegangen und hatte gewußt, daß er sie nach dem Mord brauchen würde.

Einen Monat nach der Ermordung von Carol Prentice wurde die verwesende Leiche eines jungen Mannes gefunden, der schließlich als Lance Follett identifiziert wurde. Die Leiche lag in einem flachen Grab im Charles Lee Tilden Regional Park vergraben, ein paar Kilometer östlich von Berkeley. Follett, Corporal der U. S. Army, war auf einer Woche Heimaturlaub vor seiner Verschiffung nach Vietnam gewesen. Sein Heimaturlaub endete am 29. Juni, zwei Tage nach der Ermordung von Carol Prentice. Niemand hatte die Verbindung zwischen den beiden Morden erkannt – darauf war man erst ein paar Monate später gekommen –, doch der Bericht über Folletts Ermordung wies eine Kuriosität auf.

Nachdem die Ermordung des jungen Corporals den entsprechenden militärischen Behörden gemeldet wurde, nahm man an, es handele sich um unerlaubtes Entfernen von der Truppe. Sonderbarerweise war das nicht der Fall; laut Akten hatte sich Corporal Lance Follett genau an seinen Marschbefehl gehalten und war nach Vietnam angereist. Er war mit der Pan Am nach Manila geflogen und von den Philippinen mit einer regulären Maschine des Militärkommandos nach Vietnam aufgebrochen. Zu diesem Zeitpunkt wurde die Militärzentrale in Saigon informiert, daß vielleicht ein Hochstapler in ihren Reihen war, und man verfolgte die Spur zu einem Mann, der sich Lance Follett nannte. Die Ermittlung ergab, daß sich nie ein Follett beim Hauptquartier des MAC gemeldet hatte. Irgendwo zwischen Manila und Saigon hatte er sich einfach in Luft aufgelöst.

Hawkins lehnte sich auf seinem Stuhl zurück und starrte auf den Bildschirm. Zu dieser Zeit hatte er überhaupt nichts von den Mordfällen Prentice und Follett gewußt; erst Jahre danach hatte er sich mit einer kalten Spur befaßt, doch nachdem er die ersten Morde des Eismanns zurückverfolgt hatte, war er unerbittlich in die Vergangenheit geführt worden und schließlich an diesem Tag im Juni vor so vielen Jahren buchstäblich in einer Sackgasse gelandet. Im Laufe der Jahre hatte er sich dann und wann bei der Verfolgung der schrecklichen Odyssee des Eismanns gefragt, ob er dem Killer in Vietnam vielleicht persönlich begegnet war, ob sich Jäger und Gejagter in der Nacht über den Weg gelaufen waren, lange bevor die Jagd begonnen hatte. Der Gedanke verfolgte ihn, der gesichtslose Mann spukte zuweilen in seinen Träumen herum, bog immer dicht vor ihm um die Ecke, nur zu erkennen an einem blutverschmierten Baseballschläger, den er lässig über der Schulter hielt.

Für das FBI waren die Verkettungen zu vage, um eine umfassende Ermittlung zu rechtfertigen, aber Hawkins war überzeugt, daß die Ermordung von Corporal Lance Follett und der jungen Carol Prentice für den Eismann der Einstieg in die Unterwelt des Serienmörders war, der Beginn einer schrecklichen Karriere, die nun schon über dreißig Jahre währte. Eine Karriere, auf die der Eismann offensichtlich stolz war; wie die meisten Serienmörder brauchte er ein Publikum, und durch ein unbesonnenes Interview mit einem Reporter der *Washington Post*, bei dem Hawkins einen der Morde des Eismanns erwähnt hatte, war die Beziehung zwischen Jäger und Gejagtem entstanden. Der Eismann hatte ihn jetzt seit fünfzehn Jahren mit Beweisen seiner Verbrechen verhöhnt, für gewöhnlich in Form von Fotos wie denjenigen, die ihm Langford gebracht hatte. Hawkins ärgerte sich über die Arroganz des Serienmörders, und seine Suche nach dem Eismann war fast zu einer Besessenheit geworden. Die Tatsache, daß der Mörder ihn für die Rolle des Beichtvaters ausgewählt hatte, ohne ihm eine Wahl zu lassen, machte es sogar noch schlimmer, und jeder Tod und die folgende groteske Korrespondenz des Mörders mit ihm steigerte Hawkins' Zorn.

Hawkins kratzte sich mit dem Pfeifenstiel nachdenklich am Kinn. Er nahm einen dünnen Aktenhefter aus der Schublade zu seiner Rechten und öffnete ihn. Langford hatte recht; Hawkins hatte gewußt, daß es einen weiteren Mord gegeben hatte, bevor der FBI-Mann ihn angerufen hatte. Es waren fast ein Dutzend einseitige Briefe in dem Aktenhefter. Der jüngste war ihm erst vor drei Tagen in seinem Büro in der Universität zugestellt worden. Ohne das Blatt Papier aufzunehmen, las er das Wort mitten auf der Seite und die Textzeile darunter:

PHOENIX
Vielleicht schreibst Du beim nächsten Mal ein Buch über mich

Die Botschaft war mit einem Füllfederhalter unterzeichnet, mit dem Buchstaben K. K für ›Killer‹? K für ›Krazy‹? K für ›Katch me‹? Es spielte keine Rolle. Was zählte, war die Herausforderung.

»In Ordnung, du kranker Hurensohn«, sagte Hawkins leise. »Es ist an der Zeit, dich zur Strecke zu bringen.«

Wie bei den meisten Krankenhäusern befand sich die Leichenhalle des Denver Presbyterian Hospitals im Kellergeschoß. Es war ein großer Raum mit hoher Decke, gut beleuchtet und mit weißen Wänden. Der Boden war aus Beton, der mit grauem, rutschfestem Vinyl belegt war. Im Boden waren auch große, mit Chrom eingefaßte Abflußrinnen unter jedem der sieben Autopsietische. An zwei Wänden waren vom Boden bis zur Decke Stahlfächer, während die Wand mit der Tür eine Reihe von Schränken und Kühlschränken hatte. Die vierte Wand, gegenüber der Tür, bestand aus Tafelglas und war ursprünglich zum Betrachten von Leichen benutzt worden. Die Glaswand war übersprüht worden, und die Besichtigungskammer war in ein Büro des Leiters der Leichenhalle umgewandelt worden.

Die Fächer für die Leichen waren ständig auf plus zwei Grad Celsius gekühlt, während der Rest der Leichenhalle Zimmertemperatur hatte. Elektronisch gesteuerte Desodorierer waren hinter der Belüftungsanlage installiert worden, und der ganze Raum duftete leicht nach Kiefernwald. Als der Eismann den künstlichen Duft zum erstenmal wahrgenommen hatte, war er belustigt gewesen. Vielleicht würde er nach dem Job im Putnam-Haus ein Raum-Deo benutzen, Kräuterduft vielleicht, oder war Lavendelduft passender? Er schaute auf seine Armbanduhr. Kurz nach zehn.

Der Eismann hatte sich in der vergangenen Viertelstunde die Aktenschränke in dem Büro angeschaut und gelegentlich einen Aktenhefter genommen und den Inhalt mit dem kleinen Kopiergerät neben dem Schreibtisch fotokopiert. Nach dem Kopieren stellte er den Aktenhefter an die richtige Stelle zurück. Die Kopien befestigte er an seinem Klemmbrett. Das Klemmbrett war wie der leicht verknitterte weiße Kittel, den er von einem Wäschewagen genommen hatte, ein nützliches Requisit; damit und mit dem Kittel wurde er sozusagen unsichtbar, nur ein weiteres gesichtsloses Mitglied des Krankenhauspersonals.

Er arbeitete langsam und systematisch; in den meisten Krankenhäusern standen die Leichenhallen unter der Schirmherrschaft der Pathologie. Die Arbeitszeit dauerte in der Regel von neun bis siebzehn Uhr. Wenn eine besondere Autopsie geplant war, wurde ein Tisch im äußeren Raum vorbereitet, und selbst wenn ein echtes Mitglied vom Personal plötzlich auftauchte, konnte der Eismann seine Anwesenheit im Büro mit einer Reihe von plausiblen Erklärungen rechtfertigen.

Zehn Minuten später war seine Aufgabe erledigt; er

hatte die Daten von sechs Verstorbenen, einschließlich ihrer Geburtsdaten, Adressen und Sozialversicherungsnummern. Binnen zweiundsiebzig Stunden konnte er leicht Geburtsurkunden, Pässe und gültige Führerscheine auf alle sechs Namen zusammenstellen. Etwas mehr Arbeit und weitere achtundvierzig Stunden, und er konnte ebenfalls Kreditkarten von ihnen haben. Schlupflöcher, in die er springen konnte, wenn es nötig sein sollte. Er nahm das Klemmbrett und verließ das Büro, schaltete das Licht aus und schloß die Tür hinter sich. Zeit für eine leichte Mahlzeit, eine Stunde oder so mit dem Computer, und dann ein paar Minuten Abhören der Gespräche und Geräusche im Haus.

Ob Ellen Putnam heute abend wieder ihren Vibrator benutzen würde? Er lächelte; die Frau wurde unglaublich laut, wenn sie die Klimax hatte. Es war fast peinlich. Er lächelte wieder. Er liebte das Wort *Klimax*. Es war so viel endgültiger als *Orgasmus*.

Der Eismann verließ die Leichenhalle und fuhr zum Erdgeschoß hinauf. Er dachte an Ellen Putnam und die Fotos, die er geschossen hatte. Ein kaltes Lächeln huschte über sein Gesicht. Hawkins würde diesen Fall lieben.

## 8

AM TAG NACH Jay Fletchers Ankunft in Santa Fe hielt Cruz in Albuquerque ein Tagesseminar für eine Gruppe mexikanischer Feuerwehrleute aus Chihuahua. Er lud Jay ein, mitzukommen, aber weil im Seminar ausschließlich Spanisch gesprochen werden sollte, sah sie keinen Sinn darin. Cruz flog am frühen Morgen mit einer kleinen Maschine vom städtischen Flughafen am Südrand der Stadt ab.

Nach einem Frühstück im Plaza Café fuhr Jay mit dem geliehenen Ford Escort zum Büro über der Bücherei. Das Frühstück, von Cruz empfohlen, bestand aus Bohnen und Eiern, die in roter *und* grüner Chilisauce zu ertrinken drohten. Sie hatte drei große Gläser Eistee trinken müssen, bis ihre Tränen versiegt waren und sich ihr Verdauungssystem beruhigt hatte.

Um halb zehn hatte sie die Kaffeemaschine in Gang gesetzt und die Computerprogramme gestartet. Um zehn Uhr hatte sie die ganze Datei gelesen, der Cruz den Namen Präser-Fan gegeben hatte. Er hatte recht; auf den ersten Blick war nichts zu erkennen, was die Brände miteinander verband außer der Vorgehensweise des Brandstifters – die Benutzung eines Kondoms als Verzögerungsmechanismus.

Das erste Opfer war ein Mann namens George Bingham, Stellvertretender Direktor des Los Alamos National Laboratory Historical Museum, etwa sechsundfünfzig Kilometer nordwestlich von Santa Fe. Er war mit seiner Frau auf Urlaub in Europa, als sein Haus verbrannte. Das zweite Opfer war ein lediger Anwalt aus Albuquerque, der Brian MacDonald hieß, und die dritte Brandstiftung hatte das Haus und das Studio des Bühnenbildners der Santa Fe Opera zum Teil zerstört. Das vierte und jüngste Opfer war Dr. Julius Lowenthal, ein Projektleiter des Los-Alamos-Laboratoriums.

Bingham, MacDonald und Lowenthal hatten alle eine volle Versicherung für ihren Besitz, während Symingtons Versicherungssumme so gering war, daß er nur die Bank of Santa Fe zufriedenstellen konnte, bei der er die Hypothek aufgenommen hatte. Wie es aussah, hatte keiner der vier Profit aus den Bränden ziehen können, und Cruz hatte gewinnsüchtige Absicht ausgeschlossen. Die Brände waren zu ordentlich und gut ausgeführt, um das Werk eines Pyromanen zu sein, und so hatte Cruz vielleicht recht: Es waren Taten der Rache.

Sie arbeitete sich durch eine ganze Kanne Kaffee und ein halbes Dutzend Bücher über Brandstiftung, die Cruz in seinem Büro hatte. Gegen Mittag hatte Jay einen halben Notizblock mit Notizen vollgeschrieben und ein allgemeines Täterprofil von Brandstiftern erstellt, die aus Rache handelten. Nicht gut genug für eine Dissertation, aber vorläufig ausreichend. Sie erinnerte sich an das feurige Frühstück und entschloß sich, aufs Mittagessen zu verzichten und noch eine Stunde mit den Notizen zu verbringen, bevor sie sich an den Computer setzte.

Wie die große Mehrheit der Brandstifter war derjenige, der aus Rache Feuer legte, männlichen Geschlechts – statistisch gab es fast keine weiblichen Brandstifter. Die meisten Brandstiftungen wurden von relativ jungen Leuten begangen – vierzehn bis fünfundzwanzig –, aber für Brandstifter, deren Motiv Rache war, gab es keine Altersbeschränkung. Das vorherrschende Charakteristikum für Brandstiftungen aus Rache war der ernsthafte Wunsch, zu töten, zu verstümmeln oder nicht wiedergutzumachenden Schaden anzurichten; es war nichts Spontanes an solcher Brandstiftung.

Der Kondom-Pyromane zählte zu der gefährlichsten Untergruppe von Brandstiftern aus Rache, weil er das Feuer bei Wohnhäusern legte anstatt bei Geschäftsgebäuden. Ein Feuer in Wohnhäusern kann viel eher tödliche Folgen nach sich ziehen.

Der Brandstifter aus Rache erlebt wahrscheinlich wie fast alle Brandstifter eine Art ›Erlösung‹ durch die Tat. Am häufigsten sind emotionale Störungen zu Hause, ein Trauma wie Arbeitslosigkeit, sexuelle Probleme einschließlich Impotenz, Mißbrauch durch den Ehepartner oder durch Inzest oder das durch übermäßigen Alkoholkonsum hervorgerufene Ausbrechen von zuvor unterdrückten Trieben.

Keine dieser Informationen war besonders konkret, aber angenommen, der Präser-Fan war ortsansässig, dann würde das allgemeine Täterprofil die Zahl der möglichen Verdächtigen vielleicht halbieren. Natürlich bestand auch die Möglichkeit, daß Cruz sich in seiner Diagnose geirrt hatte; nach den Büchern, in denen Jay geblättert hatte, gab es viele Ähnlichkeiten zwischen Brandstiftungen aus Rache und denen aus rassistischen und religiösen Gründen. Auf Grund dessen, was Cruz beiläufig über die vielfachen rassistischen Spannungen im Gebiet von Santa Fe erwähnt hatte, mußte auch diese Möglichkeit in Betracht gezogen werden.

Jay benutzte das Paßwort, das Cruz ihr gegeben hatte, um Zugriff auf den Großrechner der Hauptstadt zu erhalten. Während sie sich in das System einarbeitete und ihr Suchprogramm eingab, erkannte sie plötzlich, daß es ihr Spaß machte; den Präser-Fan aufzuspüren war keine so große Sache, wie Ted Bundy oder den Green River Killer ausfindig zu machen, aber viel interessanter, als sie gedacht hatte, und hier, allein in dem muffigen alten Büro über der Stadtbücherei von Santa Fe, war sie nicht von zehntausenden FBI-Bürokraten umgeben oder unter Lawinen von Aktennotizen begraben. Es war wie eine Erfrischung.

Sie arbeitete unter der Voraussetzung, daß Cruz recht hatte und das Motiv der Brandstiftungen Rache war, und entschloß sich, den Brandstifter zu vergessen – wenigstens im Augenblick – und sich statt dessen auf die Opfer zu konzentrieren. Sie benutzte eine breit angelegte Schablone mit nur den vier Namen, ging buchstäblich jede größere Datenbank im Großrechner durch, von der Kfz-Zulassungsstelle und den Akten der New Mexico State Police über die Handelskammer und die Informationen der Bücherei im Untergeschoß. Sie schaltete den altmodischen Nadeldrucker an und beobachtete, wie das Suchprogramm langsam vom Großrechner angenommen wurde. Dann ging sie spazieren.

Vierzig Minuten später kehrte sie ins Büro zurück

und fand eine enttäuschend kurze Papierschlange aus dem Drucker vor. Außer dem Erscheinen in den Dateien der Zulassungsstelle und des Rathauses hatten die vier Opfer eine ziemlich reine Weste. Lowenthal, der Projektleiter der Los-Alamos-Laboratorien, fuhr einen Mercedes und zahlte die höchste Vermögenssteuer, was wahrscheinlich bedeutete, daß er das meiste Geld verdiente; Rand Symington von der Santa Fe Opera fuhr einen Izuzu Trooper; MacDonald, der Anwalt aus Albuquerque, fuhr einen Porsche; und Bingham, der Angestellte des Los Alamos Museums, besaß das jüngste Modell eines Chryslers. Das einzig Interessante war, daß der Anwalt in jüngster Zeit einige Eintragungen in der Verkehrssünderkartei hatte; ein Querverweis in Symingtons Datei wies darauf hin, daß mehr Informationen über ihn bei der Konzessionserteilung in Los Angeles zu erhalten waren.

Da sie nichts anderes zu tun hatte, klickte sich Jay aus dem Großrechner aus und verbrachte die nächste Viertelstunde damit, herauszufinden, wie sie Zugriff auf den Computer von Los Angeles bekommen konnte. Nach zwei falschen Starts stellte sie die elektronische Verbindung zu California her, identifizierte sich mit ihrem FBI/NCAVC Code und fragte nach jeder Information, die das Amt für die Erteilung von Geschäftskonzessionen in L. A. hatte. Die Datei tauchte fast sofort auf ihrem Bildschirm in Santa Fe auf.

»Nicht zu glauben!« murmelte sie, als sie die Datei las. Sie zündete sich eine Zigarette an und las noch einmal.

Symington, Randall Andrew / 020456-37
rsp / corp.div.:
– PYROTECH INC. –
Cal. Explosives Lic. (Class A) # 237-12-83

»Er hat eine Lizenz für Sprengstoff?« sagte Cruz und biß in den Chiliburger, den er in einem Imbiß in der Guadalupe Street gekauft hatte. Es war früher Abend. Cruz war vor einer Stunde von dem Seminar in Albuquerque zurückgekehrt und saß jetzt mit Jay an einem Picknicktisch im Santa Fe River Park und beobachtete den Sonnenuntergang. Zwanzig Meter entfernt kräuselte eine Brise das Riedgras im ausgetrockneten Flußbett.

»Klasse A.« Jay nickte. »Er hatte sie neun Jahre lang. Ich habe einige Bekannte bei der Polizei in L. A. angerufen, und man hat einiges für mich ausgegraben. Die Firma Pyrotech machte Spezialeffekte für Filme, speziell für Feuer und Explosionen.«

»Und Symington war Alleinbesitzer der Firma?«

»Ein Einmannbetrieb«, sagte Jay. Cruz riß mit den Zähnen den Plastikbeutel mit grüner Chilisauce auf und drückte die Sauce auf die letzten paar Bissen seines Hamburgers. Der Rest von Jays Burger lag vor ihr auf dem Picknicktisch. Sie nippte an einem kleinen Pappbecher Kakao und schaute ihrem Kollegen beim Essen zu.

»Okay«, sagte Cruz kauend. »Er hat Mittel und Möglichkeiten; aber welches Motiv? Und warum würde er sein eigenes Haus niederbrennen, besonders wenn er unterversichert ist?«

»Zugegeben, das ergibt nicht viel Sinn.«

»Und was passierte mit Pyrotech? Es ist ein weiter Weg vom Experten für Spezialeffekte in Hollywood bis zum Bühnenbildner beim Opernhaus von Santa Fe.«

»Er hat Mist gebaut«, antwortete Jay und trank den letzten Schluck Kakao.

»Wie?« Cruz wies auf den Rest ihres Chiliburgers, und sie nickte. Er zog den halben Chiliburger auf seine Seite des Tisches.

»In einem dieser Kung-Fu-Filme blies er ein Haus in die Luft. Laut meiner Kontaktperson bei der Polizei von L. A. hatte er in der Nacht zuvor getrunken und die

Ladungen falsch gelegt. Ein Beleuchter kam ums Leben, und der Star erlitt ziemlich schlimme Brandwunden. Symington wurde auf die schwarze Liste gesetzt.«

»Das erklärt immer noch nicht, warum er durch die Stadt läuft und die Häuser von Leuten in Brand steckt«, sagte Cruz. Er hatte hungrig Jays halben Burger verspeist und zündete sich jetzt eine Zigarette an.

»Vielleicht sollten wir ihn fragen«, sagte Jay. Die Luft kühlte ab, und sie fröstelte.

»Kalt?« fragte Cruz.

»Ein bißchen.«

»Santa Fe kann einen zum Narren halten. Achtunddreißig Grad Celsius am Mittag, und um Mitternacht friert es fast. Das ist nicht das, was Sie gewohnt sind, nehme ich an.«

»Da haben Sie recht.« Jay lächelte. »Im Sommer ist Washington rund um die Uhr wie eine Sauna.«

Es folgte lange Stille. Schließlich brach Cruz das Schweigen. »Was genau machen Sie hier, Fletcher?«

»Meinen Job«, antwortete sie. »Verbrecher schnappen.«

»Ich meinte es ernst.«

»Ich auch.«

»Blödsinn«, sagte Cruz offen. In der Dämmerung konnte Jay seine Miene nicht deuten. »Für jemanden wie Sie ist Santa Fe wie eine Strafversetzung. Ihr Chef überließ Sie uns wie eine heiße Kartoffel. Ich möchte wissen, warum.« Er schwieg kurz. »Haben Sie auch Mist gebaut? Wie Symington?«

»Nicht ganz so schlimmen«, antwortete Jay. »Aber ja, ich habe Mist gebaut.«

»Alkohol? Drogen? Was?«

»Schlechtes Urteilsvermögen.«

»Wie schlecht?«

»Zuviel Begeisterung. Ich habe einen Fall gefährdet. Langford entschied, daß ich mich für eine Weile versteckt halte.«

»Und jetzt sind Sie hier.«

»Jetzt bin ich hier.«

Wieder Schweigen. Schließlich sagte Cruz: »Ich bin froh darüber.«

»Daß ich Mist gebaut habe?«

»Nein, es freut mich, daß Sie hier sind.« Die Spitze seiner Zigarette glühte hell in der zunehmenden Dämmerung. Der Himmel war purpurfarben, und die fernen Hügel waren schwarz.

»Kann ich Sie um einen Gefallen bitten, Cruz?«

»Klar.«

»Wenn wir das nächste Mal essen, können wir etwas bekommen, in dem kein Chili ist?«

Jay war wieder im J.-Edgar-Hoover-Gebäude. Sie saß mit Prine zusammen und versuchte das digitalisierte Bild eines Mordopfers zusammenzustellen. Prine sprach über Stephen Hawking und schwarze Löcher, und jedesmal, wenn sie versuchten, das Bild des Opfers auszuarbeiten, starrte Dennis Lloyd Shaw sie vom Computerbildschirm an. Er lächelte, und seine Lippen bewegten sich. Shaw sprach zu ihr mit dumpfer und entfernter Stimme. *Du weißt verdammt nichts, Special Agent Janet Fletcher. Überhaupt nichts.*

Das Telefon klingelte. Jay öffnete die Augen und drehte sich im Bett. Sie blinzelte, und der Traum verblaßte. Der kleine Reisewecker auf dem Nachttisch zeigte an, daß es zwanzig nach zwei war. Das Telefon klingelte wieder. Sie nahm den Hörer ab.

»Hallo?«

»Fletcher? Ich bin's, Cruz.«

»Was ist?«

»Schwingen Sie sich aus dem Bett. In zwanzig Minuten wartet auf dem Flugplatz an der Cerillos Road ein Hubschrauber der Staatspolizei auf uns.«

»Was ist los?«

»Ein Brand. In Albuquerque. Ein schlimmer.«

Der Flug mit dem Helikopter dauerte nur eine halbe Stunde, die halsbrecherische Fahrt vom Heliport auf dem Flughafen von Albuquerque zwanzig weitere Minuten. Eine knappe Stunde nach Cruz' Anruf trafen sie am Brandort ein. Das Gebäude war ein Mietshaus aus den fünfziger Jahren am Nordende der Edmunds Street, einen Block vom Park entfernt und nahe bei der Schnellstraße I-25. Die Mietskaserne war umgeben von einem halben Dutzend ähnlicher Gebäude, und die freien Flächen dazwischen waren von verrosteten Autowracks, verfaulenden Matratzen und einem Sortiment von beschädigten, aufgegebenen Möbeln übersät. Bei Tageslicht wäre die Gegend ein deprimierendes Mietskasernen-Ghetto gewesen; im tobenden Feuerschein war sie ein Alptraum.

Als Cruz und Fletcher eintrafen, war das Gebäude voll in Brand. Flammen leckten aus dem Flachdach in den Nachthimmel. Aus unzähligen zersprungenen Fenstern quoll schwarzer und grauer Rauch. Gelbe Funken und rot glühende, brennende Teile flogen herum wie entflammte, tödliche Heuschrecken, und Hitzewellen breiteten sich in alle Richtungen aus. Überall standen Feuerwehrwagen, mindestens ein Dutzend, und Hunderte von Schaulustigen drängten sich hinter den Absperrungen der Polizei und schauten zu, wie die Feuerwehrleute den Brand bekämpften, um ein Übergreifen auf die anderen Häuser zu verhindern.

Cruz lenkte den vom Albuquerque Fire Department ausgeliehenen Wagen mit rotierenden Lichtern so nahe wie möglich an das brennende Gebäude zu einer Gruppe uniformierter Männer, die neben einem blutroten Löschwagen standen. Von dem Wagen aus führte ein Dutzend Schläuche fort, und die Feuerwehrleute arbeiteten in voller Montur mit Helm und Stiefeln. Sie richteten den Strahl der Rohre auf die unteren Etagen des siebenstökkigen Hauses. Die Straße war bereits knöcheltief voller Wasser, und der Lärm war unglaublich und hallte in Jays Ohren wie eine verrückte Symphonie von prasselnden, brausenden Flammen, zischendem Wasser und dem Ächzen des Gebäudes, das sich vor ihr auflöste.

»Kommen Sie mit.« Cruz nahm die Tasche vom Rücksitz, die er aus Santa Fe mitgenommen hatte, stieg aus dem Wagen und eilte hinüber zu der wartenden Gruppe von Männern. Jay folgte dichtauf.

»Cruz, Fire Investigation Office. Wer von Ihnen ist Teale?«

Ein stämmiger, kahlköpfiger Mann in einer beigefarbenen Windjacke streckte ihm die Hand hin. »Ich bin Teale. Albuquerque Fire Marshals Office.« Cruz schüttelte ihm die Hand. Teale blickte zu Jay. »Wer ist Ihre Freundin?«

»Seine Freundin ist eine FBI-Agentin. Jay Fletcher.« Teale ignorierte Jays ausgestreckte Hand. Dreißig Meter entfernt brannte der flammende Scheiterhaufen weiter, der ein Mietshaus gewesen war. Die Hitze war unerträglich, und einen Moment lang spielte Jay ernsthaft mit dem Gedanken, einfach davonzurennen. Stattdessen biß sie die Zähne zusammen und blieb.

»Ich habe Sie angerufen, weil das verdammte Büro vom Commissioner sagt, ich müsse das bei jedem Fall mit Verdacht auf Brandstiftung so handhaben.« Teale schnaubte. »Meiner Meinung nach hat sich's damit.« Der kahlköpfige Mann wandte sich ab.

»Meiner Meinung nach hat sich's damit nicht, Teale«, erwiderte Cruz scharf.

»Ich habe einen verdammten Job zu erledigen, Mr. Cruz. Ich habe keine Zeit für diesen Scheiß.«

»Ich auch nicht«, erwiderte Cruz. »Warum geben Sie uns nicht einfach Ihren Bericht, und dann lassen wir Sie in Ruhe?«

»Also gut«, sagte Teale. »Drei Alarme, volle Namensnennung der Anrufer. Das Haus brennt seit anderthalb Stunden. Wir haben den Brand bis jetzt auf die oberen drei Stockwerke beschränkt. Sieht aus, als wäre die Pflanze im fünften Stock. Die erste D. sah starke Flammenentwicklung und viel schwarzen Rauch aus diesem Teil des Gebäudes. Sie meldete zehn-vierzig-eins. Ich nahm den Ruf entgegen.«

»Das ist alles?« fragte Cruz.

»Nein, Mann, das ist nicht alles«, sagte Teale. »Bis jetzt haben wir drei Code zwei und elf Code eins. Reicht das für Sie?«

»Mein Gott!« stieß Cruz hervor. »Elf Tote?«

»Bis jetzt.«

»Warum so viele?«

»Weil eine verdammte Krippe von illegalen Einwanderern aus Mexiko im sechsten Stock ist«, sagte Teale. »Eine illegale Tagesstätte, die zur Übernachtung benutzt wird.«

»Kinder?«

»Babys. Eine erwachsene Frau, vermutlich die Leiterin, und ein nicht identifizierter Mann im Treppenhaus. Gegrillt und geröstet.«

»Was ist mit Fotos?«

»Geben Sie mir eine Chance, Cruz. Wie ich schon sagte, ich habe keine Zeit für solchen Scheiß.« Teale wandte sich wieder ab, und diesmal versuchte Cruz nicht, ihn aufzuhalten. Cruz trottete zum Wagen und stieg über die Feuerwehrschläuche hinweg. Jay folgte ihm.

»Ich habe nicht viel von dieser Geheimsprache verstanden«, sagte sie kleinlaut.

»Die *Pflanze* ist der Brandherd«, erklärte Cruz. »Die erste D. ist die erste Feuerwehrbesatzung am Brandort. *Zehn-vierzig-eins* ist ein Funkcode für Verdacht auf Brandstiftung.«

»*Code eins* bedeutet ein Toter?«

»Richtig. *Code zwei* heißt Schwerverletzter.« Cruz stellte die Tasche auf die Motorhaube des Wagens. »Die Tatsache, daß die erste Besatzung große Flammen und dikken schwarzen Rauch auf dem Haus sah, bedeutet, daß der oder die Brandstifter vermutlich Benzin benutzten.«

»Können Sie das auf Grund der Farbe des Rauchs sagen?«

»Wenn man es früh genug sieht. Schwarz bedeutet Mineralölprodukte. Weiß bedeutet irgendeine Art Material wie Heu.« Er nahm zwei identische Videorecorder von der Größe einer Handfläche aus der Tasche. »Grauer Rauch kommt für gewöhnlich von einer Zündvorrichtung mit Phosphor, und es riecht manchmal wirklich nach Knoblauch. Rot oder rötlichbraun deutet auf eine Art Säure, Chlorhydrat, Schwefel oder Salpeter hin.« Er gab Jay eine Kamera. »Können Sie damit umgehen?«

»Klar.«

»Dann filmen Sie«, sagte Cruz und schloß die Tasche. »Es ist ein Zwei-Stunden-Film darin. Wenn Ihnen der Film ausgeht, habe ich noch mehr in der Tasche.«

»Wonach soll ich suchen?«

»Nach allem, was ungewöhnlich ist.« Er blickte wieder zum brennenden Haus. »Sie filmen die Zuschauer. Ich nehme mir das Feuer vor.«

Als das Feuer gelöscht war, dämmerte über den östlichen Hügeln der Morgen, und Jay war erschöpft. Sie hatte sich zweimal neue Bänder geben lassen und hatte die langsam kleiner werdende Zuschauermenge rings um den Brandort gefilmt, nicht sicher, ob sie damit etwas erreichte oder nicht. Um sechs Uhr war das Mietshaus an der Edmunds Street eine verkohlte Ruine, und die Zuschauer hatten sich davongemacht; es war nicht besonders aufregend, den Feuerwehrleuten zuzuschauen, die in dem ausgebrannten Gebäude herumstöberten oder Schläuche aufrollten.

Jay döste im Wagen, als Cruz wieder auftauchte. Er zog den Brandbekämpferanzug aus, legte ihn in den Kofferraum und setzte sich hinters Steuer.

»Fertig?« fragte Jay. Cruz wirkte ebenfalls erschöpft.

»Fürs erste«, antwortete Cruz. Er schaltete den Motor an, setzte zurück und wendete.

»Wohin jetzt?« Jay setzte sich auf und gähnte. »Frühstück?« fügte sie hoffnungsvoll hinzu.

Cruz schüttelte den Kopf. »Noch nicht.« Er fuhr in Richtung Schnellstraße. »Wegen der Toten ist eine Einsatzbesprechung in der Innenstadt fällig. Wir sollten daran teilnehmen.«

Das Polizeipräsidium von Albuquerque befand sich in der Roma Avenue hinter dem Gerichtsgebäude, das es diskret von der Civic Plaza abschirmte, die einen halben Block entfernt war. Die Einsatzbesprechung fand in einem großen Konferenzraum im fünften Stock des Gebäudes in der Mordkommission statt, und Jay erkannte schon nach einer halben Minute, daß ihre Anwesenheit sinnlos war. Lieutenant Cruz selbst war kaum willkommen, und sie wußte, daß eine FBI-Agentin als Kiebitz noch lästiger war. Sie entschuldigte sich schnell und machte sich auf die Suche nach einem Kaffeeautomaten.

Die Mordkommission bestand aus einem Labyrinth schmaler Flure, kleinen Büroräumen und Vernehmungsräumen im Polizeistil – abgenutzte Büromöbel, blaßgrüne Wände und Schwarze Bretter mit Notizen. Zu dieser frühen Stunde war es in der Mordkommission sehr ruhig; die Leichen der Nacht wurden noch gezählt, und die Tagesschicht hatte noch nicht begonnen.

Jay fand, was sie suchte, in einem kleinen Aufenthaltsraum, dessen Fenster auf den Parkplatz zwischen Präsidium und der Rückseite des Gerichtsgebäudes blickte. Ein handgeschriebener Zettel klebte an der Tür: HAND JOB. Sie holte Wasser aus dem Hahn über dem

Waschbecken der angrenzenden Toilette, bestückte die Kaffeemaschine mit einem Filterpapier und schaltete sie ein. Dann sank sie auf einen Stuhl und schaute sich müde in dem Raum um. Er wurde offenbar regelmäßig benutzt. Der große Tisch, der den meisten Platz einnahm, war voller leerer Tassen, überquellender Aschenbecher und gelber, linierter Notizzettel. Die Leuchtstoffröhren an der Decke flackerten. An der hinteren Wand hing eine große Tafel, die von einem schwarzen Vorhang bedeckt war. Sie glaubte zu wissen, wozu der Raum genutzt wurde; er sah wie das provisorische Büro der Sonderkommission aus, das sie im Los Angeles Police Department für Beratungen im Fall des Stewardessen-Mörders aufgesucht hatte.

Jay füllte eine Tasse Kaffee aus der Kanne, in die immer noch Kaffee tropfte, gab etwas Milch hinein und ging neugierig zum anderen Ende des Raums. Sie stellte die Tasse auf den Tisch, zündete sich eine Zigarette an und zog den Vorhang von der Tafel.

»Allmächtiger«, murmelte sie und starrte auf die Tafel. »Alles schon gesehen.«

Die Hälfte der Tafel war mit Namen, Orten und Zeiten bedeckt, die mit farbigen Linien untereinander verbunden waren. Auf der anderen Hälfte hafteten Schwarzweiß- und Farbfotos. Auch ohne die gräßlichen Einzelheiten auf den Fotos hätte Jay die scharf ausgeleuchteten Aufnahmen als die von Fotografen vom Büro des Leichenbeschauers erkannt.

Die Mehrzahl der Fotos zeigten Hände, jede auf die gleiche Weise verstümmelt: Einige waren mit einem extrem scharfen Instrument zwischen dem zweiten und dritten Finger aufgehackt, wobei tief in die Handfläche geschnitten war, und in einigen Fällen war die Hand in zwei Hälften gespalten. Die übrigen Fotos zeigten Kopf und Torso von Opfern, alles Frauen in unterschiedlichem Alter, aber die meisten waren anscheinend Ende Zwanzig oder Anfang Dreißig. Ihre Brüste und der Unterleib waren verstümmelt, und ihre Kehle war durchgeschnitten. Jay zählte neun verschiedene Gesichter. Die Aufnahmen waren ordentlich numeriert und beschriftet. Drei der Opfer stammten aus Albuquerque, die übrigen aus anderen Staaten: Virginia Beach, Virginia; Rome, Georgia; St. Petersburg, Florida; San Diego, California; Rochester, New York; und Detroit, Michigan.

Soweit Jay das sehen konnte, gab es keine offenkundige Verbindung zwischen den neun Frauen. Trotz der Schwarzweißfotos konnte sie sehen, daß einige der Frauen blond, andere dunkelhaarig und zwei rothaarig waren. Zwei waren dicklich, eine sah sehr jung aus, nicht älter als siebzehn oder achtzehn, und eine andere hätte Großmutter sein können. Eine war schwarz, eine andere asiatisch. Das war sonderbar, denn jeder Serienkiller, von dem sie jemals gehört hatte, suchte sich seine Opfer bei einer bestimmten Rasse, einem bestimmten Körpertyp oder einer gleichen Altersgruppe. Dieser Serienmörder tötete wahllos. Jetzt wußte sie wenigstens, was der Zettel HAND JOB auf der Tür bedeutete.

»Macht es Ihnen was aus, mir zu sagen, was Sie hier treiben?«

Jay zuckte zusammen. Sie wandte sich um und sah einen großen, fast kahlköpfigen Mann Anfang Fünfzig, der einen verknitterten grauen Anzug und ein weißes Hemd trug. Seine Wangen, das Kinn und der Hals waren pockennarbig, und er hatte sehr buschige Augenbrauen. Er blickte finster auf das Besucherschild, das an ihrem Revers befestigt war.

»Ich habe frischen Kaffee gemacht.«

»Ja, das habe ich gerochen«, sagte der Mann. »Deshalb habe ich hereingeschaut. Niemand sollte hier zu dieser Zeit am Morgen sein.«

»Verzeihung.«

»Wer sind Sie?«

»Mein Name ist Fletcher. Ich sollte bei der Einsatzbesprechung im Konferenzraum sein.«

»Die Grillparty? Das Feuer?«

»Ja.«

»Mein Name ist Sladky. Welche Verbindung haben Sie zu dem Barbecue?«

»Ich bin bei Cruz, dem State Fire Investigation Office.«

»Was meinen Sie mit ›bei‹?«

»Ich arbeite mit ihm.«

»Sind Sie nicht von hier?«

»Washington. Versetzt vom FBI.«

»Von der Bundespolizei?«

»Ja.« Jay nickte zu den Fotos hin. »Ist das Ihr Fall?«

»Der Hand Job? Ja. Das ist meiner.«

»Sechs Opfer stammen nicht aus der Stadt.«

»Ja, aber sie wurden hier umgebracht. Es gefällt dem Mörder anscheinend hier. Ich wünschte, der Scheißer würde woandershin gehen.«

»Wie lange ist er hier?« fragte Jay.

Sladky ging zur Kaffeemaschine, schenkte sich aus der Kanne ein und starrte auf die Tafel. »Die erste brachte er vor fast zwei Jahren um.«

»In Albuquerque?«

»Ja. Nach dem Timing sieht es aus, als töte er ungefähr alle zwei Monate.« Er blickte Jay an. »Haben Sie mit einem solchen Fall schon einmal zu tun gehabt?«

»Ja.«

»Sind Sie eines der *Schweigen-der-Lämmer*-Asse? Bureau of Behavioral Pipapo?«

»Nein. Computer.«

»Ich hasse die verdammten Dinger. Werde nicht daraus schlau.«

Jay lächelte. »Ich manchmal auch nicht.« Sie schaute wieder auf die Fotos. »Vergewaltigt er die Opfer?«

»Nein. Er wichst sich einen in den Pariser, oder so.

Der Tatort ist immer makellos sauber. Die Berichte des Leichenbeschauers sagen, er bindet die Opfer mit Isolierband an einen Stuhl. Er verstümmelt sie und schneidet ihnen die Kehle durch. Die Hände verstümmelt er als letztes, nach ihrem Tod.«

»Die Opfer sehen alle unterschiedlich aus.«

»Ja, das ist das Problem. Kein klares Muster. Auch das Alter der Opfer führt zu keinem klaren Täterprofil. Von siebzehn bis neunundfünfzig. Groß, klein, dick, schlank, schwarz, weiß – dem Scheißkerl ist das anscheinend gleichgültig.«

»Das einzige durchgängige Element wäre also das Verstümmeln der Hand?« fragte Jay.

»Ja. Und die Botschaften.«

»Er hinterläßt Botschaften?«

»Ja, ich nehme an, so kann man das bezeichnen.« Sladky löste eine abgegriffene Fotokopie von der Schautafel.

»Was, zum Teufel, ist das?« sagte Jay. Die Botschaften waren ordentlich getippt und völlig unverständlich. Sie las eine laut und stolperte über jede Silbe: »qaStaHvlS wa'ram LoS SaD Hugh SlijlaH qetbogh loD.«

»Keine Ahnung«, sagte Sladky. »Wir ließen diese Botschaften von renommierten Sprachwissenschaftlern und Informatikern prüfen, die jedoch auch nichts herausgefunden haben. Keiner weiß, was das soll. Die Botschaften sind mit einem Laserdrucker gedruckt, Hewlett Packard HP oder so, sagte man mir, aber von diesen verdammten Dingern stehen eine Million herum. Das hilft nicht viel weiter.«

»Ein Code?« überlegte Jay laut.

Sladky schüttelte den Kopf. »Nein, das haben wir auch versucht. Bringt nichts.« Er zuckte die Achseln. »Wir nehmen an, es ist eine Art Beamtenchinesisch. Irgendeine Geheimsprache, die nur er kennt, oder eine irre religiöse Sache. Der Täter denkt vielleicht, er ist die Wiedergeburt von David Koresh. Die Sonderkommission wurde vor acht Monaten gebildet. Wir haben nichts herausgefunden.«

»Verrückt«, sagte Jay.

Sladky stieß einen grollenden Laut tief aus der Kehle aus. »Ja, das kann man sagen.« Er schnaubte. »Aber sind sie das nicht alle?«

## 9

BEI SEINER ANKUNFT auf dem Sky Harbor Airport in Phoenix mietete sich William Hawkins ein Lincoln Town Car und fuhr zum Sheraton in der Innenstadt, einen Block von der Civic Plaza entfernt. Nach einem schnellen Mittagessen im Hotelrestaurant rief er beim FBI Field Office an, machte einen Termin aus und fuhr dann mit dem Lincoln über den Black Canyon Freeway. Eine halbe Stunde und zwei verpaßte Ausfahrten später fand er endlich die Außenstelle des FBI in der East Indianola Avenue. Das Gebäude war ein mittelgroßer Zementblock, der sich in Hörweite der Schnellstraße befand. Es war wie eine Festung erbaut. Als er in der schmucklosen Halle war, dauerte es eine weitere Viertelstunde, bis er die Identifizierungs- und Kontrollprozedur hinter sich hatte, bei der nur noch eine Leibesvisitation gefehlt hätte. Hawkins war nicht überrascht. Nach einem Terroristen-Angriff in Atlanta vor ein paar Jahren, bei der ein Dutzend FBI-Agenten und Büropersonal als Geiseln genommen worden waren, war es nicht mehr leicht, Zugang zu den FBI-Gebäuden zu gewinnen. Im Büro von Dallas gab es Sicherheitsschleusen, und sogar die Männertoilette hatte ein Kombinationsschloß. Hawkins' Augenklappe und seine lässige Kleidung halfen auch nicht gerade, die Sicherheitsprozedur zu beschleunigen.

Rodney Jones' Büro befand sich im vierten Stock. Als Special Agent der FBI-Außenstelle hatte Jones einen Anspruch auf eine Ecksuite mit Blick auf die Schnellstraße. Er erhob sich hinter seinem Schreibtisch und ergriff Hawkins' ausgestreckte Hand, als gehöre sie zu einer zischenden Kobra. Der Special Agent war stämmig, mindestens eins achtzig groß und hatte rötliches, schütteres Haar. Er trug eine dickglasige Brille mit schwarzer Fassung auf einer breiten Nase und sah müde und abgearbeitet aus. Er wirkte mehr wie ein Football-Trainer an einer Universität als wie ein FBI-Agent. Endlich bot er Hawkins einen Sessel an und setzte sich dann wieder hinter seinen Schreibtisch.

»Man hat mich gebeten, Ihnen volle Kooperation zu gewähren«, sagte Jones. Seine Stimme klang tief und schleppend wie die eines Weststaatlers und hatte einen mürrischen Unterton.

»Gebeten?« Hawkins lächelte. »Oder angewiesen?«

»*Angewiesen* wäre das bessere Wort.«

»Von Taktgefühl hält man nicht viel im Hauptquartier«, sagte Hawkins. »So war es schon in meiner Zeit beim FBI.«

»Solange dies kein verdammter Stich vom OPR ist, geht es ja noch.«

»Was genau wollen Sie wissen?« fragte Jones. Er lehnte sich in seinem Schreibtischsessel zurück und verschränkte die Arme hinter dem Kopf. Die Geste sollte entspannt und ungezwungen wirken, aber die Verbitterung darüber, daß jemand in sein Revier eingedrungen war, konnte er nicht verbergen.

»Was immer Sie mir sagen können.«

»Nach dem, was ich hörte, wissen Sie bereits mehr über diesen Kerl als jeder sonst. Ich bezweifle, daß wir viel hinzufügen können.«

»Die Fälle sind alle unterschiedlich«, sagte Hawkins. »Wie sind Sie überhaupt an den Fall gekommen?«

»Das Kuvert war an Sie adressiert. Das Phoenix Police

Department fand es unter der gefrorenen Leiche. Es war ein Vorwand, es uns zu übergeben, um den Fall los zu sein.« Jones lachte kurz. »Die waren ganz weg vor Freude. Das letzte, was die Polizei hier braucht, ist ein solcher Mordfall. Ich kann es ihnen nicht verdenken. Ihre Chancen, ihn zu lösen, sind gleich null, und das wissen sie.«

»Und wie ist es mit dem FBI?« fragte Hawkins. »Wie schätzen Sie Ihre Chancen?«

»Ungefähr ebenso schlecht.«

»Irgendein Fortschritt?«

»Nichts Nennenswertes. Es gibt nicht viele Anhaltspunkte.« Er zuckte mit den Schultern. »Wir gehen wie üblich vor. VICAP, diese Dinge. Ich nehme an, Sie kennen die Prozedur.«

Hawkins nickte. Jones klang, als interessierte ihn die Sache nicht im geringsten, aber wenn man darüber nachdachte, hatte er recht: Er konnte nichts unternehmen. Der Eismann beschmutzte dasselbe Nest niemals zweimal: Für Jones und die Polizei von Phoenix war es ein einziger Mord, und der Fall konnte dementsprechend behandelt werden. Für eine konzertierte Ermittlungsaktion brauchte man die Zusammenarbeit und Koordination aller Polizeibehörden und FBI-Außenstellen im ganzen Land, und die war nicht zu erreichen. Es gab dreiundzwanzig verschiedene örtliche Polizeidienststellen, die Staatspolizei und ein halbes Dutzend County Sheriffs in diesem Gebiet, ganz zu schweigen von den Sprachproblemen. Hawkins seufzte. Die Verbrechensbekämpfung in den Vereinigten Staaten war fast bis zur Wirkungslosigkeit bürokratisiert. Heutzutage waren bereits Computer-Grundkenntnisse die Qualifikation für die Aufnahme bei den meisten Polizeiakademien.

»Macht es Ihnen etwas aus, wenn ich mir die Akten ansehe?« fragte Hawkins. Es war sein Hauptgrund für das Gespräch mit Jones, und er wollte ein Gefühl dafür bekommen, was ihn vielleicht von der Seite der guten Jungs stören würde.

Der Special Agent in Charge zuckte die Achseln und nickte. »Selbstverständlich. Seien Sie mein Gast.« Er lächelte, doch die Augen hinter den dicken Brillengläsern zeigten keine Herzlichkeit. »Wer weiß, vielleicht können Sie ein Buch darüber schreiben.«

Hawkins nahm die Ablichtungen der Akten mit in sein Hotelzimmer und setzte sich an die Arbeit. Für einen zweitrangigen Mordfall ohne irgendwelche echten Spuren hatte der Eismann eine enorme Papierflut ausgelöst: die Abschrift von dem ersten 911-Funkruf, der erste Tatortbericht von den uniformierten Cops, die auf den Funkruf 911 reagiert hatten, die Befragung des Hausbesitzers, der die Leiche in dem Gefrierschrank entdeckt hatte, der vorläufige Ermittlungsbericht der Kriminalbeamten, der Tatort-Bericht des Leichenbeschauers, die Abschrift des Autopsieberichts, forensische Testergebnisse, Dokumente von der Übertragung des Falles von der Mordkommission Phoenix an die FBI-Außenstelle, eine vorläufige Einschätzung des Falles durch einen von Jones' Agenten und Aktennotizen an Jones, als der Fall an VICAP weitergegeben wurde.

Und all das führte immer noch zu nichts. Die Leiche war immer noch nicht identifiziert, und es gab überhaupt nichts über den Eismann. Wieder einmal sah es aus, als ob der Hurensohn mit einem Mord ungestraft davonkam. Hawkins grub weiter, legte einen Zeitablauf des Falles an.

Am frühen Nachmittag hatte er einen allgemeinen Überblick über die Dinge. Er ging mit den Notizen zum Telefon neben seinem Bett und rief Bo Stevenson an, den Detective Sergeant in Phoenix, den ursprünglich vorgesehenen Ermittlungsbeamten, und arrangierte mit ihm ein Treffen am Tatort.

Die Leiche war in einem dreigeschossigen Mietshaus

im Südwesten der Stadt entdeckt worden. Das Haus war einer von rund zwanzig anderen gleichen Bauten eines Komplexes um einen Hof mit Swimmingpool und sah wie ein verwittertes Motel für reisende Vertreter aus. In der Umgebung gab es jede Menge Stripteaseschuppen, Imbißbuden und Schnapsläden, die in der ganzen Nacht geöffnet waren.

Detective Sergeant Bo Stevenson erwartete Hawkins an dem Apartmenthaus, als er eintraf. Stevenson war ein großer, schwergewichtiger Mann Ende Vierzig mit der platten Nase eines Boxers und rasiertem Kopf. Er begrüßte Hawkins an der Tür des Apartments mit flüchtigem Händedruck und übernahm die Führung. Es gab nicht viel zu sehen.

»Ziemlicher Standard«, sagte Stevenson. »Schlafzimmer, Badezimmer, Küche, Frühstücksecke und Wohnzimmer.«

Hawkins nickte. Weiße Rauhfasertapete an den Wänden, beigefarben geworden von Nikotin, billiger Parkettfußboden, ein Leitungskabel kam aus der Wand in einer Ecke des Wohnzimmers, kein einziges Möbelstück. Das einzig Auffallende war der mittelgroße Gefrierschrank in der Eßecke. Er war noch bedeckt mit einer Schicht von Fingerabdruckpulver.

Hawkins blieb in der Mitte des Wohnzimmers stehen und drehte sich langsam. Im Laufe der Jahre hatte der Eismann seine Technik verfeinert, und dies war das Ergebnis. Ein perfekt sauberer, anonymer Raum in einem anonymen Haus in einem anonymen Teil der Stadt. Der perfekte Tatort.

»Scheiße«, sagte Hawkins.

Der Detective lächelte breit. »Genau das habe ich gesagt, als ich diesen Tatort zum erstenmal sah.«

»Haben Sie ein paar Minuten Zeit?« fragte Hawkins.

»Klar.«

»Trinken wir irgendwo einen Kaffee.«

Sie fanden einen Block entfernt einen Imbiß und setzten sich in eine Ecknische. Stevenson nahm ein Notizbuch aus seinem Sakko und informierte Hawkins fünf Minuten lang über die erste Ermittlung. Abgesehen von dem Umschlag, der bei der gefrorenen Leiche gefunden worden war, gab es nichts Ungewöhnliches.

»Gleich nachdem Sie den Umschlag fanden, haben Sie den Fall ans FBI übergeben?«

»Ja.« Stevenson lächelte. »Das hielt ich für vernünftig.«

»Aber Sie haben sich erst die Fotos angesehen?«

»Hätten Sie das nicht getan?«

»Was haben Sie dabei gedacht?«

»Da gab es anscheinend keine Verbindung. Die Fotos wirkten wie Aufnahmen aus dem Schlachthaus. Die Leiche im Gefrierschrank jedoch wirkte wie das Opfer eines Profikillers. Eine verrückte und eine chirurgische Tat. Das ergab keinen Sinn.«

»So gaben Sie den Fall weiter.«

Stevenson wurde leicht ärgerlich. »Wir gaben ihn nicht einfach weiter, Mr. Hawkins. Wir hielten uns an die Vorschriften. Es bestand eine offensichtliche Verbindung zwischen dem FBI und der Leiche im Gefrierschrank. Wenn wir merken, daß ein Mord in die Zuständigkeit der Bundespolizei gehört, halten wir uns an die Regeln.«

»Aber es war eine Erleichterung, den Fall loszuwerden.«

»Sicher. Wir haben viele Mordfälle am Hals, da brauchen wir keine zusätzlichen.« Der Detective runzelte die Stirn. »Aber es gefiel mir nicht. Überhaupt nicht.«

»Wie meinen Sie das?«

»Wer auch immer dieser Scheißkerl ist, er wußte, daß wir den Fall abgeben, wenn wir den Umschlag mit den Fotos finden.«

»Na und?«

Stevenson stieß einen Grunzlaut aus. »Ich spiele nicht gern den Fisch am Haken. Es stinkt mir, manipuliert zu werden.«

»Sie meinen, der Killer wußte, was er tat?«

»Ja, er wußte das ganz genau. Die Polizei von Phoenix gibt den Fall auf und leitet ihn weiter an die FBI-Außenstelle. Die Außenstelle gibt ihn weiter an eine Spezialistengruppe in Quantico. Auf einmal ist es kein regionaler Fall mehr, es ist eine hypothetische Sache ein paar tausend Kilometer entfernt, und alles landet in Aktenschränken. Das macht mich sauer.«

»Das kann ich verstehen.« Der Eismann nutzte die Bürokratie, um seine Spuren zu verwischen, ob mit Absicht oder nicht.

Stevenson trank einen Schluck Kaffee und schaute Hawkins an. »Ehrlich gesagt, es überrascht mich, daß Sie aufgetaucht sind. Wie Sie sagten, ist das nicht mal ein offizieller Besuch. Ich kann Ihr Handeln nicht verstehen.«

»Ich will einfach den Kerl schnappen«, antwortete Hawkins.

»Wie?« fragte Stevenson offen. »Wir wissen nicht mal, wer das Opfer ist, geschweige denn sein Mörder. Um ihn zu schnappen, müssen Sie ihn bei einem Fehler ertappen, und es sieht ganz danach aus, als mache er keine Fehler.«

»Wir alle machen Fehler«, erwiderte Hawkins. »Glauben Sie mir.«

Im Apartment im Kellergeschoß des Putnam-Hauses in Denver hörte sich der Eismann die Tonbandaufnahmen der vergangenen Nacht an. Er war nackt, bis auf die Kopfhörer, und das Apartment war dunkel. Die einzige Lichtquelle war das Blinken der roten Digitalanzeige des Kassettenrecorders.

Ellen Putnam war am vergangenen Abend mit einer

Freundin zu einem Kinobesuch ausgegangen und hatte ihre Tochter allein im Haus zurückgelassen. Tina war nicht lange allein geblieben. Fünf Minuten nach dem Weggang ihrer Mutter hatte Tina ihren Freund angerufen, und eine Viertelstunde später war Terry eingetroffen.

Der Eismann saß in der Dunkelheit, lauschte und masturbierte.

Ein Klicken, die Tür von Tinas Schlafzimmer wurde geschlossen. Ein wenig nervöses Gelächter, Rascheln von Kleidung, das leise Klirren von Armreifen. Stille. Leise schmatzende Geräusche. Küsse. Kichern und tappende Schritte. Das Knarren des Betts, das leise Rascheln von Laken.

*»Ich frage mich, was die Nachbarn denken werden.«* Eine Jungenstimme. Terry.

*»Und ich frage mich, was meine Mutter denken wird.«*

Längere Stille. Ein leises Stöhnen. Weiteres Rascheln.

*»Würdest du ...?«*

*»Klar, okay ... Nein, beweg dich nicht.«* Wieder Rascheln, dann saugende, schmatzende Geräusche.

Seine Stimme. *»Aah. Wie ich das liebe.«*

Feucht. Lecken. Keuchen. Laute der Lust. Knarren des Bettes. Leises Stöhnen und Flüstern, ein Laut tief aus ihrer Kehle.

Ihre Stimme. *»Hier ... laß mich. Oh!«*

*»Ich hab' das Ding.«*

*»Bist du sicher, daß es nicht runterrutscht?«* Ihre Stimme.

*»Ja.«*

*»Okay.«*

*»Was wir gestern nacht wollten.«* Seine Stimme.

Schnelles Knarren, Keuchen und Stöhnen.

Ihre Stimme, atemlos, erregt. *»Willst du es von hinten?«*

Pause. *»Krieg' ihn nicht rein.«* Seine Stimme, ärgerlich, verlegen.

*»Oh.«* Ihre Stimme, überrascht.

*»Ich habe den ganzen Nachmittag an den Spaß gedacht, den wir haben werden, und deshalb ...«*

*»Es macht nichts.«*

*»Tut mir leid.«*

*»Nein, es ist okay. Wirklich.«* Pause. *»Wie lange dauert es?«*

*»Ich hab' doch gerade ...«*

*»Nein. Ich meine ...«*

*»Ich weiß nicht. Ich denke nicht darüber nach.«*

*»Oh. Okay.«* Pause. *»Nein. Beweg dich nicht. Oh! Das ist schön.«*

Pause. *»Schön und feucht.«* Wieder eine Pause, dann ihr stoßweises Atmen und das Geräusch seiner schnellen Bewegungen. Ein letzter Sturm von Bewegung, anschwellendes Stöhnen. Stille. Lachen.

*»Oh, Spitze!«* Seine Stimme.

*»Ist der Pariser draufgeblieben?«*

*»Ja.«*

Pause. Feuchtes Schmatzen von Gummi. Ihre Stimme. *»Prima.«*

Der Eismann nahm die Kopfhörer ab und stoppte das Band. Er saß nackt in der Dunkelheit und starrte zur Decke. Nicht mehr als zehn oder fünfzehn Minuten. Alles, was sie jemals haben oder erfahren würde. Safer Sex? Er lächelte.

Das würde für ihr Leben reichen müssen.

Jay Fletcher saß im dunklen Büro über der Stadtbücherei von Santa Fe und schaute auf den Bildschirm des Computers, der leer war bis auf das stetige Pulsieren des Cursors in der oberen linken Ecke. Sie waren am späten Nachmittag aus Albuquerque zurückgekehrt, aber nach ein paar Stunden hatte sich Cruz müde verabschiedet und war heimgefahren, um zu schlafen. Jay wußte, daß sie das gleiche hätte tun sollen, doch der übermäßige Kaffeekonsum hatte sie aufgeputscht. Und die Erinnerung an das, was sie über den Hand Job und die Taten des Mörders gesehen hatte.

Was sie erwog, war natürlich Wahnsinn, die gleiche Verrücktheit, deretwegen sie in Santa Fe gelandet war. Der Hand Job war das Problem der Polizei von Albuquerque, nicht ihres. Wenn sie sich einmischte und dabei erwischt wurde, würde sie große Schwierigkeiten bekommen. Dann drohte ihr mehr als nur eine Versetzung. Man würde sie feuern, vielleicht gar verhaften.

Aber es war eine Versuchung. Sie blickte auf den Stapel Disketten neben dem Computer. Das C-Bix-Programm. Ihr kurzer Ausflug in den Großrechner von Santa Fe für Cruz hatte ihr gezeigt, daß das regionale Netzwerk für die Computer des State Capitol keinerlei Sicherheitssystem hatte. Sie bezweifelte, daß es bei den städtischen Computern in Albuquerque anders war. Mit Cruz' Paßwörtern konnte sie nach Belieben durch die Netze wandern, und mit ihrem Wissen über Computer konnte sie ihre Spuren verwischen, davon war sie überzeugt. Der Hand Job war das perfekte Versuchsgelände für das C-Bix-Master-Programm. Anstatt darauf zu warten, weitere forensische Informationen anzusammeln, während der Mörder seine grauenhaften Taten fortsetzte, konnte Jay das Programm nutzen für das, wozu es entwickelt worden war – um den Mörder aufzuspüren, indem sie bestehende Datenbanken benutzte.

Das einzige Problem war, daß die Benutzung von C-Bix ohne einen Schreibtisch voll Genehmigungen illegal und verfassungswidrig war und gegen die Bürgerrechte jedes US-Bürgers verstieß. Es wurde allgemein akzeptiert, daß ein kleineres Gesetz gebrochen werden konnte, um ein größeres zu verteidigen, aber bei C-Bix gab es keinen Kompromiß. Das war ›Big Brother is watching you‹ in großem Stil.

Aber sie war nicht Big Brother; sie war nur eine Polizistin, die einen Mörder zur Strecke bringen wollte, ein Streifenwagen, der auf dem elektronischen Superhighway auf und ab fuhr. Jay schnaubte und zündete sich eine Zigarette an. Während der vier Jahre, in denen Sie beim Computer Analysis and Response Team arbeitete, hatte sie eine stetige Zunahme von Verbrechen mit Computern festgestellt, vom Bankbetrug bis zu einer Hotline für Pädophile. Wenn man sich per Modem ins Internet einschaltete, das gewaltige, unsichtbare und völlig ungeregelte System von Netzwerken, das die Nation umspannte, konnte man alles finden, von perversem Sex bis zu Talklines, bei denen die Mittel und Wege diskutiert wurden, wie man sein Examenszeugnis fälschte. Das Weiße Haus förderte die sich ausdehnende Benutzung der landesweiten Computer-Netzwerke, als wäre es eine Art neue Siedlungsgrenze, hinter die man junge Leute in den Westen locken wollte. Man vergaß dabei zu erwähnen, daß die neuen Gebiete voller Datendiebe und marodierender Outlaw-Banden von Hackern waren.

Jay drückte die Zigarettenkippe im Aschenbecher neben dem Computer aus und blickte auf den Stapel Disketten. Die ungenehmigte Benutzung von C-Bix verstieß schlicht und einfach gegen das Gesetz. Andererseits verstieß das Ermorden von Leuten und Abhakken ihrer Hände mit einem Schlachterbeil ebenfalls gegen das Gesetz. Die Chancen, den Mörder durch normale Verfahren zu schnappen, waren gleich null, und die Möglichkeit, daß Jay erwischt wurde, wenn sie C-Bix benutzte, war ebenso gering. Am Ende lief es auf eine moralische Entscheidung hinaus: Selbstjustiz oder normales Verfahren? Elegant und einfach wie ein Computer ... oder wie in einem John-Wayne-Film?

*Ich sage, wir hängen den Bastard, Sheriff!*

Sie zündete sich eine Zigarette an und schob die erste der Disketten ein.

# 10

UM ZEHN UHR am nächsten Morgen war Hawkins im Büro des Stellvertretenden Leichenbeschauers von Phoenix. 08.07.96. Simpkins, der die Autopsie der nicht identifizierten Leiche aus dem Gefrierschrank durchgeführt hatte, war ein kleiner Mann, dessen Gesicht an das eines Eichhörnchens erinnerte. Er überprüfte seine Computerdatei und führte Hawkins dann hinab ins Leichenschauhaus. Ein paar Minuten später bekam Hawkins das Opfer zum erstenmal zu Gesicht.

Auf dem Untersuchungstisch aus rostfreiem Stahl wirkte der Leichnam wie ein Tonmodell. Die Haut war grau und locker über dem Fleisch, und die Gesichtszüge wirkten wie in sich eingefallen, fast als hätte der Mann in einem Leben nach dem Tode Diät gehalten.

»Er verbrachte ein paar Monate in diesem Gefrierschrank.« Simpkins zuckte die Achseln. »Da wurde viel Wasser aus dem Gewebe gesaugt. In einem Jahr wäre er gefriergetrocknet gewesen. Wie eine Mumie.«

Die tödliche Verwundung war offenkundig – ein Loch im Hinterkopf, deutlich zu sehen, weil der Leichenbeschauer ein Stück des Skalps rasiert hatte. Es gab keine Ausschußwunde; die Kugel Kaliber .22 war durchs Gehirn getaumelt und hatte es in Hafermehl verwandelt. Hawkins stellte sich das Apartment vor. Der Schuß war nicht lauter gewesen als das Platzen einer aufgeblasenen Papiertüte.

»Irgendwelche anderen Wunden?« fragte er.

Simpkins schüttelte den Kopf. »Nein. Wie ich in den Bericht geschrieben habe.«

»Gibt es irgend etwas, das Sie *nicht* in dem Bericht erwähnt haben?« fragte Hawkins.

Simpkins überlegte einen Moment und schüttelte dann von neuem den Kopf. »Nichts, woran ich mich erinnern könnte.« Er zuckte die Achseln. »Standardmord des Mobs.«

»Wer hat Ihnen gesagt, daß es sich um einen Mord des organisierten Verbrechens handelt?«

»Keiner. Aber er paßt zum Schema.«

»Der Gefrierschrank?«

»Clever. Keiner würde die Leiche so schnell finden.«

»Haben Sie so etwas schon mal gesehen?«

»Nein.«

»Dann paßt es nicht ins Schema.«

»Da haben Sie vermutlich recht.« Simpkins fühlte sich auf einmal sichtlich unbehaglich und strich sich durch seinen roten Haarschopf.

»Sagen Sie mir was anderes, das nicht ins Schema paßt«, setzte Hawkins nach. Simpkins blätterte in den Papieren auf seinem Klemmbrett. Er nickte vor sich hin, legte das Klemmbrett auf den Tisch und hob den rechten Arm der Leiche an.

»Da«, sagte er.

Hawkins neigte sich über den Toten. »Ich sehe nichts.«

»An der Innenseite des Ellenbogens«, sagte Simpkins. »Ein Einstich.«

Hawkins sah ihn, glaubte es jedenfalls – eine schwache Verfärbung der Haut auf der Innenseite des Ellenbogens. »Wovon?«

»Nadel«, sagte Simpkins. »Ziemlich groß.«

»Warum haben Sie das nicht in dem Bericht erwähnt?«

Simpkins zuckte wieder mit den Schultern. »Der Mann war kein Fixer. Es ist nur ein Einstich, keine Ansammlung von mehreren Pünktchen. Er war auch zu gesund, um an der Nadel zu hängen.« Der Leichenbeschauer lachte kurz und wiehernd. »So gesund, wie ein Toter sein kann.«

»Was hat den Einstich verursacht?« fragte Hawkins.

»Da kommt vieles in Frage.«

»Zum Beispiel?«

»Bei einer Nadel von diesem Durchmesser kann es ein Infusionsschlauch gewesen sein, aber das bezweifle ich. Eine Infusion wäre ins Handgelenk oder den Handrücken gegeben worden.«

»Warum sagen Sie mir nicht, was Sie denken?« Hawkins seufzte. »Sagen Sie mir Ihre fachkundige Meinung.«

»Es ist nicht meine Aufgabe, Meinungen zu haben«, antwortete Simpkins. »Ich muß körperliche Beweise analysieren. Ich bin Pathologe, kein Kriminalbeamter der Mordkommission.«

Eine Welt voller Spezialisten, und jeder mit seinem eigenen Gebiet. Keiner übernahm für irgend etwas die Verantwortung. »Der Tote hat ein Loch im Ellenbogen«, sagte Hawkins. »Sie erklären, er ist kein Fixer. Was gibt es dazwischen?«

»Blutspender«, sagte Simpkins. »Vielleicht.«

»Er geht in eine Klinik zum Blutspenden, man zapft ihm Blut ab, und dann schießt man ihm eine Kugel in den Kopf?«

»Lächerlich, nicht wahr?«

Hawkins grinste. »Na, aber nur ein bißchen.«

»Deshalb äußere ich keine Meinungen.« Simpkins schaute Hawkins über den grauen Leichnam hinweg an. »Ich weiß, was die Polizei will, Mr. Hawkins. Ich weiß, was die Staatsanwaltschaft will, und ich weiß – und das ist das wichtigste –, was mein Chef will. Alle wollen das gleiche – einfache Antworten auf komplizierte Fragen. Sie wollen einen Mord vom Mob. Der Tote paßt ins Schema, und so gebe ich ihnen einen Mord vom Mob. Halte es einfach. Kein Sherlock Holmes, keine verrückten Schlüsse, keine Anomalien, keine Rätsel. Der Mann spendete Blut, bevor er erschossen wurde. Na und?«

»Und jetzt ermittelt die Polizei von Phoenix überhaupt nicht mehr in dem Fall, also will keiner mehr irgend etwas von Ihnen, richtig? Sie können ihn unter V wie ›Vergessen‹ abheften.«

»Richtig.« Simpkins nickte.

»Sie sagten, der Einstich kann vielerlei Gründe haben. Zum Beispiel?«

»Er kann sich zum erstenmal einen Schuß gesetzt haben, aber es war kein Rauschgift in seinem Körper. Er kann für einen AIDS-Test in einer Klinik gewesen sein, allerdings war das die falsche Nadel. Er kann ein Freak gewesen sein, der es liebte, sich mit einer dicken Nadel in den Arm zu stechen. Vielleicht war seine Freundin ein Vampir, oder er verpaßte sich intravenös Medikamente, die bei der Autopsie nicht zu ermitteln sind.«

»Aber Sie sagten Blutspende.«

»Ja.«

»Warum?«

»Weil er AB-negativ war.«

»Das verstehe ich nicht.«

»Als ich sein Blut untersuchte, stellte ich fest, daß er AB-negativ ist. Das ist eine seltene Blutgruppe. Das Rote Kreuz und die anderen Blutbanken haben stets Mangel daran.«

»Aber davon haben Sie in Ihrem Autopsiebericht nichts erwähnt.«

»Aber sicher habe ich das«, ereiferte sich Simpkins. »Ich habe ihn als AB-negativ verzeichnet.«

»Sie haben das jedoch nicht in Zusammenhang mit dem Einstich in seinem Arm gebracht.«

»Ich habe auch nicht erwähnt, daß er vermutlich Linkshänder war oder daß er hervorragende Aussichten hatte, bald eine Glatze zu bekommen. Oder daß er vermutlich seine Hose anzieht, indem er erst ein Bein in ein Hosenbein steckt und dann ins andere wie die meisten Leute. Es war zu diesem Zeitpunkt unwichtig. Und es ist immer noch unwichtig.«

»Wie selten ist AB-negativ?«

Simpkins überlegte einen Moment. »Ungefähr fünfzehn Prozent der Bevölkerung. Etwa in dieser Größenordnung.«

»Führen das Rote Kreuz oder die anderen Blutbanken Listen von Blutspendern mit einer seltenen Blutgruppe? Namen und Adressen?«

»Keine Ahnung«, sagte Simpkins. »Ich habe nie selbst Blut gespendet.« Er lächelte dünn. »Bei Nadeln überläuft es mich kalt.«

Rand Symington, der Bühnenbildner der Santa Fe Opera, wohnte in den bewaldeten Vorbergen westlich der Stadt. Das Haus, eine renovierte ehemalige indianische Schule, stand auf einer kleinen Lichtung nicht weit von der Buckman Road entfernt.

»Künstlerisch sehr wertvoll«, sagte Jay Fletcher und stieg aus dem Cherokee. Das Hauptgebäude war leuchtend blau angestrichen, und die Lichtung war übersät mit Kulissen – von italienischen Palazzi bis zu normannischen Burgen in allen Regenbogenfarben. Neben dem Haus stand ein großes Gebäude aus Wellblech, dessen Seite rußgeschwärzt von dem kürzlichen Brand war. Teile des schrägen Dachs waren verbogen, und die Hälfte eines großen Fensters war durch Sperrholz ersetzt worden.

»Er sagte mir, daß er in dem Studiogebäude sein wird«, erklärte Cruz und wies auf das Wellblechgebäude.

Symington war ein gutaussehender Mann Ende Dreißig, schlank und mit schmalen Hüften. Er trug Jeans, ein T-Shirt und Cowboystiefel. Sein Haar war hellblond und lang und hinten zu einem Pferdeschwanz zusammengebunden. Als sie das Studio betraten, arbeitete er mit einem Schweißbrenner. Seine Augen waren hinter einer dicken Schweißerbrille verborgen, und er schweißte zwei lange Eisenträger zusammen. Die Eisenregale und Werkbänke waren vollgepackt. Weitere Kulissen lehnten an den Wänden und am fernen Ende des Studios. Unter einem Speicher sah Jay etwas, das wie ein gigantisches Waffeleisen aussah. Dicke Kabel schlängelten sich über den Zementboden zu einer elektrischen Schalttafel.

Symington schaltete das Schweißgerät aus und schob die Brille auf die Stirn. Jetzt sah Jay, daß die Augen des Mannes eine eigenartige türkisfarbene Schattierung aufwiesen. Er lächelte und winkte.

»Lieutenant Cruz. Schön, Sie wiederzusehen.« Er grinste Jay an. »Sie habe ich noch nicht kennengelernt.«

»Jay Fletcher.«

»Arbeiten Sie mit dem Lieutenant zusammen?«

»Sie hilft mir eine Weile aus«, erklärte Cruz.

»Möchten Sie Kaffee?« fragte Symington. »Ich habe eine Kanne frischen im Haus.«

»Nein, danke«, sagte Cruz.

»Interessant hier«, bemerkte Jay und schaute sich um. »Hier ist alles vorhanden bis auf eine Küchenspüle.«

»Wie auf dem Trödelmarkt«, sagte Symington. Sein Grinsen schien auf dem Gesicht festgefroren zu sein. »Ich werfe nie etwas weg.«

»Viel Schaden durch das Feuer?« fragte Jay. Die Innenwände waren aus Metallblech und anscheinend vor kurzem angestrichen worden.

»Nein«, antwortete Symington und schüttelte den Kopf. »Ich hatte Glück. In der Woche, in der es passierte, machte ich das Bühnenbild für *Don Giovanni.* Der größte Teil meiner Ausrüstung befand sich im Opernhaus.« Er folgte Jays Blick. »Und die auffälligsten Schäden habe ich schon repariert. Dann habe ich neu angestrichen.«

»Teuer«, bemerkte Cruz. »Wie ich mich erinnere, hatten Sie keine hohe Versicherungssumme.«

Das Grinsen verschwand endlich. »Stimmt«, sagte Symington. »Ich war nicht hoch versichert.« Er schwieg kurz. »Aber ich habe Freunde. Jeder auf der Arbeit hat mir unter die Arme gegriffen. Die Oper hat mir die neuen Bleche und die Farbe spendiert.«

»Wie nett«, sagte Jay.

»Warum bekomme ich das Gefühl, daß dies kein freundlicher Besuch ist?« fragte der Bühnenbildner. »Vor kurzem war ich das Opfer von Brandstiftung; jetzt habe ich das Gefühl, als Verdächtiger betrachtet zu werden.«

»Eigentlich nicht.« Cruz zuckte die Achseln. »Wir verfolgen nur ein paar Spuren, das ist alles.«

»Zum Beispiel Ihre Lizenz für Sprengstoffe«, sagte Jay. »Nach dem, was ich hörte, haben Sie das bei dem Lieutenant während seiner Ermittlung niemals erwähnt.«

Symington wirkte einen Augenblick lang bestürzt. »Was hat denn meine Sprengstoff-Lizenz mit alldem zu tun?«

»Vielleicht nichts«, sagte Cruz. »Aber Sie hätten sie erwähnen sollen, zusammen mit dem Unfall, den Sie bei dieser Filmgesellschaft hatten.«

»Mein Gott! Nicht schon wieder.« Symington schüttelte den Kopf, dann streifte er seine Schweißbrille ab. Er warf sie auf den Tisch hinter sich.

»Leute sind dabei gestorben«, sagte Cruz. »So haben Sie sich Feinde gemacht.«

»Die Leute aus der Branche wußten, daß es nicht meine Schuld war. Ich war der Sündenbock. Die Produzenten mußten es jemand anhängen.«

»Es war nicht Ihre Schuld?«

»Nein, das heißt ja, es war nicht meine Schuld. Die Hurensöhne wollten Rieseneffekte bei einem lächerlich niedrigen Budget. Wunder bei einer einzigen Aufnahme.« Er schnaubte ärgerlich. »Warum fragen Sie die nicht nach der Versicherung?«

»Sie wurden auf die schwarze Liste gesetzt«, sagte Cruz.

»Woher wissen Sie das?« Symington fühlte sich jetzt sichtlich unbehaglich.

»Wir haben ein bißchen gegraben«, sagte Jay. »Sie wurden in Kansas geboren. Ihr Vater hatte einen Reparaturbetrieb für landwirtschaftliche Geräte. Ein Schweißer. Sie verließen Kansas Ende der sechziger Jahre, gingen nach Berkeley und kamen dort ins Filmgeschäft. Machten Bühnenbilder. Sie hatten Glück und bekamen von Lucasfilm einen Auftrag für *Star Wars*. Das führte zu den *Star-Trek*-Filmen, zu allen bis zu Nummer sechs.«

»Das war dreiundachtzig«, setzte Cruz die Ausführungen seiner Kollegin fort. »Dann ging es bergab. Und zwar ganz fix. Keine großen Produktionen mehr, nur noch billige B-Movies. Schließlich billigste Filmchen in Hongkong.« Er musterte den Bühnenbildner. »Woran lag es, Mr. Symington Schnaps oder Koks?«

Der Bühnenbildner war blaß geworden, und Jay sah, daß ein Muskel an seinem rechten Augenwinkel zuckte. »Warum tun Sie mir das an?« sagte er. Seine Stimme bebte. Jay wußte nicht, ob aus Zorn oder Furcht. Sie knöpfte beiläufig ihre Jacke auf und bewegte die Schultern, spürte das Gewicht der Waffe im Holster an ihrem Kreuz. Die Hälfte der Ausrüstung in Symingtons Studio war als Waffen zu gebrauchen.

»Wir hatten vier Brände, die alle eine Verbindung haben«, sagte Cruz ruhig. »Bis jetzt ist keiner dabei körperlich zu Schaden gekommen, Mr. Symington. Ich möchte, daß es so bleibt.«

»Beschuldigen Sie mich?«

»Noch nicht.«

»Mittel und Gelegenheit«, sagte Jay. Sie schaute sich in dem Studio um. »Sie haben beides.«

»Und was ist mit einem Motiv?« sagte Symington. »Warum sollte ich herumlaufen und Häuser abbrennen? Einschließlich mein eigenes?«

»Geben Sie uns Zeit«, sagte Cruz frei heraus. »Wir werden etwas herausfinden. Das garantiere ich.«

»Sie sollten jetzt besser gehen«, sagte Symington. »Bevor ich einen Anwalt anrufe.«

»Keine schlechte Idee«, sagte Cruz. »Sie werden vielleicht einen brauchen.«

Der Ermittler in Fällen von Brandstiftung nickte Jay zu, und dann verließen sie das Studio.

»Meinen Sie, wir haben etwas erreicht?« fragte Jay auf dem Weg zum Jeep.

Cruz zuckte die Achseln. »Vielleicht. Schwer zu sagen. Aber es kann nie schaden, ein bißchen Bewegung in die Dinge zu bringen. Es gefällt ihm gar nicht, daß wir in seiner Vergangenheit gegraben haben, das ist schon mal sicher.« Er nahm die Wagenschlüssel aus der Tasche seiner Jeans und setzte sich hinter das Steuer des Jeeps. Jay stieg auf der Beifahrerseite ein.

»Wir sollten vielleicht noch ein wenig tiefer graben«, sagte sie.

Um siebzehn Uhr war William Hawkins wieder in der FBI-Außenstelle in der Indianola Avenue. Special Agent Rodney Jones schien über das rasche Wiedersehen nicht besonders erfreut zu sein.

»Sind Sie sich Ihrer Sache sicher?« fragte Jones und tippte auf den handgeschriebenen Bericht, den Hawkins vor ein paar Minuten auf seinen Schreibtisch gelegt hatte.

»Sein Name ist Henry Saunders«, sagte Hawkins und nahm in einem der Sessel vor dem Schreibtisch Platz. »Bis vor drei Monaten zählte er zum Personal der sportmedizinischen Klinik der Arizona State University in Tempe.«

»Sie haben all das in vierundzwanzig Stunden herausgefunden?«

»Eine Menge mehr als das.«

»Ich bin beeindruckt«, sagte Jones.

»Ich nicht«, erwiderte Hawkins. »Es war nicht so schwer.« Wenn Jones oder die City Police von Phoenix am Ball geblieben wären, hätten sie die Leiche im Gefrierschrank schon vor Wochen identifizieren können. Weitere bürokratische Schlamperei.

»Erzählen Sie«, sagte Jones.

»Wie in dem Bericht steht – Saunders war AB-negativ. Laut Simpkins, dem Stellvertretenden Leichenbeschauer, gab es Anzeichen darauf, daß er vor kurzem Blut gespendet hatte.«

»Das stand nicht in dem Autopsiebericht«, sagte Jones.

»Es hätte aber drinstehen sollen«, sagte Hawkins. »Jedenfalls überprüfte ich das beim Roten Kreuz. Sie haben zweiundsechzig AB-negative Blutspender registriert. Sechsundzwanzig davon fallen in die richtige Altersgruppe. Siebzehn davon haben in den vergangenen drei Wochen Blut gespendet.«

»Bleiben neun«, sagte Jones.

»Von denen sieben noch leben und putzmunter sind. Ich habe das überprüft.«

»Dann sind es nur noch zwei.«

»Dr. Henry B. Saunders und ein Mann namens Lincoln Jeffries. Jeffries spendete zum letztenmal Blut am selben Tag wie Saunders. Zwei Tage später kam er bei einem Autounfall ums Leben. Er war außerdem ein Schwarzer.«

»Bleibt Saunders.«

»Richtig. Ich fuhr raus zur Universität und überprüfte das bei der sportmedizinischen Klinik. Sie hatten ein Foto von ihm in den Akten. Das Foto paßt.«

»Scheiße«, sagte Jones müde. Hawkins unterdrückte ein Lächeln. Seine Identifizierung von Saunders würde sich auf Jones' monatlichem Bericht nicht besonders gut ausmachen.

»Laut Universität war Saunders ein Single ohne nächste Angehörige.«

»Man meldete ihn nicht als vermißt?«

»Stimmt. Vor drei Monaten kündigte er in der Klinik. Man hatte ihm eine Stelle in einem Forscherteam in Denver angeboten.«

»Und?«

»Er tauchte dort nie auf.«

»Scheiße«, wiederholte Jones.

»Ich habe einen Flug von hier in zwei Stunden gebucht«, sagte Hawkins. »Ich wüßte etwas Unterstützung zu schätzen.«

Unter den gegebenen Umständen konnte sich Jones kaum weigern, und Hawkins wußte das.

»Zum Beispiel?« fragte der Special Agent.

»Ebnen Sie den Weg bei den FBI-Leuten in Denver und auch bei der City Police. Lassen Sie bei der TRW nachprüfen, ob es eine Spur von Saunders' Kreditkarten gibt.« TRW war die größte Kreditkarten-Abrechnungszentrale des Landes – wenn der Eismann Saunders' Kreditkarten benutzt hatte, dann war das aufgezeichnet, oder man konnte Zugang zu den Akten der Kreditkartengesellschaft bekommen und die Informationen finden, die er brauchte.

»Das kann ich tun«, sagte Jones. »Ich nehme an, Sie wollen das so schnell wie möglich?«

»Das wüßte ich zu schätzen.« Hawkins nickte. »Ich möchte diesen Bastard schnappen, bevor er noch jemanden tiefgefriert.«

Kurz nach Mitternacht in Denver. Der Eismann stand am Fuß der Treppe, die zum Erdgeschoß des Putnam-Hauses führte, und lauschte angespannt. Über ihm war alles still. Hinter ihm im Apartment im dunklen Kellergeschoß standen seine Koffer bereits gepackt beim Seiteneingang. Der Computer und die Vorrichtungen zum Abhören der Räume waren längst wieder verpackt. Er war bereit.

Der Kittel, den er aus der Leichenhalle im Krankenhaus gestohlen hatte, raschelte leise, als er sein Gewicht verlagerte. Der Kittel bestand aus einem extrem dünnen Kunststoff, und es gab eine Kapuze und eine Plastik-Gesichtsmaske mit Visier. Für gewöhnlich wurden diese Kittel für Autopsien von AIDS-Opfern oder von Leuten, die an ansteckenden Krankheiten gestorben waren, benutzt, doch heute verwendete ihn der Eismann für etwas anderes. Er ließ eine Hand mit dem Chirurgenhandschuh sinken und tastete über die gewölbte Kitteltasche. Da war seine Kamera.

Der Rest seiner Ausrüstung befand sich in dem Zimmermanns-Arbeitsgurt, den er um die Hüfte geschnallt hatte: zwei Hackmesser, die er in einem vietnamesischen Geschäft für Küchenutensilien in der Alameda Avenue gekauft hatte, eine Knochensäge, die er zusammen mit dem Kittel in dem Krankenhaus gestohlen hatte, ein halbes Dutzend vorgeknüpfte Schlingen aus Isolierband, drei verschieden große Kneifzangen und ein gefalteter Wäschereisack aus dem Holiday Inn. Er würde alles in den Sack stopfen, wenn er fertig war, einschließlich Kittel.

Sein Herz klopfte schnell, und sein Mund war trokken. Schweiß glänzte auf seiner Stirn. Es wurde ihm klar, daß das Visier der Schutzmaske beschlagen würde, wenn er sein Atmen nicht unter Kontrolle brachte. Zwischen den Beinen spürte er die vertraute Schwere seiner angeschwollenen Genitalien; er war erregt, aber war das nicht der ganze Sinn der Sache?

Der Eismann holte tief Luft und atmete langsam aus. Immer noch kein Geräusch außer dem schwachen Rascheln des Kittels. Es war soweit. Er hatte sich seit Phoenix nicht mehr so gut gefühlt wie jetzt, und er konnte es kaum erwarten, die Nachricht zu verbreiten: Das

Leben ist gut, aber der Tod ist noch besser. Mit einem glücklichen Lächeln schlich er die Treppe hinauf und dachte voller Vorfreude an Ellen Putnam und ihre junge Tochter.

## 11

Es war fast zwölf Uhr mittags, als Hawkins bei Ellen Putnams Haus in Curtis Park eintraf. Gelbes Tatort-Band war um das Haus und das Grundstück gespannt. Der Zufahrtsweg war verstopft mit Behördenfahrzeugen. Hawkins sah einen schwarzen neutralen Kombi vom Büro des Leichenbeschauers, aber keinen Krankenwagen. Es wimmelte von Polizisten in Uniform und Zivil.

Hawkins stieg aus seinem Mietwagen und blieb einen Moment stehen, um den Tatort zu betrachten. Der Anruf war vor knapp drei Stunden gekommen. Der Postbote hatte rote Flecken und Spritzer am vorderen Fenster des Hauses bemerkt, hatte durch das Fensterchen in der Haustür gespäht und weiteres Blut in der Diele gesehen. Nachdem er ein paarmal vergebens geklingelt hatte, war er zum Nachbarhaus gegangen und hatte die Polizei angerufen. Laut Polizei hatte es kurz nach Mitternacht schon einen Anruf aus dieser Gegend gegeben. Jemand hatte sich über ein Geräusch beschwert, das sich anhörte, als würde eine Katze erwürgt. Die Störung hatte sich nicht wiederholt, und es war kein Streifenwagen losgeschickt worden.

Hawkins ging zur Haustür. Ein uniformierter Polizist blockierte ihm den Weg. Hawkins zeigte kurz den falschen Ausweis, den er von Langford erhalten hatte, und wurde an den Mann verwiesen, der die Ermittlung führte, ein

Detective Sergeant namens Prokop. Der Detective der Mordkommission sprach mit einem Mann vom Leichenschauhaus mit weißem Kittel, als Hawkins die zwei Stufen zur vorderen Veranda hinaufstieg. Der Mann vom Leichenschauhaus hielt einen zum Bersten vollen Plastiksack in einer Hand. Hawkins stellte sich vor.

»Man sagte mir, daß Sie vorbeischauen.« Prokop war Anfang Dreißig, schwarzhaarig und teuer gekleidet. »Es hat etwas mit VICAP zu tun, habe ich recht?«

»Nicht ganz«, sagte Hawkins. Er beobachtete, wie der Mann vom Leichenschauhaus von der Veranda stieg und den Plastiksack schleppte. »Die Opfer?«

»Was von ihnen übrig ist«, sagte Prokop mürrisch. Er schaute Hawkins neugierig an. »Sie sind anscheinend nicht überrascht.«

»Ich habe so was schon gesehen«, sagte Hawkins.

»Tatsächlich?«

Hawkins gab ihm den Umschlag mit den Fotos, die nach dem Foto von der kürzlich identifizierten Leiche in der Tiefkühltruhe in Phoenix übriggeblieben waren. Prokop blätterte die Fotos schnell durch.

»Mein Gott! Wo ist das passiert?«

»Des Moines«, sagte Hawkins. »Eine Familie namens Petrie. Mutter und zwei Kinder, Junge und Mädchen.«

»Ich hatte den Ex-Mann hier als Täter im Verdacht«, sagte Prokop. »Lehrer in Vail. Laut Aussage der Nachbarn hat er sich vor anderthalb Jahren von seiner Frau getrennt.« Er zuckte die Achseln. »Angeblich war ein Mieter in der Wohnung im Kellergeschoß, aber keiner weiß etwas über ihn.«

»Vergessen Sie den Ex-Mann«, sagte Hawkins. »Haben Sie sich in der Wohnung im Kellergeschoß umgesehen?«

»Ja.« Prokop nickte. »Sauber. Sieht nicht aus, als ob dort jemand eine Weile gewohnt hätte.«

»Haben Sie einen Namen des Mieters?«

»Noch nicht. Wir arbeiten daran.«

»Versuchen Sie es mit Saunders«, schlug Hawkins vor. »Dr. Henry Saunders.«

»Der Kerl war Arzt?«

»Das ist ein Deckname. Saunders war bis gestern eine nicht identifizierte Leiche in Phoenix.«

»Mord?«

»Ich befürchte es.«

Prokop runzelte die Stirn. »Sagen Sie mir einfach, was los ist, oder ist das eine geheime Sache des FBI?« Die Worte des Polizisten von Denver hatten einen ärgerlichen Unterton. Das Federal Bureau of Investigation war prima für Hollywood, doch in der gemeinen und dreckigen Welt der regionalen Polizei hätte Hawkins für Prokop ebenso ein Leprakranker sein können.

»Keine geheime Sache, Sergeant. Ich reihe hier Perlen auf und versuche, einige Dinge zusammenzubringen.«

»Das ist leichter, als Mrs. Putnam und ihre Tochter zusammenzusetzen.« Prokop musterte Hawkins. »Sie nehmen uns diesen Fall ab?«

»Nein«, sagte Hawkins. »Das FBI hat kein offizielles Interesse daran.«

»Ich brauche Ihre Außenstelle nicht zu benachrichtigen?«

»Nicht, wenn es Ihnen gegen den Strich geht«, sagte Hawkins. »Aber vielleicht wird es nicht schaden. Hier kommen Sie nicht weiter. Saunders, oder wie auch immer er sich jetzt nennt, ist längst weg. Aus der Stadt raus. Vermutlich aus dem Staat. So hält er es immer.«

»Wir machen also nur sauber, und damit hat sich's?«

Hawkins hob kurz die Schultern. »Bilden Sie eine Sonderkommission, wenn Sie wollen. Es geht mich nichts an. Ich habe Ihnen nur gesagt, was ich weiß.«

»Was wollen Sie also von mir?« fragte Prokop.

»Ich möchte mir das Kellergeschoß ansehen, wenn es Ihnen nichts ausmacht. Dann sind Sie mich los.«

»Schauen Sie sich nur um«, sagte der Cop von Denver. »Der Eingang ist an der Seite.« Er wies mit dem Daumen über die Schulter zur Haustür. »Wollen Sie auch hier reinsehen?«

»Nein, danke«, sagte Hawkins. »Ich möchte mein Frühstück bei mir behalten.«

Prokop hatte recht; das Apartment im Kellergeschoß war steril. Der Kühlschrank war leer bis auf eine Tüte Backpulver, die vermutlich von Frau Putnam selbst dort zurückgelassen worden war. Kein Fett auf dem Herd, keine Rückstände im Backofen. Die Schränke waren leer, und das Badezimmer war makellos. Hawkins nahm sich vor, Prokop daran zu erinnern, das Waschbecken, die Küchenspüle, Badewanne und Toilette nach Haaren oder sonst etwas zu überprüfen, aber das führte vermutlich auch zu nichts. Für den Eismann war das Kellerapartment kein Platz zum Wohnen gewesen; ein Versteck, aus dem er schießen konnte.

Geschossen hatte er jedoch nicht. Hawkins blickte zur Decke und stellte sich vor, was über ihm lag. Die Frau und ihre Tochter hatten geschlafen und keine Chance gehabt. Der Eismann stürzte sich mit einem Messer oder vielleicht einem Skalpell zuerst auf die Tochter. Die Schreie des Mädchens weckten die Mutter, die er dann bewußtlos schlug. Er sorgte dafür, daß das Mädchen nicht schreien konnte, und dann mußte es zuschauen, wie er die Mutter vergewaltigte, bevor er sie tötete. Danach beschäftigte er sich wieder mit dem Mädchen. Als beide tot waren, begann das Verstümmeln der Leichen.

Und schließlich die Fotos.

Hawkins schluckte und kämpfte gegen Übelkeit an. Das Schlimmste war, daß der Eismann die Fotos für ihn, Hawkins, machte. Bei dem Blitzlichtzucken in der Nacht hatte der Wahnsinnige an ihn gedacht. Hawkins erschauerte und versuchte gegen die Furcht anzukämpfen.

Es war natürlich ein Teil des Spiels, daß er, Hawkins, so dachte, daß er gezwungen war, gegen das Entsetzen anzukämpfen. Hawkins war überzeugt, daß sich der Eismann für den Tod selbst hielt, nicht nur für dessen sterbliches Instrument, für den Tod, vor dessen zwangsläufiger Berührung niemand sicher war, am wenigsten William DeMille Hawkins, einst FBI-Agent. Um diese schreckliche Tatsache zu bekräftigen, würde in zwei oder vielleicht drei Monaten eine andere gefrorene Leiche, wieder mit einem in Plastik gehüllten Kuvert voller Fotos, in einer anderen Tiefkühltruhe auf ihn warten. Im Augenblick konnte Hawkins es vermeiden, sich dort oben den Horror anzusehen, aber schließlich würde er gezwungen sein, das Grauenvolle anzuschauen und sich zu fürchten.

Cruz war zu einer weiteren Konferenz über den Mietshausbrand nach Albuquerque gerufen worden, und Jay hatte das Büro über der Stadtbücherei für sich allein. Als Cruz fort war, startete sie das Computerprogramm, das sie in der Nacht zuvor online gelassen hatte.

Normalerweise arbeitete C-Bix wie jedes andere Suchprogramm, suchte in einer besonderen Datenbank nach Informationen, steckte praktisch viereckige Dübel in viereckige Löcher und runde Dübel in runde Löcher. Aber ihr Lieblingsprojekt hatte, obwohl sie es bei Langford nie erwähnt hatte, ebenfalls einen ›Wurm‹.

Würmer, wie Computerviren, wurden für gewöhnlich mit den Aktivitäten von Hackern in Zusammenhang gebracht, die Computersysteme nur aus Spaß vermasselten. Computerviren infizieren Datenbanken und überwältigen sie, indem sie sich wie wuchernder Krebs ausbreiten, logische Bomben, die Dateien massenweise zerstören. Würmer hingegen durchstreifen nur Datenbanken, suchen und zerstören Schlüsselinformationen. Der Wurm in C-Bix war noch etwas anderes, ein Sprößling der Arbeit von MIT und CalTech an sogenannten Combots, Roboterprogramme, die durch eine Datenbank streiften und Informationen sammelten, die für ihren Parameter, die Hilfsvariable, sachdienlich waren, und dann trugen sie die Information zurück zum ursprünglichen Programm im Heimat-Terminal.

Da die Datenbanken, für die sich Jay interessierte, alle durch verschiedene Netzwerke verbunden waren und sie die offiziellen Paßwörter von Cruz hatte, kroch der C-Bix-Wurm einfach über die Telefonleitungen von Großrechner zu Großrechner, verglich Daten mit seiner logischen Basis und behielt sie entweder oder lehnte sie ab. Während der Nacht war C-Bix in die Privatsphäre von praktisch jedem im Staat New Mexico eingedrungen, hatte staatliche Akten durchsucht, Strafregister, Daten von Krankenhäusern und Nervenheilanstalten, die staatliche Registrierungsstelle für Feuerwaffen, das Wählerverzeichnis der Demokratischen und Republikanischen Partei und die Kfz-Zulassungsstellen angezapft. Eines der neuen Programme, die das FBI benutzte, um Geldwäsche zu verfolgen, hätte vermutlich den C-Bix-Wurm aufspüren können, wenn es genug Zeit gehabt hätte, aber Jay bezweifelte, daß jemand ihr elektronisches Eindringen bemerken würde.

Nach einer ganzen Nacht des Herumstreifens hatte der C-Bix-Wurm erstaunliche vierhundertachtundsiebzig Möglichkeiten aus den Computern des Staats New Mexico herausgesucht. Das waren die primären ›Treffer‹ – Leute in der einen oder anderen Datei, die auf ein Minimum von zwanzig Prozent der C-Bix-Parameter paßten, die für die grundlegenden Täterprofile von ›organisierten‹ und ›desorganisierten‹ Serientätern in Quantico entwickelt worden waren. Das war etwa so willkürlich, als nehme man zum Beispiel an, jemand sei ein Heckenschütze, nur weil er ein Gewehr besaß.

Jay verbrachte eine Stunde damit, die C-Bix-Variablen neu festzulegen, basierend auf dem, was sie über den Hand Job wußte, einschließlich der Tatsache, daß er einer der organisierten Typen war. Sie ließ das Programm wieder laufen, und die Zahl sank auf hundertsechsunddreißig Möglichkeiten. Das Alter der hundertsechsunddreißig Personen reichte von vierzehn bis fünfundsiebzig; davon waren vierzig weiblich. Weil Frauen, Jugendliche und Ältere als Täter unwahrscheinlich waren, änderte sie die Parameter des Programms ein zweites Mal. Das Ergebnis waren elf Namen. Sie gab die Identifizierungskennzeichen der Namen in den Computer ein und befahl dann eine totale Suche und eine Datei für sie, in der alles verfügbare Material für jede Person gesammelt wurde. Als das erledigt war, druckte sie alles aus und hatte beeindrukkende fünfundachtzig Seiten Dokumentation. Inzwischen war es kurz nach zwölf Uhr mittags.

Jay bemerkte, daß sie Hunger hatte, aber anstatt ihrem Magen noch eine feurige Chili-Mahlzeit zuzumuten, steckte sie die fünfundachtzig Seiten in einen Umschlag und fuhr zu dem Haus, das Cruz für sie gemietet hatte. Sie aß weichgekochte Eier und Toast, trank dazu eine Tasse Tee und setzte sich mit dem Umschlag und ihren Zigaretten vor den Fernseher. Sie war erfreut über die Leistungsfähigkeit des Computerprogramms, auch wenn die Benutzung ein klarer Verstoß gegen den Datenschutz und die Bürgerrechte war. Obwohl sie die Liste auf elf Namen eingeschränkt hatte, blieb eine abschreckende Zahl von elf Verdächtigen, an der sie arbeiten mußte.

Der Fernseher war auf KOAT eingestellt, eine Tochtergesellschaft von ABC in Albuquerque. Nachdem Jay einen kurzen Bericht über den neuesten Stand bei dem Mietshausbrand angeschaut hatte, öffnete sie den Umschlag und begann die Ausdrucke durchzugehen. Während einer Werbeeinblendung erwähnte der Sprecher, daß am Nachmittag der erste *Star-Trek*-Film gesendet werden würde. Jay zündete sich eine Zigarette an und fragte sich, ob Rand Symington sich den Film anschauen würde, um noch einmal seinen vergangenen Glanz in Hollywood zu erleben.

Das C-Bix-Programm für Serienkiller basierte auf einer gleitenden Skala von Täterprofil-Elementen, die von gemeinsamen Charaktermerkmalen einiger Serienkiller bis zu Merkmalen reichte, die alle teilten. Die durchschnittliche Punktzahl war fünfhundert, die höchstmögliche tausend. Von den elf Namen auf ihrer Liste waren sieben unter fünfhundert, einer war auf der Mittellinie und drei reichten von sechshundertfünfzig bis zu achthundert. Sie nahm an, daß sie im Augenblick alle unter der Mittellinie außer acht lassen konnte, und so blieben vier Namen.

Die höchste Punktzahl hatte ein Mann namens Mark Abzug, ein achtunddreißigjähriger Klempner aus Raymac Park im Süden von Albuquerque. Er war als Kind adoptiert worden, hatte viele Jugendstrafen verbüßt, hauptsächlich wegen leichter Brandstiftung und leichten Diebstahls, und war aus psychiatrischen Gründen aus der U. S. Air Force entlassen worden. Sein Strafregister als Erwachsener zeigte eine Reihe von Festnahmen wegen Fahrens unter Alkoholeinfluß, zwei Festnahmen wegen tätlicher Bedrohung, jedoch ohne Verurteilung, und ein Sittlichkeitsvergehen an einer jungen Frau, das wie eine Vergewaltigung aussah, für die er durch ein Geständnis, um dem Gericht Zeit und Kosten zu ersparen, eine milde Strafe bekommen hatte, denn die Bewährungsstrafe war mit dem Kodizill versehen, daß er sich psychiatrischer Behandlung unterziehen mußte. Das Foto auf seinem Führerschein zeigte ihn dünn und nervös. Unbedeutend.

Die zweithöchste Punktzahl hatte ein vierzigjähriger arbeitsloser Konstruktionszeichner namens Emil Francis Dinnerstein, aber sein Strafregister zeigte nichts außer päderastischen Straftaten; es war unwahrscheinlich, daß er von Jungen auf Mädchen gewechselt war.

Nummer drei war Timothy Hershaut. Wie Abzug war der neunundzwanzigjährige Krankenpfleger als Kind adoptiert worden. Seine Jugendstrafen schlossen einen Aufenthalt in einer Jugendstrafanstalt ein, weil er als Fünfzehnjähriger schwere Körperverletzung und Vergewaltigung seiner Adoptivmutter begangen hatte. Ein zweiter Aufenthalt in derselben Strafanstalt war auf Drogenmißbrauch während des halben Jahrs seiner bedingten Entlassung zurückzuführen, als er siebzehn gewesen war. Ein Jahr später war ihm der Führerschein wegen grober Verkehrsgefährdung entzogen worden. Kurz danach hatte er an einem Umschulungsprogramm teilgenommen, und seither war seine Akte sauber. Er war ein Schwarzer. C-Bix und jede andere Methode zum Aufspüren von Serienkillern hatten seit langem bewiesen, daß Serientäter wie Hand Job sich ihre Opfer selten außerhalb ihrer eigenen Rasse suchten.

Der Mann auf der Mittellinie hieß George Gaddis. Laut Akte war er kein Adoptivkind, aber im Alter von sechs bis dreizehn bei verschiedenen Pflegeeltern gewesen. Mit vierzehn war er ein Hauptverdächtiger in einer Serie von Tierverstümmelungen gewesen, aber man hatte ihm nichts beweisen können. Mit fünfzehn war er Mündel des Staats geworden, und mit sechzehn wurde er wegen unsittlicher Entblößung verhaftet und verurteilt. Gaddis war jetzt neununddreißig und arbeitete als Teilzeitfahrer für einen Albuquerquer Kurierdienst, aber auf der Wählerliste der Republikaner hatte er als berufliche Tätigkeit ›Schauspieler‹ angegeben. Das Foto auf seinem Führerschein zeigte eine bemerkenswerte Ähnlichkeit zu einem jungen Leonard Nimoy von *Star-Trek*. Es fehlten nur die spitzen Ohren.

Wer von den vieren, wenn überhaupt einer, war Mr. Hand Job? Hoffentlich gab es irgendwo einen Faden, der alles verband und zu dem Mörder führte. Aber was waren die Verbindungen? Jay legte den dicken Stapel Ausdrucke auf ihren Schoß und schaute auf den Fernseher. Außer der Anwendung des C-Bix-Programms hatte sie den Computer nach allen Daten der Akten der Albuquerquer Mordkommission abgefragt, die Bezug auf den Fall Hand Job hatten. Sie würde die Verdächtigenkartei mit ins Büro nehmen und sehen, ob sie irgendwelche Verbindungen finden konnte.

Der *Star-Trek*-Film im Fernsehen lief bereits eine Weile. Der Film war fünfzehn Jahre alt, und Jay hatte nur eine verschwommene Erinnerung an die Handlung. Etwas über einen alten Voyager-Satelliten, der von einer unheimlichen Energiewolke, die den ganzen Planeten bedrohte, zur Erde zurückgekehrt war. Die Handlung hatte den Punkt erreicht, an dem Mr. Spock es mit dem bizarren Geheimbund der Vulkanier zu tun bekam.

Spock stieg die Stufen zu dem Altar empor, der von T'Pring bewacht wurde, seiner langjährigen Mentorin, der Hohepriesterin des reinen logischen Kults. Spock gab T'Pring seinen Lebe-lang-und-in-Frieden-Gruß und verneigte sich dann tief, um den Segen der alten Frau und eine Art Medaillon zu erhalten, das seinen Verzicht auf Gefühle symbolisierte. Jay drückte ihre Zigarettenkippe aus, nahm die Ausdrucke und schob sie in den Umschlag. Genug Science-fiction, dachte Jay, ich muß mit der Realität zu Rande kommen, vor allem mit der Tatsache, daß Cruz morgen zurückkehren und fragen würde, was sie mit ihrer Zeit angefangen hatte.

Sie hatte sich gerade halb erhoben, doch dann wurde ihr klar, was sie soeben auf dem Bildschirm gesehen hatte, und sie sank wieder in den Sessel zurück.

»Allmächtiger!« flüsterte sie. Die Szene hatte zu dem neu ausgerüsteten Raumschiff *Enterprise* zurückgeblendet, und William Shatner hieß Dr. McCoy an Bord willkommen.

*Lebe lang und in Frieden.*

Sie sprang aus dem Sessel auf und lief zur Tür.

Zurück im Büro, erfuhr sie durch einen schnellen Anruf beim Albuquerquer Büro der Schauspielervereinigung Screen Actors Guild (SAG), daß George Andrew Gaddis tatsächlich ein Schauspieler war. Laut SAG wurde er nicht durch einen Agenten in New Mexico vertreten, aber er hatte einen Agenten in Los Angeles. Er wurde dort bei einer Gesellschaft verzeichnet, die sich X-Tra Helpings nannte. X-Tra Helpings war bei der SAG registriert als Firma für Rollenbesetzungen von Statisten, Stuntleuten, Doubles und Komparsen bei Massenszenen. Jay wählte die Nummer, die man ihr bei der SAG genannt hatte, und bekam eine Frau namens Sharon Shellsley an den Apparat. Ihre Stimme klang blechern, und Jay gewann sofort den Eindruck, daß es sich bei X-Tra Helpings um eine Ein-Mann-, beziehungsweise Eine-Frau-Firma handelte.

»Sicher, wir vertreten Gaddis«, sagte Shellsley, nachdem Jay sich vorgestellt hatte. »Warum sind Sie an ihm interessiert?«

»Nur eine Routineüberprüfung«, sagte Jay.

»Aha«, sagte Shellsley. Sie klang nicht überzeugt.

Jay ignorierte den skeptischen Tonfall. »Bekommt Gaddis viel Arbeit?«

»Einige.«

»Könnten Sie genauer sein?«

»Wir besorgen ihm Auftritte bei Versammlungen von Fanklubs. Darauf hat er sich spezialisiert.«

»Hatte er in letzter Zeit irgendeine Hauptrolle?«

»Nein. Die letzte Filmrolle haben wir ihm 1979 beschafft. Bei Paramount.«

»Welcher Film war das?« fragte Jay, fast sicher, daß sie die Antwort schon wußte.

*»Star-Trek«,* antwortete Shellsley. »Der erste.«

*Volltreffer.*

»Welche Rolle spielte er?«

»Er hatte keine Rolle. Er war nur Double. Er wurde geschminkt und stand dann da, während die Szene gedreht und beleuchtet wurde.«

»Für wen war er das Double?«

»Leonard Nimoy«, sagte Shellsley. »Spock.«

*Natürlich!*

»Und seither?«

»Wie ich schon sagte. Auftritte bei Fanklubs. Sciencefiction. Wissen Sie, Trekkies, *Star-Trek*-Fans.«

»Haben Sie eine Liste seiner Buchungen im vergangenen Jahr oder so?«

»Klar.«

»Faxen Sie mir die bitte?«

»Wird gemacht.«

Fünf Minuten später hatte Jay die Liste in der Hand zusammen mit einer verschwommenen Kopie von Gaddis' Karteibild bei X-Tra Helpings. Es war leicht ersichtlich, warum er als Double von Nimoy eingesetzt worden war. Abgesehen von den Ohren war er Mr. Spock wie aus dem Gesicht geschnitten. Sie holte die Datei vom Albuquerquer Hand Job auf den Bildschirm des Computers, fand die Chronologie der Morde und verglich den Zeitablauf mit der gefaxten Liste der Castingfirma.

Creation Convention, Sheraton Hotel, Virginia Beach, Virginia
Legends, Riverside Mall, Rome, Georgia
Vulkon, St. Petersburg Hilton & Towers, St. Petersburg, Florida
Con-Dor, Town and Country Hotel, San Diego, California
Astronomicon IV, Radisson Inn, Rochester, New York
Wintercon, Lincoln Park Kennedy Recreation Center, Detroit, Michigan.

Die Daten und Städte stimmten perfekt überein. Jay hob die rechte Hand und versuchte die klassische Geste der Vulkanier aus der Fernsehserie nachzuahmen. Sie spreizte mit der linken Hand den zweiten und dritten Finger ihrer Rechten und bildete ein offenes V. Dann stellte sie sich vor, wie Hand Job die Hände seiner Opfer durchschnitt, und sie zuckte zusammen.

Es gab nur noch eines zu überprüfen, nur um sicherzugehen. In einem Regal hinter Cruz' Schreibtisch fand sie ein Branchenverzeichnis und suchte die Buchhandlungen heraus. Es gab ein halbes Dutzend, die sich anscheinend auf Science-fiction spezialisiert hatten. Sie wählte eine auf gut Glück.

»Fantasy West. Sie wünschen?«

Jay atmete tief durch. »Guten Tag. Ich habe eine verrückte Frage.«

»Da wären Sie nicht die erste.«

»Wenn ich lernen wollte, in der Sprache der Vulkanier zu schreiben, was müßte ich dann tun?«

»Vergessen Sie's.«

»Es gibt kein Buch über diese Geheimsprache?«

»So ist es. Bis jetzt gibt es nur ein Klingon-Wörterbuch.«

»Tatsächlich?«

»Ja. Sie finden vielleicht ein Fan-Magazin oder ein Schwarzes Brett in einem Computerklub, bei dem Klingonisch benutzt wird, aber das einzige offizielle Wörterbuch ist *Star-Trek: The Klingon Dictionary.* Von Marc Okrand, erschienen bei Pocket Books. Zehn Dollar. *Q'os.*« Das letzte Wort war eine Mischung zwischen einem Grunzen, einem Hundebellen und Spuckesammeln.

»Wie bitte?«

*»Q'os«,* wiederholte die Stimme am Telefon. »Klingon für ›sorry‹.«

»Oh«, sagte Jay.

»Qo' Q'ay«, sagte die Stimme. »Kein Problem.« Er legte auf. Jay lehnte sich auf ihrem Stuhl zurück.

Es ergab einen verrückten Sinn.

Wenn man zugleich Serienkiller und *Star-Trek*-Fan war, wie führte man die Cops an der Nase herum? Man hinterließ natürlich seine Botschaften auf klingonisch.

## 12

DER EISMANN BENUTZTE Dr. Henry Saunders' Mastercard zum letztenmal um halb fünf, vierzig Minuten nach dem Verlassen des Putnam-Hauses in Curtis Park. Er gab seinen Mietwagen bei Hertz am Martin Luther King Boulevard am Rande des Flughafengeländes ab und zahlte dafür mit der Kreditkarte. Hundert Meter weiter stopfte er Saunders' Kreditkarte und andere Identifikationsmöglichkeiten in einen Mülleimer.

Mit einem kompletten neuen Satz von Papieren mietete er einen anderen Wagen bei Avis und fuhr zurück über den Martin Luther King Boulevard zur Quebec Street. Fünf Minuten später gelangte er zur Autobahn und fuhr westwärts gen Lakewood und Rocky Mountains. Bei Sonnenaufgang befand er sich leicht westlich des Skigebiets Copper Mountain, und als Bill Hawkins am Tatort in Denver eintraf, war der Eismann durch das Bergland hindurch und hatte Dreiviertel des Weges nach Las Vegas zurückgelegt.

Der Eismann traf kurz nach sechzehn Uhr in der glitzernden Stadt in der Wüste ein. Er fuhr mit dem Mietwagen zum Flughafen, gab ihn dort ab und holte seinen Toyota aus der Ebene des Flughafenparkhauses, die für Langzeitparker bestimmt war. Er stellte die Klimaanlage an, verließ den Flughafen und fuhr durch die scheinbar endlosen Canyons von Kasinos und Hotels. Er ignorierte den gewaltigen Bau des MGM Grand, bog nach rechts auf die Flamingo Road ab und fuhr in Richtung Paradise Valley. Ein paar Minuten später bog er auf den Zufahrtsweg eines bescheidenen Hauses an der Caliente Street, stoppte und schaltete den Motor aus. Er war daheim.

Jay Fletcher brauchte zwei Stunden für den Ausflug von Santa Fe nach Albuquerque und weitere anderthalb Stunden, um die Adresse zu finden, die Gaddis in der Kartei bei X-Tra Helpings hatte. Das Haus entpuppte sich als grauer Nachkriegskasten in der Gegend, die einst vermutlich die südliche Vorstadt gewesen war – ein heruntergekommenes Viertel aus den fünfziger Jahren, dessen Pastellfarben wie alte Träume verblichen waren. Das Haus war von Stripschuppen, schäbigen Motels, Sexshops und Familienrestaurants umgeben, in die keine Familie mit Verstand gehen würde.

Das kleine Haus wirkte verlassen. Gebrochen weiße Gardinen hingen am vorderen Fenster. Es war keine Bewegung dahinter zu sehen, und der Zufahrtsweg und Stellplatz waren leer. Das Gras auf dem kleinen Rasen vor dem Haus war kurz genug, aber fast gelb verdorrt, und es gab keine Anzeichen darauf, daß hier ein Gartenliebhaber am Werk gewesen war. Keine Blumen, keine Sträucher, nicht einmal ein paar weiße Kiesel oder ein Plastikzwerg.

Der betonierte Zufahrtsweg war rissig und in der Mitte mit großen Flecken von Motoröl beschmutzt. Am Dach des Hauses fehlten einige Dachpfannen, die Dachrinne war rostig, und auf dem Einstellplatz, an der Seitenwand des Hauses, war Gerümpel gestapelt und mit einer großen, orangefarbenen Plastikplane abgedeckt. Hier gab es keine Träume, weder verblichene noch sonst welche; hier gab es nur dumpfe, heruntergekommene Realität.

Jay beobachtete zwanzig Minuten lang das Haus. Sie

parkte einen halben Block entfernt auf einem freien, von Unkraut überwucherten Grundstück, auf dem ein Schild verkündete, daß es zu verkaufen war. Das Schild war so alt, daß der Name der Immobilienfirma verblichen war. Nach drei Zigaretten fuhr Jay fort, fand eine Telefonzelle und suchte Gaddis' Telefonnummer im Telefonbuch. Sie rief an und war bereit, sofort einzuhängen, wenn sich jemand meldete. Nach dem sechsten Klingeln schaltete sich ein Anrufbeantworter mit einer kommerziell aufgenommenen Ansage und der Filmmusik von *Star-Trek* im Hintergrund ein. Sie hängte den Hörer sofort ein. Gaddis war nicht daheim. Sie kaufte sich am Kiosk eine Himbeerlimonade und eine Schachtel Zigaretten und fuhr zurück zu ihrem Parkplatz.

*Okay, was würde die gute alte Jodie Foster alias Clarice Starling jetzt tun?*

Sie trank ihre kühle Lieblingslimonade durch einen Strohhalm und schaute straßenabwärts auf das Haus. Clarice Starling, Wunderkind und Psycho-As, würde das Haus stürmen, die Waffe schußbereit, geschützt durch die Wahrheit, Gerechtigkeit und den American Way of Life, ganz zu schweigen von dem klugen Rat von Anthony Hopkins.

Jay stellte die Flasche Himbeerlimonade aufs Armaturenbrett, zündete sich eine Zigarette an und lächelte nervös. Für einen klugen Rat und zehn Cent konnte sie sich vielleicht ein paar gutgewürzte Fava-Bohnen bestellen, aber das war es auch schon. Der gesunde Menschenverstand hingegen sagte ihr, daß sie allermindestens die FBI-Außenstelle Albuquerque und ebenso Detective Sladky von der Sonderkommission Hand Job anrufen sollte.

Das kam jedoch nicht in Frage. Der Special Agent in Albuquerque und Sladky würden wissen wollen, wie sie auf Gaddis als Täter gekommen war, und wenn sie es ihnen sagte, würden eine halbe Minute später Handschellen bei ihr zuschnappen, weil sie eine Reihe illegaler Informationsquellen angezapft hatte. Sie würde in einem Frauengefängnis des Bundes landen, und Gaddis würde verschwinden wie ein Rauchwölkchen. Da sie C-Bix ohne Genehmigungen angewendet hatte, war sie auf die schwache Linie zwischen richtig und falsch geraten, und daß sie praktisch vor der Haustür des Serienmörders parkte, machte die Dinge nur noch schlimmer. Irgendwie hatte sie gedacht, daß die ganze Prozedur viel länger dauern würde; auf eine schnelle Lösung war sie nicht vorbereitet.

*Fahr weg, du Dummkopf. Vergiß die ganze Sache. Du kannst noch zurück.*

Das konnte sie auch nicht; wenn sie aufgab, war die ganze Sache umsonst gewesen – die Arbeit, das Risiko, alles. Und da war auch diese Linie, die sie überschritten hatte. Sie sog an ihrer Zigarette, starrte durch die Windschutzscheibe und dachte nach. Vielleicht hatte sie diese Linie schon vor langer Zeit überschritten, als sie die Idee für C-Bix gehabt hatte. Schon zu diesem Zeitpunkt hatte sie gewußt, daß ein solches Programm nur heimlich benutzt werden konnte, jedenfalls wenn man das Optimale herausholen wollte. Oder vielleicht hatte sie die Linie überschritten, als sie den SABRE-Reservierungscomputer ohne Genehmigung angezapft hatte. Oder als dieser Hurensohn, Mr. Dennis Lloyd Shaw, seine versteckte Geste im Gerichtssaal in L. A. gemacht hatte? Sie drückte die Zigarettenkippe im Aschenbecher aus und trank den Rest Himbeerlimonade. Danach war ihr Mund immer noch trocken.

*Sechs Minuten. Ich werde mir sechs Minuten geben, nicht mehr.*

Jay Fletcher stieg aus dem Wagen, tastete zu der beruhigenden Wölbung der Waffe an ihrem Kreuz und schaute auf die Armbanduhr. Eine halbe Minute bis zur Haustür, eine weitere Minute Arbeit mit dem Dietrich, und sie würde im Haus sein. Viereinhalb Minuten drinnen, das war ihr Zeitplan. Genügend Zeit, um sicherzugehen, daß es die Mühe wert gewesen war.

Sie bemühte sich, ihre Furcht nicht wie eine Fahne vor sich her zu schwenken, überquerte die Straße und näherte sich dem Haus. Sie schaffte es zehn Sekunden schneller als geplant durch die Tür und schloß sie leise hinter sich. Im Haus war es düster, und es roch nach Kiefern. Raum-Deo.

*Was hast du erwartet? Ein Schlachthaus? Dieser Kerl ist nicht Jeffrey Dahmer, er ist Mr. Spock. Cool und logisch.*

Alles war auf ebener Erde. Keine Treppe hinauf, kein Kellergeschoß. Eine kurze Diele führte nach hinten zu einer kleinen Küche, Wohn- und Eßzimmer waren links der Diele, Schlafzimmer und Badezimmer rechts. Der Boden war mit dünnem, dunkelgrünem Teppichboden ausgelegt. Billige Auslegeware, die sich wie künstlicher Rasen unter ihren dünnen Sohlen anfühlte.

Die Schlafzimmertür stand offen, und es fiel genug Licht durch das Fenster, so daß sie das Innere sehen konnte. Mehr eine Zelle als eine Wohnstatt. Ein Bett mit Eisengestell, dunkelblaue Chenille-Bettdecke, zwei Kissen, eine billige Leselampe am Kopfbrett. Kleiderschrank. Nachttisch voller Bücher. Jay blickte auf ihre Armbanduhr. Zwei Minuten. Noch vier übrig.

Sie ging zum Nachttisch und las die Titel der Bücher. Alles Paperbacks, alle abgenutzt, nur *Star-Trek*-Abenteuer. Mindestens zwanzig. Gaddis war ein Fan. Sie richtete sich auf. An den Wänden hingen sechs teuer gerahmte Filmplakate: *Kid Monk Maroni, Francis Goes to West Point, Zombies of the Stratosphere, The Brain Eaters, The Alpha Caper, Invasion of the Body Snatchers,* das Remake. Sie hatten alle eines gemeinsam – Leonard Nimoy stand auf jeder Liste der Schauspieler. Gaddis war mehr als ein Fan.

Jay schaute in den Schrank. Einige Hemden, ein Kleiderbügel voller Krawatten und Gürtel, ein Anzug, ein Sportsakko. Da war auch eine dunkelbraune, offenbar prall gefüllte Reisetasche. Jay zog zögernd den Reißverschluß auf und blickte hinein. Die komplette Uniform eines *Star-Trek*-Offiziers, die altmodische Version mit dem Indianerpfeil auf der Brust und dem knopflosen Veloursshemd. Unten in der Reisetasche befand sich ein Paar Stiefel mit Eisen unter den Absätzen. Die Arbeitskleidung eines Mörders. Sie zog den Reißverschluß der Tasche zu und verließ das Schlafzimmer. Nach der Größe der Kleidung zu schließen, war Gaddis anscheinend mittelgroß und schmächtig. Es hätte schlimmer sein können. Jay durchquerte die Diele, ging ins Wohnzimmer und schaute wieder auf die Armbanduhr. Wieder eine Minute vergangen. Noch drei übrig.

Couch, Couchtisch, großer Fernseher und Videorecorder in einem Regal, darunter Videokassetten. Sie verzichtete darauf, die Titel zu lesen. Weitere Plakate. All die *Star-Trek*-Filme I bis VI, *The Good Mother, Three Men and a Baby,* bei der Nimoy Regie geführt hatte, *Funny About Love,* ebenfalls unter der Regie von Nimoy, und ein Promotion-Plakat für seine TV-Dokumentarserie *In Search of ...*

An den Wänden hingen Dutzende von Standfotos und PR-Fotos: Spock vor dem Szenenaufbau der original Fernsehserie, Spock in Action, Spock mit Kirk, Spock mit Scott, Spock mit Chekov, Spock mit Sulu. Keine Fotos von Spock mit irgendeiner weiblichen Figur der Serie wie Uhuru oder Yeoman Rand. Spock, der Ehefeind? Eine verwandte Seele.

Einige der gerahmten Fotos waren offenbar von einem Amateur angefertigt worden. Eine Aufnahme zeigte den älteren Nimoy vor einer Filmkulisse mit einem etwas kleineren Mann in *Star-Trek*-Uniform von der Art, die Jay heute im Fernsehen gesehen hatte. Jay betrachtete das Foto genauer und kniff die Augen im Zwielicht zu Schlitzen zusammen. Nimoy und der andere Mann lächelten, aber der Ausdruck auf Nimoys Gesicht war wie erstarrt, ein geübtes Strahlen für die Kamera. Der andere Mann grinste echt. Da war eine Widmung: »Alles Gute, Leonard Nimoy.« Das Foto daneben war eine einfache Aufnahme von einem relativ bescheidenen Haus in Beverly Hills. Ein Fenster im ersten Stock war mit einem roten Kreis markiert. Das Foto sah aus, als wäre es aus einer Zeitschrift ausgeschnitten worden. Nimoys Haus in Los Angeles?

Gaddis war besessen, so stark fixiert, wie es Mark David Chapman auf John Lennon gewesen war oder John Hinkley junior auf Jodie Foster und Ronald Reagan. Berühmtheiten, die wie ein Brennglas benutzt wurden, um die tödlichen Strahlen mörderischer Absichten zu bündeln. Ein letztes obszönes Eindringen der Fans.

Noch neunzig Sekunden.

Sie verharrte auf der Türschwelle zum Eßzimmer. Das fensterlose kleine Zimmer war in das Paradies eines Computer-Freaks verwandelt worden. Es gab nur zwei Dinge in dem Zimmer – eine gewaltige U-förmige Workstation, selbstgemacht aus unbearbeitetem Sperrholz, und ein altmodischer hölzerner Bürostuhl auf Laufrollen.

*Kein Wunder, daß er in solch einer Bruchbude wohnt; er gibt all sein Geld für Hardware aus.*

Da waren drei Dell 486er. Zwei Bildschirme waren leer, und Cursors blinkten, und der dritte arbeitete. Stetig flimmerten Zeilen über den Schirm. Gaddis war online mit dem Computer und sammelte E-mails. Alle drei Computer waren mit einer Fülle von Kabeln mit Modems und Geräten verbunden. Jay sah zwei Drukker, einen Tintenstrahldrucker und einen Laserdrukker, mindestens vier separate CD-ROM-Einheiten und einen Scanner. Mit einem Blick stellte Jay fest, daß die Geräte ein paar Jahre alt waren; Gaddis hatte sich sein kleines Computer-Königreich im Laufe einer langen Zeitspanne aufgebaut.

Das Regal hinter den drei Dells war voller Software-Pakete, alles von der neuesten Delrina Communications Software bis zu einer alten Version von Microsoft Word. Mindestens ein halbes Dutzend der Boxen enthielt Computerspiele und trug das klassische *Star-Trek*-Logo. Sie schaute sich die Beschriftungen auf den Rükken der Logbooks an. Gaddis verbrachte eine Menge Zeit im Internet mit etwas, das sich Special K nannte.

Jay nahm eines der Logbooks vom Regal und blätterte darin. Zeile um Zeile in engem, außergewöhnlich sauberem Druck, Züge und Gegenzüge, komplizierte Strategien, Taktiken mit obskuren Initialen. Special K war MUSE, ein Multi-user Simulation Environment, auch bekannt als MUD für Multi-user Dungeons and Dragons – Verliese und Drachen. Technisch waren es Rollenspiele, aber einige machten so süchtig, daß sie indiziert worden waren, weil die Spieler völlig besessen wurden, manchmal bis zu dem Punkt, an dem sie ihre Jobs verloren. In einem Fall in Yale hatten sie sogar zum geistigen Zusammenbruch und schließlich zum Selbstmord geführt. Dann fand Jay eine Liste für eine Spielfolge, sah die Namen der Spieler und verstand.

»O Scheiße«, flüsterte sie und sank auf den Bürostuhl.

Abel
Axeman
Berkowitz, der Sohn von SamepChikatilo, dem Killer illegaler mexikanischer Einwanderer.

So ging es weiter bis *Sutcliffe* und *Zodiak,* dem Astrologie-Mörder aus L. A. Alle berüchtigten Serienmörder, über die viel veröffentlicht wurde. *Special* K.-S. K. Serienkiller. George Gaddis, Hand Job – Serienkiller.

»Mein Gott, es kann nicht sein.«

*Warum nicht?*

Vor zwei Jahren hatte das FBI drei verschiedene pädophile elektronische Schwarze Bretter entdeckt, die im Internet über ihre blutjungen Eroberungen geplaudert hatten, komplett mit Anschauungsmaterial. Und mit der weitverbreiteten Benutzung von CD-ROMS gab es einen ständig wachsenden Markt für digitale Pornographie. Die Zahl der Hacker und Cracker, die sich illegal Zugriff auf Networks beschafften, wuchs seit Jahren. Bei der letzten Schätzung waren es ungefähr viereinhalb Millionen PCs, die allein im Internet in den Vereinigten Staaten reisten, und zum größten Teil hatte keiner die geringste Ahnung, wo er war. Die wahre Welt hatte Serienkiller. Warum nicht die Computerwelt ebenso? In der wahren Welt liebten Mörder wie Bundy und Dahmer nichts mehr, als über ihre Taten zu sprechen, für gewöhnlich mit Polizisten und Psychiatern. In der virtuellen Welt, mit einem billigen Modem und Internet, geschützt durch ein Pseudonym ...

*Sie können miteinander reden.*

Jay stieß mit der Fußspitze gegen etwas unter dem Schreibtisch. Sie bückte sich und hob eine abgenutzte Flugtasche der United Airlines hervor. Sie hob sie auf ihren Schoß und schaute auf die Armbanduhr. Noch fünfzehn Sekunden. Sie hielt den Atem an und lauschte. Nichts außer dem Summen der Geräte. In der Ferne gedämpfter Verkehrslärm.

*Zum Teufel mit dem Zeitplan!*

Sie zog den Reißverschluß der Tasche auf.

Hand Jobs Arbeitsmaterial. Eine Rolle dickes Isolierband; eine Lochzange mit Plastikgriffen; ein Päckchen Einweg-Chirurgenhandschuhe, halb leer; eine ungeöffnete Packung großer Kondome; ein großes Messer in einer Lederscheide. Genug Beweismaterial, um George Gaddis für immer hinter Gitter zu schicken, solange es nicht durch ihre Anwesenheit verdorben wurde. Jay blickte wieder auf ihre Armbanduhr. Eine Minute über der Zeit. Sie schob die Tasche unter den Schreibtisch zurück. Ein Gespräch mit Sladky von der Albuquerquer Polizei auf neutralem Gelände, und vielleicht konnten sie eine Möglichkeit finden, wie es funktionierte.

Aus dem rechten Computer kam ein langgezogenes Piepen, und Jay sprang vor Schreck fast vom Stuhl auf. Sie atmete tief durch und drückte eine Hand auf den Busen. Die E-mail auf dem Bildschirm war verschwunden, und jetzt las sie auf dem Bildschirm:

n. talk. sk. Wiz. req. irc. II. irc. 2. 1. 5a

IRC war die Abkürzung für Internet Relay Chat, eine Unterhaltung, die CB-Funk simulierte. Jemand namens WIZ wollte reden und kündigte sich an.

*Was nun?*

Jay entschloß sich, es zu riskieren. Sie zog die Flugtasche wieder hervor, schluckte hart und zog den Reißverschluß auf. Sie nahm ein Paar Chirurgenhandschuhe, zog sie an und wandte sich der Tastatur zu. Bis jetzt hatte sie nur den Griff des Kleiderschranks, den Reißverschluß an der Tasche mit der *Star-Trek-*Uniform und den Reißverschluß der Flugtasche berührt. Es wäre dumm gewesen, wenn sie ihre Fingerabdrücke auf der ganzen Tastatur hinterlassen hätte.

Jay schloß die Augen, überlegte angestrengt und versuchte sich an den IRC-Befehl zu erinnern. Schließlich fiel er ihr ein. Sie tippte /., und dann *List.* Sofort wurde der Bildschirm leer, und dann erschien die Zahl der Personen, die an dem Gespräch teilnahmen. Da war keiner außer SK-WIZ.

*Wer, zum Teufel, bist du?*

Es gab eine Möglichkeit, das herauszufinden. Im Internet konnte man ein Programm namens Gopher benutzen, um die wahren Namen festzustellen oder wenigstens die Terminal-Adresse von Leuten, mit denen man redete. Jay gab die Befehle ein und erreichte nichts. SK war ein ›blindes‹ Schwarzes Brett, getarnt als etwas anderes und von Gopher unlesbar.

Der WIZ, wer auch immer das war, hatte offenbar entdeckt, daß sie das Identifikationsprogramm benutzte. Als sie in den IRC-Chatroom zurückkehrte, wartete dort eine Frage.

* * * / . sk. Wiz stell dich vor (>:-<)

Das Bild in Klammern war ein ›Smiley‹, einer von hunderten Kurzform-Codes mit Interpunktionszeichen, um eine schnelle Botschaft zu schicken. Die meisten Gesichter standen seitwärts. Das bedeutete, daß WIZ verärgert war.

Jay starrte auf den Bildschirm. Wie würde sich Gaddis nennen? Nicht Spock, das war kein Mörder. Dann erinnerte sie sich an ein Smiley, das ihr jemand beim FBI gezeigt hatte. Das war selbst ein *Star-Trek*-Fan gewesen. Sie tippte auf der Tastatur.

* * * / . (›:-I)

Das Smiley stand für net.startrek. Der WIZ antwortete sofort.

* * * / . sk. Wiz hör auf mit dem unsinn Speck.

Erleichtert nickte Jay vor sich hin. Das ergab einen Sinn. Richard Speck war der Mann aus Chicago, der acht Lernschwestern in einer einzigen Nacht ermordet hatte. Speck entsprach Spock. Spock entsprach Gaddis.

* * * / . sk. Speck sorry.

Jay sehnte sich nach einer Zigarette, aber sie wagte nicht, sich in der von Kieferndduft erfüllten Luft eine anzuzünden. Gaddis würde es sofort riechen. Sie schaute auf den Bildschirm. Was sollte sie jetzt machen? Abgesehen von Gaddis gab es keinen Beweis, daß Special K echte Mörder angezogen hatte. Es konnte ebensogut eine Simulation sein, bei der pathologische, ungesellige Irre versuchten, ihre gräßlichen Phantasien auszuleben.

*** / . sk. Wiz du klingst nicht wie du selbst – probleme?

*** / . sk. Speck kalt (: – ()

*** / . sk. Wiz willst du was loswerden?

*** / . sk. Speck ich höre nur zu – bin ganz Ohr.

*** / . sk. Wiz klar. (: – D)

Das Smiley für eine Lachsalve. Immerhin hatte sie etwas Zeit geschunden, als sie auf seine Frage, ob sie plaudern wolle, geantwortet hatte, daß sie vielleicht nur zuhören wollte und ganz Ohr war. Er lachte bei ›ganz Ohr‹ über die Anspielung auf Spocks Ohren.

Aber wie, zum Teufel, konnte sie aus dieser Sache herauskommen? Dies war nicht wie eine richtige Unterhaltung, die aufhörte zu existieren, wenn die Worte gesprochen waren. Sie hatte einen Bildschirm mit Fragen und Antworten gefüllt und konnte sie unmöglich löschen, ohne SK-WIZ zu alarmieren. Wenn sie den Bildschirm ließ, wie er war, würde Gaddis wissen, daß jemand im Haus gewesen war. Sie schaute auf ihre Armbanduhr und stand auf. Sie hatte fast fünf Minuten am Bildschirm verbracht.

*Zu lange. Verschwinde. Sofort!*

Zu spät. Sie nahm aus dem Augenwinkel eine schnelle Bewegung wahr und griff instinktiv zur Waffe im Holster unter der Jacke. Bevor sie die Waffe ziehen konnte, stürzte sich der Mann auf sie und stieß sie zu Boden. Sein Atem roch nach Bier, und sein ganzer Körper stank nach saurem Angstschweiß. Einer ihrer Arme war unter ihr eingeklemmt; der andere Arm wurde von dem Mann auf den Boden gedrückt. Aber ihre Beine waren frei. Sie stieß das rechte Knie hoch und traf ihn hart zwischen den Beinen. Er schrie und wälzte sich fort, ließ sie los. Bevor er sich aufrappeln konnte, hatte Jay den Browning heraus und hielt ihm die Mündung unter die Nase. Jay kniete sich auf ihn und starrte ihm ins Gesicht. Es war bizarr. Gaddis war ein Klon von Nimoys Aussehen vor zehn oder fünfzehn Jahren, komplett mit dem albernen Haarschnitt. Das einzige, was fehlte, waren die typischen Ohren.

»Rühr dich nur ja nicht!« sagte Jay.

»Wer sind Sie?« Gequält, aber nicht furchtsam. Obwohl die Mündung einer Waffe auf sein Gesicht zielte und eine FBI-Agentin auf seiner Brust kniete, spielte er die Rolle des Spock. Cool und logisch.

»FBI.«

»Vielleicht sagen Sie mir, was Sie in meinem Haus treiben.«

»Ich durchsuche es.«

»Haben Sie einen Durchsuchungsbefehl?« Sein Blick irrte nach links und rechts. Er suchte nach ihrer Unterstützung, nach einem halben Dutzend Kollegen mit kugelsicheren Westen und FBI-Brustschildern. Er sah nichts und begriff, daß etwas nicht stimmte.

Jay erhob sich von der Brust des Mannes und trat zurück, den Browning im Combat-Anschlag mitten auf seine Brust gerichtet. »Steh auf!«

Gaddis erhob sich, den Blick wachsam auf Jay gerichtet. Er schaute an ihr vorbei zur Tür. Immer noch keine U. S.-Kavallerie. »Was ist los?«

»Halt den Mund!« Jay ruckte mit der Waffe. »Setz dich auf den Stuhl!« Gaddis mußte vorübergehend ausgeschaltet werden, damit sie denken konnte. Sie nahm vage wahr, daß irgendwo in der Ferne Reifen quietschten. Das schwache Licht, das ins Haus fiel, war rötlich. Die Sonne ging unter.

»Und wenn ich das nicht will?«

»Dann schieße ich dir die verdammten Eier ab.«

Es war verrückt. Ein paar Blocks entfernt fuhren Leute ins McDonalds Drive-in und bestellten Hamburger oder Shrimps. Und hier kommandierte sie einen Massenmörder herum. Drohte ihm. Wo hatten sie das in der Broschüre des FBI-Anwerbers erwähnt?

»Ich habe Rechte.«

*Darüber sind wir jetzt hinaus, falls du das noch nicht bemerkt hast. Dies ist die Grenze zwischen Recht und Unrecht, Buddy.*

»Im Augenblick nicht, Gaddis.« Sie spannte den Revolverhahn. »Setz dich!«

Er wirkte nervös beim Klang seines Namens. Er schlurfte zu dem Stuhl und ließ sich darauf sinken. Sein Blick flackerte wieder. Er schaute auf den Computerbildschirm. Schweiß glänzte jetzt auf seiner Stirn. Er blinzelte und schaute zu ihr auf. Er sah wirklich wie Mr. Spock aus. Sie sah ihn förmlich in der *Star-Trek*-Uniform, wie er auf den Fanklub-Versammlungen herumspazierte.

*Sich Opfer suchte.*

Jay schob sich zu dem Schreibtisch, zog die Flugtasche heran, zog den Reißverschluß auf und nahm die Rolle Isolierband heraus. Sie warf sie Gaddis zu.

»Binde deine Beine an den Stuhl. Fest.«

»Was ist mit dem Miranda-Gesetz? Sie müssen mir meine Rechte aufsagen.« Er schluckte. »Eine richtige FBI-Agentin würde das wissen.«

»Du hast zuviel Fernsehkrimis gesehen, Gaddis. Über

die Rechte wird man nur aufgeklärt, wenn man festgenommen ist. Und ich habe dich noch nicht verhaftet.«

»Dann lassen Sie mich gehen.«

»Wann immer du willst, Mr. Gaddis!« Sie ruckte leicht mit der Waffe.

Er begann das Isolierband um seine Beine zu binden. Dann riß er den Streifen von der Rolle ab.

»Und jetzt?«

»Dein rechtes Handgelenk. Binde es an die Lehne.«

Er tat, was sie verlangte. Er schwitzte jetzt mehr, hatte große Angst. »Damit kommen Sie nicht durch.«

*Womit? Was, denkt er, werde ich tun?*

»Binde nur die Hand fest und halt die Klappe.«

*Was werde ich tun?*

Er band die Hand mit Isolierband an die Lehne. Über seine Schulter konnte Jay sehen, daß SK-WIZ auf dem Bildschirm Fragen stellte.

»Sie können nichts beweisen. Dies ist Hausfriedensbruch und Freiheitsberaubung.«

»Und was war mit diesen Frauen? Was war das?«

»Ich weiß nicht, wovon Sie reden.«

»Klar weißt du das.« Jay hielt den Blick auf Gaddis gerichtet und kramte blindlings in der Flugtasche. Sie zog eine Lochstanze hervor.

»Sie waren *Star-Trek*-Fans, oder sie gingen aus Neugier zu den Versammlungen. So hast du sie ausgewählt. Das ist die Verbindung zwischen den Opfern, nicht wahr?«

»Was tun Sie?« Er starrte furchtsam auf die Lochstanze.

»Das entscheide ich noch.«

*Gut gedacht, Jay. Gib diesen armen Frauen wenigstens das. Gib ihnen etwas zurück, und wenn es auch nur ein wenig ist.*

Sie schob die Lochstanze in die Jackentasche und nahm Gaddis die Rolle Isolierband aus der freien Hand.

Sie schob die Waffe ins Holster und fesselte schnell Gaddis' linke Hand. Dann nahm sie die Lochstanze aus der Tasche und prüfte die Spitze mit ihrem Zeigefinger.

»Du magst scharfe Dinge, nicht wahr, Gaddis?«

»Bitte!«

Jay neigte sich vor und drückte die Stanze gegen sein rechtes Ohrläppchen.

»Nein!«

Sie drückte und spürte, daß die Stanze das Ohrläppchen leicht durchbohrte. Gaddis schrie.

»Sie tun mir weh!« Seine Stimme zitterte. Blut rann von seinem Ohr.

»Erzähl mir von Special K«, sagte Jay leise. Gaddis starrte sie mit weit aufgerissenen Augen entsetzt an. Tränen liefen über seine Wangen, und Jay bemerkte jetzt, daß er irgendein Make-up verwandte.

»Lassen Sie mich in Ruhe!«

»Was willst du tun, die Polizei rufen?«

»Bitte!« Er keuchte.

»Erzähle. Über den WIZ.«

»Ich weiß nichts.« Auf seinem Schoß breitete sich ein dunkler Fleck aus.

Jay trat wieder zu ihm und schwenkte die Lochstanze wie einen Taktstock. »Und ob du etwas weißt.« Sie ruckte mit der Lochstanze. Gaddis schrie wieder.

»Ich blute.«

»Haben die Frauen geblutet?«

»Tun Sie mir nichts mehr!«

»Du hast sie ermordet. Du hast jede einzelne getötet, verstümmelt und dann gewichst, nicht wahr?« Sie bewegte die Lochstanze über dem Fleck auf seinem Schoß.

»Da hast du dich groß gefühlt, aber ich wette, du hast einen klitzekleinen. Ist das dein Problem?«

»Töten Sie mich nicht!«

»Ich will dich nicht töten, Gaddis.«

*Oder doch?*

Sie stieß leicht mit der Lochstanze zu, durch das Hemd und in den kleinen Speckwulst an seiner Hüfte. Gaddis zuckte zurück.

*Zu weit. Ich gehe zu weit.*

»Wie viele waren es, Gaddis? Die Mordkommission von Albuquerque sucht dich wegen neun Morden. Waren es mehr?«

»Zehn, elf. Ich weiß es nicht. Ich kann mich nicht erinnern!«

»Doch, das kannst du.« Sie berührte ihn mit der Lochstanze. Er schrie.

»Aufhören! Bitte aufhören!«

*Prima, prima, prima. Nicht mehr Mr. Spock. Clockwork-Orange-Time.*

»Was?! Was?!« Panik. Himmel, hatte sie es laut ausgesprochen?

*Ich verliere die Kontrolle.*

»Sag mir, wie viele es waren!«

»Verdammtes Weibsstück!« Ein Spray Speichel traf sie, als er das schluchzend hervorstieß. »Schwein!«

Jay bewegte die Lochstanze vor seinen Augen hin und her. »Hast du sie damit getötet – die Schweine?« Ihre Faust ruckte vor. Diesmal schrie er lange.

*Hör auf. Hör jetzt auf!*

Blut sickerte aus dem Loch in seiner Wange. Er ruckte hin und her und stöhnte.

*Hör auf. Du kannst es stoppen, wenn du willst. Du kannst es dabei belassen. Geh weg.*

»Nein.« Ein Flüstern. Sie schaute an ihm vorbei auf den Computerbildschirm. SK-WIZ redete immer noch, und es sah aus, als ob jetzt andere online waren. Sie ging zum Bildschirm und las. Sie blinzelte, und dann war ihr Blick wieder scharf. Ihr stockte der Atem. Sie ließ die Finger über die Tastatur gleiten. Hinter ihr stieß Gaddis wimmernde Laute aus.

| | |
|---|---|
| * * * / . sk. Unsub | Speak meldet sich ab. |
| * * * / . sk. Berk.? | UNSUB? |
| * * * / . sk. Wiz | unbekanntes subjekt. Speck? |
| * * * / . sk. Unsub | nein, Gaddiswill nicht mehr mitspielen. |
| * * * / . sk. Zod | mir gefällt das nicht. |
| * * * / . sk. Berk | dito. keine namen, hatten wir vereinbart. |
| * * * / . sk. Wiz | nun mal ruhig, dies ist nur ein spiel. |
| * * * / . sk. Unsub | irrtum. |
| * * * / . sk. Zod | bin weg. |
| * * * / . sk. Wiz | wer bist du? |
| | was machst du da? |

Jay blickte zu dem wimmernden Mörder auf dem Stuhl. Dann wandte sie sich wieder dem Computer zu. Sie tippte ihre Antwort in Großbuchstaben.

* * * / . sk. Unsub paß auf.

## 13

WENN NEW YORK Amerikas Vernunft und Los Angeles seine Libido war, dann war Las Vegas das Unterbewußtsein, eine Beton-, Glas- und Neon-Großhirnrinde von Sehnsüchten und Hoffnungen, die geweckt und zunichte gemacht wurden. Eine Stadt der Träume, in denen Alpträume lebten und wie normale Menschen über die Straßen gingen.

Es war Viertel nach fünf, und der Eismann saß allein an einem Tisch am Fenster im schwach beleuchteten Speiseraum und beendete sein übliches Frühstück aus Steak und Eiern, während er in der Nachtausgabe der *Sun* blätterte und all den Mord und Totschlag las, der gedruckt wurde. The Flame, mit dem rot und blau flakkernden Logo auf dem Dach, war seit 1961 ein Wahrzeichen von Las Vegas. In den vergangenen zehn Jahren hatte der Eismann das kleine Restaurant zu seinem Ankerplatz gemacht, und das flammende Schild auf dem Dach war eine Ikone, die den Mittelpunkt seines Universums markierte.

Die Morgendämmerung war noch ein schwacher purpurfarbener Streifen hinter den La Madre Mountains, doch das Restaurant machte ein gutes Geschäft mit frühem Frühstück und spätem Abendessen. Das Restaurant war halb gefüllt mit müde aussehenden Vergnügungsreisenden, deren Finger vom Umgang mit dem Einarmigen Banditen schwarz waren, und mit Kasinopersonal, dessen Schicht zu Ende war und die etwas aßen, bevor sie nach Hause fuhren. Zu dieser Tageszeit zählte das Restaurant zu den ruhigsten Plätzen in der Stadt.

Eine Kellnerin füllte seine Kaffeetasse und räumte seinen Teller ab. Der Eismann faltete sorgfältig seine Zeitung, zündete sich eine Zigarette an und schaute aus dem Fenster. Ein leichter Verkehrsstrom bewegte sich auf der Desert Inn Road und bog auf den Strip ein. Ein riesiges Schild warb für ein Sonderangebot, zwei Hot dogs zum Preis von einem. Nichts Besonderes mit Ausnahme des unwillkommenen Besuchers, der sich kurz in Special K eingeschaltet hatte.

Der Eismann drückte seine Zigarettenkippe im Aschenbecher aus. Ein Unsub, ein unbekanntes Subjekt, hatte Gaddis' Terminal in Albuquerque benutzt. Und es hatte gedroht: Paß auf! Zehn Minuten nachdem sich der falsche Benutzer ausgeschaltet hatte, war der Eismann wieder ins Internet gegangen und hatte die Nummer von neuem versucht, aber er hatte keine Antwort erhalten. Gaddis, oder Speck, wie er sich nannte, war fort, und irgend etwas sagte dem Eismann, daß er für immer verschwunden war. Etwas Schlimmes war passiert; Chaos drohte die Ordnung zu stören. Seine Ordnung.

Er nahm seine Zeitung, legte einen Fünfdollarschein auf den Tisch und verließ das Restaurant. Er war zu Fuß von dem kleinen Bungalow in Paradise Valley gekommen, und er wollte zurück sein, bevor es heiß wurde. Es gab viel zu tun bis zum Abend.

Getrieben von ruheloser Frustration irrte Bill Hawkins durch das Labyrinth von Galerien des National Museum of American History und nahm nur am Rande wahr, daß er im dritten Stock und dem Ostflügel mit der Ausstellung zur Militärgeschichte angelangt war. Er sank auf eine Bank und schaute zu der Nachbildung des Kanonenboots *Philadelphia* auf, das 1776 unter dem Kommando von Benedict Arnold gesunken war. Der Platz im Schatten eines gesunkenen Schiffs, dessen Kapitän ein gescheiterter Verräter gewesen war, taugte so gut wie jeder andere, um über die eigenen Unzulänglichkeiten nachzudenken.

Nachdem Hawkins die meiste Zeit seines Erwachsenenlebens als Polizist der einen oder anderen Art verbracht hatte, war er zu dem Schluß gelangt, daß jeder auf dem Planeten, kriminell oder nicht, seine eigene persönliche Geschichte hatte, individuell entwickelt im Laufe der Zeit, genau wie die Ausstellungsstücke, von denen er umgeben war. Um ein Verbrechen aufzuklären, mußte man eine Art Archäologe sein, in der Lage, die Artefakte der Vergangenheit jeder Person zu interpretieren und zu extrapolieren, also aus den bisherigen Werten einer Funktion auf weitere schließen. Deshalb waren Historiker mehr an alten Müllhalden interessiert als an den Pyramiden Ramses II. Damit konnten sie einfach mehr arbeiten.

Doch der Eismann hinterließ keinen Müll.

Nach Hawkins' sicherer Kenntnis hatte der Eismann in den vergangenen zehn Jahren vierzehnmal seine rituellen Morde wiederholt und insgesamt siebenunddreißig Opfer getötet. Mit gewissen Ausnahmen war das Vorgehen des Mörders immer gleich: ein weibliches Opfer, vergewaltigt, ermordet und verstümmelt, und ein männliches Opfer, das ihm zu einer neuen Identität und einer kurzfristigen Einkommensquelle verhalf.

Wenn das weibliche Opfer ein Kind hatte, tötete er das Kind ebenfalls. Er versuchte nicht, den Mord an der Frau zu vertuschen, aber das männliche Opfer legte er stets auf Eis – im wahrsten Sinne des Wortes, damit der Eismann Zeit hatte, die Bankkonten und Kreditkarten des Opfers zu plündern, bevor es in einem Kühl- oder Gefrierschrank in einem Lagerraum oder einem leeren Apartment entdeckt wurde, für das die Miete für ein paar Monate im voraus bezahlt war.

Wenn die Leiche gefunden wurde und die Verbindung zu dem weiblichen Opfer erkannt wurde, war die Fährte kalt. Seit der Ermordung von Carol Prentice im Jahre 1968 hatte der Eismann niemals im selben Staat zweimal getötet – kaum ein Trost, denn er hatte noch über dreißig Staaten zur Auswahl.

Und der Eismann war von seiner Routine nur dreimal abgewichen, einmal 1974, dann wieder 1984 und ein drittes Mal im vergangenen Jahr. Bei diesen Morden hatte es nur ein weibliches Opfer gegeben. Hawkins konnte nur spekulieren, ob der Mörder sein männliches Opfer auf eine Weise beseitigt hatte, die nicht in das Schema paßte, oder ob er eine grundlegende laufende Identität hatte, die er als Sicherheitsnetz behielt.

Es war ein deprimierender Gedanke: Irgendwo mähte der schlimmste Serienmörder aller Zeiten seinen Rasen, zahlte seine Steuer und trainierte einen kleinen Sportverein, den er mit seinem Autohandel oder seiner Klempnerfirma sponserte.

Wie konnte man den Hurensohn schnappen? Hawkins blickte zu der dunklen Seite der *Philadelphia* hinauf.

Geschichte.

Nach seiner Rückkehr von Denver hatte er alle 37 Eismann-Akten ausgedruckt und die 435 Seiten zu einem Band gebunden. Beeindruckend, aber völlig nutzlos. Der Mörder hatte Fingerabdrücke in Hülle und Fülle hinterlassen, doch keiner paßte zu den Fingerabdruckverzeichnissen und Datenbanken, die für das FBI verfügbar waren. Er hatte Haare und Hautpartikel hinterlassen, mit gleicher Sorglosigkeit auch Sperma, aber für nichts davon konnte etwas Übereinstimmendes gefunden werden.

Der Eismann hatte mit dem Morden bei Carol Prentice in Berkeley begonnen. Carol war achtzehn gewesen, und es war wahrscheinlich, daß ihr Mörder ungefähr im gleichen Alter gewesen war. Zu jung, um im Fingerabdruckcomputer gespeichert zu sein, und 1968 brauchte man keinen Fingerabdruck für einen Führerschein.

Seine Fingerabdrücke konnten nur registriert sein, wenn er eine Jugendstrafe verbüßt hatte, und diese Akten waren stets versiegelt. Wenn er, Hawkins, einen Namen wüßte, einen hinreichenden Verdacht hätte und einen sehr freundlichen Richter fände, konnte vielleicht eine besondere Akte geöffnet werden – und die Betonung lag auf *vielleicht*.

Hawkins stand auf und ging durch die Ausstellungshalle zu dem Kanonenboot. Er versuchte sich vorzustellen, wie salziges Wasser gegen den hohen, gewölbten Bug gischtete, während das Boot die See pflügte und in die Schlacht fuhr, bildete sich ein, den Geruch von Schwarzpulver der Kanone zu riechen, der sich mit dem von frisch vergossenem Blut mischte, und die Schreie der Besatzung zu hören, als das Kanonenboot zu sinken begann.

Es war alles da, dunkel und lebendig und real, für immer in dem alten Holz versiegelt. 1776 war das Boot ein Kriegsschiff gewesen, ein Ding von Leben und Tod. Über zweihundert Jahre später war es ein historisches Artefakt im dritten Stock eines Museums in der Innenstadt von Washington, D. C.

Was die offizielle Akte anbetraf, so existierte der Eismann nicht, aber das war unmöglich, eine Ausgeburt bürokratischer Verblödung: Ich habe keine Nummer, deshalb bin ich ein Nichts.

»Scheiße«, flüsterte Hawkins. Der Eismann war aus Fleisch und Blut, und einst hatte er einen Namen und eine Identität gehabt. Er hatte seine lange Reise der Verwandlung nach der Ermordung von Carol Prentice begonnen, aber es hatte ein Davor gegeben.

Hawkins trat von dem Kanonenboot zurück. Um den Wald zu sehen, mußte man die Bäume finden. Er würde zum Anfang zurückkehren müssen. Berkeley, 1968. Geschichte.

Detective Sergeant Sladky zog den Bauch ein und wich an die Wand zurück, damit der Mann vom Leichenschauhaus die verhüllte Leiche von George Gaddis auf dem Karren durch die Diele und aus der Haustür des schäbigen Hauses schieben konnte. Als der Karren in den grellen Sonnenschein des Mittags rollte, durchquerte Sladky die Diele und ging ins Wohnzimmer. Sein kahlköpfiger Partner, Marty Sugarman, schaute zu, wie die Spurensicherer herumwanderten, Fotos machten und Fingerabdrücke suchten.

»Nun?« fragte Sladky.

»Nun ist der Hand Job erledigt. Kein Zweifel daran.«

»Hm. Ein anderer hat ihn erledigt«, sagte Sladky. »Nicht wir.«

»Spielt das eine Rolle?« fragte Sugarman.

»Ja, ich glaube, das spielt eine Rolle.« Sladky blickte durch die offene Tür dessen, was einst das Eßzimmer gewesen war. Der Stuhl, auf dem sie Gaddis mit Isolierband gefesselt gefunden hatten, stand immer noch mitten im Zimmer, umgeben von einer Flut von Papier. Die Computer sahen aus, als wären sie von jemandem mit einem Vorschlaghammer bearbeitet worden. »Es spielt eine Rolle, weil nicht wir ihn zur Strecke gebracht haben. Es spielt eine Rolle, weil jemand etwas gesehen hat, was wir nicht zu Gesicht bekommen.«

»Wer immer es war, er hat uns einen Gefallen erwiesen.« Sugarman grinste. »Hat ihn uns auf einem Silbertablett serviert.« Der kahlköpfige Mann eilte zu einem kleinen Schreibtisch und wies auf einen ordentlichen Stapel Papiere. »Es paßt alles. Gaddis spielte seine Rolle als Mr. Spock bei Versammlungen von *Star-Trek*-Fanklubs genau an den Orten, an denen die Frauen ermordet wurden. Die verstümmelten Hände, sogar die Botschaften, alles paßt zusammen.« Er schüttelte den Kopf. »Klingon, nicht zu glauben!«

»Jemand hat ihn ermordet«, sagte Sladky. »Mord ist Mord.«

»Nein, ist es nicht«, widersprach Sugarman. »Es war eine Hinrichtung. Wer ihn umgebracht hat, der hat den Steuerzahlern von New Mexico einen Haufen Geld erspart.«

»Und was sollen wir jetzt machen?« fragte Sladky. »Eine Glückwunschanzeige in der Zeitung veröffentlichen und alles vergessen?«

»Du kannst eine auf englisch veröffentlichen und ich eine auf klingonisch.« Sugarman lachte. »Das deckt alles ab.« Er lächelte seinen Partner an. »Na komm schon, Horace, blick nicht so finster drein. Der Bastard hat 'ne Menge Frauen ermordet. Das wird er nicht mehr tun. Das ist ein Punkt für die guten Jungs.«

»Dies ist kein Charles-Bronson-Film.«

»Vielleicht sollte es einer sein.«

»Meinst du, er wird es wieder tun?« fragte Sladky.

»Vielleicht. Es sei denn, du hältst es für einen Zufallstreffer. Wie auch immer, Horace, du mußt bedenken, daß dieser Typ Zugang zu ziemlich guten Informationen hat. Besseren als wir.«

»Ein Cop?«

Sugarman schüttelte den Kopf. »Ein Cop würde so etwas nicht tun.«

»Wer denn?«

Nebenan betätigte jemand die Toilettenspülung, und Jay Fletcher erwachte. Sie wälzte sich auf die rechte Seite und schaute auf den Radiowecker auf dem Nachttisch neben dem Bett. Kurz vor zwölf Uhr mittags. Sie blinzelte und erinnerte sich an mehr, als ihr lieb sein konnte.

Sie drehte sich nach links und schaute auf die Gestalt, die neben ihr auf dem Bett im Motelzimmer lag. Er war nackt. Er war auch jung, achtzehn, wenn sie es richtig in Erinnerung behalten hatte, ein Schwarzer, von der Natur reichlich ausgestattet und unbeschnitten, eine einzige Versuchung, der sie zu diesem Zeitpunkt nicht hatte widerstehen können. Sie erinnerte sich verschwommen, daß er Carl hieß.

Spät in der vergangenen Nacht war sie zur Vernunft

gekommen und hatte sich in der Monte Vista Fire Station wiedergefunden, einem gehobenen Art-déco-Restaurant mit einem Single-Klub darüber. Carl war ihr Pikkolo gewesen und hatte die Reste von Wachtel mit Pilzen abgeräumt. Eine Stunde später hatte sie ihn wieder an der Bar gesehen, und es war ein leichtes gewesen, ihn zu verführen. Eines führte schnell zum anderen, und nachdem sie sich ein paar Blocks entfernt die Central Avenue hinunter im American Inn ein Zimmer genommen hatten, waren sie gleich zur Sache gekommen.

Jay blinzelte den Schlaf aus ihren Augen und schaute auf den schlafenden Jungen. Sein dunkler schwerer Penis lag auf seinem muskulösen Oberschenkel, und der rosafarbene, knollige Kopf war jetzt unter der Vorhaut verborgen. Gestern nacht hatte er vor seinem flachen, kaffeebraunen Bauch gestanden wie ein gewaltiger Ebenholzstab, so dick, daß sie ihn fast kaum mit der Hand hatte umschließen können, als sie ihn zum ersten von vielen erstaunlichen Orgasmen getrieben hatte.

Zuerst war das Gefühl, solch ein massives Organ in ihr zu spüren, erregend gewesen, doch Carls sexueller Einfallsreichtum war umgekehrt proportional zu der Größe seiner Genitalien. Nach ungefähr einer Stunde schonungslosen Stoßens seitens des jungen Mannes hatte sie das Gefühl gehabt, von ihm aufgespießt zu werden, und sie war trocken und wund gewesen.

Im heißen Mittagssonnenschein, der durch den dünnen Vorhang des Fensters fiel, wirkte Carls Ebenholzstab der vergangenen Nacht mehr wie etwas, das zu lange im Gemüsefach eines Kühlschranks gelegen hatte, aber selbst schlaff erinnerte er immer noch an ein Stück Feuerwehrschlauch. Er bewegte sich auf dem Bett neben ihr, und seine Lippen zuckten. Sie sah eine schwache Bewegung hinter seinen Lidern. Seine Wimpern waren lang wie die eines Mädchens. Carl träumte. Wovon? Von Sex mit einer älteren Frau oder einem Hip-hop-Video, das er auf MTV gesehen hatte? Carl war kein Mann; er war nur ein gut bestückter Junge.

Und der schlafende Junge wurde geil. Sie sah, wie sein Organ auf seinem Oberschenkel zuckte und steif wurde. Der Gedanke, daß Carl sie von neuem hernahm, war mehr, als sie ertragen konnte. So leise, wie sie konnte, schlüpfte sie aus dem Bett und schlich zum Badezimmer. Sie zuckte bei jedem Schritt zusammen. Ihr ganzes Becken würde sie noch eine Zeitlang an Carl erinnern.

Jay duschte und schloß die Augen unter den heißen, lindernden Wasserstrahlen. Sie betete, daß das Wasser irgendwie ihre Furcht und Verwirrung wegspülen würde. Nach zehn Minuten hatte es nur die Nachwirkungen ihrer Nacht mit Carl weggespült.

Als sie unter der Dusche stand, hüllte sie plötzlich die schreckliche Erkenntnis, was sie getan hatte, wie ein Mantel aus Blei ein. Sie sackte gegen die hellgrünen Fliesen der Wand der Dusche und begann zu schluchzen. Sie hatte gehofft, Carl würde eine Art phallische Wand bilden, die sie zwischen sich und die Ereignisse des gestrigen Nachmittags schieben konnte, doch es hatte nicht funktioniert, jedenfalls nicht für lange.

Sex mochte eine Bestätigung des Lebens sein, aber am Ende war er eine dürftige Tarnung für den Tod. Sie hatte George Gaddis ausgelöscht, als hätte sie eine brennende Kerze zwischen Daumen und Zeigefinger ausgedrückt, und der Sex mit Carl konnte das nicht ändern. Weder heute noch morgen, noch in Millionen Jahren.

Es gab hundert vernunftmäßige Erklärungen für das, was sie getan hatte, von ›ich habe es für meine »Schwestern« getan‹ bis zur einfachen, unkomplizierten Justiz der ersten Siedler, aber wahr blieb, daß sie einen Menschen ermordet hatte, nicht im Affekt oder in Notwehr, nicht einmal in vorübergehender Unzurechnungsfähigkeit. Es war eindeutig Mord. Aber es gab keine Jury auf der Welt, die sie verurteilen würde.

Es dauerte ein paar Minuten, aber schließlich riß sich Jay zusammen, stellte das Wasser ab und zog den Duschvorhang zur Seite. Sie stieg aus der Duschkabine in das dampfende Badezimmer und fühlte sich ein bißchen besser, aber immer noch schwach in den Knien nach ihrer traumatischen Erinnerung an das Geschehene.

Sie putzte sich die Zähne und versuchte ruhiger zu denken.

Es stimmte: Wenn es bei diesem Fall jemals zu einem Prozeß kam, würde man ihr mildernde Umstände zubilligen, aber es war unwahrscheinlich, daß sie jemals ins Gefängnis mußte. Ihre Karriere als Polizistin war ruiniert, doch sie würde lange als Persönlichkeit gefeiert werden. CNN würde ihren Fall als Variante des O. J. Simpson Treatments ausschlachten, Larry King würde ihr ein ganzes Programm geben, und nach einem Filmvertrag der Veröffentlichung eines profitablen Buchs würde sie nie wieder zu arbeiten brauchen.

Vor dem Gericht würde man T-Shirts verkaufen, auf denen Fletcher den Vulkanier-Gruß entbot. Ihr Konterfei würde die Titelseite von *People* und anderen Zeitschriften zieren. Man würde ihre Schwester interviewen, und sie würde wahrscheinlich ein paar alte Familienfotos ausgraben, die sie beide als Kinder zeigten. Bei diesen Gedanken hatte sie ein flaues Gefühl im Magen.

Sie spuckte Zahnpastaschaum in das Waschbecken und spülte sich den Mund aus. Sie wollte nicht Lorena Bobbitt oder diese Frau aus Texas sein, die Benzin über ihren schlafenden Mann gegossen hatte. Sie wollte sie selbst sein, Janet Louise Fletcher, die FBI-Agentin mit dem Talent einer Computer-Hackerin und einer Schwäche für guten Sex und viktorianische Kinderbücher.

Auf dem beschlagenen Spiegel über dem Waschbekken wischte sie eine kreisförmige Fläche frei. Rosige Haut, gerötete Wangen, nasses Haar und große Augen. »Jetzt verschwinden keine *Star-Trek*-Fans mehr«, flüsterte sie, und eine einsame, verängstigte fünfzehnjährige Janet Fletcher schaute sie an und nickte zufrieden.

## 14

VOM OAKLAND INTERNATIONAL Airport aus fuhr Hawkins über den Nimitz Freeway zur 980, nahm die Ausfahrt Martin Luther King Jr. Way und fuhr mit dem Mietwagen nordwärts ins Zentrum von Berkeley. In Seehöhe war alles in den typischen Nebel der Bucht gehüllt, aber die Universitätsstadt lag im Sonnenschein des Nachmittags, als er auf den Parkplatz des Polizeidepartments von Berkeley fuhr.

Perry Goddard, der Detective, der 1968 den Fall Carol Prentice bearbeitet hatte, erwartete ihn im Konferenzraum im dritten Stock. Er war Ende Sechzig, kahl wie Kojak, sonnengebräunt und anscheinend bei bester Gesundheit. Er trug ein geblümtes Hawaiihemd, Shorts und Turnschuhe. Vor ihm auf dem Tisch lagen verstaubte Akten.

Goddard erhob sich, schüttelte Hawkins die Hand und stellte sich vor. Dann nahm er wieder Platz. Hawkins setzte sich gebenüber von ihm an den Tisch.

»Möchten Sie Kaffee?« fragte Goddard. »Ich habe hier immer noch ein bißchen Einfluß.«

»Nein, danke.« Hawkins lächelte. Auf der anderen Seite des Konferenzraums beobachtete sie der uniformierte Wachhabende durch das Glasfenster seiner kleinen Kabine. »Wie lange sind Sie im Ruhestand?«

»Über zehn Jahre«, antwortete Goddard. »Ich habe angefangen als Fußstreife auf der University Avenue und ging als Leiter der Mordkommission.« Er blickte über die Schulter zu dem neugierigen Wachhabenden. Dann wandte er sich Hawkins wieder zu und grinste. »Werba dort drüben fing gerade erst an, als ich aufhörte, und jetzt hält er sich für Gott.«

»Sie sehen aus, als würden Sie Ihren Ruhestand genießen«, sagte Hawkins.

Goddard zuckt die Achseln. »Habe einen kleinen Bücherladen in der Telegraph Avenue. Alles Krimiliteratur.« Goddard lächelte. »Ich habe übrigens all Ihre Bücher.«

»Wie finden Sie die?« Hawkins erwiderte das Lächeln.

»Ziemlich gut.« Goddard musterte Hawkins. »Schreiben Sie ein Buch über Carol Prentice?«

»Sie kommt darin vor.«

»Das ist lange her.«

»Das kommt auch darin vor.«

»Die Akten waren im Keller«, sagte Goddard.

»Ich weiß zu schätzen, daß Sie das Material für mich ausgegraben haben. Das erspart eine Menge Zeit.«

»Möchten Sie hier darüber reden oder woanders, wo es gemütlicher ist?« fragte Goddard. Es war eine Einladung, und der Hintersinn war klar: Goddard wollte an Hawkins' Ermittlung teilnehmen. Das letzte, was er brauchte, war ein Cop im Ruhestand, der viel Zeit hatte. Aber die Prentice-Akten waren der Schlüssel zu seiner Arbeit.

»Wie Sie wollen«, antwortete Hawkins. »Sie sind hier zu Hause.«

Der Bücherladen hieß ›Dead Write‹ und war eine Bruchbude mit einem Einzimmerapartment darüber. Der Laden war schmal und dunkel mit Gängen zu beiden Seiten eines vom Boden bis zur Decke reichenden Bücherregals, das die ganze Länge des Geschäfts einnahm. Vor dem mittleren Bücherregal und den Regalen an den Wänden standen Leitern auf Rollen, und der Kaffeeduft der Kaffeemaschine mischte sich mit dem leicht muffigen Geruch von zehntausend benutzten Taschenbüchern.

Eine Frau in mittleren Jahren, die ein Kleid mit Nakkenband trug und das lange graue Haar zu einem dikken Zopf geflochten hatte, hockte auf einem hohen Stuhl hinter einer Theke nahe der Tür. Sie las einen zerfledderten Mickey-Spillane-Roman. Goddard stellte sie als Grace vor. Dann führte er Hawkins durch den Laden nach hinten und eine Treppe hinauf in sein Apartment.

Es war klein, ordentlich und überraschend hell im Vergleich zu dem düsteren Laden darunter. Winziges Schlafzimmer, Kochnische und ein größerer Raum mit hoher Decke und großen Fenstern, die auf die Telegraph Avenue blickten. Das Apartment war nach Junggesellenart möbliert – verstellbarer Lehnstuhl, Ledercouch, Couchtisch, Rollpult voller Papiere und zwei künstliche Gummibäume als Staubfänger zu beiden Seiten der Fenster.

Goddard legte die Akten auf den Couchtisch.

»Bier?«

Hawkins nickte. »Ja, bitte.«

Goddard verschwand in der Kochnische und kehrte mit zwei geöffneten Flaschen Bier zurück. Er überreichte eine Flasche Hawkins und ließ sich dann auf den Lehnstuhl sinken. Hawkins nahm auf der Couch Platz. Er hörte das stetige Brausen des Verkehrs auf der Telegraph Avenue.

»Sie wollen also etwas über Carol Prentice wissen.« Goddard nahm einen kräftigen Schluck Bier aus der Flasche.

»Alles, an das Sie sich erinnern können.«

»Ich habe nach Ihrem Anruf die Akten ausgegraben. Hab' mir das meiste davon angesehen.« Er schüttelte den Kopf. »Fühlte mich in die alten Zeiten zurückversetzt. Ich war gerade Detective geworden, als der Fall passierte. Eine verrückte Zeit.«

Hawkins nickte. Die Beatles, Vietnam, Hippies und Woodstock kamen noch. »Waren Sie als erster am Tatort?«

»Nein. Ein Uniformierter. Kann mich nicht an seinen Namen erinnern. Einer ihrer Freunde wollte sie besuchen, fand sie und rief die Polizei.« Goddard trank einen Schluck Bier. »Ich bekam dann den Fall turnusmäßig, nachdem die Spurensicherer und der Leichenbeschauer fertig waren.«

»Sie haben die Leiche nie gesehen?«

»Nicht am Tatort. Ich war aber bei der Autopsie.«

»Haben Sie da etwas in Erinnerung?«

»Sie sah aus, als wäre sie mit einem Betonblock erschlagen worden. Die ganze linke Kopfseite war eingeschlagen, bis zu ihrem Kinn. Da nannten wir den Täter Homer.«

»Da komme ich nicht mit.«

»Wie in Baseball Homerun.« Goddard tat aus der Tiefe seines verstellbaren Lehnstuhls, als schwinge er ein Baseballschlagholz. Hawkins nickte.

Der Eismann, Homer ... Spitznamen, um sich von der schrecklichen Realität zu distanzieren, mit der man es zu tun hatte.

»Damals müssen viele in ihrem Alter hiergewesen sein.«

»Tausende.« Goddard schnaubte. »Es fing sechsundsechzig an, wie ich mich erinnere. Und achtundsechzig war es eine verdammte Invasion. Nur Gott weiß, warum man die Bürgersteige in dieser Stadt so breit machte; das war wie eine Einladung.«

»Sie war immatrikulierte Studentin, nicht wahr?«

»Kunstgeschichte.« Goddard schnaubte wieder. »Ich erinnere mich, daß ich mit einigen ihrer Professoren sprach. Die meisten hatten sie nie gesehen. Sie nahm an vielleicht zehn Prozent der Kurse teil.« Er lächelte. »So war das damals. All diese Kinder mit bloßen Füßen redeten über die verdammten Bauern in Vietnam. Scheiße. Man mußte Bargeld haben, um in diesen Tagen arm zu sein. Sie hätten sehen sollen, wie sie bei American Express Schlange standen, um ihre Geldüberweisungen von daheim zu bekommen. Wer wirklich arm war, konnte es sich nicht erlauben, Hippie zu sein.«

»Ihre Familie hatte Geld?«

»Genug. Ihr alter Herr zählte zum mittleren Management bei Kodak in Rochester. Bezahlte ihr Studium. Den Unterhalt. Drogen.«

»Sie nahm Drogen?«

»Jeder nahm damals Stoff der einen oder anderen Art.« Er zuckte mit den Schultern. »Wir haben ihr Apartment durchsucht. Gras, Hasch, Diätpillen, LSD.«

»Dealte sie?«

»Ich nehme es an.« Goddard nickte. »Nicht in großem Stil. Sie verkaufte an ihren Freundeskreis.«

»Keine harten Verbindungen?«

»Keine, die ihr den Schädel eingeschlagen hätten.« Er schüttelte den Kopf. »Nein. Dieser Wheels hat sie umgebracht. Entweder er oder der schwarze Freund, aber der sah nicht danach aus. Er war ein Schauspieler. Wer hat je gehört, daß ein Schauspieler jemand umbringt? Und er war Rechtshänder.«

»Sind Sie sicher, daß der Mörder Linkshänder war?«

»Sie können die Fotos und Diagramme überprüfen, wenn Sie möchten.« Goddard wies auf die Akten auf dem Couchtisch. »Der Leichenbeschauer hat gleich zu Beginn festgestellt, daß der Täter Linkshänder war. Der Mörder schwang die Mordwaffe von links nach rechts und von hinten. Blutspritzer an der Wand und auf dem Bett waren alle auf der rechten Seite, und sie fiel nach rechts. Der Täter war zweifellos Linkshänder.«

»Sie haben den Schwarzen trotzdem überprüft, nehme ich an?«

»Klar.« Goddard nickte. Er trank Bier und stellte die

Flasche auf dem Boden ab. »Der hatte ein bombensicheres Alibi. In San Francisco. Er und die ganze Schauspielertruppe.«

»Aber er hatte Sex mit ihr?«

»Ja. Das gab er zu. Smart. Carol Prentice hatte eine Schaumstoffmatratze. Eine Fundgrube für die Jungs vom Labor. Alle Sorten Schamhaare. Plus Sperma. Er hat sie an diesem Morgen gefickt, das ist eine Tatsache.«

»Es gab zwei verschiedene Spermaproben, nicht wahr?«

»Das stimmt. Die des Schwarzen war frischer. Sie hatte noch mit jemand anders in der Nacht zuvor Sex.«

»Mit diesem Wheels?«

»Vielleicht. Wir hatten damals nicht all die modernen DNS-Analysen wie heute. Die Blutgruppe war dieselbe wie von diesem Lance Follett, dem Soldaten, den man ein paar Wochen später im Tilden Park fand. Er kann es gewesen sein.« Follett, Hawkins' erster Kontakt mit dem Eismann vor einem halben Leben. »Gibt es irgendein anderes Anzeichen darauf?«

Goddard zuckte die Achseln. »Einige. Sie war mit ihm auf der Telegraph Avenue gesehen worden. Sproul Plaza. Die beiden fielen auf. Ein Hippiemädchen und ein Soldat mit Bürstenhaarschnitt und in Uniform.«

»Was war mit Wheels? Hat jemand die drei zusammen gesehen? Oder Wheels und den schwarzen Jungen?«

»Darüber konnten wir nichts herausfinden. Sie hat wahrscheinlich mit beiden gefickt, aber separat.«

»Kommt sonst noch jemand in Frage?«

»Schwer zu sagen. Wir haben einiges überprüft. Es hatte den Anschein, daß sie es fast mit jedem von der Schauspielertruppe getrieben hat. Sogar mit ein paar der Frauen. Ich nehme an, sie war nicht sehr pingelig.« Er grinste. »Damals war keiner sehr pingelig. Aber der schwarze Junge, Wheels und der Soldat standen ganz oben auf der Liste.«

Hawkins dachte einen Moment darüber nach. »Haben Sie die Eltern kennengelernt?«

Goddard nickte. »Klar. Als sie die Leiche abholten.«

»Wie waren sie?«

»In Trauer. Der Vater versuchte, sich zusammenzunehmen; die Mutter weinte dauernd. Sie brach völlig zusammen, als sie erfuhr, daß die Tochter vor dem Tod schwanger gewesen war.«

»Sie war schwanger?« Davon hatte Hawkins noch nie etwas gehört.

»Sechs oder sieben Wochen. In ihrer Handtasche war eine Rechnung von einem der Ärzte der Free Clinic. Die Mutter jammerte jede Menge, daß Carol ihre einzige Chance für Enkel war.«

»Der Sohn. Er war Priester oder so was?«

»Das ist richtig. Priester. In Seattle, glaube ich. Das steht in der Akte.«

»Haben Sie jemals mit ihm gesprochen?«

»Nein.«

»Haben Sie jemals einen Anhaltspunkt auf diesen Wheels gefunden?«

»Er fuhr ein Indian-Motorrad. Ziemlich seltene Maschine, sogar damals, aber keiner hier in der Gegend arbeitete jemals für ihn daran. Wir überprüften sogar Werkstätten in San Francisco. Fehlanzeige.«

»Haben Sie das Motorrad bei der Zulassungsstelle überprüft?«

»Selbstverständlich. Wir haben jedes Nummernschild überprüft, das jemals für eine Indian zugelassen wurde. Null Ergebnis.«

»Entweder ist Ihnen etwas entgangen, oder er hatte kein Nummernschild von Kalifornien.«

»Es ist uns nichts entgangen.«

»Sie war ein Hippiemädchen. Wie hart würden Sie an einem solchen Fall arbeiten?«

»So hart wie an jedem sonst«, sagte Goddard. Sein

Tonfall war gereizt. »Es wurde genauso intensiv ermittelt wie bei jedem anderen Mordfall.«

»Wie lange war die Akte offen?«

»Fast zwei Jahre. Die Verbindung zu dem Soldatenjungen hielt den Fall zusätzlich für eine Weile heiß.«

»Vielleicht sollte ich die Akten lesen?« überlegte Hawkins laut.

»Seien Sie mein Gast«, sagte Goddard.

Die fensterlose Kammer war nicht größer als eine Gefängniszelle, still bis auf das schwache Summen der Klimaanlage und düster bis auf das Leuchten dreier Computerbildschirme auf einem Schreibtisch, der mehr als die Hälfte des verfügbaren Raums einnahm.

Für den Eismann waren Computer nicht nur Arbeitsgeräte oder Kommunikations-Hardware. Sie waren wunderbare Musikinstrumente und konnten die feinsten Nuancen elektronischer Töne und Stimmlagen wiedergeben. Er hatte seinen ersten Computer vor über zehn Jahren gekauft, und seine Kenntnisse und Fähigkeiten hatten mit jeder neuen Generation von Microchips und Software Schritt gehalten.

Vor einem Jahrzehnt war sein Computer etwas Neues und Seltenes gewesen; jetzt waren Personalcomputer so allgegenwärtig wie Telefone. Es machte ihm nichts aus. Auf einem Piano-Keyboard konnte fast jeder eine einfache Melodie spielen. Am ›Hochzeitsmarsch‹ oder einem alten Beatles-Lied konnten sich weniger versuchen, und ein Nocturne von Chopin war für die meisten auch am neuesten Musikgerät nicht zu bewältigen. So gesehen war er der Glenn Gould oder Vladimir Horowitz unter den Computerbenutzern. Keine Sonate und keine Symphonie waren unerreichbar für ihn. Mit einer Tastatur, genug RAM und einem Modem konnte er regelrecht zaubern.

Und dank dieser Zauberei konnte er jetzt die denkwürdige Wanderschaft des William DeMille Hawkins beobachten. Die Kasinos in Las Vegas und das Citibank Credit Center hatten ihre eigenen elektronischen Systeme zur Überprüfung von Kreditkarten. Indem er sich in ihre weltumspannenden Netzwerke einblendete, konnte der Eismann jeden verfolgen, der regelmäßig eine Kreditkarte benutzte. Laut Bildschirm bevorzugte der Ex-FBI-Agent für grundlegende Ausgaben seine American Express Gold Card, eine Mastercard für Flugtickets und Hotels und eine Visa Card für Mietwagen.

Der Eismann hatte die verschiedenen Kartennummern benutzt und einen ständigen Befehl für Hawkins' Datei eingegeben, wodurch jede Transaktion registriert wurde. Sein Zugriff auf die Netzwerke war getarnt mit einem Paßwort, und wenn es eine elektronische Überprüfung gab, würde sein Computer als ein regulärer Terminal in dem System auftauchen.

Der Eismann war beeindruckt. Ja, er hätte eigentlich Grund, nervös zu werden. Hawkins kam ihm viel näher, als er erwartet hatte. In den vergangenen paar Tagen war der Ex-Bulle in Phoenix, Denver und in Berkeley gewesen, alles Namen im Zusammenhang mit dem Eismann.

Phoenix war Dr. Saunders, Denver war offenbar die Putnam-Frau und Tochter, und Berkeley mußte Carol Prentice sein. Besonders verblüffte den Eismann die Tatsache, daß Hawkins jetzt auch in Berkeley recherchierte. Vermutlich hegte der Ex-FBIler die Hoffnung, in der Vergangenheit, am Anfang der Mordserie etwas zu finden, das er in der Gegenwart nutzen konnte.

Es mußte dieser schwarze Bastard Ritchie sein. Der Eismann war seinerzeit sicher gewesen, daß Ritchie für Carols Ermordung den Kopf hinhalten würde müssen. Jetzt war der Bursche verheiratet und lebte nach all diesen Jahren immer noch in Berkeley. Ein nicht umgedrehter Stein, von wer weiß wieviel Moos bedeckt.

Mein einziger Fehler, dachte der Eismann, ich hätte ihn damals töten sollen.

Er lächelte traurig und lehnte sich in seinem teuren, ergonomisch konstruierten Computerstuhl zurück. Er starrte auf den Bildschirm mit der Liste, die zeigte, wann und wo Hawkins die Kreditkarten benutzt hatte. Nach allem, was der Eismann über das Thema gelesen hatte – und er hatte viel gelesen –, wollte der durchschnittliche Serienmörder gefaßt und für seine Verbrechen bestraft werden oder wenigstens die Gelegenheit haben, mit seinen Taten zu prahlen. Er war sich nicht sicher, ob er dieser Hypothese zustimmte, aber selbst wenn sie stimmte, war dafür ein Jäger nötig, der intelligenter als der Gejagte war. In diesem Fall war das höchst unwahrscheinlich.

Er hatte die schwarzen, schrecklichen Tiefen seiner Psyche in einem frühen Stadium seiner ›Karriere‹ erkannt, und anstatt sich wie die Dümmeren seiner Art davon verschlucken zu lassen, hatte er den Horror zu seinem Vorteil genutzt, seine Intelligenz eingesetzt, sich selbst zu verstehen, seine Schwächen und Stärken zu erkennen. Beim beliebigen Wandern durch die FBI-Datenbanken hatte er den Spitznamen entdeckt, den Hawkins ihm vor Jahren gegeben hatte, aber er zog den selbstgewählten Künstlernamen vor – er war der Alchimist, er wandelte Blei in Gold um, Wahnsinn in Macht, heißes, pulsierendes Leben in kalten, reglosen Tod.

Cruz telefonierte, als Jay das Büro betrat. Die Sonne des späten Nachmittags schickte ihre Lichtbahn schräg in den schmalen Raum. Jay setzte sich an ihren Schreibtisch und schaltete den Computer an. Cruz blickte sie finster an und setzte sein Telefonat fort. Schließlich legte er den Hörer auf und schwang sich mit seinem Drehstuhl herum.

»Wo, zum Teufel, waren Sie?« fragte er.

»Bei der Arbeit.«

»Tatsächlich?« Cruz war verärgert, aber da war noch etwas anderes in seiner Stimme. Besorgnis? Eifersucht? »Ich habe ein dutzendmal in Ihrem Haus angerufen. Ich bin sogar rübergefahren. Der Wagen war weg.«

»Ich habe Ihnen gesagt, daß ich gearbeitet habe.«

»Woran?« sagte Cruz. »An Ihrer Sonnenbräune?«

*Bleib cool, Mädchen. Er denkt nicht im Traum, daß du eine Mörderin bist. Er glaubt, du hast irgendwo mit jemand gevögelt.*

»Ich war in Albuquerque.« *Halte die Lügen so nahe an der Wahrheit wie möglich.*

»Und was haben Sie dort gemacht?«

»Wie gesagt, gearbeitet.«

»Die ganze Nacht?«

»Ich habe mir ein Hotelzimmer genommen.« Sie schwieg kurz. »Ist das ein Verbrechen?«

»Sie haben bei mir nichts von Albuquerque erwähnt.«

»Ich war der Ansicht, ich brauche Sie nicht um Erlaubnis zu bitten. Ich bin hier, um ein Computersystem für Sie zu entwickeln, erinnern Sie sich? Ich hatte einige Dinge in Albuquerque zu erledigen.«

»Zum Beispiel?«

»Sagen Sie mir, warum ich verhört werde, Cruz?«

Der Ex-Feuerwehrmann atmete tief durch. »Entschuldigung«, sagte er schließlich. »Ich habe mir Sorgen gemacht, das ist alles.«

»Entschuldigung akzeptiert«, antwortete Jay lächelnd.

»Was haben Sie also in Albuquerque gemacht?«

»Gegraben.«

»Etwas gefunden?«

»Ja.«

»Zum Beispiel?« In seiner Stimme klang immer noch Mißtrauen mit. Jay zwang sich, weiterhin zu lächeln.

»Ich habe mit einer Reihe von Leuten gesprochen. Im

Rathaus, im Archiv und so weiter. Sie stimmten zu, daß wir ihre Datenbanken benutzen können.«

Nicht ganz wahr, aber nahe genug daran. Nachdem sie aus dem Liebesnest in der Central Avenue ausgeflogen war, hatte sie ein paar Stunden dafür gesorgt, daß ihr Besuch der Stadt offiziell wurde.

»Das hätten Sie telefonisch erledigen können. Sie hätten mich wenigstens über Ihr Vorhaben informieren können.«

Jay seufzte. »Ich bin es gewohnt, selbständig zu arbeiten, Cruz. Ich wußte nicht, daß ich mich alle zwanzig Minuten mit Ihnen absprechen muß.«

»Das müssen Sie nicht.«

»Dann lassen Sie mich in Frieden.«

Es folgte lange Stille. Endlich brach Cruz das Schweigen. »Ich entschuldige mich noch einmal.« Er hielt ihr die Hand hin. »Waffenstillstand?«

»Waffenstillstand.«

»Was haben Sie herausgefunden?«

»Vier Opfer, vier Brände. Bingham, MacDonald, Symington und Lowenthal. Bingham arbeitet bei den Los Alamos Labors, Lowenthal ebenfalls. Symington ist Bühnenbildner des Opernhauses, und MacDonald ist ein Anwalt in Albuquerque.«

»Das wußten wir bereits.«

»Wir wußten nicht, daß Symington bis vor anderthalb Jahren einen Untermieter hatte. Sein Name war Simon Kerzner. Ex-Hollywood-Typ wie Symington.«

»Er hatte also einen Untermieter.«

»Kerzner war schwul. Ich nehme an, sie waren ein Paar.«

»*War* schwul, Vergangenheit?«

»Kerzner ist tot. Selbstmord. Er war HIV-positiv. Symington hat ebenfalls AIDS.«

»Ich sehe immer noch keine Verbindung.«

»Kerzner war Modellbauer. Er arbeitete für das Los

Alamos Museum. Bingham war sein Boß. Bingham feuerte ihn, vermutlich weil er HIV-positiv war.«

»Scheiße«, stieß Cruz hervor.

»Das ist das richtige Wort«, sagte Jay. »Wäre das etwa kein tragfähiges Motiv? Symingtons schwuler Liebhaber wird gefeuert und begeht Selbstmord. Um seinen Liebling zu rächen, brennt Symington Binghams Haus nieder.«

»Und legt die anderen Feuer zur Tarnung.«

»Warten Sie, Cruz, da ist noch mehr.«

»Zum Beispiel?«

»MacDonald, der Anwalt. Er hat einen Partner bei einer Firma, die APMC heißt, Armada Property Management Corporation.«

»Nie gehört.«

»APMC hat eine Tochtergesellschaft – Spectrum Properties ... Klingelt es?«

»Spectrum ist die Gesellschaft, die das Mietshaus in Albuquerque besitzt. Allmächtiger!«

»Ich kann es noch nicht ganz zusammenfügen, aber ich nehme an, es gibt eine Verbindung zwischen der Brandstiftung bei dem Mietshaus und den Bränden hier. Wir müssen nur noch herausfinden, welche Verbindung das ist.«

Cruz grinste breit. »Mit wem sollen wir zuerst sprechen, Meisterdetektivin? Mit Bingham oder MacDonald?«

»Bingham«, antwortete Jay. »Los Alamos ist näher.«

Nachdem Hawkins höflich abgelehnt hatte, auf Goddards Couch zu übernachten, lieh er sich die Akten über den Fall Prentice aus, nahm sich ein Zimmer im *Travelodge* in der Universitätsstraße und machte sich auf die Suche nach Thomas Ritchie, dem einstigen schwarzen Geliebten des ermordeten Mädchens und dem einzigen auf Goddards Verdächtigenliste, der noch in dieser Gegend wohnte.

Laut Goddard hatte Ritchie die Schauspielerei vor langer Zeit aufgegeben und war Steuerberater geworden, der sich auf Klienten aus der Unterhaltungsbranche spezialisiert hatte. Er war verheiratet, hatte zwei halbwüchsige Kinder und wohnte in den Hügeln oberhalb des Berkeley Tennis Klubs.

Die Straße hieß Stephen's Way und wand sich hoch den bewaldeten Hügel hinauf. Auf beiden Seiten der Straße parkten Wagen, überwiegend Saabs, BMWs und Range Rovers. Die Farben der Fahrzeuge waren alle dezent – dunkelgrün, dunkelblau, schiefergrau. Die einzige Ausnahme war ein knallroter '64er Mustang, der vor Ritchies Haus parkte.

Hawkins hatte Ritchie vom *Travelodge* aus angerufen, aber selbst nach einer halben Stunde Vorwarnung wirkte der Mann nervös, als er die Tür öffnete. Das Foto in Goddards Akten hatte einen jungen Mann mit Afrofrisur und runder Sonnenbrille im John-Lennon-Stil gezeigt. Schmalgesichtig und mager. Der Mann auf der Türschwelle des Beton- und Glashauses hatte eine Halbglatze, war korpulent und trug eine Schildpattbrille. Menschliche Geologie war am Werk; die unvermeidliche Erosion von Jugend.

»Sie sind Hawkins?«

»Ja.«

Ritchie trat zur Seite. »Ich nehme an, Sie kommen besser herein.« Der Exschauspieler führte Hawkins durch eine Halle zu einem großen Raum, dessen Glaswand mit Schiebetür einen Panoramablick über eine bewaldete Schlucht auf den Sonnenuntergang über San Francisco bot. Die modernen Möbel waren aus Rattan und weiß bezogen. Eine schlanke Frau in einem Strickkleid, das nur Nuancen dunkler als die weißen Möbel war, saß auf einer langen Couch, und ein Kaffeeservice stand auf der Glasplatte des Tisches vor ihr. Sie war mindestens zehn Jahre jünger als Ritchie und sehr attraktiv. Ihre Hände waren auf dem Schoß so fest verschränkt, daß die Knöchel weiß hervortraten. Die wunderbare Aussicht war das letzte, was sie beschäftigte.

»Meine Frau Claire«, sagte Ritchie und setzte sich neben sie. Er legte eine Hand auf ihre Hände. »Dies ist Agent Hawkins, der Mann, von dem ich dir erzählt habe.«

Hawkins nahm in einem Sessel auf der anderen Seite des Tisches Platz. »Ich bin eigentlich nicht mehr beim FBI«, sagte er ruhig. »Ich bin jetzt Privatmann. Wenn Sie nicht mit mir sprechen wollen, haben Sie das Recht dazu.«

»Claire und ich haben keine Geheimnisse«, antwortete Ritchie. »Sie sagten, Sie helfen dem FBI bei einer laufenden Ermittlung.«

»Das ist richtig.«

»Kaffee?« fragte Claire den Gast.

»Das wäre nett. Mit Milch und Zucker, bitte.«

Die Frau schenkte Kaffee ein, und Hawkins nahm die Tasse entgegen.

»Ich habe lange nicht mehr an Carol Prentice gedacht«, sagte Ritchie. Seine Frau preßte die Lippen aufeinander. Die Hände waren wieder auf ihrem Schoß verschränkt. Hawkins nippte an seinem Kaffee und wartete.

»Ich wußte nichts über sie bis vor einer halben Stunde«, sagte Ritchies Frau.

»Es kam mir unwichtig vor. Es ist so lange her.«

»Sie waren damals bei der Schauspielertruppe«, sagte Hawkins.

»In meiner wilden Zeit.« Ritchie lachte, doch es klang gezwungen. Claire blickte ihn kühl an. Hawkins fragte sich, wie hart sie gekämpft hatte, um in einem solchen Wohnzimmer mit Blick auf den Sonnenuntergang über der Bucht sitzen zu können. Ihre Augen spiegelten ebensoviel Furcht wie Ärger wider.

»Carol Prentice war ebenfalls bei der Schauspielertruppe.«

»Dann und wann«, sagte Ritchie. »Sie nahm es nie sehr ernst. Weder die Schauspielerei noch die Politik.«

»Ein Groupie?«

»So weit würde ich nicht gehen.« Ritchie überlegte. »Sie war jung. Verirrt. Suchte nach etwas, ohne zu wissen, was es war.«

»Ich nehme an, das traf damals auf viele Leute zu«, sagte Hawkins. »Mich eingeschlossen.«

»Claire war damals noch ein Baby.« Ritchie schob die Hand zu seiner Frau und zog sie wieder fort.

»Um diese Zeit habe ich euch nie beneidet«, sagte Claire. »Diese Zeit muß schrecklich gewesen sein.«

»Was haben Sie von dem Tag in Erinnerung, an dem Carol Prentice ermordet wurde?« Hawkins sah Ritchie fragend an.

»Ich habe darüber nachgedacht. Wie ich schon sagte, es ist lange her.«

»Nach der Akte der Polizei war die Schauspielertruppe an diesem Tag in San Francisco.«

»Stimmt. Irgendeine Protestdemo im Golden Gate Park, bei der wir auftraten. Ich kann mich nicht mehr erinnern, wogegen protestiert wurde ... vermutlich gegen den Vietnamkrieg.«

»Wann trafen Sie dort ein?«

»Früh. Halb zehn am Morgen.«

»Sie verließen Berkeley also gegen neun?«

»Wir trommelten unsere Leute früher zusammen. Um acht, Viertel nach acht.«

»Sie waren bei Carol?«

»Ich schaute bei ihr vorbei. Sie wollte nicht mitkommen.«

»Wann war das?«

»Gegen sieben. Sie sagte, sie wäre die ganze Nacht wach gewesen. Auf einem Trip.«

»Sie war drogensüchtig?«

»LSD. Sie kehrte gerade erst von dem Trip zurück.«
»Und Sie?«
»Was meinen Sie?«
»Hatten Sie auch einen LSD-Rausch?«
»Nein.«
»Carol hat ein bißchen gedealt. Waren Sie bei ihr, um Drogen zu kaufen?«
»Nein.« Ritchie runzelte die Stirn. »Ich sagte schon, ich ging zu ihr, um sie zu fragen, ob sie zu unserem Auftritt mitkommen will.«
»Wie lange sind Sie geblieben?«
Ritchie blickte zu seiner Frau. »Ungefähr eine Dreiviertelstunde. Vielleicht auch etwas länger.«
»Wie ich hörte, hatten Sie Sex mit ihr.«
»Ja.«
Claire Ritchie warf ihrem Mann einen vernichtenden Blick zu.
»Es war nichts«, sagte Ritchie. »Du verstehst das nicht, Claire. Damals waren die Dinge anders.«
»Nicht so sehr anders«, widersprach seine Frau. Hawkins blickte verlegen aus dem Fenster. Claire Ritchie war nicht eifersüchtig, weil ihr Mann vor über fünfundzwanzig Jahren Sex mit einer anderen Frau gehabt hatte. Ihr Zorn mußte von einem Ereignis in jüngster Zeit herrühren.
Hawkins räusperte sich. »Es gab ... Beweise, daß Carol Prentice kurz zuvor ebenfalls Sex mit einem anderen Mann gehabt hatte.«
Jetzt verzog Claire Ritchie angewidert das Gesicht.
»Mit dem Jungen, der ein Indian-Motorrad hatte.«
»Wheels?«
»So nannte er sich.«
»Da war auch ein Soldat«, wandte Hawkins ein. »Ein Mann namens Follett.«
»Nein. Es war Wheels.«
»Wie können Sie da so sicher sein?«

»Sie hat es mir gesagt.«
»Davon steht nichts in den Akten.«
Ritchies Stimme klang angespannt. »Das ist mir klar.«
»Warum haben Sie damals nichts gesagt?«
»Weil es 1968 war und ich ein Schwarzer bin.«
»Das verstehe ich nicht.«
»Ja, das verstehen Sie nicht.« Ritchie wischte sich über das schüttere Haar um seine Halbglatze. »Carol wurde ermordet, und Follett wurde ein wenig später tot aufgefunden. Follett hatte mit ihr geschlafen, und ich ebenfalls. Als Schwarzer in einer Dreiecksbeziehung zu hängen war damals nicht gesund ... auch nicht im aufgeklärten Berkeley.«
»Sie sind also sicher, daß Carol in der Nacht mit Wheels zusammen war?«
»Ganz sicher. Sie nahmen zusammen LSD, und dann hatten sie Streit.«
»Worüber?«
»Über die Tatsache, daß sie mit mir schlief. Er war eifersüchtig. Wahnsinnig eifersüchtig, wie sie sagte. Und das habe ich der Polizei erzählt.«
Claire Ritchie stand auf. »Ich will nichts mehr davon hören.« Sie verließ das Zimmer, und Hawkins schaute ihr nach.
»Es tut mir leid, wenn ich Ihnen Schwierigkeiten gemacht habe.«
Ritchie zuckte die Achseln. »Es ist nicht Ihre Schuld. Dies schwelt schon lange. Es kam durch diese Sache nur an die Oberfläche.«
»Haben Sie Wheels jemals kennengelernt? Von Angesicht zu Angesicht?«
»Ein paarmal. Einmal in einem Restaurant, einmal auf der Uni.«
»Wie war er?«
»Ruhig. Leise sprechend. Intelligent.«
»Wie können Sie sagen, daß er intelligent war?«

»Es war nur so ein Gefühl. Er war ein stiller Beobachter, kein Schwätzer.«

»Sie haben der Polizei gesagt, er war jähzornig.«

»Das hat mir Carol gesagt.«

»Gewalttätig?«

»Nicht körperlich, aber er bekam Zornausbrüche. So sagte Carol.«

»Hat er Carol Prentice jemals etwas über seine Herkunft erzählt?«

»Ich kann mich nicht an viel erinnern. Abgesehen von dem Motorrad und der Kleidung auf dem Leib besaß er nicht viel. Aber damals brauchte man auch nicht viel.«

»War er Carols Drogenverbindung?«

»Das ist gut möglich.«

»Hat sie jemals gesagt, wo er herkommt?«

»Nicht direkt. Er erwähnte jedoch bei ihr, daß er für Osh-Kosh arbeitet. Im Lager.«

»Die Textilfirma?«

»Ja.«

»Also Oregon.«

Ritchie nahm die Brille ab und rieb sich über den Nasenrücken. »Ich erinnere mich, daß ich einmal sein Motorrad in der Gasse in der Nähe ihrer Wohnung stehen sah. Ich wußte, daß er bei ihr war, und so ging ich nicht hin. Ich glaube, er hatte ein Nummernschild vom Staat Washington.« Er setzte die Brille wieder auf. »Das kann ich aber nicht schwören.« Er schaute über Hawkins' Schulter hinweg zum Sonnenuntergang. »Er war ein Waisenkind.« Er dachte nach und nickte vor sich hin. »Ich nehme an, daß Carol ihn deshalb ranließ. Irgendeine rührselige Geschichte, wie hart sein Leben war, wie cool es war, nach Berkeley zu kommen, nach allem, was er durchgemacht hatte.«

»In welchem Waisenhaus war er? Haben Sie irgendeine Ahnung?«

»Ich bezweifle, daß es ein Waisenhaus war. Er und

viele andere Kinder arbeiteten in einem Lager. Auf einer Insel. Hatte etwas mit der Kirche zu tun. Er erzählte Carol, er würde lieber auf einer Wüsteninsel ausgesetzt werden, als dorthin zurückzukehren.« Ritchie schüttelte den Kopf. »Carol fuhr voll auf ihn ab, besonders wegen ihres Bruders.«

»Das war ein katholisches Waisenheim oder -lager?«

»Ja. Pastor Crow und Schwester Penguin. Carol fand es lustig, daß sie Krähe und Pinguin genannt wurden.«

»Wußten Sie von dem Baby?« fragte Hawkins. Ritchie blickte weg und nickte.

»Ja.«

»War es Ihres?«

»Wer weiß. Sie schlief mit vielen Leuten. Sie sagte, es sei von mir. Das erzählte sie jedenfalls Wheels.«

»Das steht auch nicht in der Akte.«

»Ja, das steht nicht drin.«

»Warum erzählte sie Wheels davon?«

»Um ihn sauer zu machen.«

»Sie wollte das Baby abtreiben lassen?«

»Die Free Clinic ist nur ein paar Blocks entfernt. Wheels sagte ihr, sie würde in der Hölle braten, wenn sie abtreiben würde. Bezeichnete sie als Mörderin.« Der Schwarze seufzte. »Doch er war der Mörder, nicht sie.«

## 15

AM NÄCHSTEN MORGEN fuhren Cruz und Jay mit dem Cherokee nach Nordwesten in die Vorberge. Ein Sommergewitter zog ihnen voraus. Kurz vor zwölf Uhr mittags trafen sie in Los Alamos ein. Am Himmel ballten sich graue und schwarze Wolken, die Straßen waren verwaist, und Blitze zuckten.

»Richtig unheimlich«, sagte Jay, während sie über die Central Avenue fuhren. Überall waren Sicherheitstore und Zäune, und die kasernenartigen Gebäude, von denen die Straße gesäumt war, wirkten kalt und bedrükkend.

»Es ist hier nicht alles so«, sagte Cruz. Er bog von der Central Avenue auf die 19th Street ab und fuhr langsam nordwärts. Die Häuser in dieser Straße waren identische kleine Bungalows mit Minivorgärten und verdorrten Rasen, die nach dem Wolkenbruch unter Wasser standen. Über den Dächern sah Jay das Dunkelgrün der bewaldeten Vorberge, doch hier war alles grau in grau. »Dies ist der alte Teil der Stadt, während der vierziger und fünfziger Jahre erbaut«, erklärte Cruz. »Die neueren Häuser sind viel besser.«

»Laut Versicherungsbericht war Binghams Haus in Urban Park.«

»Eine Wohnsiedlung im Westen, außerhalb des alten Zauns.«

»Aber jetzt wohnt er hier in der Nähe?«

»Peach Street.« Cruz bog nach rechts ab. Er fuhr einen Block weit und bog rechts ab. »Hier ist es.«

»Wirklich ein Pfirsich«, sagte Jay. Die Peach Street war so trist und nichtssagend wie alles, was sie im alten Los Alamos gesehen hatte. Cruz hielt vor einem Bungalow.

»Sieht aus, als wäre er ziemlich heruntergekommen.«

Jay blickte aus dem Fenster zum Haus. »Der Versicherungsanspruch war etwas mehr als dreihunderttausend, einschließlich Inventar. Wie kommen Sie auf den Gedanken, daß ihn dieses Haus ärmer macht?«

»Das kostet höchstens siebzigtausend.«

»Komisch«, murmelte Jay. Sie stiegen aus dem Cherokee und gingen über den rissigen Zementboden zum Haus. Der Rahmen der Aluminiumtür der Veranda war rostig und an der linken Ecke eingerissen. Cruz klopfte an und wartete. Ein paar Sekunden später wurde die innere Tür geöffnet, und Bingham tauchte auf. Er war klein, Anfang Fünfzig und grauhaarig und hatte einen sorgfältig gestutzten dunkelbraunen Vollbart mit weißen Strähnen. Er trug Jeans, ein hellgrünes Golfhemd und eine hellblaue Strickjacke.

Bingham nickte Cruz zu, ignorierte Jay und führte sie ins Haus. Es war drinnen so trostlos wie draußen. Schlafzimmer zur Rechten, Wohnzimmer zur Linken, Küche und Badezimmer am Ende. Ein Alkoven, eingezwängt zwischen Wohnzimmer und Küche, diente als Büro. Es war kaum groß genug für den Schülerschreibtisch und Computer.

Die Möbel im Wohnzimmer waren abgenutzt und sichtlich aus zweiter Hand. Es gab keine Gemälde oder Dekorationen an den nikotinfarbenen Wänden. Im ganzen Haus roch es schwach nach Katzen.

»Kann ich Ihnen irgend etwas holen?« fragte Bingham. Das Angebot war offenbar nur eine Formalität. Jay und Cruz lehnten ab. Sie setzten sich auf eine niedrige, braune Kunstledercouch. Bingham ließ sich in einen Sessel mit Schottenmuster sinken. *Was macht ein Museumsdirektor in einem solchen Haus?* dachte Jay.

»Wir möchten mit Ihnen über Simon Kerzner sprechen«, sagte Jay. Sie musterte Bingham, um seine Reaktion zu sehen.

*Er hat darauf gewartet.*

»Wie bitte?«

»Simon Kerzner. Er hat für Sie gearbeitet.«

»Vielleicht sagen Sie mir besser, wer Sie sind, bevor ich Fragen beantworte«, erwiderte Bingham kalt. Nach der Akte, die Jay gelesen hatte, war der Mann nie verheiratet gewesen. Sie konnte verstehen, warum.

»Dies ist Janet Fletcher«, sagte Cruz. »Sie arbeitet für mich.«

»In welcher Eigenschaft?«

»In jeder Eigenschaft, die ich für richtig halte«, sagte Cruz. »Miss Fletcher ist offiziell beim FBI.«

»Oh«, sagte Bingham. Er räusperte sich, und der Blick seiner wäßrigen Augen zuckte zwischen Jay und Cruz hin und her. Cruz war einst Cop gewesen, und er verhielt sich immer noch so.

»Simon Kerzner«, wiederholte Jay.

»Der hat für mich gearbeitet, ja.«

»Er hat Selbstmord begangen«, sagte Cruz.

»Tatsächlich?«

»Kurz nachdem Sie ihn gefeuert haben«, sagte Jay.

»Versuchen Sie, diese beiden Fakten miteinander zu verbinden?« fragte Bingham.

»Ja, wir nehmen an, daß es da eine Verbindung gibt.« Cruz nickte.

»Ich verstehe nicht, was das mit einer Ermittlung in einem Fall von Brandstiftung zu tun hat.«

»Ein Motiv«, sagte Jay.

Bingham schürzte verächtlich die Lippen. »Ein toter Mann verlangt Rache?«

»Die Person, die mit ihm zusammen war«, sagte Cruz.

Bingham zuckte mit den Schultern. »Wenn Sie einen Beweis haben, dann verhaften Sie den Mann.«

»Wer sagte, daß es ein Mann war?« fragte Jay.

»Da Kerzner homosexuell war, nahm ich an, sein Geliebter war ein Mann.«

»Sie wußten, daß Kerzner homosexuell war?«

Bingham zuckte die Achseln. »Er war HIV-positiv.«

»Woher wissen Sie das? Hat er es Ihnen erzählt?«

»Nein. Es wurde bei seiner jährlichen ärztlichen Untersuchung festgestellt.«

»Haben Sie ihn deshalb entlassen?« fragte Jay. »Weil er AIDS hatte?«

»Mit Sicherheit nicht«, antwortete Bingham hitzig. »Zum einen wäre das eine ungesetzliche Entlassung.«

»Warum haben Sie ihn dann gefeuert?« fragte Cruz.

»Seine Arbeit litt, nachdem er die Diagnose erfahren hatte.«

»Aber Sie wußten nicht, daß er Selbstmord beging?«

»Richtig, das wußte ich nicht.«

»Was wußten Sie über sein Privatleben?« fragte Jay.

»Praktisch nichts«, antwortete Bingham. »Ich wußte, daß er in Santa Fe wohnte und jeden Tag hin und her pendelte. Viele meiner Angestellten sind Pendler.« Er stieß einen langen Seufzer aus. »Er war Techniker. Ich kannte ihn fast überhaupt nicht.«

»Nur einer der kleinen Leute, nicht wahr?« fragte Jay säuerlich.

»Es sind über hundert Leute beim Museum angestellt, Miss Fletcher. Ich kenne sie nicht alle persönlich.«

»Warum sind Sie in dieses Haus hier eingezogen?« fragte Cruz und schaute sich in dem kahlen, kleinen Wohnzimmer um. »Das ist nicht genau Ihr Stil, nicht wahr?«

Binghams Stimme klang angespannt. »Es war verkäuflich.«

»Und billig«, bemerkte Jay. »Viel billiger als Ihr anderes Haus.«

»Meine Finanzen gehen Sie nichts an«, blaffte Bingham. »Und ich verstehe immer noch nicht, was all dies mit Ihrer Ermittlung zu tun hat. Ich habe es Ihnen schon gesagt, wenn Sie meinen, daß Simon Kerzners Geliebter mein Haus in Brand gesteckt hat, dann verhaften Sie ihn.« Bingham erhob sich. »Wenn das alles ist ...«

»Antiquitäten«, sagte Jay ruhig und blieb, wo sie war. »Auf der Schadensmeldung bei Ihrer Versicherung sind viele Antiquitäten aufgelistet. Webwaren. Besonders Navajo-Webwaren.«

»Na und?«

»Im Wert von zweiundvierzigtausend Dollar.«

»Zweifeln Sie meinen Schadensersatzanspruch an, Miss Fletcher?«

»Nein. Sie haben alle möglichen Belege, um den zu untermauern. Ich habe die Belege gesehen.«

»Und?«

»Ich bin nur neugierig.«

»Weswegen?«

»Warum haben Sie kein Stück davon ersetzt?« Jay wies auf die kahlen Wände.

»Solches Material ersetzt man nicht. Was im Feuer verbrannte, war einzigartig und unbezahlbar. Ich brauchte zehn Jahre, um es zu sammeln.«

»Ich hätte gedacht, Sie fangen eine neue Sammlung an«, sagte Jay.

»Vielleicht habe ich keine Lust mehr dazu.«

»Vielleicht.« Jay stand auf, und Cruz folgte ihrem Beispiel.

»Sie lassen mich wissen, wenn dies alles aufgeklärt ist?« fragte Bingham.

»Sie werden es als erster erfahren«, sagte Jay lächelnd. Sie und Cruz verließen das Haus und stiegen in den Cherokee.

»Sie waren ein bißchen hart zu ihm, nicht wahr?« sagte Cruz und ließ den Motor an.

»Er ist ein widerlicher kleiner Scheißer«, sagte Jay. Sie zündete sich eine Zigarette an. »Er fand heraus, daß Kerzner AIDS hatte und feuerte ihn. Wir beide wissen das. Der arme Kerl bekam das Todesurteil und die Entlassung praktisch in einem Päckchen.«

»Vergessen Sie nicht, daß Bingham hier das Opfer ist, nicht der Täter.«

»Vielleicht«, sagte Jay. »Es kommt nur darauf an, wie man es betrachtet.« Sie blies einen Rauchring. »Ich möchte mir ansehen, wo er zuvor gewohnt hat.«

»Kein Problem.« Cruz nickte. Er fuhr auf dem Weg zurück, auf dem sie gekommen waren. Ein paar Minuten später waren sie außerhalb des tristen Zentrums von Los Alamos und auf schönen Vorortstraßen, die von

Bäumen gesäumt waren. Die Häuser stammten überwiegend aus den sechziger und siebziger Jahren, und sie boten nach den Miniaturblockhäusern in der Stadtmitte einen willkommenen Anblick. Automatische Rasensprenger hielten die Rasen der Vorgärten grün, und jedes Wohnzimmerfenster hatte einen schönen Ausblick.

Binghams alte Adresse war am Ridgeway Drive und mit Blick auf einen Canyon und einen gewundenen kleinen Bach. Das Grundstück war kahl und sah wie kürzlich planiert aus. Ein nagelneues Schild einer Immobilienfirma stand darauf.

»Nicht schlecht«, sagte Jay, als Cruz vor dem freien Baugrundstück stoppte. »Er hatte vollen Ersatz von der Versicherung. Warum zog er dann von hier fort?«

»Wie er sagte, das Haus in der Peach Street war zu haben.« Cruz zuckte die Achseln.

»Es stinkt«, sagte Jay.

»Bingham?«

»Ja. Er braucht zehn Jahre und über vierzigtausend Dollar, um Navajo-Webarbeiten zu sammeln, und plötzlich läßt ihn das Hobby kalt. Er zieht von einem schönen Grundstück in diesen Sarg um, hat kahle Wände und billige Möbel aus zweiter Hand. Das ist nicht logisch.«

»Welche Theorie haben Sie?«

»Ich habe keine ... noch nicht«, antwortete Jay. »Aber ich möchte mir seinen letzten Kontoauszug ansehen.«

William Hawkins fuhr mit seinem Mietwagen durch Steilacoom am Südrand der Stadt Tacoma, Washington, zu den Kais der Fähre am Puget Sound, am Fuß der Union Street. Es gab zwei separate Anlegeplätze, einen für die Strafvollzugsanstalt auf McNeil Island, den anderen für das herrschaftliche Wohngebiet auf Anderson Island, das südwärts lag, getrennt von seiner unheimlichen Nachbarinsel durch das kalte Wasser der

Balch Passage. Im Sonnenschein des späten Nachmittags waren beide Inseln ungefähr drei Kilometer entfernt im Puget Sound zu sehen.

Hawkins kaufte eine Fahrkarte und fuhr den Wagen auf die Anderson-Island-Fähre. Zehn Minuten später tuckerte die Fähre mit nur einem halben Dutzend Fahrzeugen an Bord hinaus in den Puget Sound. Hawkins verließ seinen Wagen und stellte sich für die zwanzigminütige Fahrt an die Reling. Er gähnte. Der Flug von Oakland an diesem Morgen war bockig gewesen, und er war es leid, durch das Land zu reisen.

Ein Anruf bei einem seiner Jesuiten-Freunde an der Georgetown University am vergangenen Abend hatte ihm alle nötigen Informationen über die ›Insel‹ und das ›Camp‹ verschafft, von denen Thomas Ritchie gesprochen hatte. Die Insel war Anderson Island, und das Camp war das katholische St.-Vincent-Jugendzentrum an der Amsterdam Bay. St. Vincent war so etwas wie eine Besserungsanstalt gewesen und hatte auch als Exerzitienhaus an der Otter Bay gedient, knapp einen Kilometer küstenabwärts.

Laut Auskunft seines Informanten an der Universität war das Exerzitienhaus von hohen Mitgliedern der Kirche mehr zu Erholungsurlauben im Sommer als zur Meditation benutzt worden. Sein Kontaktmann wußte keine Einzelheiten, aber es hatte Mitte der sechziger Jahre einen Skandal mit der St.-Vincents-Jugendstrafanstalt gegeben, und sie war 1971 ganz geschlossen worden. Das Exerzitienhaus war noch im Besitz der Kirche, jedoch lange in ein ›Bed & Breakfast‹-Landgasthaus umgewandelt und ›Angelis Rest‹ getauft worden. Hawkins hatte vom *Travelodge* in Berkeley aus angerufen und für den nächsten Tag ein Zimmer reserviert.

Die kleine Fähre kündigte ihre Ankunft mit einem ohrenbetäubenden Hupsignal an und spie dann ihre dürftige Fracht aus. Hawkins kaufte im Postamt eine einfache Landkarte und benutzte sie, um sich auf der ungefähr drei Kilometer breiten Insel zu orientieren. Die Straße war schmal, aber asphaltiert und in gutem Zustand, auf beiden Seiten von blühendem Hartriegel und Zedern und Kiefern gesäumt. Die Landschaft war überraschend hügelig und hier und da mit kleinen Farmen gesprenkelt wie ein Miniatur-Irland.

Er bog von der Yoman Street auf die Ekenstam Johnson Road ab. Auf der Hügelkuppe sah er zwei kleine Seen im Süden. Sie waren auf der Karte als Florence Lake und Josephine Lake bezeichnet. Sie waren anscheinend durch einen schmalen Bach miteinander verbunden, und nur ein paar Landhäuser befanden sich fast versteckt zwischen den Bäumen am Ufer. Es sah aus, als führte nur eine Straße zum Florence Lake. Allem Anschein nach lebten die Leute auf Anderson Island sehr zurückgezogen.

Hawkins fuhr den Hügel hinunter und gelangte ins Zentrum der Insel. Er orientierte sich an der Landkarte, bog nach rechts auf die Sandberg Road ab und fuhr westwärts zur fernen Seite der Insel. Ein diskretes Schild verriet ihm, daß er die Angelis Rest Lane erreicht hatte. Er fuhr auf den mit Kies bestreuten Zufahrtsweg und gelangte ein paar Sekunden später zu dem ehemaligen Exerzitienhaus.

Je nach Geschmack war es entweder die letzte Phantasie eines Blockhüttenbauers oder ein architektonischer Alptraum. Das Gebäude war riesig, drei Stockwerke hoch und mit einem halben Dutzend Flügeln in alle Richtungen. Das Fundament bestand aus massiven Steinquadern, und drei Seiten des Gebäudes waren von einer breiten, tief beschatteten Veranda umgeben, die von riesigen Säulen gestützt wurde, die wie weißgetünchte Telefonmasten wirkten. Hinter dem Gebäude gab es neben dem Parkplatz einen Swimmingpool und Tennisplätze, die mit einem hohen Maschendrahtzaun umgeben waren. Der Swimmingpool war leer, die Betonwände waren rissig und grün verfärbt. In den Rissen im Beton wuchs Gras.

Hawkins stieg aus dem Wagen. Das einzige andere Fahrzeug auf dem Parkplatz war ein Wohnmobil. Das Angelis Rest war anscheinend wenig besucht.

Hawkins nahm seine Reisetasche und ging zum Eingang des Hotels. Zwanzig Schritte von der Veranda entfernt führte eine kurze Treppe hinab zu einem schmalen Kieselstrand und einem Anlegesteg. Anderthalb Kilometer entfernt im Westen sah er die Küstenlinie der Halbinsel Olympic. Selbst im Sonnenschein sah die Passage zwischen Insel und Halbinsel kalt und gefährlich aus. Das Wasser war grau und kabbelig. Hawkins versuchte sich vorzustellen, daß Carol Prentice' Mörder dort gestanden, über das Wasser gestarrt und sich gefragt hatte, ob er in die Freiheit schwimmen konnte.

Er wandte sich vom Wasser ab, stieg die Treppe zur breiten Veranda hinauf und betrat das Hotel. Die Eingangshalle mit dem Holzboden war düster. Das einzige Licht fiel durch ein hohes Buntglasfenster im Treppenhaus. Die Figur im Buntglas war ein Engel mit Heiligenschein, großen weißen Flügeln und ausgebreiteten Armen. Das Gewand des Engels war aus blaßrosa Glas, die Augen braun, das wallende Haar silbern und der Heiligenschein goldgelb, und der ganze Engel stand vor einem grünblauen Hintergrund. Hawkins hatte das Gefühl, in ein tropisches Aquarium getreten zu sein. Er ging zu der Rezeption und schlug auf die altmodische Glocke. Kurz darauf tauchte ein Mann Ende Zwanzig auf, der Jeans, ein Grateful-Dead-T-Shirt und Plastiksandalen trug.

»Mr. Hawkins?« fragte der Mann und ging hinter das Empfangspult.

»Richtig.«

»Ich bin Byron Remocker.«

»Wenig Personal?« fragte Hawkins und schrieb seinen Namen unter die einzige andere Eintragung auf der Seite – *Mr. und Mrs. O. P. Casgrand,* wahrscheinlich die Leute mit dem Wohnmobil.

»Eigentlich nicht«, antwortete Remocker. »Meine Frau kocht, und ich erledige alles sonst. Wir sind ein Zweipersonenbetrieb.« Er kam hinter dem Empfangspult hervor, nahm Hawkins' Reisetasche und führte ihn die Treppe hinauf, an dem Fenster mit dem Engel vorbei.

Das Zimmer im zweiten Stock war groß und blickte zum Meer hinaus. Remocker stellte die Reisetasche aufs Bett und öffnete das Fenster, um frische Luft hereinzulassen.

»Kein Badezimmer?« fragte Hawkins.

»Am Ende des Flurs.« Remocker lächelte. »Sie brauchen es jedoch nicht mit jemand zu teilen, Sie haben die ganze Etage für sich.«

»Wenig Gäste?«

»Wir kommen zurecht. Hier kommen nicht viele Singles her, aber meine Frau kennt viele New-Age-Typen. Gruppen. Drei Tage Wochenende, mit der Kristallkugel die Zukunft sehen und über die Große Göttin reden. Ein Küßchen hier, eine Umarmung da, solches Zeug. Das bringt die laufenden Kosten ein und ist eine regelmäßige Einnahme.«

»Dies war nicht immer ein Hotel, nicht wahr?« fragte Hawkins.

»Stimmt«, sagte Remocker. »Es war ein katholisches Exerzitienhaus. Es ist immer noch im Besitz der Kirche; wir sind nur Pächter.«

»Wie lange sind Sie hier?«

»Seit sechs Jahren«, antwortete Remocker. »Es ist unsere Version von der Rückkehr aufs Land. Ich arbeitete früher bei Boeing.«

»Warum stellte die Kirche die Nutzung ein?«

»Weiß ich nicht. Es stand lange leer, bevor wir es übernahmen. Als wir hier saubermachten, fand Marnie – meine Frau – ein *Time*-Exemplar von 1970.«

»Komisch.«

»Sie können den Schweden fragen, wenn es Sie wirklich interessiert.«

»Den Schweden?«

»Gunnar Gustavsen. Das war der Hausmeister.«

»Wo kann ich ihn finden?«

»Er lebt jetzt im Ruhestand. Sammelt Kräuter für Tees. Oben bei Higgins Cove.«

Gustavsens Haus befand sich ungefähr anderthalb Kilometer vom Angelis Rest entfernt am Ende einer unbefestigten Straße. Es war klein, mehr eine Hütte, und duckte sich an den Rand einer steilen Klippe, die zur Felsenküste hin abfiel. Das Haus war auf drei Seiten von Ahorn und Kiefern umgeben, die in der Brise des späten Nachmittags raschelten, die von der Meerenge zwischen der Westküste der Insel und der Halbinsel Olympic herüberblies.

Gustavsen saß vor einem wacklig aussehenden Kartentisch auf seiner Veranda. Auf dem Tisch lagen Rinde und getrocknete Blätter. Er mahlte mit einer batteriebetriebenen Kaffeemühle die Blätter zu Pulver und füllte es dann in Zellophanbeutel. Auf den ersten Blick wirkte seine Arbeit wie die eines Drogenabfüllers. Hawkins lächelte. Gustavsen war nicht der Typ des Dealers. Er war mindestens siebzig, sein breites, tief gebräuntes Gesicht war zerfurcht vom Alter, und sein dichtes Haar war von einem Leben in Seeluft weiß gebleicht.

»Shittim«, sagte er und blickte auf, als Hawkins auf die Veranda trat.

»Wie bitte?«

»Shittim«, wiederholte Gustavsen. Er wies mit einem

dicken Finger auf die Blätter und Rinde auf dem Tisch. »Wollen Sie welchen?«

»Eigentlich nicht. Trotzdem danke.«

»Sie sehen aus, als könnten Sie ihn gebrauchen«, sagte Gustavsen und füllte Pulver in eine weitere Zellophantüte. »Die Bundeslade wurde daraus gemacht ... ›und sie sollen eine Lade von Shittim-Holz machen.‹ Zweites Buch Mose.« Gustavsen lachte dröhnend. »Das wurde als ›Akazienholz‹ übersetzt, aber wenn Sie mich fragen, ist es immer noch Shittim.« Er grinste Hawkins an. »Der lateinische Name ist *Cascara Sagrada.*« Irgendwie hatte Hawkins erwartet, daß der Mann mit schwedischem Akzent sprach, doch Gustavsens Stimme hatte den Tonfall des nordwestlichen Pazifikraums.

»Cascara ist ein Abführmittel, nicht wahr?«

»Wie ich schon sagte, Sie sehen aus, als könnten Sie etwas gebrauchen.«

»Ich bin viel gereist«, sagte Hawkins. »Hätte nicht gedacht, daß man das sieht.«

»Einige Leute lesen in Büchern; ich lese in Gesichtern. Sie sehen nach Verstopfung aus, und nicht nur, was die Verdauung anbetrifft.« Er wies zu einer Bank an der Hauswand. »Setzen Sie sich.«

Hawkins nahm auf der Bank Platz. Gustavsen füllte noch ein halbes Dutzend Zellophantüten. Dann wandte er sich Hawkins zu, nahm eine Packung Marlboro aus der Brusttasche seines Arbeitshemds und zündete sich eine Zigarette an.

»Schöne Aussicht«, sagte Hawkins.

»Tapete«, erwiderte Gustavsen. »Ich habe sie so lange vor Augen, daß ich sie nicht mehr sehe.« Der Schwede war ein alter Mann, aber seine graublauen Augen waren klar und spiegelten Intelligenz wider. Er inhalierte den Rauch tief und stieß ihn durch die dicke Nase aus, die gebrochen und schlecht verheilt war. »Sie sind bei der Polizei«, sagte er ruhig.

»War. Mein Name ist Hawkins.« Die schnelle Einschätzung des alten Mannes überraschte ihn. »Woher wissen Sie das?«

»Das ist nicht schwer zu erraten«, sagte Gustavsen. »Sie sagten, Sie sind viel gereist. Sie haben nicht den weiten Weg gemacht, um mir Immobilien in Florida zu verkaufen, und ich habe all meine Verwandten überlebt, also sind Sie auch kein Anwalt, der mir sagen will, daß ich ein Vermögen geerbt habe. Und Sie sehen wie ein Cop aus.«

»Sie sind ein guter Detektiv, Mr. Gustavsen.«

»Schwede oder Gunnar.« Der alte Mann lächelte. »Und ich war auch Cop, Militärpolizist in Pearl Harbor.« Er neigte sich vor und zog sein rechtes Hosenbein hoch. Eine gezackte Narbe verlief von seinem Knöchel die Wade hinauf bis zum knochigen Knie. »1941. Siebter Dezember. Verlor fast das Bein. Das brachte mir das Verwundetenabzeichen ein und nicht viel sonst.«

»Sie kamen hierher zurück?«

»Stimmt. Es gibt keine richtigen Jobs für Krüppel, und so arbeitete ich nach dem Krieg für Mutter Kirche.« Er zwinkerte Hawkins zu. »Meine lutherische Mutter drehte sich praktisch im Grab, als ich für die Papisten arbeitete.«

»Sie haben im St. Vincent's gearbeitet?«

»Stimmt.« Es folgte eine lange Pause. Schließlich brach der Schwede das Schweigen. »Deshalb haben Sie die lange Reise hierher gemacht, nehme ich an.«

»Wie kommen Sie darauf, Schwede?«

Gustavsen lehnte sich auf dem Stuhl zurück. »Anderson Island ist nicht gerade für eine hohe Verbrechensquote bekannt, Mr. Hawkins. Es sei denn, Sie rechnen Umweltverschmutzung durch Sommergäste oder das Klauen von Äpfeln dazu. Wenn Sie hier sind, geht es um den Monsignore. Um St. Vincent's.«

Hawkins entschied sich, dem alten Mann gegenüber

offen zu sein. »Ich bin Schriftsteller, Schwede. Ich war beim FBI. Ich beschäftige mich mit einem Mordfall, der 1968 in Berkeley geschah. Ein paar Informationen wiesen auf Anderson Island und St. Vincent's hin. Darüber hinaus tappe ich im dunkeln.« Er berührte die Augenklappe. »Das sollte kein Wortspiel sein.«

»Ich mag jemand, der über sich lachen kann«, sagte der Schwede. »Was ist die Verbindung zwischen Berkeley und hier?«

»Ich denke, der Mörder war Insasse der Jugendstrafanstalt oder arbeitete im Exerzitienhaus.«

»Das kommt aufs gleiche hinaus. Sie setzten Jungs von der Jugendstrafanstalt als Personal ein. Köche, Spüler, Kellner, diese Art Dinge.«

»Sie waren der Hausmeister.«

»Das Mädchen für alles, Klempner, Zimmermann, nennen Sie es, wie Sie wollen. Wenn etwas kaputt war, habe ich es repariert. Und der Monsignore zahlte in bar.« Er lächelte. »Habe keine Einkommensteuer mehr bezahlt, seit ich bei der Army entlassen wurde.«

»Sie haben zum zweitenmal den Monsignore erwähnt.«

»Monsignore Pozniak. Er leitete die Jugendstrafanstalt und das Exerzitienhaus für die Erzdiözese. Eine Kombination von Gefängnisaufseher und Oberlehrer. Die Männer haßten ihn, die Frauen liebten ihn, und den Jungen jagte er Angst und Schrecken ein.«

»Da gab es einen Skandal«, sagte Hawkins. Er wartete.

»Nein«, sagte der Schwede nach einer Weile. »Da gab es einen Mord.«

»An einem der Jungen?«

»Am Monsignore. Es hieß, er wäre bei einem Unfall ertrunken, aber er wurde ermordet, glauben Sie mir.«

»Warum sagen Sie das?«

Gustavsen nickte zur Bucht und dem Wasser jenseits

davon. »Keiner schwimmt Mitte Januar in der Drayton-Passage, Mr. Hawkins. Das ist ungesund. Das Gezeitenwasser spülte ihn bis zum McDermott-Leuchturm und rauf nach Pitt Island. Es war kaum noch genug übrig, um einen Haken zu befestigen, als man ihn einholte. Er wurde durch seinen Ring identifiziert.«

»Kann es Selbstmord gewesen sein?«

»Katholische Priester begehen keinen Selbstmord, Mr. Hawkins, besonders keine Hurensöhne wie Seine Eminenz Gregory Pozniak.«

»Wer hat ihn umgebracht? Hatte er irgendwelche Feinde?«

»Hunderte. Jeder Junge, der unter der Knute dieses sadistischen Bastards durch die Hölle von St. Vincent's ging.«

»Sadistisch? Sie meinen, er mißhandelte die Jungen?«

»Mißhandeln ist eines dieser Modewörter, die man heutzutage in den Zeitschriften liest. Ich ziehe ›foltern‹ vor.« Gustavsen schwieg eine Weile, und seine Miene verdüsterte sich. »Es gab auch Gerüchte von anderen Dingen.«

»Sexueller Mißbrauch?« Es wäre nicht das erste Mal. Gustavson runzelte die Stirn, warf seine Zigarettenkippe auf die Veranda und trat sie mit dem Absatz aus.

»Nennen Sie es beim richtigen Namen, Mr. Hawkins ... Widernatürliche Unzucht, unschuldige kleine Jungs zum Sex zwingen und ihnen mit Hölle und Verdammnis drohen, wenn sie nicht genau das tun, was von ihnen verlangt wird.«

»Keiner hat das gemeldet?«

»Ich begann 1946 mit der Arbeit für das Exerzitienhaus. Pozniak war da gerade erst Priester. Er kam und ging wie die anderen. Er blieb bis '56 oder '57, ich kann mich nicht genau an das Jahr erinnern. Er leitete die Jugendstrafanstalt zwölf Jahre lang. In dieser Zeit gab es über fünfundzwanzig Selbstmorde. Bevor er kam, gab es keinen einzigen.« Gustavsen zündete sich eine Zigarette an. »Nein, Mr. Hawkins, niemand meldete das. Erst nach seinem Tod wagten ein paar der Jungs dem Bischof ein Wort oder zwei ins Ohr zu flüstern. Sie waren erwachsen und entlassen und brauchten nichts mehr zu fürchten. Die Erzdiözese führte ihre eigene Ermittlung durch. Dann wurde entschieden, die Einrichtung zu schließen. Es wurde alles unter den Teppich gekehrt.«

»Damit endete es? Es drang niemals etwas an die Öffentlichkeit?«

»Sie verbrannten alle Akten. Ich sah das große Feuer am Strand. Es stand viel auf dem Spiel, nicht nur für die Kirche. St. Vincent's war eine katholische Einrichtung, doch sie stand unter der Aufsicht des Staates.«

»Und keiner versuchte, den Tod des Monsignore aufzuklären?«

»Keiner. Selbstjustiz, aber wenigstens war er bestraft worden. Keiner weinte an seinem Grab, das kann ich Ihnen sagen.«

Hawkins wartete. Da war noch etwas anderes unter der Oberfläche. »Aber Sie denken, er wurde ermordet.«

»So ist es.«

»Haben Sie jemals mit jemandem darüber geredet?«

»Wir alle haben darüber geredet.«

»Hatten Sie etwas Konkretes?«

»Nein. Eigentlich nicht.«

»Eigentlich oder zweifellos nichts?« fragte Hawkins. Gustavsen war lange in Gedanken vertieft.

»Ich sah Hunderte von Jungen durch St. Vincent's gehen, Mr. Hawkins«, sagte er schließlich. »Aber in all diesen Jahren erlebte ich nur einen, der dem Monsignore die Stirn bot. Er beschämte mich, denn er hatte mehr Mut gegenüber diesem Teufel als ich.«

»Wer war das?«

»Ricky Stiles. Richard Alexander Stiles. Ein Findelkind. Als er sechzehn wurde, brachte man ihn vom Waisenhaus in Bellingham. Eine der Nonnen hatte ihm ins Gesicht geschlagen, weil er geflucht hatte. Am nächsten Tag kam er mit einer Fahrradkette ins Klassenzimmer und erschlug sie fast damit.«

»Sie meinen, er hatte etwas mit Pozniaks Tod zu tun?«

»Am Tag nachdem der Monsignore ertrank, stahl Stiles von Pozniaks Sekretär in der Jugendstrafanstalt ein Motorrad und verschwand damit.«

»Ein Motorrad?« fragte Hawkins. Sein Puls beschleunigte sich. »Erinnern Sie sich, welcher Typ das war?«

»Klar.« Gustavsen nickte. »Derselbe Typ, den ich beim Dienst in Pearl Harbor benutzte.« Er lächelte. »Eine Indian.«

Jay Fletcher saß an einem kleinen Tisch vor dem Wohnzimmerfenster am Laptop und starrte in die Dunkelheit hinaus. Auf der anderen Seite der Schlucht sah sie die Lichter von Torreon Park. Jenseits davon ragten schwarz die Jemez Mountains auf. Jay zündete eine Zigarette an und schaute wieder auf den Bildschirm.

Der Hochleistungs-486er, den sie in Albuquerque komplett mit internem Modem und CD-ROM gekauft hatte, hatte fast den Magnetstreifen von ihrer Visa-Karte aufgefressen, aber das war die Sache wert gewesen. Sie hatte die Paßwörter aus Cruz' Büro und die Logs benutzt, die sie aus Gaddis' Haus mitgenommen hatte, und schließlich herausgefunden, wie Special K funktionierte.

Auf den ersten Blick war es ein Dungeons-&-Dragons-Rollenspiel, eines von Hunderttausenden Reisezielen im Internet, zugänglich für über eine Million PCs, die das System auf regulärer Basis benutzten, indem sie es einfach telefonisch wählten.

Wenn man erst im Milieu des Spiels war, befand man sich in einer Welt von Cops, Killern und Opfern, die sich nicht sehr von einem durchschnittlichen, wenn auch mehr graphischen Fernsehprogramm zur Haupteinschaltzeit unterschied. Opfer konnten von Freunden und Liebhabern gerächt werden, Cops erhielten Tips, und Killer streiften durch die künstliche Landschaft und wüteten schrecklich. Vielleicht geschmacklos, aber relativ unschuldig nach Internet-Standards und nichts im Vergleich zu Dingen wie ›Filthnet‹, ein pornographischer Austausch, oder ›Fetishlink‹ und ihre scheinbar endlosen Listen von Unterabteilungen.

Was an Special K anders war, waren die Falltüren. Bei jedem Rollenspiel, von dem Jay jemals gehört hatte, gab es allerlei versteckte Fallen, aber bei dem Spiel, an dem sich Gaddis beteiligt hatte, waren die Falltüren einfach das, was der Name sagte – versteckte Ausgänge, die einen aus dem Milieu des Spiels wegholten, einen ziellos durch das zwölf Städte umfassende ›Rückgrat‹ des Netzes drehten und einen dann durch ein Tor ›Trennung‹ in einen anonymen Netzwerkknoten ausstießen, der jedesmal, wenn das Spiel gespielt wurde, verändert wurde. Einfach gesagt, die Falltüren brachten einen in eine andere Dimension, in eine elektronische Unterwelt, in der Wahnsinnige wie Gaddis ohne Frage akzeptiert wurden. Wenn man wußte, wo die Falltüren waren, dann konnte man hinab auf Special Ks versteckte Ebenen reisen, aber man würde blind reisen. Die einzige Person, die das letzte Ziel kannte, war SK-WIZ, vermutlich ›Wizard‹ – Hexer –, der Operator des Special-K-Systems. Die Sicherheit des vielschichtigen Spiels war offenkundig.

Die einleitende Rollenspielebene diente dazu, die Amateure herauszufiltern – die Leute, die das Spiel nur als Spiel betrachteten. Da das Labyrinth der elektronischen Korridore, das die Falltüren zum letzten ›Chat‹ verband, aufs Geratewohl gewählt wurde, war es unmöglich, den Ursprung zurückzuverfolgen und zu entdecken. So wurde der Operator des Systems geschützt, und jeder, der sich beteiligte, fiel durch eine Falltür und erreichte schließlich das Ziel. Die Veränderung des Ziels an jedem Tag machte das System doppelt sicher. Jay hatte fast gelacht, als sie den Trick erkannt hatte. Sie hatte Dutzende Variationen davon in ihren Lieblingsbüchern gesehen. In der C. S. Lewis-Narnia-Serie war die Falltür einst ein Schrank gewesen, der einmal zu einer anderen Ära geführt hatte, und ein anderes Mal war ein Gemälde an einer Wand die Falltür gewesen. Es waren Alice' Kaninchenloch und Spiegel oder die Mechanismen, die H. G. Wells in *Die Zeitmaschine* benutzte. Zum letztenmal hatte sie den Trick in dem Schwarzenegger-Flop über den Jungen gesehen, der eine Wunder-Kinoeintrittskarte benutzt, um in einen Abenteuerfilm gesaugt zu werden.

Die Falltüren waren perfekt pannensicher. SK-WIZ war gut, aber er war trotzdem auf die Parameter des Netzes beschränkt. Jeder Bit und Byte an Information, der über den Infomations-Superhighway raste, mußte sich so oder so an die Regeln der Straße halten. Das T3-›Rückgrat‹ war ein erstklassiges Beispiel und der fatale Schwachpunkt in SK-WIZ' kleinem Plan.

Das Internet hatte begonnen als Möglichkeit für Wissenschaftler, Informationen über große Entfernungen auszutauschen, und war ursprünglich Arpanet genannt worden. Als das System populärer wurde, begann es sich auszubreiten und übte noch mehr Druck auf ein bereits überladenes System von Telefonleitungen aus.

Anfang 1990 war der Verkehr im Internet ärgerlich träge, und das T3-System wurde eingeführt – Fiberglaskabel verbanden zwölf Großstädte im Netz von Seattle über Francisco und Los Angeles im Westen bis nach Hartford, New York, und Washington im Osten, und die anderen Städte lagen dazwischen. Lokale Netzwerke wurden auf normalen Telefonleitungen in den nächsten Knoten eingespeist, die wiederum die Botschaften in das Fiberglaskabelsystem eingaben. Es war unmöglich, daß der WIZ und seine Freunde es vermeiden konnten, auf ihrem Weg zu dem geheimen Ziel durch eine dieser zwölf Städte zu gehen.

Gaddis, der in Albuquerque gewohnt hatte, mußte durch die T3-Verbindung in Houston, Texas, gegangen sein. Eine Person, die durch eine Falltür in Kansas City ging, würde durch den Knoten in St. Louis gehen, und jemand von Salt Lake City durch Denver. Ohne diese Prozedur wäre das ganze System schon vor Jahren unter der Last von übermittelten Informationen zusammengebrochen.

Um Botschaften zu verfolgen, die für die unteren Ebenen von Special K bestimmt waren, mußte sie an jeder dieser zwölf ›Paketverteilungsstellen‹ warten, die richtigen Pakete identifizieren, ihnen ein Identifizierungskennzeichen geben und sie dann durch das System zurückverfolgen zum Ausgangspunkt.

Die Programme, die sie brauchte, waren bereits verfügbar, und nach der Rückkehr von Los Alamos hatte Jay sie einfach von CERT abgerufen, dem Computer Emergency Response Team in der Carnegie-Mellon University in Pittsburgh. CERT, ursprünglich vom Verteidigungsministerium gegründet, hatte Robert T. Morris jr. Aufgespürt, den Cornell-Studenten, der 1988 den berüchtigten Internet-Supervirus eingeführt hatte. Seither hatte CERT eng mit dem FBI zusammengearbeitet und war bekannt geworden als die Internet Cybercops.

Jay war sich völlig bewußt, daß das, was sie tun wollte, genauso illegal wie die Benutzung von C-Bix zum Aufspüren von Gaddis war, aber es beunruhigte sie nicht mehr. Der Tod des Mörders war fast ein Unfall gewesen; wenn man es richtig betrachtete, hatte sie kaum eine Wahl gehabt. Entweder er oder sie. Es war sinnlos, sich über verschüttete Milch oder einen toten Serienmörder aufzuregen. Wenn sie nicht benutzte, was sie wußte, um die anderen Mitglieder von Special K aufzuspüren, würde sie sich das nie verzeihen können.

Sie atmete tief durch und drückte auf die ENTER-Taste. Dann lehnte sie sich auf dem Stuhl zurück und schaute auf den Bildschirm, wartete, bis ihre elektronischen Bluthunde unsichtbar in die Nacht ausschwärmten. Jetzt konnte sie nur noch warten.

Der Eismann ging zwischen den riesigen Bronzedelphinen hindurch, die den Haupteingang bewachten, und betrat die mit einer Glaskuppel überdachte Halle des Mirage Hotels. Das dreitürmige Dreitausendbettenhotel und Kasino, das 1989 erbaut worden war, galt immer noch als das größenwahnsinnigste Projekt von Las Vegas und war die größte Touristenattraktion der Stadt.

Im Zeitraum von vierundzwanzig Stunden gingen über hunderttausend Leute durch das Hotel, einige, um das Delphinaquarium im hinteren Hof zu besuchen, andere, um die berühmten weißen Tiger von Siegfried und Roy zu sehen, die Zaubernummer des Hauses; noch mehr Leute wollten die Atmosphäre eines Hotels mit Dutzenden inneren Wasserfällen, einem eigenen Regenwald und einem Vulkan im Freien schnuppern, der am Abend alle halbe Stunde ausbricht. Einige Leute kamen sogar zum Spielen.

Diese Spieler zählten zu den Leuten, die mit dem meisten Geld nach Las Vegas kamen. Das Mirage rühmte sich mit 500-Dollar-Automaten, Video-Pokergeräten, bei denen ein Einsatz 100 Dollar kostete, und einem Kasino, das mehr Geld an den Craps-, Roulette- und Baccarat-Tischen im Monat einnahm als einige kleinere Länder in einem Jahr. Wenn man nach einem stinkreichen Besucher in Las Vegas Ausschau hielt, fand man ihn höchstwahrscheinlich im Mirage.

Und nach über zehn Jahren in der Stadt wußte der

Eismann genau Bescheid. Er konnte aufsagen, wieviel Prozent das Haus an den Faro-, Roulette- und Blackjack-Tischen verdiente. Er kannte die Chancen an den Würfeltischen in den meisten der großen Kasinos auswendig. Er kannte die Systeme der Spiele und wußte um das Verdoppeln des Einsatzes nach einem Verlust.

Und er kannte vor allem die Hauptregel des Lebens in Las Vegas: Wenn man nicht verlieren will, darf man nicht spielen. Am Ende, wenn man lange genug spielte, verlor man zwangsläufig, denn auf lange Sicht verdiente das Haus stets. Doch manchmal konnte ein einzelner Einsatz, klug gesetzt, einen zum Gewinner machen, und manchmal war dieser einzelne Einsatz nötig.

Der Eismann bahnte sich einen Weg durch das Auf und Ab von Leuten in der Halle und ging durch den Dschungel von Palmen, Pflanzen und weißen Rattanmöbeln zur Rezeption. Ein halbes Dutzend Angestellte fertigte die Schlangen von Leuten ab, die sich vor dem Hintergrund des über siebzehn Meter langen, über Fünfundvierzig-Kubikmeter-Aquariums mit seinen Hunderten tropischer Fische eintrugen und abmeldeten.

Nachdem er geduldig fünf Minuten in der Schlange gewartet hatte, war er an der Reihe. Der Eismann sagte der jungen Frau, daß er ein Kurier aus Los Angeles war, der wichtige Dokumente für einen ihrer Gäste bringe. Er nannte der Frau den Namen des Gastes und erhielt nach einer schnellen Überprüfung die Information, daß die betreffende Person nicht auf ihrem Zimmer war. Der Eismann bedankte sich bei der Hotelangestellten und ging davon. Er ging am Lagoon Saloon vorbei, einer anderen Oase von Palmen und Wasserfällen, ignorierte den lockenden Eingang zum Kasino und schritt zu den Aufzügen. Im Kern der drei Türme des Hotels fuhr er in den achtzehnten Stock.

Obwohl er sich spontan zu seiner gegenwärtigen Aktion entschlossen hatte, hatte er sein Opfer sorgfältig ausgewählt, Zugriff auf den Mirage-Reservierungscomputer und die Datenbank des Credit Card Banking Center genommen, um einige Möglichkeiten auszusortieren und in die engere Wahl zu ziehen. Die beste, die er so kurzfristig finden konnte, war Franz Schroeder, ein Geschäftsmann aus Freiburg, Deutschland.

Der Computer des Mirage-Hotels verzeichnete ihn als Vorstandsmitglied der Elektrowerke A. G. Das Kasino hatte ihm zweihunderttausend Dollar in bar ausgezahlt, und es war angemerkt, daß er zum erstenmal in Las Vegas war. Im Banking Center war gespeichert, daß er sieben Kreditkarten hatte, sowohl persönliche als auch geschäftliche. Da Schroeder ein Einzelzimmer reserviert hatte, war anzunehmen, daß er allein reiste.

Der Eismann verließ den Aufzug und ging über den langen, stillen Gang bis zur Tür von Schroeders Zimmer. Er nahm eine Handvoll Smartcards, elektronische Schlüssel, und begann einen nach dem anderen in den Schlitz des Schlosses zu schieben.

Jedes Zimmer in jedem Hotel war mit einem anderen Code programmiert, doch die Hotels hatten Hauptschlüssel, mit denen jedes Zimmer aufgeschlossen werden konnte. Die vierstellige Zahl hatte der Eismann aus den entsprechenden Sicherheitsdateien des Hotelcomputers entnommen. Er besaß ein Sortiment von Karten, überwachte die zweimonatlichen Veränderungen des Codes und programmierte die verschiedenen Karten neu, wenn es nötig war. Das Schloß ließ sich beim dritten Versuch öffnen.

Er schob die anderen Karten in die Tasche, öffnete die Tür und trat ein.

Nicht fürstlich, aber auch nicht billig. Ein mittelgroßes Zimmer nach Osten, mit Ausblick auf die über dreißig Meter hohe Glaskuppel der Rezeption, auf den vorderen Hof mit dem Palmenwald, Teichen und Wasserfällen und über den Strip auf das Imperial Palace. Ein großes Bett, ungemacht, eine offene Flasche Mineralwasser auf dem Nachttisch, ein Schrank voller teuer aussehender Anzüge, drei Paar handgefertigte Schuhe. Unterwäsche und Socken in der ersten Schublade, ein halbes Dutzend ordentlich gefaltete weiße Seidenhemden in der zweiten.

Schroeders Paß war unter den Hemden versteckt. Laut Dokument war Schroeder zweiundfünfzig und hatte blaue Augen und braune Haare. Das Paßfoto zeigte einen gutaussehenden lächelnden Mann mit schmalem Gesicht, einem grau werdenden Schnurrbart und Spitzbart und einer getönten Brille mit Metallfassung. Nicht das Gesicht eines Mannes mit zweihunderttausend Dollar zum Ausgeben an den Spieltischen, aber der Eismann hatte vor vielen Jahren erkannt, daß weniger an einem Gesicht zu sehen war als an einem Namen und wenig durch beide zu erfahren war. Er legte den Paß zurück und ging ins Badezimmer.

Schroeders Kulturbeutel stand offen auf dem Toilettentisch. Elektrorasierer, Kamm, zwei Haarbürsten mit den Initialen FS, eine kleine Dose Körperpuder und eine halbvolle Flasche Eau de Cologne. Der Eismann überprüfte als nächstes den Arzneischrank. Das einzige von Interesse war ein Fläschchen aus einer Apotheke in Freiburg. Ein Appetitzügler. Schroeder wollte offenbar ein bißchen Gewicht verlieren. Daß er den Appetitzügler nahm, spielte keine Rolle, aber es diente vielleicht zur Vertuschung der Dinge zu einem späteren Zeitpunkt, wenn es Komplikationen gab.

Der Eismann kehrte ins Schlafzimmer zurück, ging zum Barkühlschrank und öffnete ihn. Drei Flaschen Mineralwasser, dieselbe Marke wie die Flasche auf dem Nachttisch. Der Eismann nahm alle drei Flaschen, stellte sie auf den Tisch und drehte die Verschlüsse ab. Er zog eine kleine gelbe Schachtel aus seiner Jackettasche. Die Schachtel enthielt hundert extrem kleine weiße

Tabletten, jede mit zwanzig Milligramm einer Droge. Er schüttelte die gleiche Anzahl von Pillen in jede Flasche. Die Droge, selbst die starke Dosis, die er soeben in die Flaschen Mineralwasser gegeben hatte, ließ sich bei einer Blutuntersuchung nach dem Tode nicht nachweisen, da sie normalerweise in den Vereinigten Staaten nicht erhältlich war. In Japan war sie als ein Mittel bekannt, das mit Atropin verwandt, jedoch zwölfmal so stark war. Selbst die Hälfte des Mineralwassers würde einen sehr entspannten Herrn Schroeder in die Ewigkeit befördern. Der Tod würde noch beträchtlich beschleunigt werden, wenn Schroeder vor kurzem auch nur eine kleine Menge Alkohol genossen hatte. Angesichts seines Alters würde man bei der Autopsie höchstwahrscheinlich Herzversagen feststellen.

Der Eismann schraubte die Verschlüsse auf die Flaschen, vergewisserte sich, daß sich die Pillen aufgelöst hatten, und stellte die Flaschen in den Kühlschrank zurück. Er schaute sich im Zimmer um. Alles in Ordnung. Die Chancen waren gut, daß Franz Schroeder innerhalb der nächsten vier oder fünf Stunden auf sein Zimmer zurückkehren würde. Die Chancen standen ebenfalls gut, daß er eine Flasche seines Lieblingsmineralwassers trinken würde. Der Eismann blickte auf seine Armbanduhr: 19 Uhr 30. Er würde um Mitternacht zurückkehren und hoffentlich sein ausgewähltes Opfer tot vorfinden. Um ein Uhr flog eine Maschine vom McCarran Airport aus. Mit etwas Glück konnte er vor dem Frühstück in Berkeley sein.

Er runzelte die Stirn und überlegte, ob all das tatsächlich den Fehler wettmachte, den er in der halb vergessenen Vergangenheit begangen hatte. Schließlich gelangte er zu dem Schluß, daß die Chancen auf seiner Seite waren. Chancen und eine hervorragende Intelligenz. Er lächelte und stellte sich Tom Ritchies Miene vor. Das war genau das, was er brauchte – einen Ausflug auf der Straße der Erinnerungen. Das Lächeln wurde breiter und ging in ein erfreutes Grinsen über; und obendrein würde er Hawkins um seinen kleinen Verstand bringen.

## 16

DER EISMANN SASS in einem Van der Straßenreinigung von Berkeley, den er gestohlen hatte, und beobachtete den Eingang des Hauses am Stephen's Way. Er war jetzt seit fast zwei Stunden hier, und in dieser Zeit hatte er gesehen, daß Thomas Ritchie in seinen Mustang gestiegen und weggefahren war und ein pinkfarbener Toyota von einer Servicefirma für Haushaltshilfe eingetroffen war. Die beiden jamaikanischen Putzfrauen waren noch im Haus, und Mrs. Ritchie vermutlich ebenfalls. Tommy hatte sich von einem billigen Mietshaus in der Regent Street zu einem schönen Haus verbessert.

Der unauffällige Van der Stadtreinigung war die perfekte Tarnung. Jemand, der in einem Mietwagen herumsaß, hätte vielleicht Verdacht erregt und wäre von der Polizei überprüft worden; ein städtischer Wagen mit einem Mann mit Overall, dösend hinter dem Lenkrad, war fast so gut wie unsichtbar.

Tommy hatte gesund genug ausgesehen, als er mit dem Mustang weggefahren war, aber der Anblick des schütteren Haars und des Bierbauchs war ein wenig schockierend gewesen. Ein weiter Weg von der Regent Street und der schlanken muskulösen Figur. Die Zeit hatte ihre Spuren bei ihm hinterlassen.

Nach dem, was der Eismann bis jetzt gesehen hatte, war auch Berkeley anders geworden. Crack-Dealer und die Obdachlosen in den staubigen Büschen des Peopleis Park. BMWs und Volvos statt VW-Käfer und Bussen. Weibliche Jogger in hautengen Trikots, über deren Schritt sich wölbte, was er als Mösenschoner bezeichnete. Männer in mittleren Jahren mit Pferdeschwänzen, die auf Mountain Bikes zur Arbeit fuhren. Omeletts aus Eiern von frei laufenden Hühnern und mehrere Tomatensorten. Die Revolution ertrank in Geld. Woodstock II Pay-per-view. Keine Ziele mehr, für die man kämpfte.

Der Eismann lächelte; er hatte wirklich in all diesen Jahren den Glauben behalten, sich geweigert, abzustumpfen und spießig zu werden. Er sah sogar noch gut aus – kein Bierbauch, keine Hängebacken, keine grauen Haare, es sei denn, sie paßten ihm gerade. Für immer jung, ein einsamer Krieger, der sich treu blieb und sich nicht vereinnahmen ließ. Wie Hawkins. Der suchte nach all diesen Jahren immer noch Gerechtigkeit. Welch ein Paar gaben sie ab!

Ein Summen störte seine Gedanken. Er blickte auf die Armbanduhr an seinem rechten Handgelenk und drückte den kleinen Knopf, um den Summton abzuschalten. Er nahm eine kleine, lederne Pillendose aus seinem Overall, entnahm ihr zwei der kleinen schwarzen Kapseln und schluckte sie. Er hatte nur noch genug für weitere zwölf Stunden – eine Mahnung für ihn, nicht zu lange in Berkeley zu bleiben, nicht der Versuchung zu erliegen.

Die beiden jamaikanischen Frauen tauchten wieder auf. Sie trugen ihre Staubsauger und Mops über den Zufahrtsweg zu ihrem Wagen. Sie luden die Sachen in den Toyota und fuhren davon. Einen Moment später schwang das Garagentor auf, und ein knallgelber Mazda Miata setzte rückwärts heraus, drehte und fuhr über den Zufahrtsweg. Eine attraktive Frau Mitte Dreißig mit Sonnenbrille und einem leuchtendgrünen Stirnband saß am Steuer des kleinen Sportwagens. Tommys Frau.

Sie fuhr an dem Van vorbei in Richtung Gravatt Drive, ohne ihn eines Blickes zu würdigen. Laut ihrer Mastercard-Zahlungen besuchte sie regelmäßig am Donnerstagmorgen das Berkeley Yoga Center in der Ashby Street, und das war wahrscheinlich ihr Ziel. Die Fahrt zum Yoga Center dauerte mindestens eine Viertelstunde und die Sitzung ungefähr eine Stunde. Viel Zeit, um alles vorzubereiten.

Er blieb in dem Van, gab ihr ein paar Minuten für den Fall, daß sie etwas vergessen hatte und zurückkehrte. Er blickte auf den Beifahrersitz. Darauf stand eine besonders lange Werkzeugkiste eines Klempners. Er öffnete die Kiste. Sie enthielt nur eines: ein nagelneues Louisville-Slugger-Baseballschlagholz in Kindergröße. Der Verkäufer im Sportgeschäft in Oakland hatte ihm einen Baseballschläger aus Aluminium verkaufen wollen, doch der Eismann hatte auf Holz bestanden. Die Festigkeit war wichtig. Er schloß den Werkzeugkasten, packte ihn am Griff und stieg aus dem Van. Zuerst waren die Ritchies dran, und dann würde er mit seinem alten Freund William Hawkins spielen. Ein Hieb mit der Schlagkeule würde alles verändern.

Nachdem Hawkins an diesem Morgen Anderson Island verlassen hatte, fuhr er auf der I-5 nach Seattle. Er verbrachte eine Stunde bei Sachbearbeitern des Jugendamtes im King County Courthouse. Keiner war bereit, über einen individuellen Fall zu sprechen, und das Seattle Police Department war zwar kooperativer, konnte ihm jedoch nicht mehr sagen, als er bereits wußte. Pozniak war lange tot, und niemand hatte jemals etwas von Ricky Stiles gehört.

Gegen Mittag bedauerte er, daß er Gunnar Gustavsens Angebot, eine Tasse Akazientee zu trinken, nicht angenommen hatte. Intuitiv wußte er, daß er an einem Wendepunkt bei seiner Suche nach dem Eismann angelangt war, aber irgendwie kam er nicht um diese letzte Ecke herum. Verstopfung eines Ermittlers. Schließlich vertiefte er sich in der Zeitschriftenabteilung einer Stadtbücherei ins Archiv des *Seattle Post Intelligencer,* das auf Mikrofilm aufgenommen war.

Pozniak wurde mehrmals erwähnt, hauptsächlich im Zusammenhang mit dem Sammeln von Spendengeldern für die Erzdiözese, in einem Nachruf und in einem kurzen Artikel über seinen ›Unfalltod‹. Es wurde überhaupt nichts von der St.-Vincent's-Jugendstrafanstalt auf Anderson Island erwähnt.

Weil Hawkins nicht weiterwußte, ging er in der Halle zu einem Münzfernsprecher und rief bei der Erzdiözese an. Er erfand schnell eine Geschichte und erzählte dem Mann im Sekretariat, der den Anruf entgegennahm, er sei in Urlaub und wolle seine Großtante besuchen, die Nonne und Mitglied des ›Order of the Sisters of Precious Blood‹ gewesen sei. Er sei sich nicht sicher, aber er glaube sich zu erinnern, daß sie in einem Waisenhaus in Bellingham gearbeitet habe. Der Sekretär bat ihn zu warten und meldete sich nach zwei Minuten wieder. Das Waisenhaus war vor vielen Jahren geschlossen worden, doch die Einrichtung wurde noch als Altenheim und Hospiz für ältere Mitglieder des Ordens genutzt. Hawkins notierte sich die Adresse, bedankte sich und hängte den Hörer ein. Er kaufte an einem Imbißstand in der Nähe Kaffee und ein Teilchen, stärkte sich und fuhr dann mit dem Mietwagen nach Bellingham.

Die kleine Stadt am Nordende des Puget Sound war eine Autostunde von Seattle entfernt auf halbem Wege zur kanadischen Grenze in Blaine. Einst war sie eine blühende Hafenstadt gewesen; jetzt lebte sie hauptsächlich von der University of Western Washington und dem Tourismus. Aus der Sicht eines Polizisten kam ihr größter Ruhm aus der Tatsache, daß eines von Ted Bundys Opfern aus dieser Gegend gestammt hatte.

Das Hospiz befand sich auf der ›falschen‹ Seite des Chuckanutt Mountain in Bellinghams Fairhaven-Distrikt. Laut Broschüre und Straßenkarte, die Hawkins im Fremdenverkehrsamt erhalten hatte, war die richtige Seite des Chuckanutt eine traumhaft schöne Küstenstraße, deren Berghang mit Luxusvillen getupft war. Die falsche Seite war mit Kiefern und Fichten bewaldet und führte über ›South‹, eine der ältesten und ärmsten Gegenden Bellinghams.

Er fand das Hospiz schließlich am Ende einer Serpentinenstraße. Das Hauptgebäude war riesig, ein viergeschossiger Backsteinbau in viktorianischem Stil und mit einem Kupferdach, das im Laufe der Jahre grün geworden war. Irgendwann waren zwei Flügel hinzugefügt worden, und ein verrosteter Zaun markierte die Stelle, an der sich ein Baseballspielfeld befunden hatte, das jetzt von hohem Gras und Unkraut überwuchert war. Seit Jahren hatte hier keiner mehr gespielt. Der nächste Nachbar des Hospizes war ein aufgegebenes langes Wohnmobil, das er schon auf der Fahrt über die Serpentinetraße gesehen hatte. Ruhe und Frieden vielleicht für die alten sterbenden Nonnen, aber eine isolierte Hölle für die Kids, die hier vor langer Zeit gelebt hatten. *Waisenhaus.* Sogar das Wort wirkte alt und unmodern.

Hawkins stieg aus dem Wagen und reckte sich. Eine Statue der Jungfrau Maria stand in einem runden Blumenbeet direkt vor ihm. Die Mutter Gottes trug ein blaues Gewand und schaute bewundernd auf das Objekt, das sie ehrfürchtig auf den Handflächen hielt. Das Objekt war ein Fiberglasherz, umkränzt mit Fiberglasdornen. Das Herz war blutrot, grell vor dem Pastellblau des Gewandes, und Blutstropfen, die auf die gewölbten Hände tropften, waren liebevoll aufgemalt. Hawkins blickte an der Statue vorbei zum Gebäude. In der Dämmerung würde es wie eine schrecklich verstärkte Version des Bates-Hauses in Psycho aussehen.

»Ich komme, Mutter«, flüsterte er. Das Gebäude mußte eine Brutstätte für ein Trauma gewesen sein, die perfekte Stätte, die einen wahnsinnigen Mörder wie den Eismann hervorbrachte. Hawkins ging um die Statue herum, stieg die Treppe zum Haupteingang hinauf und trat ein.

Gleich hinter der Tür stand ein Holztisch im Empfangsbereich, aber keiner saß dahinter. Ein paar Korridore zweigten vom Eingangsbereich ab, und eine breite Treppe führte hinauf. Die Wände waren bis in Hüfthöhe getäfelt und dann blaßgrün getüncht bis zur hohen Decke. Der Boden war aus knarrenden Dielen, die mit Linoleum bedeckt waren. Hawkins versuchte, nicht zu tief zu atmen; die muffige Luft vermischte sich mit den Gerüchen von Lagerräumen im Kellergeschoß, in der Nacht beschmutzten Bettlaken und des Alters.

Eine schwergewichtige Frau Anfang Sechzig trat aus einem Raum an einem der schmalen Korridore. Sie trug eine eng sitzende Nonnenhaube und die weiße Tracht einer Pflegeschwester. Das schwarzsilberne Kruzifix, das am Gürtel um ihre breite Hüfte hing, hatte die Größe eines kleinen Hammers. Sie näherte sich Hawkins, und die dicken Sohlen ihrer weißen Schuhe schmatzten auf dem Linoleumboden.

»Ja?« fragte sie mit kräftiger Stimme.

»Mein Name ist Hawkins. Ich bin vom FBI.« Keine Lüge, aber auch nicht ganz die Wahrheit. Er war froh, daß er nicht katholisch aufgezogen worden war.

»Ich bin Schwester Claude. Wie kann ich Ihnen helfen?«

»Ich versuche jemand aufzuspüren, der hier ... wohnte.«

»Eine Schwester?«

»Nein. Ein Waisenkind.«

»Das Waisenhaus wurde vor vielen Jahren geschlossen.«

»Ich dachte, es gibt vielleicht Akten, die ich sehen kann.«

»Die Akten wurden bei der Schließung des Waisenhauses alle zum Büro der Erzdiözese gebracht.« Und da würde er sie kaum zu sehen bekommen, Ex-FBI-Agent oder nicht.

»Kann ich dann mit jemandem reden? Mit jemandem, der hier arbeitete? Der vielleicht die Person kennt, die ich finden will?«

»Warum interessiert sich das FBI für diesen Jungen?«

»Ich befürchte, das kann ich Ihnen nicht sagen.«

»Ich verstehe.« Eine ausweglose Situation. Eine lange Pause. Schließlich sagte Schwester Claude: »Wann war der Junge hier?«

»Ich bin mir nicht sicher, wann er eintraf. Ich weiß aber, daß er 1966 zur St.-Vincent's-Jugendstrafanstalt kam.«

Schwester Claude runzelte die Stirn. »Zu Monsignore Pozniak.« Sie überlegte kurz. »Der Junge war kriminell?«

»Damals nicht«, antwortete Hawkins. »Das ist er jetzt.«

»Solche Versetzungen wurden für gewöhnlich nur bei extremen Fällen vorgenommen.« Ihre Miene war jetzt angespannt.

»Das klingt, als hätten Sie hier damals gearbeitet.«

»Ich war Verwaltungsassistentin der Mutter Oberin.« Sie schaute Hawkins lange und forschend an. »Was tat der junge Mann, bevor er zu Monsignore Pozniaks Anstalt geschickt wurde?«

»Er schlug eine Schwester Ihres Ordens. Eine Nonne. Er schlug sie mit einer Fahrradkette.«

Schwester Claude versteifte sich, und in ihren hellblauen Augen blitzte es kurz auf. Sie schob eine Hand zum Kruzifix an ihrer Hüfte und umfaßte es. Da war noch etwas anderes an ihrem angespannten Gesichtsausdruck: Ärger und tiefe Furcht.

»Der Stiles-Junge.« Sie flüsterte den Namen.

»Das ist richtig.« Hawkins bemühte sich um einen sachlichen Tonfall und verbarg seine Aufregung. Jetzt brauchte er keinen Akazientee von Gunnar Gustavsen. Er war um die Ecke herum.

»Erzählen Sie mir, was er getan hat, Mr. Hawkins.« Die Stimme der alten Schwester klang nervös.

»Ich befürchte, das ist vertraulich, Schwester Claude. Es tut mir leid.«

»Erzählen Sie.« Das klang wie ein Befehl. Wenn er ihr nichts erzählte, war die Fährte hier zu Ende.

»Er hat gemordet. Mehr als einmal«, sagte Hawkins. »Sehr oft, genauer gesagt.« Selbst jetzt war er sich nicht sicher, wie oft genau. Nach seiner Zählung hatte der Eismann mindestens fünfunddreißigmal gemordet, und vielleicht noch öfter.

Die alte Nonne nickte. »Ja.« Sie wirkte nicht überrascht.

»Kannten Sie ihn?« fragte Hawkins ruhig. Schwester Claude schüttelte den Kopf.

»Nicht gut. Ich wußte nur, was er tat. Befürchtete, wozu er fähig war.« Sie ließ das Kruzifix los. »Kommen Sie mit.«

Sie führte Hawkins die knarrende Treppe hinauf bis in den obersten Stock und dann zum Ende eines kurzen, schwach beleuchteten Korridors. Sie klopfte an die schmale Holztür, drehte den Knauf und trat zur Seite.

Eine Frau, die wie Schwester Claude gekleidet war, machte mit dem Rücken zu Hawkins ein Eisenbett. Die Kammer war kahl bis auf das Bett, eine kleine Kommode und einen Küchenstuhl, der pastellblau angestrichen war wie die Statue der Jungfrau draußen. Die einzige Verzierung der weißen Wände war ein schlichtes Holzkreuz über dem Bett. Ein kleines Fenster blickte auf den Berghang und die Stadt.

»Celandine, dies ist Mr. Hawkins«, sagte Schwester

Claude, die jetzt hinter ihm stand. »Er ist vom FBI. Er möchte mit dir über Richard Stiles sprechen.« Sie schwieg kurz. »Bist du damit einverstanden?«

»Selbstverständlich«, sagte die Frau und wandte sich um. Sie lächelte freundlich. Schwester Celandine war Anfang Fünfzig, sah jedoch viel jünger aus. Die linke Gesichtshälfte hatte die glatte, jugendliche Haut einer Frau, die in frühen Jahren mit dem religiösen Leben angefangen hatte. Als Kind war sie vermutlich fast schön gewesen.

Die rechte Gesichtshälfte war eine verwüstete Maske von Narbengewebe, rote Wülste, die kreuz und quer von ihrer Stirn bis zum Kinn reichten. Eine Narbe über ihrer Augenhöhle schloß das Auge halb, eine andere zog den rechten Mundwinkel herab. Hawkins starrte sie an und sah, daß die Hälfte ihres rechten Ohrs aussah, als wäre die andere Hälfte abgerissen worden. Er schämte sich plötzlich darüber, daß er jemals Selbstmitleid wegen des Verlusts seines Auges gehabt hatte. Schwester Celandine hatte ein Janusgesicht des Grauens.

Die Frau setzte sich auf das frisch gemachte Bett und stieß ein leises, fast zufrieden klingendes Seufzen aus. »Du liebe Zeit«, sagte sie, immer noch lächelnd. »Ich habe seit Jahren nicht mehr an Richard gedacht.« Sie schaute zu Hawkins auf. »Was genau möchten Sie wissen?«

Schwester Claude legte Hawkins die Hand auf die Schulter. »Ich werde Sie beide allein lassen«, sagte sie ruhig. »Ich muß mich um Patienten kümmern.« Sie ging davon, und ihre Schuhsohlen schmatzten auf dem Gang. Hawkins schlenderte zum Fenster und schaute hinaus. Dann wandte er sich Schwester Celandine zu.

»Ich weiß, daß er Sie angegriffen hat, aber ...«

»Sie wußten nicht das Ausmaß des Schadens.« Sie lächelte. Die linke Gesichtsseite hob sich, die rechte blieb reglos. »Seien Sie nicht verlegen, Mr. Hawkins. Ich weiß, wie ich aussehe.« Sie lachte kurz. »Nonnen brauchen nicht gut auszusehen, wissen Sie, das ist keine Voraussetzung für den Job, und ich bin mir ziemlich sicher, daß es Gott nichts ausmacht.«

»Wie alt waren Sie, als es geschah?« fragte Hawkins.

»Zwanzig«, antwortete sie. »Ich war Novizin. Es war mein erstes Jahr als Lehrerin.«

»Nicht viel älter als Stiles«, bemerkte Hawkins.

»Stimmt. Ich wußte nicht, daß es solche Leute gibt. Damals wußte ich das noch nicht.«

»Warum griff er Sie an?«

»Er hatte den jüngeren Kindern einige schmutzige Wörter beigebracht. Obszöne Witze. Ich forderte ihn auf, damit aufzuhören.«

»Tat er das?«

»Nein. Dann machte er Bemerkungen über mich.«

»Über Ihren Körper?« riet Hawkins. Schwester Celandine nickte ernst.

»Ja. Ich war zornig. Ich verlor die Beherrschung.«

»Sie schlugen ihn.«

»Ja. Es ärgert mich immer noch, wenn ich daran denke. Ich hätte das nicht tun sollen.« Es waren unglaubliche Worte angesichts dessen, was er ihr angetan hatte.

»Er kehrte am nächsten Tag zurück und griff Sie an.«

»Ja.«

»Wie lange danach wurde er in die Jugendstrafanstalt St. Vincent's eingewiesen?«

»Das weiß ich nicht genau«, antwortete sie. »Ich war lange Zeit im Krankenhaus. Ein paar Monate. Als ich zurückkehrte, war er bereits fort. Aber ich blieb in Kontakt.«

»Sie blieben in Kontakt?« Mit dem Jungen, der versucht hatte, sie umzubringen? Mit dem Jungen, der sie fürs Leben entstellt hatte?

»Nicht direkt.« Sie errötete, und die Narben auf ihrem Gesicht wirkten durch den Blutandrang wie lebende Würmer. »Ich fühlte mich verantwortlich. Ich wollte wissen, wie es ihm erging. Ich schrieb Briefe.«

»An Monsignore Pozniak.«

»Nein. An seinen Stellvertreter, Pater John. Er nahm Richard unter seine Fittiche.«

»Und dann stahl Richard sein Motorrad.«

»Er stahl es nicht«, sagt Schwester Celandine und lächelte wieder. »Pater John schenkte es ihm.«

»Woher wissen Sie das?«

»Er erzählte es mir«, erwiderte sie. »Nachdem er wegging.«

»Von St. Vincent's?«

»Ja.«

»Wann war das?«

»Kurz nach Monsignore Pozniaks Tod.«

»Warum ging Pater John weg? Wegen Stiles?«

»Nein. John verlor den Glauben. Er war ganz politisch geworden. Er half eine Klinik für Wehrdienstverweigerer in Seattle aufzubauen. Dann brachte er Wehrdienstverweigerer und Deserteure über die Grenze nach Kanada. Er wurde zweimal festgenommen. Schließlich verließ er die Kirche ganz.« Sie seufzte kurz. »Ich war sehr lange traurig darüber. Er ging nach Kanada ins Exil. Aus politischen Gründen. Er blieb dort sogar nach der Amnestie. Er ist immer noch dort.«

»Hören Sie von ihm?«

»O ja.« Sie erhob sich und ging zu der Kommode. »John ist mein einziger Kontakt zur Außenwelt. Er schreibt mir ziemlich regelmäßig. Erzählt mir alles über seine Reisen.« Sie zog eine der Schubladen auf, nahm einige farbige Postkarten heraus und gab eine Hawkins. Der Eiffelturm. Er drehte die Karte um und warf einen Blick auf den Text. Das übliche. Von der Art: ›Mir geht es prima, wünsche, Du wärst hier.‹ Dann sah er die Unterschrift am Fuß der Karte.

»Mein Gott!« flüsterte er.

»Wie bitte?«

»Der Name«, sagte er, und Teile des Puzzles fügten sich plötzlich zusammen. »Die Unterschrift.«

»Was ist damit?« fragte die Frau mit dem entstellten Gesicht.

»John Prentice.«

Der Priester von Seattle.

Carol Prentice' Bruder.

»Dies erforderte eine Menge Mut«, sagte Cruz.

»Vielleicht«, erwiderte Jay. »Aber es könnte ein paar Feuer in der Stadt löschen, ganz zu schweigen von Menschenleben retten.«

Sie gingen durch den von Laternen erhellten Hof des Maria-Teresa-Restaurants zu einem Tisch in der fernen Ecke. Hinter dem Tisch ragte eine der hohen Adobewände des hundert Jahre alten Gebäudes auf. Laut Cruz war das Maria Teresa das beste und teuerste Restaurant in der Altstadt von Albuquerque. Für Jay spielte es überhaupt keine Rolle; Essen war das letzte, was sie beschäftigte.

»Vergessen Sie nicht, daß der Hurensohn Anwalt ist und Beziehungen hat.«

»Das ist mir gleichgültig.«

»Es ist verrückt«, murmelte Cruz und beeilte sich, mit ihr Schritt zu halten, als sie sich einen Weg zwischen den Tischen bahnte. »Die Hälfte davon ist nur Theorie. Wir haben keinen Beweis.«

»Wenn wir ihm genug angst machen, wird er uns den Beweis liefern«, sagte Jay.

Der Mann, der allein an dem Ecktisch aß, war Mitte Vierzig, groß, schwarzhaarig und elegant und teuer gekleidet. Ein hölzerner Weinhalter stand rechts von seinem Stuhl, und ein Aktenkoffer aus feinem Leder stand neben seiner linken Fußspitze. Neben seinem Teller auf dem Tisch lag eine dicke Akte, und er blätterte beim Essen darin. Eine Schildpattbrille thronte auf seiner Nasenspitze.

Er blickte auf, als Jay und Cruz vor seinem Tisch stehenblieben.

*Schlangenaugen,* dachte Jay.

Er nahm die Brille mit geübtem Griff ab und setzte ein Lächeln auf. »Kann ich etwas für Sie tun?«

»Brian MacDonald?«

»Ja.«

»Mein Name ist Fletcher. Ich bin vom FBI. Dies ist J. M. Cruz vom State Fire Investigation Office.«

MacDonald blickte zu den beiden Leuten auf, die vor seinem Tisch standen. Sein Lächeln blieb gezwungen und nichtssagend. »Es ist gut, Staatsbeamte bei der Arbeit zu sehen«, sagte er. »Wenn es um den Brand von meinem Sommerhaus geht, würde ich vorschlagen, daß Sie einen Termin während der Bürostunden ausmachen.« Er wies mit Messer und Gabel auf seinen Teller. »Wie Sie sehen, esse ich zu Abend.«

Jay schaute auf den Teller. Das Abendessen war anscheinend Hühnchen in einer himbeerfarbenen Sauce. »Wir sind nicht hier, um über Ihr Sommerhaus zu reden. Wir sind hier, um über die Armada Property Management Corporation zu sprechen.«

»Ich befürchte, ich verstehe nicht«, sagte MacDonald.

»Quatsch«, sagte Jay. Sie zog einen Stuhl vom Tisch heran und nahm gegenüber vom Anwalt Platz. Cruz blieb hinter ihrer linken Schulter stehen. »Sie sind im Verwaltungsrat.«

»Sie sagen das, als wäre es etwas Kriminelles, Miss Fletcher.«

»Special Agent Fletcher. Und es könnte etwas Kriminelles sein.«

»Könnte sein?« sagte MacDonald. Er hob eine Augenbraue und legte das Besteck ab. »Es gibt kein ›Könnte sein‹ beim Gesetz.«

»Als Hauptaktionär der Armada Property Management Corporation *könnten* Sie wissen, daß sie ebenfalls eine Firma namens Spectrum Properties besitzt. Ein Mietshaus aus dem Besitz von Spectrum wurde vor ein paar Tagen bei einem Brand zerstört. Brandstiftung.« Jay legte eine Pause ein. »Sie *könnten* ebenfalls daran interessiert sein, zu erfahren, daß bei dem Brand eine Reihe von Leuten ums Leben kam. Die meisten davon waren Kinder illegaler Einwanderer.«

Der Anwalt sah Cruz an. »Illegale Mexe, meinen Sie.«

»Brandstiftung mit Todesfolge wird als Mord klassifiziert, Mr. MacDonald. Mord. Die Tatsache, daß die Opfer illegale Einwanderer waren, macht es zu einem Fall der Bundespolizei.« Sie lächelte. »Aber ich bin überzeugt, Sie wissen das bereits, nicht wahr, Brian?«

»Ich verstehe nicht, was das alles mit mir zu tun hat«, sagte MacDonald. »Armada hat viele Beteiligungen in Albuquerque und sonstwo. Wenn Spectrum Properties an illegale Einwanderer vermietete, dann tat die Firma das, ohne es zu wissen, das versichere ich Ihnen.«

»Quatsch«, sagt Jay wieder.

»Wollen Sie sagen, daß ich etwas mit dem Brand dieses Mietshauses zu tun habe?« Er lächelte kühl. »Denn wenn Sie das sagen, sollten Sie irgendeinen Beweis haben, um Ihre Anschuldigung zu untermauern. Ganz zu schweigen von einem Motiv, Miss Fletcher.«

»Kojoten«, schaltete sich Cruz zum erstenmal in das Gespräch ein. »Das Mietshaus war eine Zwischenstation für eine Kojoten-Operation.«

»Sagen Sie mir bitte, was eine Kojoten-Operation ist?«

»Sklavenarbeit«, sagte Jay. »Billigste Hilfe auf den Farmen. Sie nehmen Illegale, versprechen ihnen, sie ins Land zu schleusen, und lassen sie für Ihre Kunden auf dieser Seite der Grenze schuften. Sie halten in solchen Mietshäusern die Illegalen und ihre Angehörigen unter Aufsicht, damit Sie noch mehr Schichten aus ihnen herauspressen können. Neues Sklaventum. Nach dem, was die hiesige Polizei mir sagte, ist das ein großes Geschäft, Brian.«

»Sie sind auf gefährlichem Terrain, Miss Fletcher«,

warnte der Anwalt. »Noch einen Schritt, und Sie könnten sich ein Verfahren einhandeln.«

*Nein, du Arschloch. Du befindest dich auf gefährlichem Terrain. Du hast keine Ahnung, was ich mit dir machen kann.*

»Sie werden mich nicht verklagen, Brian, weder mich noch sonst jemand. Sie wissen, daß stimmt, was ich sage.«

Der Anwalt schenkte sich Wein ein. Er trank einen Schluck und lehnte sich auf seinem Stuhl zurück. Er hatte kein bißchen von seiner Fassung verloren. »Nehmen wir mal für eine Minute an, daß Ihre Behauptung stimmt«, sagte er schließlich.

»Ja, nehmen wir das an«, stimmte Jay zu.

»Ich betreibe also diese Kojoten-Operation, von der Sie sprachen. Sie bringt mir viel Geld ein. Warum sollte ich dann das Haus in Brand stecken?«

»Sie wollten ohnehin die Standorte wechseln«, sagte Cruz. »Und Sie hatten andere Sorgen, nicht wahr?«

»Zum Beispiel?«

»Heizplatten-Harry«, antwortete Cruz.

»Wer?«

»Elf Leute starben in dem Feuer«, sagte Jay. »Neun Kinder, eine Frau, die sie versorgte, und ein weißer Mann Mitte Fünfzig wurde im Treppenhaus gefunden. Es dauerte eine Weile, aber schließlich wurde er als Harry Radborne identifiziert. Ein professioneller Brandstifter.«

»Sie nannten ihn Heizplatten-Harry, weil er so am liebsten die Brände legte«, warf Cruz ein. »Er stellte eine Blechdose mit Benzin auf eine Heizplatte und spazierte einfach davon. Sauber.«

»Dann ist also ein Brandstifter in seinem eigenen Feuer umgekommen, na und?« MacDonald zuckte mit den Schultern. »Ausgleichende Gerechtigkeit.«

»Er war tot, bevor das Feuer begann«, sagte Cruz.

»Jemand schlug ihm mit einem Hammer den Schädel ein. Laut Leichenbeschauer wurde er woanders ermordet und in dieses Treppenhaus gelegt.«

»Und ich habe ihn dorthin geschleppt?« Der Anwalt schüttelte den Kopf. »Kommen Sie wieder, wenn Sie einen richtigen Beweis haben.« Er widmete sich wieder seiner Mahlzeit.

Jay nahm den Pfefferstreuer, der auf dem Tisch stand, und drehte den Verschluß ab. Dann schüttete sie den Inhalt des Pfefferstreuers mitten auf den Teller des Anwalts. MacDonald seufzte und legte sein Besteck wieder ab.

»Sehen Sie, was Sie angerichtet haben. Ein perfekt gutes Hühnchen in Himbeersauce ruiniert.«

»Und Sie haben elf Menschen ermordet.«

»Lecken Sie mich am Arsch, Miss Fletcher, Sie und Ihr Chicano-Freund.« Sein Tonfall veränderte sich nicht. Jay spürte, daß Cruz neben ihr zusammenzuckte.

»In ein paar Minuten von der Drohung mit einer Klage über obszöne Sprache bis zu rassistischen Verunglimpfungen.« Jay grinste breit. »Sind Sie verunsichert, Brian?«

»Überhaupt nicht.«

*Und ob.*

»Sie sind immer noch hier. Reden immer noch«, sagte Jay.

»Vielleicht mag ich den intellektuellen Schlagabtausch.«

»Sagten Sie nicht, es gibt kein ›Vielleicht‹ beim Gesetz?« Jay setzte sich wieder hin. Es folgte langes Schweigen.

»Möchten Sie noch einen letzten Punkt vorbringen?« fragte MacDonald schließlich. »Bevor Sie gehen?«

»Eine Frage.«

»Nur zu.«

*Jetzt kommt der Hammer.*

»Womit hat Heizplatten-Harry Sie erpreßt – mit der Kojoten-Operation, oder weil Sie ihr eigenes Haus in Brand gesteckt haben?«

Das Scheinwerferlicht des Cherokee stach durch die Dunkelheit, als Cruz und Jay gen Santa Fe fuhren. Albuquerque lag weit hinter ihnen, und vor ihnen war nur Schwärze. Es war kalt trotz der Heizung, und Jay kuschelte sich gegen die Beifahrertür und schlang die Arme um sich.

»Meinen Sie wirklich, es wirkt?« fragte Cruz und schaute sie kurz an. Jays Gesicht war blaß und geisterhaft im schwachen Licht vom Armaturenbrett, aber ihre triumphierende Miene und das Glitzern in den Augen waren nicht zu übersehen.

»Ja.« Sie nickte. »Mehr kann man einen Anwalt nicht in Panik geraten sehen.«

»Als wir gingen, schenkte er sich Wein ein«, sagte Cruz. »Das sah mir nicht nach Panik aus.«

»Ich habe ihn des Mordes beschuldigt«, entgegnete Jay. »Sie sagten es selbst. Er ist Anwalt, und er hat Beziehungen. Wenn er auch nur halbwegs unschuldig wäre, dann wäre er außer sich geraten, und wir müßten viele harte Fragen beim Staatsanwalt beantworten.«

»Das kann immer noch passieren.«

Jay schüttelte den Kopf. »Das glaube ich nicht. Zehn Sekunden nach unserem Verlassen des Restaurants hat er von einem Münzsprecher aus um Hilfe geschrien, darauf wette ich. MacDonald ist in der Klemme, und das weiß er. Er ist ein rassistischer Bastard; er wird die Sache nicht allein ausbaden wollen.«

»Was wird er Ihrer Ansicht nach als nächstes tun?«

»Herumfragen, seine Beziehungen spielen lassen, Unterstützung suchen. Dann wartet er ab und denkt ein, zwei Tage darüber nach.«

»Und dann?«

»Er wird uns anrufen und fragen, welchen Handel wir ihm anbieten, wenn er seine Kumpel verpfeift – einschließlich unseren Freund Bingham in Los Alamos.«

»Ich verstehe immer noch nicht, wie Sie die Verbindung herausgefunden haben«, sagte Cruz kopfschüttelnd.

*Davon erfährst du besser nichts.*

»Es war Ihre Idee. Gleich zu Beginn sagten Sie, daß es eine Verbindung zwischen den vier Feuern geben muß. Nennen Sie es Intuition eines Cops.«

*Und einen Abstecher durch ein paar vertrauliche Datenbanken. Durch ärztliche Dateien, Bankkonten, Dateien der Personalabteilung in Los Alamos – das war ein Verbrechen, das in die Zuständigkeit des Bundes fällt. Ein Verbrechen nach dem anderen.*

»Also ... Bingham und der andere Typ von Los Alamos – Lowenthal – investieren in Armada. Ihre Ersparnisse.«

»Und alles, was sie sich leihen konnten«, fügte Jay hinzu. »Lowenthal hatte Hypotheken auf sein Haus aufgenommen. Bingham verkaufte seine Webarbeiten – vor dem Brand in seinem Haus.«

»MacDonald macht einige schlechte Investitionen, gerät in Schwierigkeiten, Armada ist im Begriff, vor die Hunde zu gehen, und so steckt er sein Sommerhaus in Brand, um die Versicherungssumme zu kassieren.«

Jay nickte. »Er setzt Lowenthal und Bingham unter Druck. Entweder rücken sie mehr Bargeld raus, oder sie gehen mit ihm unter. Er bietet die Dienste von Heizplatten-Harry an, und sie nutzen sie, doch Heizplatten-Harry wird gierig und setzt MacDonald unter Druck. Erpreßt ihn.«

»Verdammt kompliziert, aber möglich«, murmelte Cruz. Er überlegte. »Aber das erklärt immer noch nicht Symington. Wie ist er in all dies verwickelt?«

»Er ist der Sündenbock. All das Gerede von AIDS war

Quatsch. Für Bingham ein glücklicher Zufall. In seiner Position konnte er leicht herausfinden, daß Symington eine Lizenz für Sprengstoffe hatte. Er war perfekt. Ein Motiv und die Möglichkeit; doch in Wirklichkeit hatte er überhaupt kein Motiv. Los Alamos zahlt außergerichtlich für die ungesetzliche Entlassung, und das war's dann. Sie stempeln ihn zum Sündenbock. Heizplatten-Harry ändert für die Brandstiftungen in Santa Fe seine Vorgehensweise und benutzt Kondome. Der Finger zeigt auf Symington, und sie kommen ungeschoren davon.« Sie schüttelte den Kopf. »Sie arrangieren es sogar so, daß der Brand bei Symington nur geringfügigen Schaden anrichtet. Dadurch wirkt er noch schuldiger.«

»Warum habe ich das Gefühl, daß Sie an Orten herumgeschnüffelt haben, an denen Sie das nicht tun sollten?« fragte Cruz. »Nichts von alldem klingt, als wäre es in zugänglichen Akten.«

*Kluger Junge.*

Jay zuckte die Achseln. »Nichts davon muß als direkter Beweis benutzt werden.« Sie lächelte. »Und Sie werden es vermutlich ohnehin nicht brauchen. Wir haben sie jetzt aufgescheucht; sie werden Fehler machen, indem sie versuchen, sich gegenseitig den Schwarzen Peter zuzuschieben.«

Cruz wirkte immer noch besorgt. »Trotzdem ...«

»Hören Sie schon auf damit, Cruz. Dies ist einer der Fälle, in denen der Zweck die Mittel heiligt.«

Der Exfeuerwehrmann ließ das Thema fallen.

Zwanzig Minuten später trafen sie in Santa Fe ein, und Cruz setzte Jay am Haus an der Schlucht ab. Jay war nach dem hektischen Tag erschöpft. Sie begann sich im Haus gleich auszuziehen und hätte fast das blinkende Lämpchen an ihrem Computer übersehen, das anzeigte, das eine E-mail-Botschaft auf sie wartete. Sie warf Rock und Bluse auf die Couch, tappte barfuß durch das Wohnzimmer und setzte sich in Höschen und BH an den Computer. Sie tippte auf der Tastatur und rief die Botschaft ab.

»Mein Gott, es klappt!« flüsterte sie. Die Botschaft war ein Rückruf von dem Verteiler, den sie ans Schwarze Brett von Special K gegeben hatte. Nach dem, was sie sehen konnte, hatte der System-Operator für das Schwarze Brett Sicherheitsmaßnahmen angewandt, die fast so raffiniert waren wie das Suchprogramm der CERT-Leute. Auf halbem Weg war Special Ks Warnsystem ausgelöst worden, und das Schwarze Brett hatte sich automatisch geschlossen und die Spur gelöscht. Das CERT-Programm hatte nicht die ganze Telefonnummer des Anrufs, der auf das Schwarze Brett eintraf, zurückverfolgen können, aber es hatte den Code des Gebiets und die ersten dreistelligen Zahlen registriert: (413)637–

Jay schaltete auf CD-ROM, schob ihre Diskette mit dem amerikanischen Geschäftsinformations-Telefonbuch ein und tippte die Zahlen ein. Dadurch erhielt sie den Code für den Ort: 16057. Sie setzte sich auf den Stuhl zurück und starrte auf den leuchtenden Bildschirm.

»Wo, zum Teufel, ist Slippery Rock, Pennsylvania?« sagte sie laut.

*Und wer ist der Killer, der sich dort versteckt?*

## 17

KURZ NACH NEUN Uhr am nächsten Morgen überquerte William Hawkins die kanadische Grenze bei Blaine, Washington, und fuhr nordwärts gen Vancouver, British Columbia. Als erstes bemerkte er einen völligen Mangel an Straßenschildern und als zweites, daß die Kanadier anscheinend die Geschwindigkeitsbegrenzung völlig ignorierten. Den einzigen sonstigen Unterschied zwischen den beiden Ländern konnte er nur darin finden, daß das Tempolimit und die Entfernung in Kilometern statt in Meilen angegeben war.

Nachdem er zwanzig Minuten lang durch Flachland gefahren war, das ihn an einigen Stellen an die Küste Louisianas erinnerte, verengte sich die sechsspurige gebührenpflichtige Schnellstraße und schleuste ihn in den Deas-Tunnel, der unter dem Südarm des Fraser River verlief. Er tauchte in der Schlafstadt Richmond auf, und Vancouver und die Canadian Rockies schimmerten wie eine Vision von Oz in der Ferne.

Laut seiner Landkarte befand sich Vancouver auf einer breiten Landzunge zwischen dem Nordarm des Fraser River, den er noch überqueren mußte, und Burrard Inlet, einem schmalen Fjord, der sich verbreiterte, wo er in die offene See hinausführte. Auf der fernen Seite der schmalen Bucht waren die Berge.

Statt untertunnelt, war der Nordarm des Fraser von einer verwirrenden Vielzahl von Brücken und Autobahnkreuzen überspannt, von denen die Hälfte zum Flughafen von Vancouver führte und die andere Hälfte verschiedene Routen in die Stadt anbot. Die Adresse von John Prentice war in einem Viertel namens Point Grey, gleich nördlich des Campus der University of British Columbia und nur ein paar Blocks von einem Strand an der Burrard-Bucht entfernt, der Spanish Banks hieß.

Nach einem verwirrenden Kampf mit Hinweisschildern über der Straße, die scheinbar keinen Sinn ergaben, fand er die richtige Ausfahrt und fuhr auf den South West Marine Drive, eine schmale, gewundene Straße, die von Hecken und hohen Häusern gesäumt war und auch in Beverly Hills hätte sein können. Die Villen zur Linken standen auf einer hohen Klippe, die den Fraser River überblickte, und jenseits des Flusses, den er soeben überquert hatte, sah Hawkins den Flughafen. Nach seinem gut entwickelten Orientierungssinn fuhr er jetzt fast genau nach Norden, doch er lernte schnell, daß genaue Richtungen und Straßenschilder in Vancouver sehr wenig miteinander zu tun hatten.

Nach ungefähr anderthalb Kilometern verbreiterte sich die Straße, und die Häuser machten dichten, gut gepflegten Zedern- und Kiefernstreifen Platz. Ein paar Minuten später, als er am Campus der Universität entlangfuhr, wurde die Straße wieder schmaler. Schließlich fand er die Abbiegung, die hinab zum Meer führte, und nach einem kurzen Stop auf dem Parkplatz in der Nähe des Strands zog er die Karte zu Rate und fand die Adresse, die er von Schwester Celandine erhalten hatte.

Prentice wohnte in einer Seitenstraße auf halbem Weg den Hügel hinauf, der vom Strand aus aufragte. Die Gegend bot eine sonderbare Mischung von kleinen Ferienhäusern im viktorianischen Stil, Halbgeschoßhäusern aus den sechziger Jahren und ultramodernen Villen aus Glas und Stahl, deren Außenwände mit Stuck in Farbschattierungen von lachsfarben bis hellblau verziert waren. Prentice' Haus war ein Standard-Halbgeschoßhaus, dessen bescheidene vinylverkleidete Front sich auf Straßenebene befand, während die Rückseite des Hauses auf Stelzen stand und auf eine Hintergasse blickte.

Hawkins stieg aus dem Wagen, ging zur Tür und klingelte. Er hatte während der ganzen Fahrt von Bellingham überlegt, was er dem Mann sagen sollte, und er war sich immer noch nicht sicher. Im Haus blieb alles still. Hawkins klingelte noch einmal. Ein paar Sekunden später hörte er schlurfende Schritte. Dann wurde langsam die Tür geöffnet. Ein achtzehn- oder neunzehnjähriger Junge tauchte auf. Ein Vietnamese oder Kambodschaner mit hellbrauner Haut, die glatt genug war, um die eines Mädchens zu sein. Sein Haar war pechschwarz und sehr lang. Er trug eine hautenge weiße Seidenhose und ein leuchtend grünes Seidenhemd mit einem Drachenmotiv, das sich über seine rechte Schulter und über die Brust wand.

»Ich suche John Prentice.«

*»Toi khong hieu.«* Der Junge hob kurz die Schultern und lächelte. Hawkins wußte, was die Wörter bedeuteten – es war einer der ersten Sätze, die er als Militärpolizist in Saigon gelernt hatte. »Ich verstehe nicht.« Er kramte in der Erinnerung und versuchte sich an einige einfache Sätze auf vietnamesisch zu erinnern.

*»John Prentice dau?«*

Der Junge schüttelte den Kopf und wollte die Tür schließen. *»Khong day, khong day.«* Nicht da.

*»Dau?«* fragte Hawkins. Er hielt die Tür geöffnet. Der Junge blickte ihn ängstlich an.

»Strand«, sagte er. »An Strand.« Er hielt die Hände vors Gesicht und tat, als fotografiere er. *»Chup hinh. Xi ne, xi ne.«*

*Chup hinh* war Foto, aber was, zum Teufel, war *Xi ne?* Dann fiel es ihm ein. Xi ne war die vietnamesische Form eines französischen Worts. *Cine, Xi ne.* Prentice war mit einer Videokamera am Strand.

Hawkins lächelte, nahm die Hand von der Tür und bedankte sich bei dem Jungen. *»Cam on ong.«*

Der Junge verneigte sich und antwortete ebenso höflich, aber er war immer noch nervös.

*»Khong co gi.«* Er zog sich langsam zurück und schloß die Tür. Hawkins wandte sich ab und ging über den kurzen Weg zum Bürgersteig. Dann verharrte er und blickte zurück. Er sah, daß sich ein Vorhang am Rand des Panoramafensters bewegte. Der Junge beobachtete ihn. Hawkins ließ den Wagen, wo er war, ging bis zum Ende der Seitenstraße und dann den Hügel hinab zum Strand.

Er überquerte die Straße am Fuß des Hügels, ging über den Parkplatz und kaufte bei der Kombination Kiosk/Bademeisterstation einen Kaffee. Er schlürfte den Kaffee aus einem Plastikbecher und folgte dem mit Kieseln bestreuten Fahrradweg, wobei er nach jemand mit einer Videokamera Ausschau hielt. Der Strand war nicht voll, aber auch nicht leer.

Eine Gruppe älterer Leute in schreiend bunten Trainingsanzügen aus Satin übten Tai Chi unter den aufmerksamen Augen eines alten Chinesen. Ein paar Teenager und ein Irischer Setter spielten Frisbee an der Wasserlinie, und ein paar Dutzend Männer und Frauen mit Badeanzügen waren im Sand verstreut und sonnten sich.

Draußen im tiefen Wasser der Bucht ankerten ein Dutzend Frachtschiffe und Tanker, und die bewaldeten Flanken der Berge stiegen aus der See hinter ihnen auf. Am fernen Ende der Bucht sah Hawkins die Skyline des Stadtzentrums. Viel getöntes Glas und pastellfarbener Beton, eine kleinere, aber viel schönere Version von Los Angeles oder Houston.

In Intervallen gab es Zedernstämme an der Flutmarke als Ruhebänke und Windschutz. Ein Mann mit einer Videokamera hockte auf einem der Stämme und versuchte, mit den Bewegungen der Jungen mit ihrem Frisbee Schritt zu halten. Hawkins verharrte im Schatten eines Baumes neben dem Fahrradweg und beobachtete.

Der Mann war Anfang Vierzig. Er trug eine lockere, dunkelblaue Freizeithose und ein weißes T-Shirt. Er war breitschultrig und muskulös. Der Körper eines Bodybuilders. Sein hellblondes Haar war zu einem langen Pferdeschwanz gebunden. Nicht Hawkins' Vorstellung von einem durchschnittlichen Ex-Priester. Er wirkte mehr wie ein gealterter Ed ›Kookie‹ Byrnes von *77 Sunset Strip* – ein Playboytyp, der die Zeit am Strand totschlug.

Und Videoaufnahmen von halbwüchsigen Jungen machte.

Hawkins trat aus dem Schatten des Baums heraus in den Sand. Er ging zu dem Zedernstamm und blieb neben dem Mann mit der Videokamera stehen. »John Prentice?«

Der Mann drückte auf die Stoptaste der Kamera und blickte zu Hawkins auf.

»Kenne ich Sie von irgendwoher?« Nicht mißtrauisch, aber auch nicht besonders freundlich. Neugierig.

»Nein. Sie kennen mich nicht. Mein Name ist Bill Hawkins. Ich war bei Ihrem Haus. Ihr ... Freund sagte mir, wo ich Sie finden kann.«

»Kim?« Prentice lächelte. »Sein Englisch muß besser geworden sein. Es überrascht mich, daß Sie mich gefunden haben.«

»Ich spreche ein bißchen Vietnamesisch.«

»So?« Die Stimme des Mannes nahm einen härteren Klang an. Es gab nicht viele Gründe für einen weißen Amerikaner in mittlerem Alter, überhaupt etwas auf vietnamesisch zu wissen. »Army?«

»Militärpolizei«, antwortete Hawkins. »Anderthalb Dienstzeiten in Saigon.«

»Haben Sie da das Auge verloren?« fragte Prentice. Sein Mund verzog sich zu einem kaum wahrnehmbaren höhnischen Grinsen.

»Nein«, erwiderte Hawkins ruhig. »Das war bei einer Grillparty. Ich hatte die Betriebsanleitung des Gasgrills nicht richtig gelesen.«

»Was wollen Sie von mir, Mr. Hawkins? Der Krieg ist vorüber. Amnestie für Wehrdienstverweigerer und Deserteure.«

»Ich habe nicht angenommen, daß Sie einer von beiden waren.«

»Stimmt, das war ich nicht.«

»Sie waren Priester.«

»Sie wissen anscheinend so einiges über mich, Mr. Hawkins.« Prentice legte die Kamera behutsam auf den Baumstamm. Der Bizeps des ehemaligen Priesters war dicker als Hawkins' Wade. »Ich bin mir nicht sicher, ob mir das gefällt.«

»Ich war soeben in Bellingham. Besuchte Ihre alte

Freundin, Schwester Celandine. Sie läßt übrigens grüßen.«

Hawkins beobachtete, daß Prentice' Wangen dunkler wurden.

»Warum kommen Sie nicht zur Sache, Mr. Hawkins? Sie wollen doch auf etwas Bestimmtes hinaus.«

»Ricky Stiles«, sagte Hawkins. Die Farbe wich aus Prentice' Wangen. Er ballte die Hände zu Fäusten, und die Nackenmuskeln spannten sich.

Dann öffnete er die Hände und legte sie auf seine Oberschenkel.

»Was ist mit dem?«

»Sie kannten ihn in der St.-Vincent's-Jugendstrafanstalt auf Anderson Island. Waren mit ihm befreundet.«

»In der St. Vincent's konnte man jede Hilfe brauchen, die man bekommen konnte. Es war nicht der freundlichste Ort auf der Welt, Mr. Hawkins.«

»Das habe ich mir zusammengereimt. Nach dem, was ich hörte, war Monsignore Pozniak für die unangenehme Atmosphäre verantwortlich.«

»Mitleid und Erbarmen waren nicht seine starken Seiten.« Prentice musterte Hawkins. »Wer sind Sie, Mr. Hawkins? Und warum interessieren Sie sich für Ricky Stiles? All das war vor langer Zeit.«

»Ich bin Schriftsteller, Mr. Prentice, und Mord verjährt nicht.«

»Was soll das heißen?«

»Ricky Stiles hat Monsignore Pozniak ermordet und dann seine Leiche ins Meer geworfen.«

»Pozniak ist ertrunken.«

Hawkins ignorierte die Bemerkung. »Am Tag nach dem Mord erlaubten Sie Stiles, Ihr Motorrad zu nehmen, und ließen ihn aus St. Vincent's raus. Er verschwand.«

»Er nahm das Motorrad, ohne zu fragen.«

»Sie haben Schwester Celandine etwas anderes gesagt. Und Sie meldeten das Motorrad nie als gestohlen bei der Polizei in Steilacoom, beim Sheriff der Pierce County oder der Highway Patrol.«

Prentice zögerte. »Ich wollte ihn nicht in Schwierigkeiten bringen.«

»Einige Leute legen das vielleicht als Beihilfe zu Mord aus.«

»Der Tod des Monsignore wurde nie als Mordfall ermittelt. Er ertrank.«

»Ich sprach nicht über Pozniak.«

Das traf Prentice völlig unvorbereitet, und Hawkins war lange genug Cop gewesen, um ihm die echte Verwirrung anzusehen.

»Ich verstehe nicht.«

»Ich meinte Ihre Schwester Carol.«

Prentice wirkte wie betäubt. »Was hat Carol mit Rikky Stiles zu tun?« fragte er. Seine Verwunderung wirkte echt.

»Sie haben nie den Zusammenhang erkannt?«

»Meine Schwester wurde von irgendeinem Jungen ermordet, mit dem sie schlief. Man fand nie heraus, wer es war.«

»Ich habe es herausgefunden. Es war Stiles.«

Das Gesicht des ehemaligen Priesters spiegelte Fassungslosigkeit wider. »Mein Gott!« murmelte er. »Sind Sie sicher?«

Hawkins nickte. »Völlig sicher. Er war in Berkeley, fuhr Ihr Motorrad und nannte sich Wheels. Es sieht aus, als ob er sich eine Weile von ihr aushalten ließ und sie dann umbrachte.«

Prentice blickte über das Wasser zu den Bergen am fernen Ufer. »Ich hatte damals keinen Kontakt zu ihr«, sagte er leise. »Ich war fast ein Jahr hier oben und in Europa, bevor ich überhaupt erfuhr, daß sie ermordet worden war.« Er schaute Hawkins an. Alle Härte schien aus ihm gewichen zu sein, und seine dunkelbraunen

Augen füllten sich mit Tränen. Er atmete tief durch. »Wir hatten keine enge Beziehung, nicht mehr, aber ich dachte immer ...« Seine Stimme verlor sich.

»Daß später dafür Zeit wäre?« sagte Hawkins ruhig.

Prentice nickte. »Das nehme ich an.«

»Ich kenne dieses Gefühl.« Das stimmte; er hatte das gleiche bei seinem Vater empfunden, aber als er das Gefühl erkannt hatte, war es zu spät gewesen; sein Vater war tot gewesen.

Die beiden Männer saßen eine Weile schweigend auf dem Zedernstamm. Von den Frisbee-Spielern war nichts mehr zu sehen. Weit entfernt in der Bucht schob sich ein Frachtschiff langsam in Sicht.

»Was ist mit Stiles?« sagte Hawkins schließlich.

»Was soll mit ihm sein?«

»Welche Art Beziehung hatten Sie zu ihm? Welchen Grund konnte er gehabt haben, Ihre Schwester zu ermorden?«

»Ist dies wichtig, oder wollen Sie es nur in irgendeinem Buch verwenden?« Jetzt war wieder eine Spur der vorherigen Kälte in seiner Stimme.

»Es ist wichtig«, antwortete Hawkins. »Pozniak und Carol waren nur die ersten Opfer.«

»Mein Gott«, sagte Prentice. »Das wußte ich nicht.«

»Was wissen Sie über Stiles?« fragte Hawkins.

»Er war unglaublich intelligent«, sagte Prentice nach kurzem Überlegen. »Ein grobes, ungeschultes Genie. Brillant im ursprünglichen Sinn des Worts – er glänzte.« Prentice nickte in der Erinnerung. »Genau der Typ Junge, den Monsignore Pozniak nicht ausstehen konnte. Jemand, der nicht nach seiner Pfeife tanzte, der nicht kuschte.«

»Der Monsignore wählte ihn zu seinem Prügelknaben.«

»Ja. Fast von dem Augenblick an, als er ihn zum erstenmal sah. Ricky Stiles war ein wahr gewordener Traum und sein schlimmster Alptraum in Person.«

»Wieso?«

»Verstand und jugendliche Schönheit.«

»Stiles sah gut aus?« Es war ein überraschender Gedanke; für Hawkins war der Eismann immer eine schattenhafte, gesichtslose Kreatur gewesen. Jetzt wurde er real.

»Er sah so gut aus, wie er intelligent war.«

»Pozniak wollte sich an ihm vergehen?«

»Ja.«

»Aber Ricky spielte nicht mit.«

»Richtig. Schlimmer noch, er verteidigte die anderen Jungen. Das machte Pozniak wahnsinnig.«

»Die Gerüchte über Pozniaks Mißbrauch von Jungen stimmen also?«

»Ich befürchte, ja.« Prentice ballte wieder die Hände. Dann öffnete er die Fäuste und legte die Hände auf die Oberschenkel. »Das einzige, was ihn davon abhielt, ihm Gewalt anzutun, war seine eigene Furcht. Er wußte, wie gewalttätig Ricky sein konnte. Er wußte, wozu Rikky fähig war, wenn er zu weit getrieben wurde.«

»Wußten Sie zu dieser Zeit über Pozniak Bescheid?«

»Es gab keinen direkten Beweis, aber ich hatte den Verdacht. Stiles kam besonders wegen eines Jungen zu mir. Er bat mich um Hilfe.«

»Was haben Sie ihm gesagt?«

Prentice zuckte die Achseln. »Die Wahrheit. Die Realität oder zumindest das, was ich damals dafür hielt. Ich konnte nichts tun. Ich war nur für zwei Jahre ordiniert. Ich war nur Priester. Pozniak war gut bekannt und beliebt, wenigstens außerhalb der Kirche. Er hatte viel Macht.« Er seufzte. »Ich hätte etwas tun sollen! Irgend etwas!«

»Stiles versuchte einen bestimmten Jungen zu beschützen?«

»Ja.«

»War das sein Geliebter?«

»Das ist möglich. Es waren für gewöhnlich zwischen hundert und zweihundert Jungen in der Strafanstalt. Da kommen solche Dinge zwangsläufig vor.«

»War Stiles homosexuell?«

»Ich denke, Ricky war alles, was er jeweils sein wollte. Das war seine Art; er konnte seine jeweiligen Wünsche wie einen Spiegel widerspiegeln, einem zeigen, was auch immer man sehen wollte.«

»Was war mit Ihnen?«

»Ich verstehe nicht.«

»Sie und Stiles. Hatten Sie eine homosexuelle Beziehung?« Es war hart, diese Frage zu stellen, aber vermutlich noch härter, sie zu beantworten. Prentice zögerte nicht.

»Nein«, sagte er mit fester Stimme.

»Wollten Sie keine?«

»Ich will nicht lügen«, sagte Prentice. »Es kam mir in den Sinn.«

»Aber Sie unternahmen nie etwas?«

»Nie.«

»Oder bei einem der anderen Jungen?«

»Nein.« Ein tief verwurzelter Schmerz. St. Vincent's war vermutlich eine bittersüße Hölle der Versuchung für jemand wie Prentice gewesen, den jungen Priester, der sich seines Glaubens ebenso unsicher war wie seiner Sexualität.

»Wußte Stiles, daß Sie homosexuell sind?«

Prentice lachte abgehackt und spröde. »Ich war mir damals nicht mal sicher, ob ich schwul bin, Mr. Hawkins. Ich kann Ihnen die Namen einer Reihe von Therapeuten nennen, die das bestätigen.«

»Haben Sie mit ihm jemals über Carol geredet?«

»Ich habe sie vielleicht ein- oder zweimal erwähnt.«

»Sie haben ihm erzählt, daß sie in Berkeley auf die Uni geht?«

»Das ist möglich.«

»Was passierte mit dem Jungen – Stiles' Freund?«

»Er beging Selbstmord. Er hieß Paul.«

»Konnte Stiles Sie für verantwortlich halten ... weil Sie nichts unternahmen, als er Sie um Hilfe bat?«

»Ich halte mich selbst für verantwortlich, Mr. Hawkins. Ich trage immer noch an der Schuld für den Tod dieses Jungen. Das ist der Grund, weshalb ich Ricky mein altes Indian-Motorrad überließ. Das ist ein Teil des Grundes, weshalb ich das Priesteramt aufgab.« Er hielt eine Hand an die Brust, als schmerze sein Herz.

»So rächte er sich. Ermordete Ihre Schwester.« Hawkins überlegte. Es war eine vernünftige Hypothese, die einzige, die er sich angesichts der Fakten vorstellen konnte. »Sie kannten Ricky Stiles, war er dazu fähig?«

»Ja.«

Es gab nichts mehr zu sagen. Hawkins legte Prentice einen Moment lang die Hand auf die Schulter und wandte sich dann ab und ging davon. Prentice' Ruf stoppte ihn.

»Haben Sie einen Wagen?«

»Ja. Warum?«

»Wo haben Sie geparkt?«

»Vor Ihrem Haus.«

»Ich begleite Sie zurück.« Prentice nahm seine Videokamera und erhob sich von dem Baumstamm. »Ich will Ihnen etwas zeigen. Es hilft vielleicht.«

»Was?«

»Ein Foto. Von Ricky.«

Der Eismann saß am Steuer seines Mietwagens und beobachtete, wie Bill Hawkins in seinen Wagen stieg und den Hügel hinunterfuhr. Sein alter Freund Bruder Homo stand noch ein paar Sekunden auf dem Bürgersteig und ging dann ins Haus. Schließlich waren der Jäger und sein Wild zusammengekommen, aber unter welchen Umständen? Die elektronische Verfolgung Hawkins' hatte den

Eismann zu Ritchie und dem Schlachthaus geführt, das er in Berkeley zurückgelassen hatte, aber der einäugige Bastard hatte es auch geschafft, Anderson Island und die St.-Vincent's-Jugendstrafanstalt mit ihm in Verbindung zu bringen. Der Eismann war zu spät gekommen, um Hawkins in Bellingham abzufangen, aber die Fahrt nach Vancouver und zu dem schwulen John bedeutete, daß er mit Schwester Celandine gesprochen hatte. Er spürte die alte Erregung, als er an sie dachte und sich daran erinnerte, wie ihr schönes Gesicht durch seine Hände verunstaltet wurde. Das Erwachen seiner neuen Macht. Vor langer Zeit. Seine Quelle. Er blinzelte; das war damals gewesen.

Der Eismann hatte das Kuvert in Hawkins' Hand gesehen, als er Prentice verlassen hatte, und er wußte intuitiv, was es enthielt: den alten Zeitungsausschnitt, das Foto vom *Berkeley Barb*. Der Eismann hatte Hawkins gesehen, aber der hatte ihn ebenso gesehen – auf dem Foto. Dagegen mußte etwas unternommen werden, und zwar bald.

Aber noch nicht.

Der Eismann schaute zu dem leicht heruntergekommenen Haus. Wenn der kleine vietnamesische Hausjunge, den er entdeckt hatte, ein Anzeichen war, dann war Bruder John endlich aus dem Badezimmer gekommen. Er versuchte sich vorzustellen, wie es im Haus sein würde. Weiße Teppiche und ein rundes Bett mit schwarzem Satinlaken? Der Hausdiener, nur mit einem sexy Schürzchen bekleidet, servierte seinem lieben John eine Tasse mit aromatischem Kräutertee? Pralle Pobacken und sonnengebräunte Oberschenkel, enthaart und glatt.

Der Eismann spürte, daß er eine Erektion bekam, und verbannte schnell solche Gedanken, erinnerte sich an St. Vincent's. Knarrende Bodendielen mitten in der Nacht. Eisenbetten und das Rascheln von Pozniaks Gewand in dem dunklen Schlafsaal. Die große Taschenlampe in dem Gummietui, die er mit einer Hand in die Handfläche der anderen schlug. Das Flüstern.

Der Eismann umklammerte das Lenkrad und versuchte, alles zu vergessen. Zu vergessen, wer er war und woher er gekommen war. Nur das Jetzt zählte. Gib ihnen eine Stunde oder zwei. Laß die Dunkelheit kommen und die im Abendwind raschelnden Blätter die Nacht bringen. Flüsterzeit. Nur noch ein wenig warten, bis die Bestie befriedigt wurde.

Die Entscheidung war Jay schwergefallen, und sie war sich nicht sicher, ob es die richtige war. Sie saß an Cruz' Schreibtisch und schaute auf den weißen Umschlag, den sie auf die Tastatur seines Computers gelegt hatte. Cruz war in der South Capital Street im Büro des Staatsanwalts und organisierte einen Anklagebeschluß gegen MacDonald und seine Kumpane. Er würde vermutlich erst spät zurückkehren, aber sie wollte nicht das Risiko eingehen, ihm über den Weg zu laufen. Nicht jetzt. Es war an der Zeit zu gehen.

Sie blieb, wo sie war, und zündete sich eine Zigarette an. Die Frage von Symington und seiner Verwicklung in die Reihe von Bränden war wenigstens in der Theorie beantwortet, und Cruz und die Verhörspezialisten würden schließlich die Wahrheit aus MacDonald herausholen. Aber das war jetzt nicht wichtig. Sie hatte einen größeren Fisch an der Angel. Wenn sie der melodramatische Typ gewesen wäre, dann hätte sie gesagt, das Schicksal ruft.

*Geh. Jetzt. Bevor du dir's anders überlegst. Bevor du Schiß bekommst.*

Jay sog tief an der Zigarette. Sie war die halbe Nacht aufgeblieben und hatte allerlei Pläne gewälzt, einschließlich eines Szenarios, in dem sie ihren Tod vortäuschte und mit dem Finger auf MacDonald wies. Als die Sonne aufgegangen war, hatte sie sogar herausgefunden, wie sie sich Blut aus dem Arm abzapfen und dann das Innere des Wagens präparieren konnte, den man ihr gegeben hatte. Blut und verstreute Dinge und sogar einen Schuh zurücklassen, damit die Labortypen einen Beweis hatten, daß sie es gewesen war, die in dem Wagen in die Luft gesprengt worden war.

Verrückt. Und schlimmer noch – endgültig. Man kann aus einem Urlaub zurückkommen, aber nicht vom Tod. So hatte sie wenigstens eine Chance. Eine Fluchtroute, die mit jedem Tag wie die schließende Blende einer Kamera immer kleiner wurde. Aber immer noch da, eine schwache Hoffnung.

Der Brief an Cruz war leicht genug zu verstehen und unter den gegebenen Umständen leicht genug zu glauben. Sie hatte das Computersystem für das Fire Investigation Office entwickelt, aber die Verbannung von ihrem Job beim FBI hatte ihren Tribut gefordert. Sie war depressiv. Sie war erschöpft. Sie mußte weg und denken. Zu sich finden. Alles wahr. Sozusagen. Sie dachte an die Psychiaterin, mit der sie daheim gesprochen hatte. Vielleicht war das der Weg, den sie einschlagen sollte; dunkles Büro, schöne Pflanzen und herzzerreißende Bekenntnisse. Seelenreinigung. Der leichte Ausweg.

*Blödsinn.*

Sie hatte mehr als einen Monat Urlaub angesammelt, und sie würde ihn nehmen, ganz gleich, was jeder sonst sagte. Wenn das Charlie Langford oder sonst jemand in D. C. nicht gefiel, dann war das einfach zu verdammt schade. Wenigstens für eine Weile würde sie sich aus der Schlinge ziehen. Aber sie versprach, in Kontakt zu bleiben.

Jay drückte die Zigarettenkippe aus. Sie mußte gehen. Vielleicht war ihre Entscheidung unlogisch, aber das war unerheblich. Sie schaute über den Computerterminal und blickte dann aus dem Fenster am anderen Ende des Büros. Sonnenuntergang und schwache Verkehrsgeräusche. Die wahre Welt. Ein Ort, an den sie nicht mehr gehörte. Wie eine Gestalt aus einem ihrer Kinderbücher war sie durch einen Spiegel gegangen, hatte ein Amulett umklammert, sich in einem Schrank wiedergefunden und war verändert herausgestiegen. Und was hatte sie verändert? Vielleicht war es Zorn, vielleicht waren es Schuldgefühle.

Jay blätterte im Telefonverzeichnis auf Cruz' Schreibtisch und fand die Nummer der Taxizentrale Capital City Cab. Sie zog das Telefon heran und wählte.

## 18

SAGEN SIE MIR, was, zum Teufel, Sie sich dabei denken?« Lieutenant Stanley Talman, der Leiter der Mordkommission von Berkeley, starrte Hawkins an. Die beiden Männer saßen in Talmans Büro im zweiten Stock des Hauptquartiers des Berkeley Police Department. Das Büro war klein, kaum groß genug für einen Schreibtisch, zwei Stühle und ein paar Aktenschränke. An der Wand hinter Talmans Kopf hing ein Farbfoto. Talman in Badehose am Ruder eines Segelboots, während eine Blondine mit Bikini sich an ihn schmiegte. Im Hintergrund war die Golden Gate Bridge zu sehen. Herrliche Tage. Auf dem Foto hatte der abgehärmte Polizist noch Haare gehabt und war schlank gewesen.

Hawkins seufzte. »Ich habe es Ihnen gesagt. Ich habe mich mit einem alten Fall beschäftigt. Mit einem Mord im Jahre 1968. Perry Goddard hat mir Hinweise gegeben. So einfach ist das.«

»Nichts ist einfach«, grollte Talman. Auf dem Schreibtisch vor ihm standen ein großer Kaffeebecher mit Plastikdeckel, ein Fläschchen mit einer Arznei gegen Magengeschwüre und ein mit Zigarettenkippen überquellender Aschenbecher. In den vergangenen zwanzig Minuten hatte er abwechselnd Light-Zigaretten angezündet und abwechselnd einen Schluck aus dem Kaffeebecher und aus dem Arzneifläschchen getrunken.

»Bis ich mit Carol Prentice' Bruder in Vancouver sprach, nahm ich an, daß Thomas Ritchie nebensächlich war, nicht mehr als ein zweitrangiger Zeuge.«

»Doch jetzt ist er tot, und ebenfalls seine Frau. Vierundzwanzig Stunden nach Ihrem Gespräch mit ihnen.« Talman zündete sich wieder eine Zigarette an. Das Büro war bereits mit Qualm vernebelt. »Die gleiche Vorgehensweise wie bei dem Mord des Prentice-Mädchens.« Er schüttelte den Kopf. »Tatwaffe ein verdammter Baseballschläger.« Er nahm die Zigarette aus dem Mund und schlürfte geräuschvoll Kaffee. Hawkins zuckte zusammen. Der Kaffee mußte jetzt kalt sein. Der Magen des Mannes mußte eine Kloake von Magengeschwüren sein.

»Es ist eine Botschaft«, sagte Hawkins.

»An wen?« fragte Talman. »An Sie, an mich, an den verdammten Perry Goddard? An den Papst?«

»Spielt das eine Rolle?«

»Es ist Wahnsinn.«

»Da widerspreche ich nicht.«

»Dieser Typ ermordet 1968 Carol Prentice, und dann kommt er über fünfundzwanzig Jahre später zurück und tötet Ritchie und seine Frau auf die genau gleiche Weise?«

»So ist es.«

»Aber Sie sagten ebenfalls, daß ich ihn nicht in irgendeinem Computer, irgendeiner Liste, irgendeinem Strafregister finden werde, ist das richtig?«

»Richtig.«

»Er ist ein verdammter Zauberer, wollen Sie mir das sagen?«

»Ich will Ihnen gar nichts sagen, Lieutenant. Sie haben mich herbestellt, erinnern Sie sich?«

»Sie sind wegen dieses Fotos nach Berkeley zurückgekehrt, richtig?«

»Ja.«

»Lassen Sie es noch mal sehen.«

Hawkins zog den vergilbten Zeitungsausschnitt, den ihm John Prentice in Vancouver gegeben hatte, aus der Innentasche seines Jacketts. Er stammte aus der Ausgabe des *Berkeley Barb* vom 12. April 1968 und zeigte zwei junge Männer, die fröhlich auf eine Kamera zurannten. Sie wurden von einem halben Dutzend Polizisten in Uniform verfolgt. Die Bildunterschrift lautete ›Schneller als die Bullen im Park.‹ Laut Prentice war der linke Junge Ricky Stiles. Der Junge rechts war der junge Thomas Ritchie. Stiles hatte den Ausschnitt an Prentice zu der Kriegsdienstverweigererklinik in Vancouver geschickt, wo er ihn Ende Mai oder Anfang Juni erhalten hatte. Es war eine kurze Notiz an den Zeitungsausschnitt geheftet gewesen: »Bereits berühmt, oder sollte das berüchtigt heißen?«

Hawkins gab Talman den Ausschnitt. Der Kriminalbeamte paffte an seiner Zigarette und schaute auf das Foto. »Ist das dieser Wheels von dem Fall Prentice?«

»Das sagt ihr Bruder in Vancouver.«

»Nicht zu glauben. Ritchie hat nie gesagt, daß er ihn kannte.«

»Er lernte Carol im Juni kennen; dieser Ausschnitt ist vom April. Ritchie kannte Stiles, lange bevor einer von ihnen Carol Prentice kannte. Ritchie hat gelogen.«

»Sieht aus, als ob er für die Lüge bestraft worden ist«, sagte Talman. »Kann ich mir davon eine Fotokopie machen?« Er hielt den Zeitungsausschnitt hoch.

»Selbstverständlich.«

Talman verließ das Büro. Er kehrte nach ein paar Minuten mit mehreren Kopien zurück. Eine davon gab er Hawkins. Talman hatte das Foto fast doppelt so groß kopiert; jeder Zweifel an Ritchies Identität war verschwunden.

»Ich dachte mir, Sie möchten eine Kopie.«

»Danke.«

Talman schaute Hawkins forschend an. »Sind Sie sicher, daß das FBI nicht an diesem Fall beteiligt ist? Daß ich nicht in irgendeine Intrige des Bundes verwickelt werde?«

»Ja. Ich ermittle auf eigene Faust.«

»Gut.« Talman entspannte sich sichtlich. »Das Leben ist verdammt schwer genug.« Er überlegte. »Wollen Sie den Tatort sehen?«

»Das hilft vielleicht.«

»Kommen Sie mit.«

Als sie beim Haus am Stephen's Way eintrafen, war die Straße von Polizeifahrzeugen und Autos der Medienleute frei. Gelbes Band markierte den Tatort, hüllte Haus und Grundstück ein wie ein trauriges Geburtstagsgeschenk.

»Allmächtiger!« murmelte Hawkins, als Talman ihn durch die Haustür führte. Die Wände der Diele waren mit Blut bespritzt. Einer von Talmans Spurensicherern hatte den Umriß einer Blutlache auf dem Boden mit weißem Band und einem Pfeil markiert, der durch die Diele führte.

»Folgen Sie nur dem Wegweiser«, brummte Talman. Sie gingen durch die Diele ins Wohnzimmer. Auch hier war eine Blutspur auf dem weißen Teppich und sogar mitten auf der Glasplatte des Couchtisches. »Sieht aus, als hätte er hinter der Haustür gewartet«, sagte Talman, zündete sich eine Zigarette an und schaute auf den Couchtisch. »Er schlug nur einmal mit dem Baseballschläger zu, wie der Leichenbeschauer sagte. Dann schleppte er die Tote ins Wohnzimmer und legte sie auf den Couchtisch.«

»Organisiert«, bemerkte Hawkins und bezog sich damit auf den Unterschied zischen einem Mord, bei dem das Opfer an Ort und Stelle liegengelassen wird, und einem Mord, bei dem das Opfer an einer anderen Stelle zur Schau gestellt wird.

»Wie auch immer«, erwiderte Talman. Er war kein Mann, der zu viele Unterscheidungen traf, wenn es um ein Gewaltverbrechen ging.

»War sie verstümmelt?«

»Und ob.«

»Was war mit Ritchie?«

Talman wies auf die gläserne Schiebetür, die zu einer Terrasse und einer Zederngruppe hinausführte. Sie öffneten die Tür und gingen hinaus. Hawkins sah nur Bäume und frisch geknickte Äste. »Er wurde in der Schlucht gefunden. War schrecklich zugerichtet. Ich will Ihnen die Einzelheiten ersparen, aber ich mußte fast kotzen, als der Leichenbeschauer sie aufzählte. Dann schlug der Mörder mit dem Baseballschläger zu.«

»Die anderen Verletzungen erlitt er vor dem Tod?«

»Das sagt der Doc.«

»Folter.«

»So sieht es aus. Als Ihr Stiles fertig war, ging er ins Haus nach oben und duschte. Vielleicht wird das Labor dort fündig. Dauert aber eine Weile, bis alles untersucht ist.«

»Etwas hat ihn erschreckt«, sagte Hawkins und blickte noch einmal in die Schlucht. Dann wandte er sich um und kehrte ins Wohnzimmer zurück.

Talman folgte ihm. »Warum sagen Sie das?«

»Nachlässigkeit«, sagte Hawkins und schaute sich im Wohnzimmer um. »Das paßt überhaupt nicht zu ihm.«

»Wie kommen Sie darauf, daß er nachlässig war?« fragte Talman. »Er brachte sie um und kam davon. Sie sagen, er ist nicht aufzuspüren. Das nenne ich nicht nachlässig. Ich nenne das ungestraft einen Mord begehen.«

Hawkins schüttelte den Kopf. »Stiles ist verrückt, aber nicht dumm. Er tat das nicht aus einer Laune heraus. Er war besorgt. Das brachte ihn nach all diesen Jahren hierher zurück.«

»Besorgt weswegen?«

»Wegen mir. Wegen der Tatsache, daß ich im Fall Carol Prentice herumschnüffle.«

»Wie, zum Teufel, können Sie das wissen?«

»Ich bin mir nicht sicher«, erwiderte Hawkins. »Aber er wußte es.« Er wies durch das Wohnzimmer. »Dies ist eine Vertuschung. Stiles kehrte zurück, um etwas zu bereinigen.«

»Vertuschung? Bereinigen? Mann, der Mord an Carol Prentice ist fast dreißig Jahre her.«

»Ich fand heraus, daß Thomas Ritchie log. Er kannte Stiles, war mit ihm befreundet. Vielleicht log er ebenfalls in einem anderen Punkt. Bei etwas, das unserem Mörder Sorgen machte.«

»Zum Beispiel?«

Hawkins zuckte mit den Schultern. »Ich weiß es nicht, aber es war und ist wichtig. So wichtig, daß sich Stiles gezwungen sah, die Ritchies zu beseitigen.«

»Ich kann das nicht verstehen«, sagte Talman.

»Ich auch nicht. Noch nicht«, erwiderte Hawkins. »Wo ist Perry Goddard?«

Talman grinste kalt. »In seinem Buchladen. Hält sich bedeckt und fragt sich, ob ich ihn zur Rechenschaft ziehe, weil er Ihnen die Prentice-Akten gab. Er denkt, ich versuche, ihm die Pension kürzen zu lassen.«

»Sie wollen, daß ich mich aus dem Fall heraushalte?«

»Aber nein!« sagte Talman. »Dieses Foto, das Sie mir zeigten, ist die einzige Spur, die ich habe.« Er zögerte, bevor er weitersprach. »Ich hätte Sie gern dabei, solange ich dabei nicht dumm aus der Wäsche schaue.«

»Das werden Sie nicht. Ich brauche Goddard, und ich brauche noch einmal die Prentice-Akten.«

»Meinen Sie wirklich, Sie finden etwas in all diesem alten Scheiß?«

»Ja. Etwas, das 1968 übersehen wurde. Etwas, das Ricky Stiles einen höllischen Schrecken einjagte.«

Jay flog nach Pittsburgh und verließ die Stadt sofort wieder mit einem Wagen. Laut Werbebroschüre war Pittsburgh ein kosmopolitisches Kulturzentrum, das nur von Paris oder allenfalls Philadelphia übertroffen wurde, aber Jay hatte die Wahrheit gesehen, als das Flugzeug durch den eisengrauen Smog über dem Greater Pittsburgh International Airport gestoßen war. Die Stadt war ein dunkler Fleck in der Landschaft, und keine kulturelle Kosmetik konnte die Tatsache ändern, daß sie seit mehr als hundert Jahren in Puddelstahl und Mineralöl-Nebenprodukten verwurzelt war. Pittsburgh war die Stadt, die von Hollywood für Filme ausgewählt worden war, die von der Schattenseite des Lebens handelten. Des Nachts glühten die Hochöfen und Mühlen und Raffinerien vermutlich wie die Feuer der Hölle.

Jay mietete einen Wagen, fand den Airport Parkway und fuhr zur Interstate 79 und nordwärts. Irgendwo zwischen Albuquerque und den Appalachians schien jeder Gedanke über das, was sie tat, in einen verborgenen Winkel ihres Verstandes zu verschwinden. Es war ihr völlig klar, daß ihr Vorhaben verrückt war, aber es machte ihr einfach nichts aus. Ihr Kurs war festgelegt, die Entscheidung war getroffen. Es war wie beim ersten Fallschirmspringen – wenn man erst einmal aus dem Flugzeug gesprungen war, konnte man sich nicht mehr anders besinnen. Ob es einem gefiel oder nicht, man landete so oder so auf dem Boden.

Vierzig Minuten später verließ sie die zwischenstaatliche Autobahn und bog auf den State Highway 108 nach Slippery Rock. Laut Schild hatte der Ort zweiundzwanzigtausend Einwohner und war stolz darauf, die Heimat von einem Dutzend Dienstleistungs-Organisationen zu sein. Jay fand ein Motel am Rande der Kleinstadt, nahm sich ein Zimmer und schaute sich das Telefonbuch an; es hatte weniger als hundert Seiten, Weiße und Gelbe Seiten zusammen.

Das meiste des Geschäftsviertels lag an der South Main Street, und der Rest reihte sich an den Highway 108. Laut Werbebroschüre, die sie in ihrem Nachttisch fand, war die Stadt einst ein Zentrum der Stahl- und Ölindustrie gewesen, aber jetzt war sie finanziell hauptsächlich auf die Universität am westlichen Stadtrand angewiesen. Es gab ein Polizeipräsidium, ein Gerichtsgebäude, eine Feuerwehr, mindestens zehn Läden für Autoteile und-zubehör und ein Zentrum zur Behandlung von Vergewaltigungsopfern, die schwanger geworden waren. Aller Komfort der Neuzeit. Die Karte auf dem Umschlag des Telefonbuchs zeigte zwei Flüsse, einen Fliegerklub, eine Dragster-Rennbahn und ein Einkaufszentrum. Leider zeigte die Karte nicht, wo sie den hiesigen Serienmörder finden konnte.

Jay duschte, zog Jeans und T-Shirt an und machte einen Spaziergang. Alte Holzhäuser standen neben Maschinenhallen, zurückgesetzte Fassaden befolgten offenbar nicht die Bauvorschriften, Bürgersteige wirkten wie zufällig angelegt, und überall waren Bäume. Die Gesamtwirkung war überraschend angenehm. In der Nachmittagssonne wirkte Slippery Rock wie eine freundliche, leicht heruntergekommene Kleinstadt in einem Flußtal, umgeben von sanft gewellten Hügeln, wie sie fast überall in den USA hätte sein können.

Das Zentrum wurde von der Kreuzung State Highway 108 und South Main Street gebildet. An drei Seiten der Kreuzung standen Häuser, aber die Südseite war noch offenes Gelände, durch das sich ein Bach wand. Vier oder fünf Blocks straßenabwärts wurde die South Main Street zum State Highway 258, und zur Linken konnte Jay den großflächigen Campus des Slippery Rock State College sehen. Links des Campus, im Schatten eines altmodischen Wassertanks auf Stelzen, sah Jay ein Gebäude, das von einem Maschendrahtzaun umgeben und höchstwahrscheinlich ein Gefängnis irgendeiner Art mit niedrigen Sicherheitsanforderungen war.

Jay ging zur Stadtmitte. Die Spur zu Special K war konkret – der Anruf, durch den sie die Spur gefunden hatte, war von hier gekommen; aber wie konnte ein Mörder in einer solchen Kleinstadt verhindern, daß man ihm hinter die Schliche kam? Das Leben in Slippery Rock mußte wie in einem Glashaus sein; die meisten der Freunde und Verwandten und sonstigen Leute kannten hier den ungefähren Stand des Kontos der anderen und wußten, wer verheiratet war und wer nicht. Wenn ein Mann eine Affäre mit seiner Nachbarin haben wollte oder sie mit ihm, dann mußten sie sich schon in einem Motel jenseits der Countygrenze treffen.

Der direkte Weg – zur Polizei zu gehen – kam nicht in Frage. Richtige Informationsquellen und Prozeduren, all die Abkürzungen und Vorzüge für eine FBI-Agentin, waren ihr versagt; es gab nur die Jägerin und den Gejagten. Bei diesem Gedanken fröstelte sie, obwohl die Sonne noch warm auf ihre Schultern fiel, während sie zum Motel zurückkehrte.

*Wer ist wer?*

In ihrem Zimmer ging sie wieder das Telefonbuch durch, notierte Namen und Telefonnummern, die vielleicht nützlich waren. Für eine Kleinstadt gab es in Slippery Rock viele Agenturen des Staats und Bundes, und alle waren wohl mit Computern ausgerüstet. Wenn sie Zugriff auf einen bekam, würde sie vermutlich in alle hineinkommen, selbst wenn sie die Paßwörter von Cruz benutzen und elektronisches Sackhüpfen durch das Land spielen mußte.

Wenn nötig, konnte sie auch ihren eigenen Zugangscode benutzen, um Zugriff auf VICAP und die anderen FBI-Datenbanken zu bekommen, obwohl das viel risikoreicher war; ein Eindringen in die Großrechner in Washington und Quantico würde Spuren hinterlassen, ganz gleich, wie vorsichtig sie auf Zehenspitzen durch sie ging. Andererseits wurden diese Großrechner zehntausendmal pro Tag legitim genutzt; die Möglichkeit, daß jemand einen einzelnen illegalen Blick durchs Schlüsselloch bemerkte, war gering. Wenn sie Glück hatte, war die gigantische Bürokratie, die sie so sehr haßte, ihr bester Schutz.

Zum Glück lief der Telefonanschluß in ihrem Zimmer nicht über eine Vermittlung. Sie zog den Stöpsel aus der Steckdose in der Wand, ersetzte ihn durch den ihres Laptops und benutzte das eingebaute Modem, um eine nicht eingetragene Leitung einzuschalten. Solche Leitungen wurden für gewöhnlich von der Telefongesellschaft benutzt, um ihre Einrichtungen zu überprüfen, und hatten keine Nummer, was Computer anbetraf. Telefonhacker hatten die unsichtbaren Leitungen vor Jahren entdeckt und benutzt, um kostenlos Ferngespräche zu führen.

Jay startete das Programm. Es würde eine Weile dauern, aber schließlich würde es jede Telefonleitung im Gebiet von Slippery Rock ermitteln, die mit einem Computermodem benutzt wurde. Das würde die Dinge hoffentlich etwas eingrenzen. Sie blickte auf ihre Armbanduhr; kurz nach fünfzehn Uhr. Es gab keine Lokalzeitung in Slippery Rock, was bedeutete, daß sie ungefähr dreißig Kilometer weit nach Butler fahren mußte.

Im Vergleich zu Slippery Rock war Butler, die Kreishauptstadt, eine blühende Metropole, komplett mit großem Gerichtsgebäude und Gefängnis mitten in der Stadt und mit eigenem Busnetz. Die Gebäude in der Innenstadt waren überwiegend aus Backstein, und Glas- und Betonbauten ragten mit zehn bis zwölf Stockwerken auf, offenbar um zu beweisen, daß die geschäftige Stadt mit hunderttausend Einwohnern nicht nur eine Vergangenheit, sondern auch eine Zukunft hatte. Nach dem, was Jay auf der Fahrt in die Stadt sehen konnte, war Butler finanziell von Pullman-Standard abhängig, Amerikas größtem Hersteller von Frachtfahrzeugen, und dem großen Armco-Stahlwerk, gerade außerhalb der westlichen Stadtgrenze.

Die Räume der Zeitung *Eagle* befanden sich in einem flachen Backsteingebäude an der West Diamond Street, das versteckt hinter dem neugotischen Gerichtsgebäude mit dem Glockenspitzturm und dem düster wirkenden Gefängnis stand. Die ›Mörder‹-Akte im Archiv der Zeitung war deprimierend dünn. In den letzten zehn Jahren war die Mehrzahl der Morde von Einheimischen begangen worden, für gewöhnlich unter Alkoholeinfluß. Während dieses Zeitraums hatte es nur vier Fälle von Totschlag gegeben, zwei bei Ehestreitigkeiten, einer stellte sich später als Selbstmord heraus, und der vierte war zufällig während eines Raubüberfalls auf eine Tankstelle passiert. Es gab noch weniger Vermißtenfälle im Archiv und überhaupt keinen in Slippery Rock.

Das konnte zweierlei bedeuten – entweder lebte ihr Mann in Slippery Rock, wählte seine Opfer jedoch woanders aus, oder er erfand die Morde, dachte sich Geschichten aus, um damit am Schwarzen Brett von Special K zu prahlen. Von beiden Möglichkeiten hielt Jay die erste am wahrscheinlichsten. Ihr Gefühl sagte ihr, daß SK-WIZ einen Schwindler fast sofort durchschaut und ausgeschlossen hätte; in Special K war kein Platz für Amateure und Lügner. Sie verzog das Gesicht, als sie den Aktenhefter zuschlug. Gott allein kannte die Einführungsriten, bevor man ein Mitglied von WIZ' ausgewählter Gruppe Dämonen wurde.

Wenn der Computer in ihrem Motelzimmer nicht etwas erbrachte, war sie in einer Sackgasse. Sie überlegte einen Moment, und dann öffnete sie intuitiv noch einmal die Mörderakte. Die meisten Zeitungsausschnitte gaben die gleiche Verfasserin des Artikels wider – Christy Skeed. Jay gab den Aktenhefter dem Archivar zurück und ging nach oben in die Redaktionsräume, aber die Kriminalreporterin des *Eagle* war unterwegs, und keiner wußte, wann sie zurückkehren würde. Wieder folgte Jay einer Intuition. Sie ließ ihren Wagen, wo sie geparkt hatte, und ging das kurze Stück die Main Street hinauf, bis sie nahe beim Gerichtsgebäude fand, was sie suchte – ein schmuddelig wirkendes Lokal namens Phil's.

Das kleine Restaurant lag versteckt zwischen einem Schuhgeschäft und Butler Smokes, einer Kombination aus Zeitungskiosk und Tabakladen. Es war jetzt später Nachmittag, und das Lokal war leer bis auf einen enorm fetten Mann mit schmutziger Schürze, der eine Tagesladung Fett und Bratreste von Hamburgern vom Grill hinter der Theke abschabte – das war vielleicht Phil. Jay setzte sich auf einen der Stühle, die mit rotem Leder bezogen waren. Lokale wie Phil's gab es in Washington oder Santa Fe nicht mehr: Miniatur-Musicboxen wie eine Reihe von Chrom- und Plastikgrabsteinen auf einer Theke mit Kunststoffplatte, der Geruch von altem Frittenfett, der sich für ewig in die hellgrünen Wände eingesogen hatte, fünf kleine Nischen gegenüber der Theke und eine große Registrierkasse aus Messing neben der Theke. Bei der Registrierkasse ein Spieß voller Kassenbons.

Phil führte Buch, und Jay war überzeugt, daß die Bons nur die Spitze des Eisbergs waren. Sie hätte gewettet, daß der gute Phil nur jede zweite oder dritte Mahlzeit in die Registrierkasse eintippte, um das Finanzamt zufrieden zu halten, und den Rest in die tiefe Tasche unter seiner Schürze steckte. Das meiste Geld nahm er vermutlich von Cops, Anwälten und Zeitungsleuten ein, denn Phil's war das nächste Eßlokal zwischen dem Gericht und den *Eagle*-Büros.

Der fette Mann hinter der Theke schabte noch einen Augenblick lang altes Fett ab, und dann wandte er sich um und wischte die Hände an der ohnehin schon schmutzigen Schürze ab. Er war Anfang Fünfzig und hatte ein breites, slawisches Gesicht mit vielen Lachfalten.

»Was darf's sein, Lady?«

»Sie sind Phil?«

»In Fleisch und Blut und jede Menge davon.« Er lächelte, und die Falten glätteten sich. »Phil Kowalchuk.«

»Jennifer Smith.«

»Freut mich, Sie kennenzulernen. Was kann ich Ihnen servieren, Frühstück, Mittagessen oder Abendessen?«

»Christy Skeed.«

»Was ist mit der?« Das Lächeln wurde etwas schwächer, aber nicht viel.

»Kommt sie oft her?«

»Jeden Tag.«

*Zwei Punkte für Intuition.*

Jay setzte ihr bestes Lächeln auf. »Kommt sie zum Frühstück, zum Mittagessen oder Abendessen?«

»Manchmal zu allen dreien. Warum?«

»Ich möchte mit ihr reden.«

»Polizei?«

»Statistikerin«, antwortete Jay. Phil runzelte die breite, schweißglänzende Stirn.

»Das ist was Neues.«

»Wir stellen eine statistische Datenbank über das regionale Verbrechen auf«, behauptete Jay. »Ich dachte, Miss Skeed kann mir helfen.«

»Haben Sie es beim *Eagle* versucht?«

»Sie ist nicht da.«

»Sie wird schon eintrudeln«, sagte Phil. »Setzen Sie sich in eine Nische, und ich hole Ihnen Kaffee. Ich schikke Christy zu Ihnen, wenn sie reinkommt.«

»Okay.« Jay erhob sich. Sie schaute sich anerkennend im Lokal um. »Als ich klein war, gab es so ein Lokal in meiner Heimatstadt. Der Besitzer backte alle möglichen Kuchen. So was tun Sie wohl nicht?«

Das Lächeln erblühte gewaltig. »Apfel, Heidelbeer, Pfirsich, Rhabarber, Rosinen, Kürbis, wenn Saison, und Zitronenkuchen das ganze Jahr.«

Jay hielt eine Hand an die Stirn und tat, als würde sie ohnmächtig werden. »Sind Sie verheiratet?«

»Seit zweiunddreißig Jahren.« Phil strahlte. »Was glauben Sie, wer backt und weshalb ich so geworden bin?« Er klopfte mit fleischiger Hand auf seinen Bauch.

»Zu schade, daß Sie bei diesem Kuchenangebot schon vergeben sind.« Jay seufzte gespielt. »Zitronenkuchen.«

Eine halbe Stunde und zwei Stücke Kuchen später tauchte Christy Skeed auf und setzte sich gegenüber von Jay in die Nische.

Sie war Mitte Zwanzig, hatte struppiges rotblondes Haar, Sommersprossen und die merkwürdigsten Augen, die Jay je gesehen hatte. Ein Auge war blau, das andere braun, und beide waren mit winzigen Goldpünktchen gesprenkelt.

»Mein Lehrer in der zweiten Klasse dachte, ich bin vom Teufel besessen«, sagte die junge Frau. »Ich habe den bösen Blick oder das Kainsmal oder sonstwas. Es gibt einen wissenschaftlichen Namen dafür, aber ich kann mich nicht daran erinnern.«

Jay errötete vor Verlegenheit. »Ich wollte Sie nicht so anstarren.«

Die Reporterin zuckte die Achseln. »Tun Sie sich keinen Zwang an. Jeder starrt mich an. Mir macht das nichts aus.«

Phil brachte ihr eine Tasse Kaffee und ein Stück Apfelkuchen, Käse und Eiscreme. Christy nippte an dem Kaffee, seufzte zufrieden und machte sich über den Apfelkuchen her. Jay wollte ihre Zigarette ausdrücken, doch die junge Reporterin schüttelte den Kopf. »Rauchen Sie nur weiter. Jeder im Büro tut das. Das ist das einzige öffentliche Gebäude in der Butler County, in dem man sich immer noch Lungenkrebs ohne Schuldgefühle holen kann.« Phil kam mit der Kaffeekanne an den Tisch, schenkte in Jays Tasse ein, strahlte Christy an und zog sich zurück.

»Sie sind die Kriminalreporterin des *Eagle.*«

»Richtig. Phil sagte, Sie wollen mit mir über Kriminalstatistiken reden.«

»Das ist ein Teil davon.«

Christy trank einen Schluck Kaffee, schaute Jay schnell abschätzend an und widmete sich dann wieder ihrem Apfelkuchen. »Was ist der Rest?« fragte sie mit dem Mund voll Apfelkuchen.

»Slippery Rock.«

»Eine Kleinstadt im westlichen Pennsylvania. Heimat des Slippery Rock State College, das ich besucht habe, und nicht viel sonst. Was ist damit?«

Jay drückte die Zigarettenkippe im Aschenbecher aus und trank einen Schluck Kaffee. »Sagen wir so«, begann sie und stellte die Tasse ab. »Wir haben ein besonderes Interesse an Slippery Rock.«

»Sie sind FBI-Agentin, nicht wahr?« sagte Christy. Sie leckte die Gabel ab und spießte dann die letzten Kuchenkrümel vom Teller.

»Ich arbeite mit dem FBI zusammen.«

*Das war nicht ganz gelogen.*

»Ich kenne nicht mal Ihren Namen.«

»Ich heiße Jennifer Smith.«

»Es geht um die Briefe, nicht wahr?« Die Reporterin nahm sich ungeniert eine Zigarette aus Jays Päckchen und zündete sie an. Sie lehnte sich zurück und paffte nachdenklich. Die verschiedenfarbigen Augen wirkten fast hypnotisch.

»Das könnte sein«, antwortete Jay vorsichtig.

*Welche Briefe?* dachte sie.

Christy zuckte mit den Schultern. »Seit einem Jahr kommen keine mehr. Das sind jetzt alte Nachrichten, wenn es überhaupt jemals neue waren. Es überrascht mich, daß ihr vom FBI euch dafür interessiert.«

»Warum sagen Sie mir nicht, was Sie wissen?« fragte Jay.

»Das sollte meine Frage sein.« Christy sog tief an ihrer Zigarette.

»Wenn etwas dran ist, bekommen Sie es als Exklusivbericht, wie finden Sie das?«

»In Ordnung. Wieviel wissen Sie bereits?«

»Erzählen Sie, als ob ich überhaupt nichts wüßte.«

*Das ist die reine Wahrheit.*

»Sechs Briefe im Laufe von zwei Jahren, ungefähr alle vier Monate einer.«

»Adressiert an *Eagle*?«

»Ja, die ersten beiden gingen an Bernie Lane. Dann ging er zu einer Zeitung in Boston. Gleich nachdem ich das Krimiressort übernahm, kamen die Briefe direkt zu mir. Genauer gesagt, es war der gleiche Brief, der viermal eintraf.«

»Fotokopien?«

»Nein. Handgeschrieben. Jedesmal mit anderer Farbe der Tinte.« Christy schloß die Augen. »Blau, grün, rot und dann orangefarben.«

»Was stand in den Briefen?«

»Wie ich schon sagte, immer dasselbe. ›Das Böse muß ausgerottet und der Sumpf der Sünde muß trockengelegt werden, damit wir erlöst werden.‹ Krankes Zeug.«

»Unterschrift?«

»Nein. Aber am Fuß des Briefs klebten immer ein paar Haare.«

»Haare? Was für Haare?«

»Menschenhaare. Sehr dünne. Wie die von einem Baby oder einem alten Mann.«

»Haben Sie die Briefe der Polizei übergeben?«

»Ich habe es versucht.« Christy trank einen Schluck Kaffee. »Die Staatspolizei sagte, es gibt kein Anzeichen auf ein Verbrechen, und so wollte sie sich nicht damit befassen. Die Cops in Slippery Rock waren ebenfalls nicht interessiert.«

»Warum haben Sie versucht, die Briefe der Polizei von Slippery Rock zu geben?«

»Die Briefe waren in Slippery abgestempelt. Im Postamt aufgegeben.«

»Was machten Sie dann?«

Christy zuckte die Achseln. »Ich recherchierte, so gut ich konnte.«

»Keine vermißten alten Männer? Keine vermißten Babys?«

»Keine. Am nächsten kam eine alte Lady mit Alzheimer heran, die durch den Slippery Rock Park irrte. Sie fiel in den Glade Run Creek und ertrank.«

»Sie haben die Haare nie im Labor untersuchen lassen?«

»Mein Boß ist ein Geizhals.« Christy lachte. »Für solche Dinge gibt es kein Budget.«

»Und dann kamen keine Briefe mehr?«

»Ja.« Christy nickte. »Seit ungefähr einem Jahr. Ich sagte mir, er ist weggezogen, oder es wurde ihm zu langweilig. Jedenfalls gab es keine Story her.«

Jay überlegte. »Gab es noch etwas Merkwürdiges an den Briefen außer den Haaren und der farbigen Tinte?«

»Die Schrift war sehr ordentlich, sehr graphisch. Vielleicht wie die eines Architekten oder Graphikers.«

»Keine Schreibfehler, keine schlechte Grammatik?«

»Keine.«

»Das Papier?«

»Normales Schreibmaschinenpapier.«

»Kuvert?«

»Ebenfalls Standard.« Christy Skeed überlegte und runzelte die Stirn. »Warten Sie. Da war noch etwas.«

»Ja.«

»Wer auch immer diese Briefe schickte, er rauchte Pfeife. Ich erinnere mich, daß ich das beim Öffnen des ersten Briefes dachte. Genauso war es bei den anderen dreien.«

»Warum Pfeife?«

»Mein Vater rauchte Pfeife. Solange ich zurückdenken kann. Meine Mutter beklagte sich immer über den Gestank in seiner Kleidung. Der gleiche Geruch war an dem Papier und im Kuvert.«

»Ein besonderer Geruch?« fragte Jay.

»Süßlich«, antwortete die Reporterin. »Wie von Kirschen.«

Der Eismann saß in dem dunklen Raum, und sein Gesicht war vom Glühen der Bildschirme erhellt. Immer wieder spielte er das Spiel, verfeinerte es, veränderte es, und seine geschickten Finger wirbelten über die Tasten. Das Spiel war der Köder, der immer frisch gehalten werden mußte. Zu Beginn war die Kulisse des Spiels ein vergeistigtes Ding von Worten und Konzepten, das nur die intellektuellsten Spieler anzog – wie Christie, sein erster, der Psychiater aus Baltimore, der so vernarrt in kleine Mädchen war. Die Technologie hatte sich jedoch verändert, und durch die Benutzung von einem Dutzend Hilfsmitteln, vom Flugsimulator bis zu den neuesten Graphik- und Soundkarten, hatte er eine Welt von Bergen, Seen, Wüsten, von Gassen, Burgen und Verliesen, von verwunschenen Häusern und Geheimkammern aufgebaut, die so real wirkte, daß sogar Spieler wie Billy Ray, der AIDS-Freak von Taladega, Alabama, ihre Freude daran hatten.

Um die zwanzig Spieler waren aktiv an dem Spiel beteiligt, und für die meisten davon war die Welt, die er erschaffen hatte, weitaus realer als diejenige, in der sie lebten und atmeten und mordeten. Im Netz konnte jeder er selbst sein, seine Geschichte erzählen, seine Träume ohne Zurückhaltung oder Furcht ausleben. Er hatte sogar ein paar scherzhafte, private Online-Chats mit Christie über den therapeutischen Wert des Spiels und Special K im allgemeinen gehabt. Der Psychiater fand sogar, daß das Spiel ein hervorragendes Werkzeug war, um das soziale Stigma von abnormem Verhalten in einer Welt zu beseitigen, in der Abnormität eine Norm war.

Zwangsläufig, jedenfalls war Christie der Ansicht, würde ihre geteilte Vorliebe für das Töten schließlich von der Außenwelt akzeptiert werden als eine Tatsache des täglichen Lebens, der nicht mehr moralisches Gewicht beigemessen wurde als den räuberischen Gewohnheiten einer herabstoßenden Eule oder irgendeines anderen Tiers, das in der Dunkelheit jagte. Wie Christie es formuliert hatte: Wer wollte in einer Welt, die verrückt geworden war, jemand von ihnen als verrückt bezeichnen?

Er lehnte sich auf dem Stuhl zurück und betrachtete den Raum, der soeben auf dem Bildschirm vor ihm Gestalt angenommen hatte. Er hatte die Kammer für Seefeld erbaut, für das letzte Mitglied, das in Special K akzeptiert werden wollte. Darin konnte der Deutsche seine Hammer-Ritualmorde nachvollziehen und sie alle erfreuen.

Die Kammer war ein Geschenk für das bestandene Examen. Seefeld war das erste Mitglied aus dem Ausland, und lange hatte der Eismann ihn beobachtet, während Seefeld durch die oberen Ebenen des Spiels gewandert war. Am Anfang hatte es den Anschein gehabt, daß er nur ein gewöhnlicher Hacker mit einer Vorliebe für gewalttätige Multi-user-Dungeons-&-Dragons-Spiele war, doch schließlich hatte er die Falltüren gefunden und den Eintritt in das richtige Special K verlangt.

Alle Spieler waren nervös geworden, als es darum gegangen war, jemand aus dem Ausland zu akzeptieren, denn die transatlantische Benutzung des Internets war anfälliger für Überwachung, doch der Eismann war fasziniert gewesen. Er fragte Seefeld nach Referenzen und erhielt eine Reihe von Kindesentführungen, Morden und Verstümmelungen im Laufe der vergangenen drei Jahre. Nachdem der Eismann Christie zu Rate gezogen hatte, spürte er Seefeld beim nächsten Mal, an dem er durch die Falltüren der oberen Ebene kam, auf und verfolgte die Spur zurück bis zu der österreichischen Stadt Linz, Adolf Hitlers Heimatstadt, die anscheinend passend genug war.

Von Linz aus verfolgte der Eismann Seefeld durch das EUnet bis München. Dort nahm er Zugriff auf die Datenbanken von drei Nachrichtenagenturen und überprüfte Seefelds Geschichten. Daten, Zeiten und Ereignisse paßten perfekt überein, doch der Eismann gab sich noch nicht zufrieden. Er verlangte von Seefeld detaillierte Informationen über die Verbrechen, von denen die Nachrichtenagenturen noch nichts berichtet hatten, und überprüfte die Informationen mit den Computerdateien der Polizei. Wiederum stimmten die Einzelheiten überein. Als letzten Test fragte der Eismann Seefeld nach dem Datum und dem Ort seines nächsten Verbrechens. Der Deutsche gab bereitwillig Auskunft, und heute morgen, genau wie angekündigt, berichteten die Presseagenturen in Deutschland von einer neuen Kindesentführung.

Der Eismann nickte anerkennend bei dem fertigen Bild auf dem Bildschirm. Wenn er an diesem Abend das Spiel und das Schwarze Brett startete, würde er die Datei auf den neuesten Stand bringen und eine doppelte ((:< Smiley-Botschaft für Seefeld eingeben, um ihm zu zeigen, daß er in der Gruppe akzeptiert war. Er lachte glücklich in der Dunkelheit. Das Zimmer, das er für Seefeld entworfen hatte, ähnelte auf erstaunliche Weise dem von John Prentice' kleiner Lasterhöhle in Vancouver. Er war besonders stolz darauf, wie er den weißen Marmorkamin und die Blutspritzer darauf hingekriegt hatte.

Der Eismann lachte leise und begann Leonard Cohens Song zu summen. Es war einer seiner liebsten: »First We Take Manhattan, Then We Take Berlin.«

## 19

DIE AKTEN DES Falls Carol Prentice waren in Perry Goddards Apartment über dem Buchladen verstreut. Einiges von dem Material war an die Staffeleien geheftet, die sie von der Mordkommission ausgeliehen hatten, anderes war auf dem Couchtisch vor der Ledercouch gestapelt, und der Rest lag auf dem Boden im Wohnzimmer. Die beiden Männer arbeiteten daran seit dem vergangenen Spätnachmittag, und beide sahen abgespannt und müde aus.

Goddard lag auf seinem verstellbaren Lehnstuhl und hielt eine Corona-Zigarre in der Hand. Hawkins saß auf der Couch und schaute auf die Staffelei mit den Akten, die gegenüber vom Couchtisch aufgestellt worden war.

»Nichts«, sagte Goddard. Er rülpste laut und setzte sich auf, und der Lehnstuhl knarrte, als sich die Rükkenlehne verstellte. »Es wurde nach allen Regeln der Kunst ermittelt. Es ist uns nichts entgangen. Dies ist alles Blödsinn. Wir jagen einen Geist.«

»Ein Geist hat nicht Claire Ritchie vergewaltigt und erschlagen. Das war Ricky Stiles.«

»Und Sie meinen, er tat es wegen etwas in Zusammenhang mit dem früheren Mord?«

»Ja. Dessen bin ich mir sicher.«

»Warum?« fragte Goddard. »Dieser Kerl ist wahnsinnig. Vielleicht kam er nur zurück, weil er sich an die guten alten Zeiten erinnerte; vielleicht wollte er nur beenden, was er angefangen hatte.«

»Nein.« Hawkins schüttelte den Kopf.

»Warum nicht?«

»Weil es nicht zu seinem Verhaltensmuster paßt. Es ist einfach nicht seine Art.« Er schüttelte nochmals den Kopf. »Nein. Er kam zurück, weil wir zu nahe dran waren.«

»Woran dran waren?« fragte Goddard aufgebracht. »Wenn es etwas ist, das wir damals nicht fanden, wie sollen wir es jetzt finden?«

»Ich weiß es nicht.«

»So? Nun, ich weiß es ebenfalls nicht.« Goddard wies in die Runde. »Ich sehe nichts außer verdammt viel Papier, das zu nichts führt.«

»Die Antwort auf die Frage ist hier«, sagte Hawkins.

Goddard schnaubte. »Sie sind so verrückt wie Stiles. Er macht sich Sorgen wegen etwas, das es nicht gibt, und Sie suchen nach demselben Hirngespinst.«

»Ihnen ist die Tatsache entgangen, daß Thomas Ritchie Stiles kannte, bevor beide Carol Prentice kennenlernten. Wenn Sie das übersehen haben, ist Ihnen vielleicht auch etwas anderes entgangen.«

Goddard stöhnte.

»Gehen wir alles noch einmal durch«, sagte Hawkins. »Schritt für Schritt.«

»Also gut.« Goddard atmete tief durch und ließ sich auf dem Lehnstuhl zurücksinken. »Noch einmal.«

»Wer meldete den Mord?« fragte Hawkins.

»Ein Mädchen namens Maureen Donegan. Nur eine Bekannte. Sie wollten zusammen einkaufen. Das Donegan-Mädchen sieht, daß die Wohnungstür offensteht, geht rein und findet Carol Prentice. Sie flippt aus, ruft jedoch bei der Polizei an. Die schickt einen Streifenwagen hin, der am nächsten ist.«

»Und dann?«

»Die Cops rufen die Mordkommission. Mein Partner Eddie Cochran nimmt den Ruf an. Er fährt zum Tatort und bestellt die Spurensicherung und den Leichenwagen. Ich war im Gericht und sagte in einem anderen Fall aus. Als ich beim Tatort eintraf, war die Leiche bereits abtransportiert.«

»Was spielte sich im Apartment ab, als Sie dort eintrafen?«

»Es wurden noch Fotos gemacht. Eddie stritt sich mit einem der Typen vom Rauschgiftdezernat.«

»Über die Drogen, die in der Wohnung gefunden wurden?«

»Ja. Das Rauschgiftdezernat wollte den Stoff haben, aber Eddie bestand darauf, daß es Beweismittel der Mordkommission waren.«

»Wie wurde der Streit gelöst?«

»Ich forderte den Jungen vom Rauschgiftdezernat auf, sich zu trollen.«

»Das war's dann?«

»Das war's.«

»Und dann?«

»Nichts«, sagte Goddard. »Eddie machte sich auf den Weg, um die Nachbarn zu befragen und Ritchie aufzuspüren.«

»Woher wußte er von Ritchie?«

»Von dem Donegan-Mädchen.«

»Kannte sie Stiles ebenfalls?«

»Nur als Wheels.«

»Was geschah dann?«

»Das steht in meinem Bericht. Ich half den Spurensicherern bei der Sicherstellung der Drogen und der Auflistung der Beweismittel. Wir versiegelten die Tür, nahmen die aufgelisteten und gekennzeichneten Beweismittel mit in die Asservatenkammer, und das war alles.«

»Von da an fand alles fern der Wohnung statt? Die Befragungen von Maureen Donegan, Ritchie und den anderen Freunden und Bekannten von Carol Prentice?«

»Ja.«

Hawkins nagte an der Unterlippe. »Stiles konnte also nicht mehr in die Wohnung, auch nicht, wenn er in der Nähe war.«

»Ich kann Ihnen nicht folgen.«

»Stiles kam nach fast dreißig Jahren zurück, weil er Angst vor etwas hatte. Er ermordete Ritchie, weil der etwas wußte.«

»Wie wäre es mit der Tatsache, daß die beiden sich kannten?«

»Das reicht nicht. Es war etwas aus der Vergangenheit, das ihm jetzt, in der Gegenwart, schaden kann.«

»Und was? Menschenskind, das haben wir bereits ein dutzendmal durchgekaut.«

»Ritchie wußte etwas über Stiles. Etwas, an das Ritchie sich vielleicht nicht einmal mehr erinnerte.«

Goddard nickte langsam. »Bis Sie ihn aufsuchten und seine Erinnerung auffrischten?«

»Vielleicht.«

»Etwas Persönliches«, überlegte Goddard laut. »Es müßte dann etwas sein, das niemand sonst weiß.« Er zuckte die Achseln. »Vielleicht war Ritchie schwul. Nach dem, was Sie mir gesagt haben, ist Stiles bisexuell oder trieb es jedenfalls mit Männern *und* Frauen.«

»Das ist zu wenig.«

»Was dann?«

»Etwas Persönliches«, sagte Hawkins leise. Er blätterte in den Aktenheftern und Papierstapeln auf dem Couchtisch. »Sie sagten, Sie machten eine Liste der Beweismittel?«

»Der Hefter mit dem blauen Aufkleber«, sagte Goddard und wies darauf. Hawkins nahm die Akte und blätterte sie durch. Da war anscheinend nichts Ungewöhnliches. Es betraf außer Blutflecken hauptsächlich die Drogen und das Drum und Dran, das in der Wohnung gefunden worden war. Verschiedene Haschisch- und Marihuanapfeifen, Papier für Joints, Parfumphiolen mit Rückständen von Haschischöl, eine Wasserpfeife. Standardutensilien von Hippies in jener Ära.

Die Bestandsaufnahme schloß auch eine Auflistung von Carol Prentice' Kosmetikartikeln und anderen privaten Dingen ein, die hauptsächlich aus dem Badezimmer stammten. Angesichts ihres bekannten Sexualverhaltens erzählte die Liste eine interessante Geschichte. Ein pinkfarbenes Pessaretui; eine zusammengedrückte, zum Teil benutzte Tube Blue Ointment, was bedeutete, daß sie vor kurzem Filzläuse gehabt hatte; eine Gleitcreme und eine ungeöffnete Schachtel Tampons.

Laut Ermittlungsbericht von Goddard und seinem Partner hatte eine Überprüfung bei der Berkeley Free Clinic ergeben, daß Carol Prentice zum Zeitpunkt ihres Todes zweieinhalb Monate schwanger gewesen war. Die Free Clinic hatte ebenfalls eine Krankenakte von ihr über den Filzlausbefall, eine geheilte Gonorrhoe, eine bestehende Harnröhrenentzündung und die Verschreibung eines Pessars während ihrer ersten Woche auf der Uni Berkeley im vergangenen Jahr. Mit anderen Worten, die junge Frau hatte wahllose Geschlechtsbeziehungen gehabt. In der Akte der Free Clinic war ebenfalls vermerkt, daß Carol bei der Anpassung des Pessars eine *virgo intacta* gehabt hatte. Rein und unschuldig aus Rochester, hatte Carol Prentice sich offenbar mit Begeisterung der Generation der freien Liebe angeschlossen.

Hawkins ging wieder die Liste der Beweismittel durch. Zusätzlich zu den Dingen im Zusammenhang mit Sex waren ein Arzneischrank voller nicht verschreibungspflichtiger Arzneimittel und vier verschreibungspflichtige Mittel aufgelistet, einschließlich Belladonna und ein starkes Inhalationspräparat.

»Hatte sie Probleme mit den Bronchien?«

»Asthma.« Goddard nickte. »Wir überprüften das sogar bei ihrem Arzt in Rochester. Sie hatte auch Heuschnupfen.«

Außer den Mitteln für ihr Asthma war eine Pillenschachtel aufgeführt, die neben dem Bett gefunden worden war. Kein Aufkleber. Durchdrückpackungen waren in der Schachtel, alle gleich, und auf die Folie war ein roter Streifen gedruckt, und ein Code stand auf jeder Seite der Folie: P.D. 387.

»Da waren einige Pillen neben dem Bett«, sagte Hawkins.

»Um Himmels willen, da waren überall Pillen.«

»Diese hatten keinen Verschreibungsaufkleber.«

Goddard zuckte mit den Schultern. »Das sagt mir nichts.«

»Nach welcher Seite wies die Matratze beziehungsweise die Schaumstoffunterlage? Können Sie sich daran erinnern?«

Goddard überlegte. »Nordwärts«, sagte er schließlich. »Das Fußende zur Tür.«

»Wenn Sie am Fußende stehen, auf welcher Seite wurde Carol gefunden?«

»Auf der rechten. Sie lag auf der Seite. Er erschlug sie mit der linken Hand, erinnern Sie sich?«

»Aber vom Kopfende aus wäre es umgekehrt. Was Carol anbetraf, so schlief sie auf der rechten Seite.«

Goddard stellte sich das bildlich vor und nickte. »Richtig.« Er runzelte die Stirn. »Na und?«

»Meine erste Frage. Auf welcher Seite wurden die Pillen gefunden?«

»Da sollte eine Skizze am Ende des Berichts sein.«

Hawkins blätterte zur letzten Seite. Er nickte vor sich

hin. Der Code des Erkennungsdienstes für die Fundstelle der Pillenschachtel stimmte mit der eingekreisten Zahl auf der linken Seite neben der Schaumstoffschicht überein. »Die linke Seite.«

»Wie ich schon sagte, na und?« erwiderte Goddard.

»Männer neigen dazu, auf der Seite des Bettes zu schlafen, auf der sie die Hand, mit der sie schreiben, frei haben«, antwortete Hawkins. »Die Hand, mit der sie beim Sex zu streicheln pflegen.«

»Keine Ahnung«, sagte Goddard. »Bei mir ist das so verdammt lange her, daß ich mich nicht mehr erinnere. Aber ich verstehe immer noch nicht, welche Rolle das spielt.«

»In bezug zu der Person auf dem Bett wurden die Pillen auf der linken Seite gefunden. Was bedeutet, daß sie vermutlich einem Linkshänder gehörten.«

»Stiles!« Goddard setzte sich ruckartig auf dem Lehnstuhl auf.

»Sie haben nie überprüft, um welche Pillen es sich handelt?«

Goddard schnaubte. »Berkeley war damals eine Drogenstadt, und es war ohnehin kein Rauschgiftfall.«

»Da haben Sie recht«, sagte Hawkins.

»Wie finden wir also heraus, welche Pillen es sind? Wir haben nur noch die Liste. Alle Beweismittel werden vor Jahren entsorgt worden sein.«

»Es sollte nicht allzu schwierig sein«, sagte Hawkins. Er ging zum Telefon, wählte eine Nummer des FBI und ließ sich mit dem FBI-Labor in Washington verbinden. Er las laut die Pillenbezeichnung von den Kapseln ab, die in der Liste aufgeführt war, und wartete. Er hatte die Antwort binnen fünf Minuten.

»Nun?« fragte Goddard, als Hawkins zur Couch zurückkehrte.

»P.D. 387 ist die alte Bezeichnung eines Präparats namens Phenacemid. Der chemische Bestandteil wird Phenuron genannt.«

»Klingt nach einem Antibiotikum. Vielleicht hatte er ebenfalls Gonorrhoe.«

»Es ist ein Mittel gegen Krämpfe«, murmelte Hawkins.

»Gegen Anfälle oder so was?«

»Ja«, sagte Hawkins. »Es wurde in den sechziger Jahren als Ersatz für Phenobarbital eingeführt.«

»Und wofür oder wogegen war das?«

»Epilepsie«, sagte Hawkins triumphierend. »Deshalb kehrte Stiles zurück. Thomas Ritchie wußte, daß Ricky Epileptiker ist.«

Jay Fletcher war kurz nach dem Sonnenaufgang mit trocknenden Tränen auf den Wangen aufgewacht. Sie hatte keine Erinnerung an die Träume dieser Nacht, fühlte sich jedoch von einer tiefen Traurigkeit erfüllt. Sie sehnte sich nach der normalen Welt, und das war natürlich lächerlich. Jay versuchte das Gefühl abzuschütteln, indem sie einen Spaziergang durch Slippery Rocks dösende Straßen machte, und sie sah eine Bäkkerei, die soeben öffnete. Sie kaufte ein noch warmes Croissant und einen Becher heißen Kaffee und kehrte zum Motel zurück. Nachdem sie ihr Frühstück verzehrt hatte, duschte sie schnell und setzte sich an den Computer.

Am vergangenen Abend hatte sie festgestellt, daß ihr Suchprogramm zwanzig Telefone im hiesigen Netz ermittelt hatte, die mit Modems verbunden waren. Eine schnelle Überprüfung mit ihrem CD-ROM-Telefonbuch zeigte ihr, daß zwölf dieser Leitungen mit dem Slippery Rock State College verbunden waren, acht mit der Bücherei und vier mit verschiedenen Büros.

Ein anderes Modem befand sich im Büro des Bezirksrichters in der Franklin Street, das vierzehnte in der Polizeistation in der East Water Street, das fünfzehnte im Schulamt in der Kiester Road und das sechzehnte in der

Klinik für schwangere Vergewaltigungsopfer, die im selben Gebäude wie das Büro des Richters untergebracht war.

Das einzige Modem, das geschäftlich benutzt wurde, befand sich im Giant Eagle Store, am Nordrand der Stadt. So blieben drei Modems, die von Privatpersonen benutzt wurden. Jay setzte wieder die CD-ROM ein, verfolgte die Nummer zurück und fand die Namen, die sie auf ein Blatt Briefpapier des Motels notierte.

Dr. Evelyn Kushinski, Grove City Road
John Gordon, P. Eng. Maltby Street
Elias M. Telfer, Elm Street

Jay nagte an der Unterlippe und schaute auf das Blatt. Sie konnte Dr. Kushinski ausschließen, denn weibliche Serienkiller hatte die Welt bisher kaum gesehen, und Gordon, ein Ingenieur in der Maltby Street, kam vermutlich ebenfalls nicht in Frage; Serienkiller mit akademischer Laufbahn waren selten, und nie waren sie von Beruf Wirtschaftsprüfer, Physiker oder Ingenieur. Blieb also Elias Telfer, wer auch immer das war.

Andererseits konnte sie nicht die geschäftlichen und institutionellen Modems ausschließen. Es war möglich, daß der von ihr gesuchte Mann eine Leitung in der Bücherei des College, des Schulamts oder des Giant Eagle Store benutzte. Sie zündete sich eine Zigarette an und versuchte sich vorzustellen, wie ein Angestellter bei Giant Eagle nach den Geschäftsstunden in den Laden schlich, um mit SK-WIZ zu chatten. Irgendwie unwahrscheinlich.

»Mist«, murmelte sie. Der Optimismus vom Vortag war wie weggeblasen, jetzt ärgerte sie sich über sich selbst, weil sie die Aufgabe unterschätzt hatte. Daß sie den Computer ohne die normalen Beschränkungen durch den Datenschutz benutzen konnte, verschaffte ihr zwar einen Vorteil, mehr aber nicht.

Sie wartete bis neun Uhr, und dann rief sie Christy Skeed vom *Eagle* an. Die Kriminalreporterin war noch nicht zur Arbeit eingetroffen. Jay hinterließ eine Nachricht und bat die Reporterin, die drei Namen auf ihrer Liste zu überprüfen. Anschließend schaltete sie den Computer aus, verließ das Motel und fuhr zum Campus.

Das College befand sich auf dem sanften Hang eines einst indianischen Versammlungsplatzes namens Kus Kuskuski oder Zuckerahorn. Eine Gruppe Ahornbäume war noch dort, aber der größte Teil des Hügelhangs war mit einem Flickenteppich von modernen Gebäuden bedeckt.

Für Jay war diese Autofahrt wie ein Abstecher in die Vergangenheit, und Erinnerungen stiegen in ihr auf – dieses College unterschied sich nicht sehr von ihrer eigenen Alma mater, der University of Ohio. Frische Mädchen mit Faltenröckchen und weißen Blusen drückten Bücher an sich, und Jungen latschten verkatert mit Wäschesäcken über den Schultern aus Schlafsälen.

Die Fahrräder ihrer Ära waren durch Rollerblades ersetzt worden, die alten VW-Käfer durch Honda Civics mit Aufklebern von Grateful Dead. Die tollen Zeiten, pflegte ihr Vater sie zu nennen. Die Zeiten, in denen man glaubte, alles zu wissen, obwohl man kaum am Leben gekostet hatte. Jay spürte wieder Traurigkeit, als sie über den Campus zur Bücherei fuhr und gegen die aufsteigenden Tränen ankämpfte, zornig auf sich selbst wegen ihrer Sentimentalität. Sie fand einen freien Parkplatz vor dem Betongebäude im Stil der siebziger Jahre und ging die breite Treppe zum Eingang hinauf.

Die Bibliothek des Slippery Rock State College war wie Tausende andere solcher Einrichtungen von Küste zu Küste. Ein Holiday Inn der Bildung mit grauem, einfachem Teppichboden, scheinbar endlosen Reihen von

Bücherregalen aus Eiche und Studentinnen der Bibliothekswissenschaft im zweiten Jahr. Alle Mädchen trugen Brillen und ausgefranste Jeans, und alle bemühten sich, sehr ernst und wichtig auszusehen. Jay lächelte, als sie durch das Drehkreuz, das denen in U-Bahnstationen ähnelte, in die Bibliothek ging.

Die Forschungscomputer befanden sich im rückwärtigen Teil des hell erleuchteten Gebäudes, ein Dutzend davon jeweils in kleinen, isolierten Arbeitskabinen, die wenig mehr als Nischen waren, durch Blenden in Kopfhöhe voneinander getrennt. Ungefähr die Hälfte der Arbeitsplätze bestand aus Multimedia-Terminals mit CD-ROM-Stapelspeichern. Drei der Kabinen waren besetzt.

Jay wählte eine freie Kabine, setzte sich und schaltete den Computer an. Sie ging durch das Hauptmenü und klickte den Windows-Programm-Manager an; wie sie vermutet hatte: Die Computer waren fürs Internet ausgerüstet, aber es gab auch einen logon-logoff-Zähler und eine Codeanfrage für die Kontonummer eines Benutzers. Es sah aus, als könnte sie die Bücherei von ihrer Liste streichen.

Nachdem sie den Computer ausgeschaltet hatte, begab sich Jay Fletcher auf die Suche nach kompetentem Personal. Sie fand eine Hilfskraft, ein besonders patzig und hochnäsig aussehendes Mädchen mit schwarzen Haaren.

»Können Sie mir die Öffnungszeiten hier verraten?«

»Wie bitte?«

»Die Arbeitsstunden, meine Liebe; wie lange ist hier geöffnet?«

»Von acht bis sechzehn Uhr, sieben Tage pro Woche.«

»Wer kommt später herein?«

»Niemand.«

»Keiner mit Sonderausweis?«

»Einige der Professoren und Technischen Assistenten forschen auch nachts.« Die junge Frau runzelte die Stirn und setzte eine offizielle Miene auf. »Darf ich fragen, warum Sie das wissen wollen?«

»Ich bin vom State College Ways and Means Committee«, fuhr Jay das Mädchen an.

Den Namen hatte sie frei erfunden. Aber es klappte. Das Mädchen wurde blaß. »Verzeihung. Kann ich Ihnen irgendwie helfen?«

»Gibt es noch andere Computer im Gebäude?«

»Drei, aber die sind nicht für die Benutzung von Studenten bestimmt.«

»Wer benutzt sie?«

»Wir. Das Personal der Bibliothek.«

»Sind das Computer mit Vollfunktion oder nur Terminals zum Großrechner in der Verwaltung?«

»Ich glaube, ich verstehe nicht.«

»Wofür benutzen Sie die Computer?«

»Um uns über die Bücher auf dem laufenden zu halten. Um die Regalnummern abzufragen und festzustellen, welche ausgeliehenen Bücher überfällig sind.«

»Können Sie die Computer auch für etwas anderes benutzen?«

»Ich weiß nicht, was Sie meinen.« Sie fummelte jetzt an ihrem Haarknoten herum, und der Blick der Augen hinter den dicken Brillengläsern huschte unruhig hin und her.

»Können Sie einen Brief an Ihre Tante Minnie auf einem der Computer schreiben? Oder ein Bild malen? Zahlen addieren?«

»Nein.«

*Terminals. Nutzlos. Der Hurensohn ist nicht hier.*

»In Ordnung. Danke, Miss ...«

»Albright. Candice Albright.«

»Danke, Miss Albright.«

»Kann ich sonst noch etwas ...?«

»Könnten Sie etwas für mich tun?«

»Ja?« Eifrig wie ein junger Cocker-Spaniel. Jay nahm einen der Notizzettel aus einer der Computerkabinen und schrieb die drei Namen von ihrer Liste auf. Sie gab den Zettel der jungen Frau.

»Ich möchte, daß Sie diese Namen für mich überprüfen. Stellen Sie fest, ob sie jemals Bücher entliehen haben. Oder ob sie jemals die Computer benutzt haben.«

»Selbstverständlich.«

»Gut. Sind Sie tagsüber hier?«

»Ja. Ich bin in diesem Semester im Mentor-Programm unter Eugene.« Sie errötete. »Das heißt unter Mr. Kyle.«

*In deinen Träumen, Schätzchen.*

»Gut. Ich rufe Sie heute nachmittag an.«

»Dann habe ich die Information für Sie.«

»Wunderbar.« Jay belohnte die junge Frau mit einem Lächeln. »Sie waren eine große Hilfe.«

»Danke.«

»Gut. Sie können gehen.«

Das Mädchen zog sich hastig zurück. Jay sah es im Meer von Büchern verschwinden. Sie unterdrückte ein Lachen und verließ die Bibliothek.

Als sie ins Motel zurückkehrte, blinkte das Lämpchen ihres Anrufbeantworters. Die Nachricht auf Band war von Christy Skeed. Jay rief beim *Eagle* an, und die Kriminalreporterin meldete sich.

»Haben Sie etwas gefunden?« fragte Jay.

»Nicht viel«, antwortete Christy. »Aber wie es auf der Journalistenschule heißt, sogar negative Informationen können nützlich sein.«

»Zum Beispiel?«

»Ich habe überhaupt nichts über Dr. Kushinski oder John Gordon herausgefunden. Telfer ist der einzige, von dem es überhaupt eine Akte gibt.«

»Welche Akte?«

»Beschwerden.«

»Welcher Art?«

Die Reporterin lachte. »Suchen Sie sich was aus. Alles von Beschwerden über Veränderungen der Gemeindeverordnung bis Beschuldigungen der Polizei wegen Verschwörung.«

»Verschwörung? Wogegen?«

»Katzenmorde.«

»Was?«

»Vor ein paar Jahren gab es eine Reihe von Tierverstümmelungen. Hauptsächlich Katzen. Man fand sie in zwei Hälften zerteilt. Fast chirurgisch. Telfer ist ein Katzenliebhaber. Er behauptete, die Polizei stecke mit der wissenschaftlichen Fakultät des Colleges unter einer Decke, stelle Tiere zum Sezieren zur Verfügung.« Christy lachte wieder. »Das Komische ist, daß das College keine Katzen benutzt; es hat nie Katzen benutzt. Nur Frösche.«

»Das klingt nach einem Irren.«

»Jedenfalls nach einem Exzentriker.«

»Könnte er die Briefe geschrieben haben?«

»Das halte ich für möglich. Er ist verrückt genug.«

»Okay, danke.«

»Gern geschehen. Lassen Sie mich wissen, wenn sich sonst noch was ergibt.«

»Selbstverständlich.« Jay legte den Hörer auf. Tierverstümmelungen kamen oft in der Vorgeschichte von Serienmördern vor, aber sie wurden für gewöhnlich in jugendlichem Alter begangen. Doch die Information war besser als gar nichts, und Telfers Telefon war mit einem Modem verbunden. Ein Besuch bei dem Beschwerde führenden Katzenfreak konnte nicht schaden.

Elias Telfers Haus in der Elm Street entpuppte sich als ein zusammengestoppelter Bretterbungalow auf einem Schrottplatz, der von Baumgruppen und Büschen umgeben war. Die Fenster waren mit dickem Plastik bedeckt; das Schindeldach hatte Moos angesetzt, und die vordere Veranda war völlig verschwunden, ersetzt durch Zementblöcke mit Brettern darauf. Gegenüber vom Haus befand sich ein Fabrikgebäude, das offenbar schon vor Jahren aufgegeben worden war. Telfer lebte in ärmlichen Verhältnissen.

Jay parkte den Mietwagen und ging zu dem verkommenen kleinen Haus. Rostende Autowracks, türlose verrottende Kühlschränke und Haufen von Schrott und Bauholz bildeten die unmittelbare Umgebung; als Jay aus dem Wagen stieg, war sie von einer Schar neugieriger Katzen umgeben, einschließlich eines orangefarbenen Exemplars von der Größe eines kleinen Hundes, dem ein Auge fehlte und dessen rechtes Ohr halb abgerissen war. Jay fragte sich, ob sie ihre Waffe, verborgen in der Aktentasche, hätte mitnehmen sollen; Telfers Domäne war unheimlich wie das Bates-Motel.

Natürlich war ihr bewußt, daß sie gegen alle Erkenntnisse moderner Polizeiarbeit verstieß; Telfer war ein möglicher Verdächtiger bei der Ermittlung im Fall eines Serienmörders. Man ging nicht einfach an seine Haustür und klopfte an.

Eskortiert von der trottenden Phalanx von Katzen, tat Jay aber genau das: In dem Augenblick, da sie an der Tür pochte, spürte sie etwas an ihrem Bein und wäre vor Schreck fast von der wackligen Treppe gesprungen. Es war das orangefarbene, halbohrige und halbblinde Monster, das sich an ihrer Wade rieb und schnurrte wie ein gut getunter Außenbordmotor. Sie hörte gedämpfte Schritte, und dann wurde die arg ramponierte Haustür geöffnet.

»Hey, Mann, was ist los?«

Elias Telfer entsprach nun gar nicht Jay Fletchers Erwartungen. Ihre Visionen vom Bates-Motel aus Hitchcocks ›Psycho‹ verblaßten. Der Mann, der vor ihr stand, war Anfang Vierzig, klein und schlank, und er trug eine Baseballkappe der Phillies über langem, grauem Haar, das zu einem Pferdeschwanz zusammengebunden war, ein Paar abgelaufener Cowboystiefel, Jeans, die so alt waren, daß das Blau fast weiß war, und ein Che-Guevara-T-Shirt. Er hatte runde Wangen und lachende blaue Augen hinter einer Zweistärkenbrille.

»Elias Telfer?«

»*C'est moi.*« Er grinste. Er tippte die riesige Katze, die um Jays Beine strich, leicht mit der Stiefelspitze an. »Und das ist Motorhead. Er mag Sie. Möchten Sie ein Bier oder was?« Die Stimme des Katzenliebhabers klang weich und angenehm, paßte fast zu Motorheads Schnurren.

»Mein Name ist Jennifer Smith. Ich möchte mit Ihnen reden«, sagte Jay.

»Selbstverständlich.« Telfer trat zur Seite und forderte Jay mit einer Geste auf einzutreten. »Kommen Sie rein.«

Das Haus war klein, aber gut aufgeteilt und tadellos sauber, obwohl es nach Katzen roch. Die Möbel waren aus zweiter Hand, und nichts paßte zusammen, aber alles sah gemütlich aus. In einer Ecke des Wohnzimmers stand ein Schulpult mit einer ziemlich neu aussehenden Computerausrüstung.

»Soll ich Ihnen Tee aufgießen?« fragte Telfer.

»Nein, danke.«

»Bin sofort wieder da.« Telfer verschwand in der Küche und kehrte mit einer braunen Bierflasche ohne Etikett zurück. »Braue ich selbst«, sagte er und hob die Flasche an. »Biologisch-organisch. Schwächer als Frettchenpisse, aber ich mag es.« Er ließ sich in einen abgenutzten Sessel gegenüber von Jay sinken. »Sie sehen wie eine Polizistin aus«, sagte er freundlich. »Früher, in den alten Rauschgifttagen, hätten Sie mich nervös gemacht.«

»Ich interessiere mich für Ihre Briefe an den *Butler Eagle*.« Sie betonte das Wort *Briefe* und beobachtete aufmerksam seine Reaktion. Er grinste und trank einen Schluck von seinem selbstgebrauten Bier.

»Welche? Ich habe sie über fast alles angeschissen, was ich mir denken kann.«

»Sie klingen, als wären Sie stolz darauf.«

»Das bin ich.« Telfer wies mit dem Daumen über die Schulter zum Computer. »Ich mache ein Flugblatt namens ›Schlechte Nachrichten‹. Lasse ich alle zwei Wochen in Butler drucken. Fünf-, sechshundert Abonnenten von Honolulu bis Anchorage. Und ich schreibe Artikel für *Harrowsmith, Whole Earth, Mother Jones*. Das ist nicht die Welt, aber man kann davon leben.«

*Das erklärt das Modem. Dieser Typ ist kein Killer.*

Motorhead sprang auf Jays Schoß, rollte sich zu einem pelzigen Ball zusammen und begann wieder zu schnurren. Jay streichelte den großen Kopf. Das Schnurren wurde sogar noch lauter.

»Die Katzenmorde«, sagte Jay. Telfers Miene verfinsterte sich.

»Sie haben davon gehört?« fragte er.

»Ja.«

»Verdammte Schei ... äh, entschuldigen Sie.«

»Meinen Sie wirklich, die Polizei war darin verwikkelt?«

»Nein. Ich wollte nur, daß sie was unternimmt.« Telfer nickte zum Computer. »Tierschützer haben einen elektronischen Dienst; man liest dauernd über solche Fälle. Tiere werden auf dem schwarzen Markt für Versuche verkauft, exotische Tiere werden gehandelt und so weiter. Ich wußte, daß es nichts dergleichen war. Da war ein Dreckskerl am Werk, der es aus Spaß tat. Ein wirklicher Freak.«

»Der die Katzen zerschnitt.«

»Noch schlimmer. Ich sah einige. Übel zugerichtet und dann in zwei Hälften geschnitten. Manchmal fehlten die Köpfe. Verdammte Schei ... äh, entschuldigen Sie.«

»Und dann hörte es einfach auf?« fragte Jay.

»Anscheinend.« Telfer zuckte die Achseln. »Nicht daß

ich irgendwelche Hilfe erhielt, den Täter aufzuspüren.« Er schüttelte den Kopf. »Selbst Kushinski wollte bei dem Programm nicht mitmachen. Er wollte nichts damit zu tun haben, dieses Arschloch.«

»Dr. Kushinski?« fragte Jay. »Sie kennen ihn? Sie sagten ›er‹. Ich dachte, Evelyn Kushinski sei eine Frau.«

»Nein, eindeutig ein Mann. Er ist der hiesige Veterinär. Wohnt in der Grove City Road in Harrisville, vier, fünf Kilometer von hier entfernt.«

»Er ist Tierarzt und zeigte kein Interesse an den massakrierten Tieren?«

»So ist es.« Telfer verzog ärgerlich die Lippen. »Verzeihen Sie, aber der Kerl ist ein verdammter Hurensohn. Wenn er nicht Veterinär wäre, würde ich sagen, er hat diese Katzen zu Tode gequält.«

Cruz saß in dem kleinen Gerichtssaal in Albuquerque und hörte sich an, wie Brian MacDonalds Vernehmung zur Anklage beendet wurde. Cruz hatte bereits ausgesagt, aber er wollte bleiben und sehen, wie der schleimige Bastard zum Gefängnis abgeführt wurde. Die Sache wäre perfekt gewesen, wenn Jay Fletcher anwesend gewesen wäre.

Cruz runzelte die Stirn und nahm nur vage wahr, daß MacDonalds Anwalt einen letzten Versuch machte, seinen Mandanten gegen Kaution frei zu bekommen. Jays plötzliches Verschwinden hatte ihm zu schaffen gemacht, seit er ihren ›Abschiedsbrief‹ auf der Tastatur seines Computers gefunden hatte. Er ärgerte sich über sie, weil sie ihn im Stich ließ, obwohl der Fall des Kondomfans noch nicht abgeschlossen war, aber er war auch besorgt.

Er kannte Jay nicht sehr lange, aber ihre abrupte Entscheidung, das Handtuch zu werfen, war untypisch für sie. Sie war einfach nicht der Typ, der einen Kollegen hängenließ oder einen nur halb erledigten Job aufgab. Seit ihrem ungeplanten einsamen Ausflug nach Albuquerque und der kurzen Meinungsverschiedenheit mit ihm war sie überempfindlich gewesen. Aus irgendeinem Grund war er überzeugt gewesen, daß sie mit jemand geschlafen hatte, als sie von Santa Fe fort gewesen war, und er war schockiert über seine Reaktion auf die Möglichkeit gewesen, daß sie ein sexuelles Verhältnis hatte: Er war eifersüchtig wie ein sitzengelassener Liebhaber gewesen. Davon würde er nichts erwähnen, wenn er Langford in Washington anrief, um Jays unerwartete Abreise zu melden, ein Telefonat, das er nicht viel länger aufschieben konnte, selbst wenn er Jay damit in Schwierigkeiten brachte.

Seine Gedanken wurden unterbrochen, als ihm jemand auf die Schulter tippte. Er wandte den Kopf und sah einen Mann mit Dachshundgesicht auf der Bank hinter ihm. Der Mann hatte das traurige Lächeln eines Cops.

»Cruz, nicht wahr? Ermittler für Brandstiftungsfälle in Santa Fe?«

»Stimmt. Kenne ich Sie?«

»Horace Sladky, Mordkommission Albuquerque.« Er nickte in MacDonalds Richtung. »Ich hörte, Sie haben Ihren Mann erwischt. Kam runter, um mir das anzusehen.« Er grinste. »Schön zu sehen, wenn ein Anwalt bekommt, was er verdient. Verdammte Kojoten.« Er schwieg kurz. »Meinen Sie, der kommt auf Kaution frei?«

»Nein.« Cruz fühlte ein wenig Stolz. Neben Informationen, die Jay aus ihrem Computer hervorgezaubert hatte, waren da auch zahlreiche Beweismittel, die er selbst ans Licht gebracht hatte. »Totschlag in elf verschiedenen Fällen. Einmal für jede Person, die bei dem Brand ums Leben kam. Obendrein Verabredung zur Verübung einer Straftat. Wir sind immer noch nicht fertig. Er wird nicht der einzige bleiben, der dafür in den Knast wandert.«

»Sieht gut aus«, sagt Sladky. Der Richter lehnte eine Kaution ab, und der Täter wurde abgeführt. MacDonalds Anwalt schaute seinem Mandanten nach und packte seine Schriftsätze in die Aktentasche. Leute begannen den Gerichtssaal zu verlassen. Sladky wandte sich wieder an Cruz. »Wo steckt Ihre Partnerin?«

»Nicht in der Stadt.« Woher kannte ein Typ von der Mordkommission Albuquerque Jay?

»Schade«, sagte Sladky.

»Sie kennen sie?«

Sladky zuckte mit den breiten Schultern. »Lernte sie nach dem Brand kennen. Sie verlief sich auf der Suche nach Kaffee und landete im Zimmer der Sonderkommission. Sie war sehr interessiert an dem Fall, an dem ich arbeitete. Ich dachte, sie freut sich, wenn sie erfährt, daß wir den Fall gelöst haben.« Er korrigierte sich. »Daß er für uns gelöst worden ist, muß man eigentlich sagen.«

»Welcher Fall war das?«

»Serienmörder. Wir hielten die Sache aus den Medien heraus. Verspritzten sozusagen kein Blut.« Er grinste.

»Das war die Art Arbeit, die sie für das FBI tat«, sagte Cruz. »Computer-Täterprofile, mit denen sie Leuten wie Ihnen half.«

»Ja, das erwähnte sie.« Sladky nickte und lächelte. Die kleinen Augen des Detectives waren ausdruckslos wie Glas. »Ist sie lange aus der Stadt fort?«

»Das kann ich nicht genau sagen«, antwortete Cruz. »Sie hat sich Urlaub genommen.«

»Tatsächlich? Ein Todesfall in der Familie oder so was?«

»So was. Warum fragen Sie? Haben Sie den Täter geschnappt?«

Sladky zuckte wieder die Achseln. »Jemand ist uns zuvorgekommen«, sagte er ruhig. »Sehr häßlich. Sehr sauber.« Der Detective der Mordkommission erhob sich. »Ich dachte nur, Miss Fletcher würde es gern wissen.«

Lieutenant Cruz nickte. »Ich werde es ihr erzählen, wenn ich sie sehe.«

»Ja«, sagte Sladky. »Tun Sie das.«

## 20

DIE STIFTUNG ZUR Heilung von Epilepsie befand sich im South-of-Market-Viertel von San Francisco, nicht weit entfernt von der Auffahrt zur Bay Bridge. In Hawkins' Tagen als junger Militärpolizist, der in Presidio stationiert gewesen war, war South of Market ein schmutziges Industriegebiet gewesen, mit schmalen Straßen, finsteren Lagerhäusern und den billigsten Nutten der Stadt.

Die Zeiten hatten sich verändert. Das Moscone Convention Center belegte einen Block von elf Morgen mitten in dem Gebiet und hatte das ganze Viertel aufblühen lassen. Jetzt waren die Lagerhäuser voller Bars und Boutiquen, und die Lofts darüber wurden vorzugsweise an Künstler vermietet.

Am Tag zuvor hatte Hawkins bei der Epilepsiestiftung angerufen und einen Termin mit dem hiesigen Forschungsarzt abgemacht, einem ernsten, nervös wirkenden Mann Ende Dreißig, der Shelburne hieß. Er hatte ein Büro im dritten Stock eines renovierten Fabrikgebäudes, das auf die Bucht hinausblickte. Statt eines Stethoskops baumelte eine Brille an einem schwarzen Band von seinem Hals, und er trug einen weißen Laborkittel über seinem Nadelstreifenanzug. In den vergangenen paar Minuten hatte Hawkins versucht, die Bedenken des Arztes zu zerstreuen, Ricky Stiles mit seinem beruflichen Spezialgebiet in Verbindung zu bringen. Der Eismann war kaum ein geeignetes Modell für ein Plakat, mit dem man um Spendengelder warb. Shelburne runzelte die Stirn. »Ich hoffe, Sie haben nicht den Eindruck, daß Epilepsie eine Ursache für Psychosen ist«, sagte er.

»Ich sage überhaupt nichts in dieser Art, Doktor. Ich weiß gar nichts über Epilepsie. Deshalb bin ich hier.«

Shelburne nickte, aber seine Miene war immer noch besorgt. »Epilepsie ist eine Krankheit, die im Laufe der Jahrhunderte schrecklich mißverstanden wurde.« Er lächelte kurz. »Krampfanfälle ist eine der Bezeichnungen.«

Hawkins nickte. »Fallsucht.«

»Es gibt viele Namen dafür. Das Wort kommt von den Griechen und bedeutet festhalten, packen.«

»Wie oft kommt die Krankheit vor?«

»Ungefähr fünf Leute von tausend haben sie, und das weltweit.«

»In den USA?« fragte Hawkins.

»Etwas weniger. Vielleicht drei von tausend.«

»Weniger als ein halbes Prozent.«

»So ungefähr.«

Hawkins nickte. Landesweit also etwa noch 140.000 Personen. Eine stattliche Menge, in der sich der Eismann verstecken konnte. »Ich habe Sie bei meinem Anruf nach einem bestimmten Medikament gefragt. Sie sagten, Sie haben nicht davon gehört.«

»Ja.« Shelburne blätterte in einem Notizbuch auf seinem Schreibtisch. »Phenacemid oder Phenuron.«

»Richtig.«

»Ich mußte nachlesen«, sagte Shelburne. »Das Präparat wird nicht mehr bei der Therapie benutzt.«

»Aber Sie haben es gefunden?«

»O ja. Es war Mitte der siebziger Jahre aus der Standardliste gestrichen. Die FDA hat es drei Jahre später verboten.«

»Sie meinen, es ist nicht mehr im Handel?«

»Nicht in den Vereinigten Staaten.« Shelburne lächelte. »Wir nennen das eine Waisen-Droge.«

»Das werden Sie erklären müssen.«

»Eine Waisen-Droge ist eine Droge, die für gewöhnlich nur für seltene Krankheiten wirkungsvoll ist. Sie ist entweder nicht kostendeckend oder zu giftig für den allgemeinen Gebrauch. Diese Drogen sind nicht in den Vereinigten Staaten erhältlich, weil sie nicht die Zulassung der FDA erhielten oder ihnen die Genehmigung entzogen wurde.«

»In welche Kategorie fällt Phenacemid?« fragte Hawkins.

»In letztere«, antwortete Shelburne. »Selbst als das Medikament erhältlich war, wurde es nur als letzter Ausweg benutzt.«

»Warum?«

»Wie ich sagte, zu giftig. Die Nebenwirkungen sind erschreckend, jedenfalls nach dem, was ich gelesen habe.«

»Welche Art von Nebenwirkungen?«

»Das ist eine lange Liste.«

»Ich habe es nicht eilig.«

»Depressionen mit Selbstmordgefahr, Leberschaden, Verlust von Kalium, Hautausschlag, chronischer Kopfschmerz, Gewichtsverlust, nervöse Anorexie, Übelkeit, Brechreiz, Magenschmerzen, Lichtempfindlichkeit.«

»Lichtempfindlichkeit?«

»Die tritt bei vielen Präparaten gegen Epilepsie auf. In schweren Fällen muß ein Patient eine sehr dunkle Sonnenbrille bis in den späten Abend hinein tragen.« Shelburne seufzte. »Das ist auch ein Teil der Mythologie. Viele Epileptiker meiden das Tageslicht ganz und bevorzugen die Nacht.«

»Wie ein Vampir.«

»Ich befürchte, ja.«

»Aber Sie sagten, das Medikament wurde nur in extremen Fällen verschrieben?«

»Bei schweren Anfällen, Typ zwei, und besonders bei psychomotorischer Epilepsie.«

Hawkins kam mit der Fachsprache nicht zurecht. »Wie viele verschiedene Arten von Epilepsie gibt es?«

»Eine ganze Menge.« Shelburne lächelte wieder, und seine Nervosität ließ nach, je mehr er sich für das Thema erwärmte. »Waren Sie jemals kurz vor dem Einschlafen und wurden ruckartig durch einen Muskelkrampf wach?«

»Klar. Das passiert jedem. Der Anthropologie-Professor, den ich hatte, sagte, es sei ein Überbleibsel aus den Tagen der Höhlenmenschen. Die Art von Zucken bei Hunden, wenn sie sich schlafen legen. Ein Überlebensinstinkt.«

»Ihr Professor hat Ihnen etwas Falsches gesagt«, erwiderte Shelburne. »Was Sie erlebt haben, nennt man Myoclonus. Das dauert für gewöhnlich ungefähr zehn Millisekunden. Eigentlich ist es eine Form dessen, was wir akinetische Epilepsie nennen. Die meisten von uns können es unter Kontrolle halten, aber in ernsten Fällen kann es tödlich sein. Bei Kindern wird uneingeschränkter Myoclonus das Westis Syndrom genannt. Kinder mit dieser Krankheit haben sogenannte Salaam-Anfälle, unkontrolliertes Vorwärtsbeugen bis zur Hüfte. Schließlich verursacht es Anoxie – Sauerstoffmangel im Gewebe –, Schädigung des Gehirns und Tod.«

»Also hat im Grunde jeder Epilepsie?«

Shelburne nickte. »In größerem oder geringerem Maße, ja. Epilepsie ist ein elektrochemisches Phänomen im Gehirn. Normalerweise werden Botschaften über die Nervenbahnen in regelmäßiger Folge geschickt. Bei einem Epileptiker kommen die Signale in unkontrollierten Stößen. In den schwersten Fällen bricht das ganze Gehirnsystem zusammen.«

»Ein Kurzschluß.«

»Mehr wie ein starker Spannungsstoß. Das Resultat ist genau das, was passiert, wenn der Stromkreis in einem Haus überlastet ist.«

»Die Sicherungen schlagen durch«, sagte Hawkins.

»Genau. Bei einem Epileptiker fällt das System aus, was zu einem Anfall führt. Einige Epileptiker haben wenige, andere mehr. Einige Anfälle sind stark, einige weniger. Es ist alles relativ.«

»Aber Phenacemid wurde nur bei einem schweren Fall verschrieben, ist das richtig?«

»Ja. Wie ich schon sagte, besonders bei Fällen von psychomotorischer Epilepsie.«

»Und was ist das?«

Shelburne setzte sich auf seinem Schreibtischsessel zurück und spielte mit seiner Brille. »Kennen Sie das Buch oder den Film mit dem Titel *The Terminal Man*?«

Hawkins nickte. »Von Michael Crichton, der auch *Jurassic Park* geschrieben hat.«

»Genau. Die Krankheit der Hauptfigur im Buch ist psychomotorische Epilepsie. Die meisten Formen von Epilepsie sind anscheinend erblich bedingt; psychomotorische Epilepsie wird für gewöhnlich von einem schweren Trauma ausgelöst – von einem Schlag auf den Kopf, einem Sturz, einer langen Krankheit mit hohem Fieber. Als das Buch geschrieben wurde, war Elektrotherapie als Heilverfahren groß in Mode.«

Hawkins nickte. Er erinnerte sich vage daran, daß er in einem *Life*-Magazin für eine Schularbeit gestöbert hatte. Da hatte er Bilder von Katzen mit Drähten aus den Schädeln gesehen. Je nachdem, auf welchen Knopf man drückte, würden die Katzen entweder fauchen und spucken oder sich zusammenrollen und schnurren. »Ich erinnere mich, daß ich etwas darüber gelesen habe«, sagte er.

»Die Mode hielt nicht lange an«, sagte Shelburne.

»Das Verfahren funktionierte nicht?«

»Es funktionierte, aber nur bei einigen Patienten und nur zu einem gewissen Maße. Die Methode war auch ein großer Eingriff. Man mußte Dutzende von Elektroden an verschiedenen Stellen des Gehirns anbringen, eine umständliche chirurgische Prozedur. Die Methode funktionierte nicht bei allen Epileptikern, zum Beispiel nicht bei Patienten mit schwerer Funktionsstörung des Gehirns.«

»So kehrte man zu Medikamenten zurück.«

»Ja.« Shelburne spitzte die Lippen und fummelte wieder an seiner Brille herum. »Ich erwarte jedoch ein Wiederaufleben von mechanischen Verfahren. Die Technologie hat sich stark verändert, seit Mr. Crichton sein Buch geschrieben hat. Mikrochips und all das. Ich kann nicht sagen, daß ich mich darauf freue.«

Hawkins versuchte, Shelburne wieder auf das eigentliche Thema zurückzubringen.

»Wie viele Epileptiker vom psychomotorischen Typ der Krankheit gibt es im Verhältnis zu den anderen?«

»Ungefähr zehn Prozent.«

Hawkins nickte. Viel besser; jetzt hatte sich die Zahl auf ungefähr vierzehntausend Leute verringert. »Wie viele davon würden ein Medikament wie Phenacemid genommen haben?«

»Nicht viele. Wie ich schon sagte, das Präparat wurde nur in den schwersten Fällen benutzt. In vielleicht wiederum zehn Prozent der Fälle.«

Das verringerte die Zahl auf tausendvierhundert. Der Eismann wurde in ein Netz geschoben, das sich stetig schloß. »Gibt es irgendeine Liste von solchen Patienten?«

»Ich befürchte, nein«, sagte Shelburne und schüttelte den Kopf.

»Wenn solche Patienten Phenacemid nicht nehmen konnten, welche Art Präparate würden sie dann nehmen?«

»Eine Kombination von herkömmlichen krampflösenden Mitteln. Dilantin und Phenobarbital zum Beispiel. Jedoch kein so starkes Mittel. Die Lebenserwartung würde niedrig sein.«

»Warum?«

»Dilantin/Phenobarbital würde die Häufigkeit der Anfälle nicht völlig unter Kontrolle halten. Und jeder Anfall würde das Gehirn schädigen. Schließlich würde der Patient der Krankheit erliegen, vermutlich im *status epilepticus* sterben.«

Die Freuden der Fachsprache. »Was ist das?«

»*Status epilepticus* meint die Auswirkung einer Reihe von Anfällen über einen langen Zeitraum. Sie verursacht Gliosis – Verfall des Gehirns. Schließlich führt dieser Verfall zu einem Zustand, in dem der Patient eine Reihe starker Anfälle hat, ohne dazwischen zu Bewußtsein zu kommen. Jede Gehirnzelle beginnt gleichzeitig zu arbeiten.«

»Was geschieht dann?«

»Funktionelle Erschöpfung der Großhirnrinde. Herzversagen, Atemstillstand, Erstickung, völlige Dehydrierung, starke Gehirnschädigung. Eines davon oder alles zusammen. Am Ende bekommt das Gehirn keinerlei Sauerstoff mehr.«

»Und der Patient stirbt.«

»Ja. Patienten, die ein Präparat wie Phenacemid nehmen müssen, haben nur ein kurzes Leben als Erwachsener.«

»Der Patient, um den es mir geht, ist vermutlich Mitte Vierzig«, sagte Hawkins.

Shelburne hob eine Augenbraue. »Ich verstehe.«

»Wie überlebt er?«

»Da gibt es nur eine Möglichkeit«, antwortete Shelburne. »Er hat irgendeine Quelle für Phenacemid gefunden.«

»Obwohl es von der FDA verboten ist? Ist das möglich?«

»Ja.« Die Antwort kam nach langem Zögern und fiel Shelburne schwer, aber er wollte nicht lügen. »Es gibt Möglichkeiten.«

»Erzählen Sie mir davon«, sagte Hawkins.

Das Slippery-Rock-Zentrum für die Behandlung von Vergewaltigungsopfern befand sich in einem großen Fachwerkhaus in der Franklin Street in der Stadtmitte. Die Büros waren im Erdgeschoß mit einem Schlafsaal für Ausreißerinnen, Vergewaltigungsopfer und mißhandelte Ehefrauen. Die Leiterin des Zentrums hieß Astrid Kee, eine erwachsene Version von Candice Albright, der Hilfskraft in der College-Bibliothek.

In Astrids Fall war der Dutt mit grauen Strähnen durchsetzt, und sie hatte einen leidenden Zug um den Mund wie jemand, der mehr als genug Leid gesehen hat. In ihrem Büro hingen Plakate wie ›Ich bin stolz, Frau zu sein‹, ein Gummibaum verkümmerte in einer Ecke, und drei Aktenschränke reichten vom Boden bis zur Decke.

Ein kleines Pappschild auf Astrid Kees verschrammtem altem Schreibtisch wies darauf hin, daß in diesem Büro nicht geraucht werden durfte. Auf ihrem Weg in die Klinik hatte Jay einen kleinen Raum gesehen, der mit hochwertigen Computern, einem Drucker und einem Fotokopiergerät ausgestattet war.

»Wer, sagten Sie, sind Sie?« fragte Astrid Kee, ohne sich hinter ihrem Schreibtisch zu erheben. Jay hörte einen leichten Bostoner Akzent. Astrid lebte weit entfernt vom Komfort ihrer Heimat.

»CERT«, antwortete Jay. »Computer Emergency Response Team.«

»Nie gehört«, sagte Kee. Sie setzte sich auf ihrem knarrenden Drehstuhl zurück. Jay bemühte sich, eine ausdruckslose Miene zu bewahren. Astrid Kee ging ihr mit dieser ›Alle Frauen sind Schwestern‹-Philosphie auf die

Nerven. Alle Frauen waren ebensowenig Schwestern wie alle Männer Brüder. Jay riß sich jedoch zusammen und bemühte sich um einen freundlichen Tonfall. »Wir sind sozusagen Feuerwehrleute des Internets«, sagte sie und bemühte sich um einen freundlichen Tonfall.

»Und was hat das mit uns zu tun?«

»Ihre Klinik ist von Zeit zu Zeit online mit RAPE verbunden. Sie haben auch SASH-L abonniert.« Das erste war eine Diskussionsrunde über Vergewaltigung; das zweite war ein Meinungsaustausch/Diskussionsforum über die Organisation von Widerstand gegen sexuelle Belästigungen aller Art.

»Haben Sie ein Problem damit, Miss Smith?«

»Überhaupt nicht.«

»Gut«, sagte Astrid Kee. »Wir versuchen hier einen Job zu erledigen. Wir bekommen auch keine Zuschüsse der Regierung, und wir mögen es nicht, wenn sich die Regierung hier einmischt.«

»CERT ist keine Organisation der Regierung«, sagte Jay.

»Quatsch«, entgegnete Astrid Kee. »Ich wette, Sie werden von der Regierung finanziert.«

»Das ist nicht der springende Punkt, Miss Kee.«

»Was dann?«

*Jemand zapft deinen Computer an und sucht sich die Opfer aus, denen du helfen sollst.*

»Wir nehmen an, daß jemand Zugriff auf Ihren Computer nimmt, jedesmal, wenn Sie sich ins Internet einloggen.«

»Das ist absurd.«

»Nein, das ist eine Tatsache.« Nach ihrem Treffen mit Elias Telfer hatte sie mit ihrem Laptop eine Diagnose von allen Modemanschlüssen außer denen des Colleges erstellt. Die Leitung dieser Klinik hier war die einzige, die ein Eindringen durch die Hintertür zeigte. Wenn dieses Zentrum seine elektronische Tür öffnete, um ins Internet zu gehen, schlich sich jemand ein.

»Wie haben Sie das herausgefunden?«

»Das ist die Arbeit von CERT, Miss Kee.« Jay lächelte eine Spur freundlicher. »Wir haben nicht herumgeschnüffelt, glauben Sie mir.«

»Warum sollte jemand Zugriff auf unseren Computer nehmen?«

»Hacker tun das aus Spaß«, antwortete Jay. »Aber für gewöhnlich wählen sie zum Hacken ein System, das eine Herausforderung darstellt.«

»Wer tut es?«

»Wir sind uns nicht sicher. Welche Dateien haben Sie im Computer gespeichert?«

»Krankenakten, Korrespondenz, solche Dinge.«

»Namen und Adressen der Frauen, denen Sie helfen?«

»Ja.« Das kam zögernd.

»Nachfaßkarteien? Also Leute, die von Ihnen später angeschrieben werden?«

»Manchmal.« Astrid Kee runzelte die Stirn. Jay bewegte sich wieder auf dünnem Eis. »Warum?«

»Es gibt dort draußen Leute, die meinen, daß eine Vergewaltigung oder Schwangerschaft eine offene Einladung ist.«

»Sie meinen, irgendein Abnormer sucht sich Opfer?«

*Mädchen, du hast keine Ahnung.*

»Das ist möglich.«

»Das kann ich nicht glauben.«

»Wirklich nicht? Es gibt Hunderte von Sex-Gruppen im Netz. Sie werben mit Virtual Reality Sex in Magazinen. Warum nicht so was?«

Astrid Kee setzte sich abrupt auf. »Dies ist unglaublich. Ich muß das der Geschäftsleitung ...«

Jay unterbrach sie schnell. »Ich wüßte es zu schätzen, wenn Sie im Augenblick nichts sagen.«

»Wir müssen es stoppen!«

»Selbstverständlich. Das ist unser Ziel. Aber wir wollen den Kerl nicht abschrecken. Er wird einfach weitermachen, sich in irgendeine andere Gruppe wie Ihre einschleichen.«

Astrid Kee starrte Jay an. Dies ging über ihre Erfahrung hinaus, und sie wußte es. Etwas von ihrer Kampfeslust verschwand.

»Was soll ich tun?«

»Erzählen Sie mir etwas über die Arbeit in diesem Zentrum.«

»Wir beraten Frauen, die vergewaltigt und mißhandelt wurden.«

»Wie lange haben Sie die Fälle im Computer?«

»Seit wir eröffnet haben. Seit drei Jahren. Ursprünglich hatten wir unser Hauptquartier im College. Women Against Violence Against Women.«

*WAVAW, nicht das beste Initialwort, das ich je gehört habe.*

»Haben Sie die College-Computer benutzt?«

»Ja.«

»Aber nicht hier.«

»Nein.« Wieder Zögern. »Wir gehören nicht zum College.« Irgendeine Art politische Trennung? Zu fundamentalistisch für das College?

»Wer hat Zugang zu dem Rechner?«

»Ich. Kelly Quarrington, meine Stellvertreterin. Unsere Buchhaltung.«

»Die Buchhaltung ist vermutlich eine Frau?«

»Ja. Hilda Jovanavich. Sie hat ein Büro in der South Main.«

»Sonst noch jemand von außerhalb?«

»Nein.«

»Wie oft kommt Hilda, um an ihren Büchern zu arbeiten?«

»Alle zwei Wochen.«

*Und ich wette, sie macht das gleiche für Dr. Evelyn Kushinski in seiner tierärztlichen Klinik.*

Gib ein Hintertürprogramm auf Hildas Programmdiskette, und es wird unsichtbar in den Computer dieses Zentrums eingepflanzt, wenn die Buchhalterin das nächste Mal mit dem Computer arbeitet. Einfach, aber sehr wirkungsvoll.

Etwas, das er vielleicht von SK-WIZ gelernt hat?

»Sind die meisten Ihrer Patientinnen von hier?«

»Einige. Viele der mißhandelten Frauen.«

»Viele Vergewaltigungen bei Verabredungen vom College?«

Astrid Kees Augen sprühten Feuer. »Vergewaltigung ist Vergewaltigung. Verabredungen haben nichts damit zu tun.«

»Verzeihung. Ich meinte ...«

»Ich weiß, was Sie meinten«, fiel Astrid Kee ihr ins Wort, »und die Antwort ist ja. Die Mehrzahl der Vergewaltigungen, mit denen wir es zu tun haben, sind vom College. Ebenfalls die Schwangerschaften.«

»Was geschieht mit ihnen?«

»Ich verstehe nicht.«

»Ihre Patientinnen. Nachdem sie hier waren, gehen sie wieder aufs College, nach Hause, oder verschwinden sie?«

»Das ist unterschiedlich.«

»Sagen Sie den Schwangeren, daß sie abtreiben sollen?«

»Wir *sagen* ihnen gar nichts«, ereiferte sich Astrid Kee. »Wir beraten sie.«

»Aber Sie schlagen Abtreibung vor.«

Miss Kee starrte Jay feindselig an. »Ich verstehe nicht, was das mit jemandem zu tun hat, der in unseren Dateien schnüffelt. Ehrlich gesagt, mir gefällt der Verlauf dieser Unterhaltung überhaupt nicht.«

*Verärgere sie nicht. Täusche sie mit Blabla.*

»Ich mache keine Werturteile«, sagte Jay beruhigend. »Aber ich muß Ihr Verfahren kennen, wenn ich von Nutzen sein soll. Wenn Sie jungen Frauen zur Abtreibung raten, dann könnte das irgendein von der Norm abweichendes Verhalten auslösen. Abtreibung ist ein Thema, das einige Leute interessiert.«

»Dessen bin ich mir bewußt«, erwiderte Astrid Kee trocken. Sie überlegte kurz. »Ja. Wir raten Frauen in einigen Fällen zur Abtreibung.«

»Empfehlen Sie bestimmte Abtreiber?«

»Ich hoffe, Sie fragen nicht nach Namen.«

»Natürlich nicht.«

»Wir schicken unsere Patientinnen in besondere Abtreibungskliniken. Wir machen die Termine aus und sorgen für den Transport. Manchmal bezahlen wir sogar für sie.«

»Außerhalb des Bundesstaats?«

»Nicht unbedingt. Aber außerhalb der Butler County.« Ihre Nasenflügel bebten vor Ärger, und auf ihren Wangen waren plötzlich rote Flecken. »Die guten Leute von Butler sind uns nicht freundlich gesonnen, ganz zu schweigen von der Abtreibungsklinik.«

»Sie verfolgen die Fälle der Patienten weiter, die Sie weggeschickt haben?«

»Wenn wir das können. Einige der Mädchen ... Frauen kommen nicht zurück zur Schule.«

»Sie verlieren ihre Spur?«

»In einigen Fällen.«

*Das muß es sein. Das ist das einzige, was paßt.*

Jay spürte, daß wieder Panik in ihr aufstieg. Sie hatte mit zu vielen Leuten gesprochen, eine zu deutliche Spur hinterlassen. Es war Zeit, sich aus dem Bild auszublenden. Wenn sie noch mehr Spuren hinterließ, würde die ganze Sache auffliegen.

»Miss Smith?«

Jay blinzelte, als Astrid Kee sie ansprach. Sie hatte ins Leere gestarrt.

*Mein Gott! Ich verliere die Kontrolle. Hätte beinahe verraten, daß ich unter falscher Flagge segle.*

»Verzeihung. Ich habe gerade versucht, die Lage einzuschätzen.« Panik. Und noch etwas anderes. Die Hitze. Sie war nahe am Ziel; sie konnte es spüren.

»Sollen wir auf die Benutzung des Computers verzichten, bis ... Sie getan haben, was Sie tun müssen?«

»Nein.« Jay schüttelte den Kopf. »Machen Sie ganz normal weiter. Ich muß zurückkehren und meinen Bericht schreiben, bevor wir irgend etwas Konkretes unternehmen.« Sie entschloß sich, etwas einzuwerfen, um Astrid Kee unter Kontrolle zu halten.

*Versuch, sie einzuschüchtern.*

»Ich befürchte, wir müssen das FBI einschalten.«

»FBI?«

Jay nickte.

Die Frau auf der anderen Seite des Schreibtischs versteifte sich. »Ich bin mir nicht sicher, ob mein Vorstand so etwas billigen würde.«

»Vielleicht bleibt uns nichts anderes übrig. Dies geht über die Zuständigkeit von CERT hinaus.«

»Ebenfalls das Einschalten des FBI ohne Grund.« Astrid Kee war jetzt sichtlich nervös. In den vergangenen Jahren hatte es eine Reihe Verfahren und Prozesse wegen Nötigung von Minderjährigen zur Abtreibung gegen Einrichtungen wie diese gegeben.

Wenn Astrid Kee jemals eine solche Tat geduldet hatte und eine Staatsgrenze überquert worden war, dann war es eine Straftat, die in den Zuständigkeitsbereich des Bundes fiel, genauer gesagt, Kidnapping und Freiheitsberaubung.

Jay stand auf. »Warum machen wir es nicht folgendermaßen? Ich schreibe meinen Bericht, aber bevor ich irgend etwas unternehme, rufe ich Sie an und gebe Ihnen meine Empfehlung. Warten Sie bis dahin, bevor Sie Ihren Vorstand mit einbeziehen.«

Astrid Kee nickte, und die Erleichterung war ihr anzusehen. »Das klingt vernünftig.« Sie gab Jay die Hand, und Jay schüttelte sie. Astrids Hand war trocken und knochig. Jay versuchte sich vorzustellen, wie Astrid eine Achtzehnjährige tröstete, die soeben von ihrem neuen ›Freund‹ vergewaltigt worden war. Irgendwie paßte das nicht zusammen.

»Ich werde mich wieder melden.«

*Halte nicht den Atem an, Astrid. Wenn ich fertig bin, wirst du nie wieder etwas von mir hören und sehen.*

Es war Abend, und Dunkelheit senkte sich auf den Strip. Dies war die Lieblingszeit des Eismanns; im grellen Licht und der Hitze des Tages hatte Las Vegas für ihn nichts Schönes; die Farben waren verwaschen, die Mängel zu offenkundig. Erst am Abend kam wirklich Leben in die Stadt; Phantasie wurde Realität, die Mängel waren verborgen hinter glitzerndem Neonschein und Regenbogen aus künstlichem Licht.

Des Abends und in der Nacht konnte er atmen.

Er war ruhelos, nachdem er die Stunden des Tageslichts in seinem dunklen und versteckten Zimmer verbracht hatte. Vertieft in die Bildschirme und Tastaturen, in einem vergeblichen Versuch, aufzuschieben, was kommen würde. Die Symptome waren klar; er hatte ihr Nahen beobachtet wie das Näherkommen von großen schwarzen Krähen, die über die Berge flogen, um ihre Schatten auf ihn zu werfen.

Der Eismann verließ sein Haus, ging zu Fuß zum Strip und bog ab zum O'Sheas. Er versuchte sich zu konzentrieren, die Gerüche von überhitztem Asphalt, von Essen aus hundert Restaurants, von Parfum und Körperausdünstungen und kalter Luft von den Kasinos wahrzunehmen. Manchmal, wenn er sich stark genug konzentrierte, konnte er das Unvermeidliche ein wenig hinauszögern, sich einreden, daß er wie jeder sonst war, bis die Täuschung unmöglich wurde.

Er wußte, daß er sehr wenig Zeit hatte. Den ganzen Tag

hatte er die sich abwechselnden Wellen von Lethargie und Euphorie gespürt, Schläfrigkeit und Benommenheit, überwältigende Depression. Wie oft hatte er das durchgemacht, dagegen angekämpft und sich schließlich ergeben?

Selbst mit seinen leicht getönten Kontaktlinsen schienen die blitzenden Lichter ringsum direkt in seine Sinne zu stechen; Farben wurden Geräusche, Berührung wurde Geschmack. Bald würde sich alles zu einem Tunnel und dem Gefühl vereinigen, ein rasender Frachtzug donnere ihm darin entgegen.

Ohne zu denken, spazierte er stetig weiter, und seine Hände bewegten sich wie beim Stricken ohne Nadeln. Er blieb stehen, lehnte sich gegen einen Zeitungsautomaten und legte die Arme darauf, damit die Hände ruhig blieben. Doch das ›Stricken‹ ging weiter, und jetzt hatte er das Gefühl, daß seine Zunge anschwoll, den trockenen Mund ausfüllte, gegen seine Zähne und den Gaumen drückte, ihm die Luft nahm.

Er stieß einen erstickten Schrei aus, den niemand hörte. Das Plastik der Linsen in seinen Augen schien die zarten Membranen und Flüssigkeiten zu verbrennen. Er nahm verschwommen ein Paar wahr, das einige Schritte entfernt stehenblieb. Der Mann und die Frau trugen die gleichen T-Shirts vom The Dunes.

»Hey, Mann, alles in Ordnung?«

Der Eismann preßte die Zähne zusammen und stieß wieder den erstickten, grollenden Schrei aus. Die Frau zog den Mann am Arm fort. Der Eismann wünschte, daß das Paar fortging, bevor er etwas tat, das sie alle bereuen würden.

»Der ist besoffen.«

»Nein, ich glaube, der ist krank. Sieh dir nur sein Gesicht an!«

Er veränderte sich, direkt vor ihren Augen. Er mußte sich beeilen. Es war ein Fehler gewesen, aus dem Haus zu gehen.

»Komm, gehen wir.« Die Frau zog den Mann wieder am Arm. Widerstrebend gab der Mann seine Rolle als Samariter auf.

Und rettete damit, ohne es zu ahnen, sein Leben. Kein heißes Blut in der abkühlenden Luft. Kein Stechen und Schneiden. Nicht jetzt. Noch nicht. Kein Wispern einer Baseballschlagkeule.

Das Paar entfernte sich. Der Eismann ging den Weg zurück, auf dem er gekommen war. Die Lichter lebten jetzt, Tausende von blitzenden Schlangen, die sich durch sein Gesichtsfeld wanden. Das einzige, was ihn weitertrieb, war das Wissen, daß all dies zuvor schon geschehen war, genau so, in der gleichen Reihenfolge. Wenn er dem Schema folgte, das Labyrinth der Erinnerung durchquerte, würde er wieder seinen Weg nach Hause finden.

Er begann die Musik zu hören, als er wieder an der Ecke war. Das leise Singen kleiner Vögel, die sich auf einer Telegrafenleitung oder auf den Zweigen eines Baumes sammelten. Zikadenhell, ein einziger Ton, summend von den blitzenden Lichtern, abgesetzt von der Symphonie der menschlichen Wände, die ihn umgaben. Welches Lied? Wie lange? »Ding dong«?

Ding, dong, die Hexe ist tot.

Wizard, der Hexenmeister, würde bald schlafen. Die Pillen würden ein bißchen helfen. Die anderen würden heute nacht einfach ohne ihn auskommen müssen. Er fand die Ecke und sah blind die Spur von Brotkrümeln, die er und Gretel zurückgelassen hatten, folgte ihnen in die Dunkelheit und hörte weit über sich das schreckliche Schlagen von gewaltigen Schwingen.

Cruz saß im Konferenzraum der Sonderkommission im Polizeipräsidium in Albuquerque, nippte an Horace Sladkys scheußlichem Kaffee und schaute zu, während der grauhaarige Kriminalbeamte in einem Aktenordner mit Zeugenaussagen blätterte. Sladkys Aufforderung früher an diesem Tag war offen und eindeutig gewesen: Wenn Cruz verhindern wollte, daß ihm der Arsch aufgerissen wurde, dann sollte er selbigen im Laufschritt zum Polizeipräsidium von Albuquerque bewegen.

»Konnten Sie mir nicht am Telefon sagen, was das Problem ist?« fragte Cruz.

»Nein«, erwiderte Sladky. Er fand, was er suchte, und zog das Blatt Papier aus dem Ordner. »Wir müssen uns bedeckt halten, oder wir beide verbrennen dabei.«

»Dann sagen Sie es jetzt.«

Sladky blickte auf das Blatt Papier in seiner Hand. »Hand Job«, sagte er.

»Der Killer, den Sie gefunden haben.«

»Genau der.«

»Ich bin Ermittler in Fällen von Brandstiftung, Sladky, kein Schnüffler der Mordkommission.«

»Ihre Partnerin, die vom Bund. Die nach dem großen Brand hier reinspazierte. Erinnern Sie sich?«

»Jay Fletcher. Sie haben nach ihr gefragt bei MacDonalds Vernehmung zur Anklage.«

»Die meine ich.«

»Was ist mit ihr?«

»Ich habe einiges überprüft. Laut meiner Information benutzte sie ein Fahrzeug der Highway Police, während Sie mit Ihnen in Santa Fe arbeitete. Einen grünen 93er Ford Escort. GTL 946.«

»Es war ein Escort, das stimmt«, sagte Cruz. »An die Nummer erinnere ich mich nicht.« Er runzelte die Stirn. »Warum kommen Sie nicht zur Sache?«

»Die Sache ist, daß wir die Gegend ein paar Blocks um das Haus, in dem Hand Job umgebracht wurde, abgeklappert haben. Jemand erinnerte sich an den Wagen.«

»Wann war der dort?«

»Anderthalb Stunden vor dem anonymen Anruf bei uns.«

»Dieser Jemand erinnerte sich an das Nummernschild?« schnaubte Cruz. »Ein bißchen sonderbar, meinen Sie nicht auch?«

»Vielleicht. Aber die Person, die sich die Nummer merkte, hat die gleichen Buchstaben GTL. Deshalb erinnerte sie sich daran.«

»Haben Sie deshalb bei der Vernehmung zur Anklage nach Jay Fletcher gefragt?«

»Nein. Das war eine Ahnung. Dies ist eine Tatsache.«

Cruz zuckte mit den Schultern. »Ziemlich schwacher Beweis.«

»Was sind Sie, ihr verdammter Anwalt? Sie ist Polizistin. Ihr Wagen stand in der Nähe des Tatorts zur Zeit, an der das Verbrechen stattfand. Sie ist ein Computerfreak, und Hand Job war das ebenfalls. Wer den schleimigen Hurensohn umbrachte, hatte gute Informationen. Die Informationen eines Cops.«

»Ist sie eine Verdächtige?«

»Die Hauptverdächtige. Es sei denn, Sie können mir etwas anderes sagen.«

»Scheiße.«

»Ja, das trifft es genau.« Sladky nickte. »Haben Sie immer noch nichts von ihr gehört?«

»Nein.«

»Was ist mit ihren Leuten in Washington?«

»Keine Ahnung.«

Sladky heftete das Blatt mit der Zeugenaussage wieder in den Aktenordner und schaute Cruz an. »Wie handhaben wir das?«

Die Bedeutung der Frage war klar. Sladky hatte Jay Zugang zu Informationen über den Mörder gegeben, und Cruz war verantwortlich für ihre Aktionen, während sie in Santa Fe war. Wenn sie es war, die den Mörder ins Jenseits befördert hatte, dann würden sie beide Probleme bekommen.

»Wir handhaben es vorsichtig«, sagte Cruz nach einer Weile. »Ich werde herumfragen.« Er überlegte kurz. »Wie lange können Sie über die Sache mit dem Wagen schweigen?«

»Ein paar Tage«, antwortete Sladky. »Höchstens eine Woche. Länger geht es nicht. Wenn es herauskommt, wird man von Vertuschung reden.«

»Ich werde so schnell arbeiten, wie ich kann.«

»Finden Sie sie schnell«, sagte Sladky. »Und Sie sollten mit Fletchers Leuten in D. C. sprechen. Ich bezweifle, daß Hand Job der einzige auf ihrer Wunschliste war. Ich nehme an, das ist erst der Beginn.«

Jay hielt sich an die Geschwindigkeitsbegrenzung, als sie über den dunklen Highway fuhr. Bei Tageslicht war die Landschaft der Butler County eine angenehme Mischung aus flachen Hügeln und Heideland. Im Dunkel, jetzt mit ihrem Wissen, war es ein geheimnisvoller, fremder Landstrich, dessen Schatten scheinbar nur darauf warteten, sie zu verschlingen.

Sie verlagerte ihr Gewicht auf dem Sitz und spürte die beruhigende 9 mm, die gegen ihr Kreuz drückte. In den vergangenen Stunden war sie in ihren Nachforschungen mit Riesenschritten vorangekommen. Nun war sie sich nicht sicher, ob sie bereit war. Mit mehr Zeit hätte sie es durchdenken, eine Strategie planen, Möglichkeiten abwägen können.

*Kneifen können.*

Jetzt war es zu spät.

Es hatte überhaupt nicht lange gedauert, Hilda Jovanavich zu überprüfen und festzustellen, daß sie auch die Buchhalterin des Tierarztes war, und der Anruf von Candice Albright in der College-Bibliothek hatte alles gekrönt. Kushinski war ein regelmäßiger Besucher der Bücherei, sowohl über Modem als auch persönlich. Den neuesten Erkenntnissen der Hilfskraft zufolge hatte er ein besonderes Interesse an *Roe v. Wade* und allem sonst, was mit Abtreibung zu tun hatte. Seine zweitrangige Lektüre betraf die lokale Geschichte des Schulamts von Slippery Rock und besonders Informationen über die alte Crocker-Schule am Rande der Stadt.

Ein schneller Besuch bei der Stadtverwaltung in der West Cooper Street bestätigte sein Interesse. Die Crokker-Schule, eine Kombination von Grundschule und Aufbauschule, erbaut 1937, war Mitte der siebziger Jahre aufgegeben worden, nachdem bei einem Feuer das Auditorium und die Turnhalle ausgebrannt waren. Die Kosten für eine Sanierung des Gebäudes waren untragbar, und das Schulamt entschied sich statt dessen, zwei neue Schulen zu bauen. Der Crocker-Besitz jenseits der Stadtgrenze, zwischen Mulberry Street und Dickey Road, war verwaist.

Vor drei Jahren, als das Schulamt knapp bei Kasse gewesen war, hatte es den Besitz versteigert. Keiner war zu dieser Zeit bereit, das Minimum zu bieten, und so wurde der Besitz nicht versteigert. Ein Jahr später, weniger als zwei Monate bevor die ersten Briefe beim *Butler Eagle* eintrafen, versuchte es das Schulamt von neuem. Diesmal war der einzige Bieter – Dr. Evelyn Kushinski, der Veterinär aus Harrisville. Laut Akte bei der Stadtverwaltung wollte er das Gebäude abreißen und durch ein Tiergehege und einen Naturpark ersetzen. Bis jetzt hatte er überhaupt nichts mit dem Besitz unternommen.

*Naturpark, mein Gott!*

Jay hatte den Rest des Tages in Harrisville verbracht, im Wagen gesessen, Zigaretten geraucht und Kushinskis Tierklinik beobachtet. Er hatte den ganzen Nachmittag ein gutes Geschäft mit kranken Hündchen, Wellensittichen und Hamstern gemacht, aber Jay hatte niemand mit einer Katze in das flache Backsteingebäude gehen sehen. Um sechs Uhr, als sich die Dunkelheit über die

Hügel ringsum senkte, gingen die Lichter in der Tierklinik aus und die im oberen Apartment an. Nur ein Fahrzeug stand auf dem kleinen Parkplatz vor der Klinik – ein Land Rover mit schwarzweißen Zebrastreifen, der aussah, als entstamme er einem Safari-Film. Jay hatte auch das überprüft – der Wagen gehörte Kushinski.

Um neun Uhr erhaschte sie den ersten Blick auf den Tierarzt, als er aus der Klinik kam, die Tür abschloß und zu seinem Wagen stapfte. Es überraschte sie, wie normal der Mann aussah. Er war klein, kaum einen Meter sechzig groß, Ende Dreißig oder Anfang Vierzig, rundgesichtig, glattrasiert, und er trug eine dunkelblaue Windjacke und eine Uni-Kappe gegen die Kälte des Abends. Ein Jedermann. Ein kleiner Mann, der zuviel Interesse an Abtreibung hatte, der einen Wagen mit Allradantrieb und Zebrastreifen fuhr und in seiner Freizeit mit Monstern im Internet spielte.

Der Tierarzt fuhr ostwärts zum Zentrum des kleinen Ortes und bog dann nach Süden auf den Highway 8 ein. Jay hielt großen Abstand; sie ahnte, wohin der Katzen hassende Bastard fuhr. Kushinski mit seinen zornigen Briefen suchte nach einem größeren ›Publikum‹ für seine Verbrechen. Kushinski, der junge, verzweifelte Mädchen verschwinden ließ.

Aber das war natürlich der leichte Teil gewesen. Das Verschwinden so vieler Mädchen hätte irgendwo eine Alarmglocke schrillen lassen sollen, doch Jay wußte aus langer Erfahrung, daß ein Name ohne Leiche nur eine vermißte Person war, und Vermißtenmeldungen standen ganz unten auf der Liste aller Polizeibehörden, gleich bei den Meldungen von UFOs.

Kushinski war außer Sicht, als Jay durch Slippery Rock fuhr. Zur Rechten sah sie die beleuchtete Polizeistation. Ein Chief, drei Constables und zwei Wagen in Wechselschicht. Keine Unterstützung von dort, selbst wenn sie um Hilfe rufen mußte.

Es war noch nicht zehn Uhr abends, doch die meisten Häuser der Stadt waren bereits dunkel. In der Ferne im Osten konnte Jay die Lichter der Collegegebäude sehen. Sie fuhr über die Kreuzung South Main und Highway mit der gelb blinkenden Ampel, vorbei am Motel und weiter nach Südwesten. Die Häuser zur Rechten lichteten sich, und einen halben Kilometer weiter war die Straße nur noch von Büschen und Bäumen gesäumt.

Ihr Scheinwerferlicht riß die Ausfahrt Mulberry Street aus der Dunkelheit, und sie fuhr langsamer. Vor und hinter ihr war kein Verkehr. Sie verlangsamte noch mehr, schaltete die Scheinwerfer aus und fuhr in völliger Dunkelheit. Die dunklen Umrisse der Hügel ringsum schienen auf den Wagen zuzuspringen. Jay sah kurz ein schreckliches Bild, bei dem sie fast von der Straße abgekommen wäre, vor ihrem geistigen Auge: den kopflosen Reiter auf seinem Pferd mit den feuersprühenden Augen, der Ichabod Crane durch die unheimliche Landschaft von Sleepy Hollow jagte. Sie hatte eine Woche lang ins Bett gemacht, nachdem sie das in *Walt Disney Presents* gesehen hatte. Ihre Schwester, Mikey, hatte sie wegen des Bettnässens gnadenlos aufgezogen.

*Warum denke ich an all dieses Zeug aus der Kinderzeit? Was ist los mit mir?*

*Oh, nichts, nur ein weiterer langweiliger Abend ohne Verabredung mit einem Freund.*

Sie gewann die Kontrolle über den Wagen zurück. Fünfzig Meter voraus sah sie durch die Bäume eine Ausfahrt. Sie fuhr im Schrittempo auf die Ausfahrt, ohne den Blinker zu betätigen. Plötzlich hörte sie das Knirschen von Kies unter den Reifen. Sie neigte sich vor und spähte durch die Windschutzscheibe. Es hatte keinen Sinn, das Schicksal herauszufordern; sie mußte weit genug vom Highway parken, nur für den Fall, daß ein neugieriger Polizist vorbeifuhr.

Jay parkte mit zwei Rädern im flachen Straßengraben und stieg aus dem Wagen. Sie atmete tief durch. Der Geruch von Zedern, Kiefern, altem Heu und Laub. Weit über ihr, unsichtbar, war der Flügelschlag eines herabstoßenden Nachtvogels zu hören. Eine leichte Brise säuselte in den Wipfeln der Bäume zu beiden Seiten des Kieswegs.

Sie spielte kurz mit dem Gedanken, sich eine Zigarette anzuzünden, um ihre Nerven zu beruhigen, doch dann entschied sie sich dagegen und vergewisserte sich, daß ihre Waffe an Ort und Stelle war. Vorsichtig ging sie am Straßenrand entlang durch Laub und mied den Kies, um keine Geräusche zu verursachen. Eine Minute später gelangte sie zum Ende der Bäume, und vor ihr waren die Reste der alten Crocker-Schule, dreißig Meter entfernt auf einer einst offenen Wiese. Das ehemalige Schulgebäude war größer, als sie erwartet hatte, ein zweistöckiges Backsteingebäude, acht Fenster zu jeder Seite eines großen Portals. Jay verharrte in den letzten Schatten, damit sich ihre Augen an die Sichtverhältnisse gewöhnten, und zwang sich, nicht ans Rauchen zu denken.

Der Zufahrtsweg führte über den Rasen zum Hauptportal. Ein kahler Flaggenmast stand bei der Treppe zum Portal. Von dem Land Rover war nichts zu sehen; Kushinski hatte vermutlich hinter dem Gebäude geparkt. Jay schloß die Augen und versuchte sich die Pläne des Gebäudes in Erinnerung zu rufen, die sie bei der Stadtverwaltung gesehen hatte.

Die ehemalige Schule war in Form eines H erbaut. Der lange Arm war ihr gegenüber, der kurze Flügel dahinter war mit den Ruinen des Auditoriums und der Turnhalle verbunden. Die Stockwerke des vorderen Teils enthielten die Klassenzimmer, die von den Aufbauschülern benutzt worden waren; der hintere Teil war die Grundschule gewesen. Außer dem Haupteingang gab es ein halbes Dutzend andere Türen in die Schule und hinaus. Zu viele Fluchtwege.

Kein Licht. Entweder arbeitete Kushinski im Dunkeln, oder er benutzte eines der Klassenzimmer hinten, die sie nicht sehen konnte. Sie versuchte, sich an die Aufteilung der Räume zu erinnern. Zwei Klassenzimmer und ein Büro auf jeder Seite des Haupteingangs und ein langer Flur. Rechts hinten, angebaut an die Rückseite, war die Bücherei der Aufbauschule. Im Stockwerk darüber das Labor.

*Das ist es. Dort versteckt er sich.*

Sie lief tief geduckt über die freie Fläche, rutschte im feuchten hohen Gras aus, fing sich und rannte weiter, bis sie wieder im Schatten war. Sie stieg die breite Treppe hinauf. Die Flügel des Portals, aufgehackt von den Äxten der Feuerwehrleute, hingen schief in den Angeln. Vom Wind verwehtes Laub und Zweige stachen wie ein Pfeil durch die Lücke. Jay schlüpfte hinein.

Sie verharrte stocksteif neben dem Portal, lauschte angespannt und wartete wieder, bis sich ihre Augen an die noch tiefere Dunkelheit in dem Gebäude gewöhnt hatten. Weitere Gerüche, hauptsächlich säuerlich und muffig. Sie streckte eine Hand aus und berührte die Wand. Farbe über einer Verkleidung, vermutlich Asbest.

Der Boden war mit altem Linoleum ausgelegt, in schwarzen und weißen Quadraten wie ein Schachbrettmuster, und die Zeit hatte das Weiß in Grau verwandelt. Jays Lippen verzogen sich zu einem Lächeln; es war alles so verdammt vertraut. Sie war schon hier gewesen – wie jedes andere Kind auf der Welt. Neun Monate Fegefeuer pro Jahr. Sie konnte mit verbundenen Augen über die Korridore der ehemaligen Schule gehen.

Eine zweite Treppe hinauf, die in der Mitte durchgetreten war. Die schwachen Umrisse von Türen. Büros, eines für den Schulrektor und eines für seinen Stellvertreter.

Auf dem oberen Treppenabsatz sah sie links und rechts eine breite Halle. Direkt vor ihr befand sich eine große Ausstellungsvitrine, die vom Boden bis zur Dekke reichte und deren Glas in Tausende Scherben zersplittert war. Man hatte die Footballpokale, die Gedenktafeln und die Ehrenurkunden von Schülern gerettet, die im Zweiten Weltkrieg gestorben waren. Wo einst eine schwere Brandschutztür gewesen war, klaffte jetzt ein verkohltes Loch. Jenseits davon mußten Auditorium und Turnhalle sein. Jay wandte sich nach rechts und ging durch die lange Halle zum fernen Treppenhaus. Links und rechts waren metallene Spindtüren aufgerissen wie ausgebrochene Zähne.

Ein schrecklicher Geruch hing in der Luft. Jay verharrte, tastete nach ihrer Pistole und zog sie aus dem Hosenbund. Sie wußte, wonach es roch. Nach verfaulendem Fleisch. Es fehlte nur das Summen von Schmeißfliegen.

Und da war ein Geräusch, völlig unpassend zu dem schrecklichen Geruch. Schwach, aus weiter Ferne. Vivaldi. Sie schluckte hart, bog um die Ecke, setzte einen Fuß auf die Treppe und schrie fast auf, als etwas über ihr Gesicht strich. Sie zuckte zurück und riß ihre Waffe hoch.

*O Gott.*

Auf einer Schnur, die sich in der Dunkelheit verlor, hingen die Überreste von mindestens hundert Katzen – Köpfe, Torsos, Beine und Pfoten. Einige hatten frische, glasige Augen, und ihre Münder waren noch rosig, andere waren offensichtlich viel älter, mit stumpfem Fell und eingesunkenen Augen.

*Totems.*

Wie Schädel auf Bambuspfosten in Borneo, um Feinde fernzuhalten. Ein Signal an die geistig Gesunden: Dahinter lauert der Wahnsinn. Kehr um, kehr um.

*Kommt nicht in Frage. Zu spät, zu spät.*

Jay ging die Treppe hinauf, wich dem Horror aus, kämpfte gegen Übelkeit an und hielt den Atem an, um nicht den Gestank einzuatmen. Erst auf dem oberen Treppenabsatz gab es keine aufgehängten Tierleichen mehr. Eine Schnur führte zur hohen Decke hinauf, vom schwachen Mondschein erhellt, der durch das einzige Fenster fiel. Jay verharrte und starrte hin. Nein, keine Katzen mehr.

Aber eine menschliche Hand, deren Finger auf den Boden wiesen. Eine Mädchenhand. Ein goldener Ring mit einem herzförmigen, hellblauen Stein am Ringfinger. Die Hand war noch frisch.

*Gib jetzt nicht auf. Dies wird noch schlimmer.*

Sie wich um die Hand herum, die an der Schnur hing, und setzte den Weg fort. Die Hand drehte sich leicht in einem Luftzug, und der Stein reflektierte den Mondschein. Jay hielt sich dicht an der Wand und zwang sich, weiterzugehen. Die Musik war jetzt lauter. *Die vier Jahreszeiten.* ›Winter‹, wenn sie sich richtig erinnerte, was ironisch war, denn sie spürte, wie Schweiß über ihren Nacken rann.

Sie spähte um die Ecke und sah Licht unter einer Tür am Ende des Korridors, nicht weiter als zwanzig Schritte entfernt. Das Labor. Die Musik wurde lauter, und Jay hörte, daß jemand die Melodie mitpfiff. Jay sah einen leeren Stuhl an der Wand neben der Tür. Sie schaute genauer hin. Etwas war darauf gestapelt. Kleidungsstücke?

Jay verharrte, wartete, bis die Musik sich einem Höhepunkt näherte, und zog den Schlitten der Pistole vor und zurück.

Es folgte kurze Stille, und dann setzte die Musik wieder ein. ›Frühling‹ jetzt, die Musik war beschwingter, voller Leben. Jay wußte, daß die Musik von Vivaldi nie wieder dieselbe für sie sein würde. Sie schlich langsam und vorsichtig an der Wand entlang und verharrte alle paar Schritte, um zu lauschen.

Ein anderer Gestank, noch schlimmer als der im Treppenhaus. Säuredampf, der ihre Augen tränen ließ. Sie wischte sich mit der freien Hand über die brennenden Augen und atmete leise durch den Mund.

Noch ein Schritt. Wieder verharren und lauschen. Sie war nur noch einen Meter vom Stuhl neben der Tür des Labors entfernt. Darauf lagen Kleidungsstücke: dünne, schwarze Socken; seidene, gefaltete Boxershorts; eine dunkelblaue Windjacke, auf der Jacke die Uni-Kappe und darauf eine Brieftasche und ein Schlüsselbund.

*Er ist da drin. Nackt. O Gott!*

Sie berührte die Schlüssel. Trotz des Gestanks konnte sie den Geruch von zuviel After-shave auf der Kleidung wahrnehmen. Jade East? Gab es das noch, oder bildete sie sich das nur ein?

*Gordie Saybrook roch nach Jade East, als er zum erstenmal auf dem Rücksitz des nagelneuen Buick Riviera seiner Mutter die Hand in mein Höschen schob ...*

Jay atmete tief durch, trat um den Stuhl herum auf die Türschwelle, die Pistole schulmäßig im Beidhandanschlag.

Der Raum war groß, hatte eine hohe Decke und war von einem halben Dutzend Leuchtstoffröhren erhellt. Irgendwie hatte der Tierarzt es geschafft, Elektrizität in den Raum zu leiten. Die hohen Fenster waren mit dicken Fellen verdunkelt, die mit silbernen Streifen Klebeband befestigt waren.

Das ehemalige Labor war in einen Raum zum Einbalsamieren verwandelt worden. Sperrholzplatten lagen auf den Labortischen, bezogen mit dickem Plastik. Jay sah die Reste einer Frau auf einem der Tische. Auf heißen Herdplatten standen einige große Kochtöpfe, in denen etwas brodelte.

Neben den Töpfen standen vier Sessel. Auf einem befand sich ein kleiner, teuer aussehender Kassettenrecorder; auf den anderen drei Sesseln, gegenüber der Musikanlage, saßen drei Gestalten, junge Frauen, die völlig bekleidet waren. Sie saßen starr und tot da. Eine Blonde und zwei Brünette. Das rechte Auge der Blonden fehlte, ebenso ihre rechte Hand.

*Mein Gott, er stopft sie aus.*

Trophäen, wie Elchköpfe an der Wand.

Vorne im ehemaligen Labor war das Lehrerpult durch einen großen Tisch mit Zinkplatte ersetzt worden. Darauf lag eine nackte Leiche. Kushinski, nackt und schweißglänzend, neigte sich darüber. Er hatte eine Pfeife vom Sherlock-Holmes-Typ im Mund, und Jay roch den süßlichen Kirschgeruch des Tabaks. Ein Tablett mit Instrumenten stand neben ihm – Messer, Nadeln, Sägen. Hinter ihm, nur teilweise sichtbar, war eine große, skelettartige Konstruktion mit Plastikschläuchen und Draht und einem grob geformten Gipsschädel. Zwei große braune, künstliche Augen waren bereits eingesetzt.

Jay mußte irgendein Geräusch verursacht haben, denn Kushinski schaute von seiner Arbeit auf und starrte sie an. Er wirkte einen Moment verwirrt, und dann lächelte er. Er hob die kleine rechte Hand und wischte sich Schweiß von der Stirn. Seine linke Hand war zwischen den Beinen, verborgen vom Tisch. Als er sprach, klang seine Stimme weich und angenehm und hatte einen schwachen britischen Akzent. Er sah ihre Blickrichtung und lächelte strahlend.

»Ich mache immer zuerst die Augen. Ich mag es, wenn sie zuschauen, du auch?«

## 21

»ICH BIN BEEINDRUCKT«, sagte Charles Langford, der hinter seinem Schreibtisch im Kellergeschoß vom Hoover Building saß. »Jetzt haben wir wenigstens einen Namen für den Bastard.«

»Du magst beeindruckt sein, aber ich bin es nicht«, erwiderte Hawkins, der ihm gegenübersaß. »Stiles hat es immer geschafft, mir mindestens einen Schritt voraus zu sein. Das hat sich nicht geändert.« Er schüttelte den Kopf. »Er kennt jeden meiner Schritte.«

»Du bist überzeugt, daß er Zugriff auf Computer hat?«

»Ganz bestimmt. Es kann nur so sein. Es ist ein zu großer Zufall, daß Ritchie und seine Frau ermordet wurden, nachdem ich sie befragt hatte. Stiles folgt mir nicht persönlich; er macht das elektronisch. Über Kreditkarten.«

»Er ist ein Hacker?«

»So sieht es aus.«

»Wenn er die Benutzung deiner Kreditkarten überprüft, dann ist er ziemlich raffiniert«, sagte Langford. »Vielleicht ein Profi. Wenn er die Datenbanken der Kreditkartengesellschaften anzapft, kannst du dich nur schützen, indem du die Karten nicht mehr benutzt. Indem du in bar zahlst.«

»Das ist heutzutage schwierig, und ich bin mir nicht sicher, ob ich mich schützen will.«

»Wenn du dich nicht schützt, weiß er, daß du ihm dicht auf den Fersen bist.«

»Das weiß er ohnehin. Wenn ich die Karten weiterhin benutze, kann ich ihn vielleicht ins Freie locken. So etwas wie mit den Ritchies darf nicht mehr passieren. Wenn ich sie nicht aufgesucht hätte, würden sie vielleicht noch leben.«

»Das kannst du nicht mit Sicherheit sagen. Es war vielleicht ein Zufall.«

»Blödsinn, Charlie. Aber danke.« Hawkins drehte sich auf seinem Stuhl und schaute auf die große Wandkarte der Vereinigten Staaten.

»Wenn ich sein Spiel spielen könnte, dann würde ich ihn zur Strecke bringen, das weiß ich.«

»Sein Spiel?«

»Den Spieß umdrehen. Ebenfalls hacken.«

»In der Epilepsie-Sache?«

»Ja. Ich habe viel Zeit mit dem Typen der Epilepsie-Stiftung in San Francisco verbracht und heute morgen eine Stunde lang mit der Nationalen Epilepsie-Gesellschaft hier in D. C. telefoniert. Wenn Stiles die psychomotorische Version der Krankheit hat, gibt es nur vier Präparate, die er nehmen kann – Dilantin, Carvamazepin, Valproinsäure oder eine Kombination von Phenobartialen; das ist die offizielle Information.«

»Und die inoffizielle?«

»Eine sogenannte Waisendroge. Phenacemid. Die bekommt man nicht in den Staaten. Stiles benutzte sie in den sechziger Jahren, als sie noch genehmigt war.«

»Überprüfen, wer die Droge von außerhalb ins Land bringt, und das Feld einengen?«

»Genau.«

»Wer stellt die Droge her?«

»Eine Reihe von Firmen. Eine in Schweden, eine in Frankreich und eine in Kanada. Ich wette, er bezieht den Stoff aus Kanada. Das ist am nächsten und leichtesten. Nach dem, was mir der Arzt in San Francisco sagte, bestellt Stiles sie vermutlich telefonisch und läßt sie sich zustellen.«

»Ist das legal?«

»Das ist eine Grauzone. Viele Leute tun das, besonders AIDS-Patienten und ihre Ärzte.«

»Über wie viele Leute sprechen wir? Wie viele mögliche Käufer des Präparats?«

»Wenn ich Zugriff auf die Dateien der Epilepsie-Stiftung hätte, könnte ich eine ziemlich gute Vorstellung bekommen.«

»Sie geben dir keinen Zugriff.«

»Nicht ohne richterliche Genehmigung.«

»Die wir nicht bekommen, befürchte ich.«

»Es sei denn, wir machen diese ganze Ermittlung offiziell«, sagte Hawkins.

»Vergiß es«, erwiderte Langford. »Wir haben hier beim FBI zur Zeit ein ernstes Problem, und ich denke, es kommt noch schlimmer.« Er griff in die Innentasche seines Jacketts, nahm ein Blatt Fax-Papier heraus und warf es vor Hawkins auf den Tisch.

»Was ist das?«

»Lies es. Ich werde währenddessen still vor mich hin weinen.«

Das Fax war die Fotokopie eines Blattes vom Independence News Service. Als Quelle war die Zeitung *Butler Eagle* in Butler, Pennsylvania, angegeben. Jemand namens Christy Skeed hatte den Artikel verfaßt.

ISN/Butler Eagle/Datumszeile: Slippery Rock/ Skeed. Auf einen anonymen Tip hin fand die Polizei in diesem Ort in Pennsylvania die Leiche des hiesigen Veterinärs Dr. Evelyn Kushinski im Labor der ehemaligen Crocker-Schule am State Highway 108. Eine Voruntersuchung deutet darauf hin, daß Dr. Kushinski eine Mordserie im Laufe mehrerer Jahre begangen hat. Die verstümmelten Leichen von mindestens neun Frauen, alle im Alter zwischen achtzehn und zwanzig, wurden in der Schule gefunden, die seit fast fünfzehn Jahren leer stand. Polizeichef Eric Sommers verweigerte einen Kommentar über den Serienmörder von Slippery Rock, wies jedoch darauf hin, daß die Serie von Tierverstümmelungen in der Gegend Butler-Slippery Rock in den vergangenen zwei Jahren wahrscheinlich ebenfalls Dr. Kushinski zuzuschreiben ist. Diese Reporterin hat ebenfalls erfahren, daß eine Frau, die sich als ›Jennifer Smith‹ vorstellte, mehrere Personen in der Gegend über Dr. Kushinski befragte. Smith, die sich als Mitglied von CERT, dem Computer Emergency Response Team, ausgab, hat ebenfalls mit dem Slippery Rock Rape Crisis Center gesprochen. Astrid Kee, die Leiterin des Zentrums für die Betreuung von Vergewaltigungsopfern, war zu keinem Kommentar bereit. Die Ermittlungen dauern an.

»Irgend jemand bringt einen Serienkiller in Selbstjustiz um?« fragte Hawkins und legte das Fax auf den Schreibtisch zurück. »Das ist ein Ding.«

Der Computerexperte des FBI nickte. »Diese Jennifer Smith. Die Reporterin Christy Skeed schickte mir die Story ungefähr eine Stunde, bevor Sommer, der Polizeichef von Slippery Rock, die Staatspolizei einschaltete. Die Staatspolizei von Pennsylvania rief uns an. Wir sind offiziell an dem Fall beteiligt.«

»Ich hätte gedacht, der wird Behavioral Sciences übergeben.«

»Es sind Computer beteiligt. Die Polizei hat Kushinskis Haus durchsucht. Er war voll ausgerüstet, doch alle Geräte wurden zerstört. Sie schicken uns, was von seiner Festplatte übrig ist, um zu sehen, ob wir irgend etwas retten können.«

»Was ist das Problem?«

»Ich glaube, ich weiß, wer Jennifer Smith ist«, sagte Langford gepreßt.

Hawkins lächelte. »Dann wirst du bald ein Held sein.«

Langford schüttelte den Kopf. »Sie ist eine von uns.«

Hawkins starrte ihn an. »Eine FBI-Agentin?«

Der ältere Mann seufzte tief. »Erinnerst du dich, als ich dich bat, den Fall Eismann inoffiziell zu übernehmen? Ich erwähnte eine Frau namens Jay Fletcher. Sie hatte sich in Kalifornien in Schwierigkeiten gebracht, eine Datenbank ohne Genehmigung angezapft und dadurch eine Verurteilung gefährdet. Ich schickte sie zum Abkühlen nach Santa Fe. Sie sollte ein Computersystem für einen Ermittler in Fällen von Brandstiftung, einen Mann namens Cruz, entwickeln.«

»Ich erinnere mich, daß du davon gesprochen hast«, sagte Hawkins. »Du warst ziemlich aufgewühlt.«

»Das bin ich immer noch.«

»Wirklich?«

»Sie ist verschwunden. Hinterließ Cruz einen Brief, in dem sie ihm mitteilte, daß sie Urlaub nimmt.«

»Und?«

»Ein paar Tage vor ihrem Verschwinden klärte die Polizei von Albuquerque eine Mordserie auf. Sie nannte den Verbrecher Hand-Job-Killer. Die Sache kam nie in die Medien. Die Polizei erhielt einen anonymen Anruf. Fand den Verbrecher tot vor. Auch seine Computer waren alle zerstört.«

»Das gleiche Vorgehen.«

»Richtig.«

»Gibt es irgendeinen anderen Hinweis, daß es diese Jay Fletcher war?«

»Noch nicht. Wir arbeiten daran.«

»Intern.«

»Darauf kannst du wetten.« Langford nickte zu dem Fax hin. »Das ging heute morgen über den Ticker raus. Was meinst du, wie lange es dauert, bis die Boulevardpresse es bringt?«

»Nicht lange«, sagte Hawkins. »Aber es gibt noch keine richtige Verbindung zwischen dieser Jennifer Smith und dem FBI.«

»Die Reporterin, die mir diese Story schickte, hat bereits einen Verdacht. Noch ein, zwei Tage, und die Reporter werden mir die Tür einrennen.«

»Das ist ziemlich dünn, Charlie. Vielleicht leidest du an Verfolgungswahn.« Hawkins lächelte freundlich. »Du hast den Ruf, ein nervöses Hemd zu sein.«

»Ich leide nicht an Verfolgungswahn; ich bin vorsichtig. Jay Fletcher ist eine Computerexpertin mit einer fragwürdigen ethischen Vorgeschichte; sie hat zumindest bewiesen, daß sie bereit ist, gegen die Vorschriften zu verstoßen, um ihr Ziel zu erreichen. Beide Psychopathen wurden abgeknallt, und beide waren Computerfreaks.«

»Findest du das nicht ein bißchen weit hergeholt?«

»Was? Computerpsychopathen?« Langford schüttelte den Kopf. »Das Internet ist einfach eine andere Welt, die keine Polizei hat. Noch nicht. Noch ist es Wilder Westen dort draußen im Netz. Mensch, Bill, du hast es selbst gesagt – sogar der Eismann, dieser Ricky Stiles, ist ein Hacker.« Der FBI-Mann überlegte. »O Mann, da fällt mir was ein!«

»Was?«

»Fletcher. Sie entwickelte ein Programm für uns, das wir Criminal Behaviors Index, C-Bix, nennen. Sie war überzeugt, wenn sie genug Zugang zu Datenbanken hat, kann sie das Programm nutzen, um Verbrecher aufzuspüren – zum Beispiel Serienkiller. Wenn ich recht habe, hat sie bereits zwei erschnüffelt. Vielleicht gibt es zwischen dem, was sie tut, und Ricky Stiles eine Verbindung.«

Hawkins schüttelte den Kopf. »Es muß Zufall sein.«

»Bei unserer Arbeit gibt es keine Zufälle, und das weißt du.«

»Du redest von einem weiblichen Charles Bronson. Von einem weiblichen Rächer, der in Selbstjustiz die Welt von Mördern und Vergewaltigern befreit. Sie ist ein Hirngespinst, Charlie, eine Feministinnen-Phantasie. Ich rede von einem real existierenden Psychopathen, der seit über zwanzig Jahren nach Belieben Leute umbringt.«

»Vielleicht sind sie Teile des gleichen Alptraums«, sagte Langford.

»Vielleicht.« Hawkins seufzte. »Aber unterdessen brauche ich deine Sachkenntnis.« Er nahm den Zeitungsausschnitt aus dem *Berkeley Barb* von Langfords Schreibtisch. »Arbeitet Jack Prine noch für euch?«

Langford nickte. »Klar. Er scheint nicht älter zu werden.«

»Prima«, sagte Hawkins. »Meinst du, er könnte noch fünfundzwanzig Jahre für unseren Freund Stiles dranhängen?« Hawkins reichte Langford den Zeitungsausschnitt.

Langford betrachtete das Foto und nickte. »Ich denke, das können wir schaffen. Sonst noch etwas?«

»Stiles' medikamentöse Behandlung der Epilepsie. Wenn ich die verfolgen kann, dann kann ich ihn festnageln, Charlie. Ein für allemal.« Er schaute seinen alten Freund eindringlich an. »Wenn du mit dieser Jay Fletcher recht hast, dann sollten wir uns vielleicht ein Beispiel an ihr nehmen. Vielleicht ist es an der Zeit, daß wir die Welt der Verbrecher betreten, sie auf ihrem eigenen Terrain bekämpfen, nach ihren eigenen Regeln, nicht nach unseren.«

Langford zuckte die Achseln. »Ich bin ein alter Hund, Bill; ich kenne keine anderen Regeln als diejenigen, an die ich mich viele Jahre gehalten habe.«

»Dann ist es vielleicht an der Zeit, daß du die neuen Regeln lernst.«

Langford blätterte in seinem Telefonverzeichnis, das neben dem Telefon lag. Er fand, was er suchte, und schrieb eine Nummer auf einen Notizzettel.

Er gab Hawkins den Zettel. »Ruf diese Nummer an. Sein Name ist Wacker, ob du's glaubst oder nicht. Sag ihm, daß du die Nummer von mir hast, und erzähle ihm, was du brauchst.«

»Er ist Privatmann?«

Langford nickte. »Ja. Und gut und verschwiegen.«

Es klopfte an der Tür, und Charles Langford blickte auf. Die Tür wurde geöffnet, und ein kleiner, schwarzhaariger Mann tauchte auf der Türschwelle auf.

»Ich suche das Büro von Charles Langford.«

»Sie haben es gefunden. Was kann ich für Sie tun?«

»Mein Name ist Cruz. Ich habe einige Informationen über Jay Fletcher, an denen Sie vielleicht interessiert sind.«

Jay Fletcher stand in ihrem Hotelzimmer am Fenster und schaute auf die Skyline von Chicago. Von ihrem Platz aus konnte sie den Pier der Navy und den Campus der University of Illinois sehen. Jenseits davon war der Michigansee mit unzähligen kleinen Segelbooten gesprenkelt, welche die steife Brise nutzten. Der Sonnenschein des Nachmittags spiegelte sich im See, und kein Wölkchen war am blauen Himmel.

Sie hatte um ein Zimmer mit Blick auf das John Hancock Building gebeten, und das Hotel hatte ihr den Wunsch gern erfüllt. Das gigantische Gebäude ragte wie ein ägyptischer Obelisk im Süden auf. In den sechziger Jahren erbaut, bot es immer noch einen beeindruckenden Anblick. An der Basis war es breit und verjüngte sich genau hundert Stockwerke, und auf dem Dach waren die Nadelspitzen zweier Antennen, die ihm noch dreißig Meter an Höhe gaben.

Jay hatte am Morgen ihre Hausaufgaben gemacht. Sie wußte, daß die ersten fünf Etagen des John Hancock Building von Einzelhandelsgeschäften eingenommen wurden und daß sich in den nächsten sechs Stockwerken Parkebenen für die Büros darüber befanden. Im sechzehnten und siebzehnten Stock war der Servicebereich für den unteren Teil, einschließlich Klimaanlage, Warmwasser und Elektrizität.

Vom achtzehnten bis zum einundvierzigsten Stock

gab es Büros, im zweiundvierzigsten und dreiundvierzigsten Stock war wiederum ein Servicebereich, und im vierundvierzigsten Stock befanden sich Supermarkt, Fitneßklub und Swimmingpool. Vom fünfundvierzigsten bis zum zweiundneunzigsten Stock gab es Wohnungen, insgesamt siebenhundertfünfzig Apartments verschiedener Größe. Ursprünglich waren es ausschließlich Eigentumswohnungen gewesen, doch im Laufe der Jahre waren sie von mehr und mehr Besitzern vermietet worden. In den Stockwerken zweiundneunzig bis hundert gab es weitere Servicebereiche, ein Restaurant und eine Bar, mehrere Fernseh- und Rundfunksender und eine Aussichtsplattform.

An jedem Tag lebten und arbeiteten über fünftausend Leute in dem Gebäude, verbrauchten insgesamt hundertsechzigtausend Liter Wasser, hinterließen fünfzehn Tonnen Müll und benutzten so viel Elektrizität, wie die Versorgung von sechstausend Einfamilienhäusern brauchte. Das Gebäude hatte zweitausend Kilometer Drähte und Kabel und verfügte über fünfzig verschiedene Aufzüge. Die Expreßaufzüge brachten jedes Jahr über eine halbe Million nicht im Gebäude wohnende Besucher zur Aussichtsplattform und zum Restaurant. Selbst nach über fünfundzwanzig Jahren galt es immer noch als das größte gemischt benutzte Gebäude der Welt.

Obwohl dort jeden Tag fünftausend Leute wohnten und arbeiteten, interessierte sich Jay Fletcher nur für eine Person. Laut ihrer Information war ihr Name Homer Ellis Dunton, und nach seiner eigenen Aussage hatte er in den vergangenen sechseinhalb Jahren elf Menschen ermordet. Irgendwann morgen würde sie ihn töten.

Jay zog die schweren Vorhänge zu und wandte sich vom Fenster ab. Der Kopfschmerz, der seit ihrer Ankunft in Chicago in ihren Schläfen gepocht hatte, war jetzt noch stärker, und die Kopfschmerztabletten, die sie aus Kushinskis Apartment in Harrisville mitgenommen hatte, wirkten anscheinend überhaupt nicht. Jay war ziemlich überzeugt, daß keine Pille der Welt das Dröhnen in ihrem Kopf lindern könnte.

*Mörderin.*

Sie durchquerte das halbdunkle Zimmer und blieb neben dem großen Bett stehen. Sie streifte ihre Turnschuhe ab, zog das T-Shirt aus und zog den Reißverschluß ihrer Jeans auf. Dann setzte sie sich aufs Bett, entledigte sich der Jeans und legte sich mit dem Kopf auf drei der vier Kissen.

Der Fernseher war eingeschaltet, aber sie hatte den Ton abgestellt. Das einzige Geräusch im Zimmer war das fast kaum wahrnehmbare Summen der Klimaanlage. Sie hatte sie hoch eingestellt, und die Luft war kalt auf ihrer nackten Haut.

Nachdem sie die halbe Nacht und die meiste Zeit des Morgens übers Land gefahren war, um herauszufinden, was sie über Homer Ellis Dunton wissen mußte, war sie erschöpft, aber sie wußte, daß sie keinen Schlaf finden würde. Kaltblütiger Mord war besser als ein Dutzend Café Cubanos, wenn man wach bleiben wollte.

Sie schloß die Augen, und es wurde ihr plötzlich schwindelig, als sie an den Tierarzt dachte und sich erinnerte, was sie gesehen hatte. Wie viele Frauen hatten mit halboffenen Augen in einem halbdunklen Raum gelegen, während er seine grauenvollen Taten begangen hatte? Er war von dem Tisch fortgetreten, eine Hand ausgestreckt, wie um sie zu begrüßen, die andere um den kleinen rosafarbenen Penis gelegt, an dem er rieb. Sie hob die Pistole und zielte auf seinen Kopf, aber das schien ihn nicht zu beunruhigen; er lächelte weiterhin und rieb schneller an seinem Glied, während er auf sie zu schritt.

*Intime Freunde, die dasselbe Geheimnis teilten und den Moment gemeinsam genossen.*

*Begrüße deinen neuen Nachbarn.*

Sie zögerte nur einen Sekundenbruchteil. Jeder Gedanke an Moral war durch die völlige Verdorbenheit des Mannes ausgelöscht, der sich ihr näherte. Und überall in dem schrecklichen Raum war der Beweis seines Wahnsinns zu sehen. Jay schoß und tötete ihn. Anschließend mußte sie sich übergeben.

Alles spielte sich in so kurzer Zeit ab, wie es dauerte, um von einem Fernsehkanal auf einen anderen zu wechseln. Ein Moment, den sie in den vergangenen paar Stunden Tausende Male wieder vor ihrem geistigen Auge gesehen hatte. Sie verbannte das Bild und versuchte es durch die Szenen auf dem Bildschirm am Fuß ihres Bettes zu ersetzen.

Schließlich fand sie die Pay-per-view Kanäle und drückte langsamer auf die Fernbedienung. Stallone, Jackie Chan und Bridget Fonda. Eine Auswahl von vier verschiedenen Pornos, zwei mit Mann und Frau, ein lesbischer und ein gemischter mit dem Titel *Betrogene Frauen*. Die Pornos hatten eine dreiminütige Vorschau, und Jay schaltete zwischen ihnen hin und her; das war ein Spiel, das sie schon zuvor in Hotelzimmern gespielt hatte, stets auf der Suche nach der Antwort auf die einfache Frage: *Warum*? Wer wollte anderen Leute beim Geschlechtsverkehr zusehen?

*Einsame Leute.*

Sie sah auf dem Bildschirm eine Blonde Anfang Dreißig, die ihre Beine spreizte und lächelte, als ein bulliger Footballspieler mit Pickeln auf dem Hintern mit klinischer Präzision in sie eindrang. Die Blonde hatte noch die Schuhe an. Die Kamera zeigte sein Organ in einer Nahaufnahme, während er es immer im gleichen Takt in sie hineinschob und hinauszog. Dann war zu sehen, wie ihre spitzen Absätze gegen seinen pickeligen Hintern trommelten.

*Sah Kushinski so etwas, wenn er sie tötete?*

Oder sah er Katzen?

Woran dachte ein normaler Mann, der so etwas sah? An weniger einsame Zeiten? Dachte ein normaler Mann an solche Filme, wenn er mit seiner Frau oder Freundin zusammen war?

Im nächsten Kanal attackierten sich zwei Frauen gegenseitig mit Vibratoren und wälzten sich stöhnend auf einem runden Bett, das mit schwarzen Satinlaken bedeckt war. Jay sah den Schatten des Mikrofons über ihren Köpfen. Vielleicht war es das. Wenn man einen Stallone-Film anschaute, starb oder blutete niemand richtig, und es gab auch keinen echten Sex. Was sie jetzt sah, war völlig real. Die perfekte versteckte Kamera. Keine Täuschung, keine Spezialeffekte.

Der dritte Kanal brachte eine Wiederholung von Nummer eins, doch der Footballspieler war ein Schwarzer, und die Frau war rothaarig. Er nahm sie von hinten und schlug ihr bei jedem zweiten oder dritten Stoß rhythmisch auf die Gesäßbacken. Er war fast so gut bestückt wie Carl, der Pikkolo in Albuquerque. Die Frau schaute drein, als betrachte sie Wäsche, die sich in einer Waschmaschine drehte.

Auf dem vierten Kanal trieb es eine Frau mit drei Männern gleichzeitig, während eine andere Frau zuschaute, Kaugummi kaute und mit einem gewaltigen Dildo masturbierte.

Die Vorschau ging zu Ende, und der Bildschirm wurde schwarz, flackerte und verkündete dann, wieviel es kosten würde, mehr davon zu sehen. Sie starrte einen Augenblick lang auf den Bildschirm und schaltete dann den Fernseher mit der Fernbedienung aus.

Jay wälzte sich auf die Seite und nahm den Hörer des Telefons auf dem Nachttisch ab. Sie wählte die Nummer in Washington, die sie wie eine Zauberformel immer wieder auf dem ganzen Weg von Harrisville wiederholt hatte. Die Psychiaterin ihrer Freundin Nadine, die Psycho-Lady, die sie aufgesucht hatte, bevor sie nach Santa Fe gereist war.

Es meldete sich nur der Anrufbeantworter. Jay hörte den Piepton, lauschte einen Moment lang dem Band und legte dann den Hörer auf. Was hatte es für einen Sinn, eine Nachricht auf Band zu sprechen? Sie stellte das Telefon auf den Nachttisch zurück, nahm die Fernbedienung und schaltete wieder den Fernseher an.

## 22

CHARLES LANGFORD SASS in dem knarrenden Weidenkorbsessel, verlagerte unbehaglich sein Gewicht und war sich darüber im klaren, wie unkorrekt er sich verhielt. Bei seiner Ermittlung war er in Jay Fletchers Privatleben eingedrungen. Er hatte Jays Nachbarin Nadine Wilson entdeckt, und von Nadine aus war es nur ein einziger Schritt zu Dr. Sarina Chisolm gewesen, der Psychiaterin vom Capitol Hill Hospital. Er wünschte jetzt, er hätte den Schritt nicht unternommen. Die ganze Sache ging vor ihm in die Binsen; Cruz war kooperativ, handelte als ›Freund des FBI‹, indem er Hawkins half, aber Horace Sladky, der Cop aus Albuquerque, war ein unsicherer Faktor. Und Sarina Chisolm ebenfalls.

Die Psychologin auf der anderen Seite des antiken Tischs sah wie eine pummelige Version von Candice Bergen mit grauem Haar und Umhängetuch aus. Das Büro enthielt ein Sammelsurium ausstellungswürdiger Kultobjekte, von einer irdenen Vase mit Adlerfedern auf dem Tisch über mexikanische Teppiche auf dem Boden und vielen Makramees bis zu einem gerahmten Poster von *Hair*, dem Rockmusical, neben der Tür. Langford hätte gewettet, daß Dr. Chisolm nicht wirklich Sarina hieß; der Name war vermutlich so angenommen wie die Ausstattung. Patricia oder Barbara hätte eher zum Aussehen der Mittvierzigerin gepaßt. Aber ganz gleich, welchen Namen sie hatte, die Psychiaterin ging Langford auf die Nerven.

»Warum sind Sie so besorgt wegen Jays geistiger Verfassung?« fragte Dr. Chisolm.

»Sie hat Probleme.«

»Sie sagten, sie schrieb einen Abschiedsbrief?«

»Nicht genau. Sie schrieb, sie nehme sich Urlaub.«

»Das klingt für mich ganz vernünftig, Agent Langford.« Sie sprach seinen offiziellen Titel aus, als wäre es etwas Unanständiges. Vermutlich hatte sie in den sechziger Jahren alle Polizisten als ›Bullen‹ verteufelt und war geistig nie entscheidend über diese Phase hinausgelangt.

»Unter normalen Umständen würde ich Ihnen zustimmen, Dr. Chisolm.«

»Sie haben mir bisher noch nichts Unnormales erzählt.«

»Jay steht unter großem Streß.«

»Ja.« Sie nickte und zauberte einen besorgten Ausdruck in ihre Augen. »Das stellte ich bei meinem kurzen Gespräch mit ihr fest.«

»Erwähnte sie etwas von ernsthaften Depressionen?«

»Sie müßten wissen, Agent Langford, daß dies eine vertrauliche Information ist und es eine ärztliche Schweigepflicht gibt.«

»Sprach sie über Selbstmord?«

»Auch das ist vertraulich.«

»Sehen Sie, Dr. Chisolm, ich versuche Jay zu helfen, nicht zu schaden. Ich glaube, sie ist in Schwierigkeiten.«

»Wie kommen Sie darauf? Sie hat sich entschieden, Urlaub zu nehmen. Nach meiner Meinung klang sie, als brauche sie welchen.«

»Das FBI macht viele von uns urlaubsreif«, sagte Langford trocken. »Aber das ist nicht der springende Punkt.«

»Sondern?«

»Ich muß Jay Fletcher finden. So schnell wie möglich.«

»Ich befürchte, da kann ich Ihnen nicht helfen. Ich habe keine Ahnung, wo sie sein könnte.«

»Sie hat keinen Kontakt mehr mit Ihnen aufgenommen?«

»Ich habe sie nur einmal gesehen, und das war nur für eine Sitzung.«

Langford nickte. Da war ein verräterischer Unterton in ihrer Stimme. Besorgnis? Nein. Er beobachtete, wie sie mit ihrer plumpen Hand die Adlerfedern in der Vase zurechtrückte. Keine Besorgnis. Sie überlegt. Sie weiß etwas.

»Wie wäre es dann mit Ihrer beruflichen Meinung?« sagte er schließlich.

»Eine Meinung über was?«

»Über eine hypothetische Situation.«

»Vielleicht eine hypothetische Situation bezüglich einer FBI-Agentin?«

»Vielleicht.«

»Ich nehme an, das kommt auf die Hypothese an. Solange es keinen Vertrauensbruch bedeutet.«

»Angenommen, eine FBI-Agentin schießt übers Ziel hinaus.«

»Welches Ziel und wie weit?«

»Sie bricht zusammen. Verliert die Kontrolle über sich. Ein völliger geistiger Zusammenbruch.«

Sarina Chisolm lachte. »Das sind Allgemeinplätze. Sie müssen schon genauer sein. Was hat die hypothetische FBI-Agentin getan, das darauf hinweist, daß sie ›zusammengebrochen‹ ist, wie Sie es bezeichnet haben?«

»Angenommen, sie hat jemanden getötet.«

Die Psychiaterin starrte Langford an, blickte dann

fort und heftete den Blick auf eines der Makramees an der Wand. Dann schaute sie ihn wieder an.

»Das Töten ist ein Teil des Jobs eines FBI-Agenten, nicht wahr?«

»Eigentlich nicht. Ich bin seit fast fünfundzwanzig Jahren FBI-Agent und habe meine Waffe noch nie außerhalb des Schießplatzes abgefeuert.«

»Aber Sie sind darin ausgebildet. Die Möglichkeit ist da.«

»Selbstverständlich. Sie könnten jedoch mit dem gleichen Recht behaupten, daß wir ausgebildet sind, *nicht* zu töten.«

»Aber vermutlich würde das FBI keinen annehmen, der grundsätzlich unfähig ist, jemand zu töten.«

»Wie ein Kriegsdienstverweigerer?« fragte Langford. Er zuckte mit den Schultern. »Vermutlich.«

»So ist Ihre hypothetische FBI-Agentin fähig zu töten?«

»Ja.«

»In Erfüllung ihrer Pflicht?«

»Nein.«

Dr. Chisolm schwieg wieder. Sie mußte annehmen, Langford hatte ihr auf Umwegen erzählt, daß Jay einen Verbrecher getötet hatte, zusammengebrochen und dann verschwunden war.

»Mord?«

»Nennen wir es entschuldbarer Totschlag«, sagte Langford.

»Im Sinne des Gesetzes entschuldbar?«

»Nein, moralisch entschuldbar, zumindest nach Ansicht der Agentin.«

Die Psychiaterin runzelte die Stirn. »Ich finde es schwierig, mir solch einen hypothetischen Zusammenhang vorzustellen.«

»Dann stelle ich mal einen her«, sagte Langford. »Eine Agentin, die das Gefühl hat, daß das System nicht richtig funktioniert, die dadurch frustriert ist und sich entschließt, das Gesetz in eigene Hände zu nehmen.«

»Selbstjustiz. Vigilantentum.« Dr. Chisolm nickte vor sich hin. »Die Rechtfertigung von Gewalt von Gruppen wie dem Ku-Klux-Klan.«

»Nicht ganz«, sagte Langford. Er schmachtete nach einer Zigarette, aber er wußte, daß Rauchen hier nicht in Frage kam.

»Dann müssen Sie das genauer erklären.«

»Wenn ein Vergewaltiger von seinem Opfer entmannt wird. Ist das ein Verbrechen?«

»Selbstverständlich. Die Vergewaltigung und die Entmannung sind zwei verschiedene Taten.«

»Aber eine führt zu der anderen.«

»Deshalb haben wir Leute wie Sie, Agent Langford.« Dr. Chisolm schürzte die Lippen. Sie stützte ihr Kinn mit der Hand. »Sie sollen Vergewaltiger schnappen und verurteilen lassen, damit Frauen nicht das Gesetz in eigene Hände nehmen müssen. Sie reden über den Kern von zivilisiertem Verhalten.«

»Und wenn das System nicht funktioniert?« fragte Langford. »Was macht die hypothetische Agentin dann? Nur eine Vergewaltigung von zehn wird gemeldet, Dr. Chisolm; ich bin überzeugt, das wissen Sie. Was ist mit den anderen neun? Wo bleibt da die Gerechtigkeit?«

»Irgendwo in der Zukunft«, sagte Dr. Chisolm, lächelte und lehnte sich zurück. Es war das Idiotischste, was Langford jemals gehört hatte. »Veränderungen brauchen Zeit«, fügte sie hinzu. »Frauen haben in den letzten zweihunderttausend Jahren oder so auf Gleichberechtigung gewartet; wir können noch ein bißchen länger warten.«

Er starrte sie an. Sarina Chisolm lebte zweifellos in einer Phantasiewelt von aufgeblasenem Gequassel. Das neue Zeitalter der allumfassenden Harmonie würde jeden Augenblick eingeleitet, und alles würde wunderbar sein. Es war die alte Theorie: »Wenn Richard Nixon einen Joint raucht, wird sich die Welt über Nacht verändern.« Nixon hatte keinen Joint geraucht, aber Bill Clinton hatte das, und es machte kein Jota Unterschied. Weder der Präsident noch Sarina Chisolm hatten jemals gesehen, was der Eismann seinen Opfern antat. Gestern abend waren die Fotos von Slippery Rock, Pennsylvania, eingetroffen. Was würde Dr. Chisolm davon halten?

»Haben Sie eine Katze?« fragte Langford.

»Nein, warum?« sagte die Psychiaterin verständnislos.

»War nur so eine Frage«, antwortete Langford. »Spielt keine Rolle.« Es folgte kurzes Schweigen. »Was ist mit der Hypothese?« fragte er schließlich.

Dr. Chisolm seufzte. »Jeder ist zu Gewalt und sogar Mord fähig, besonders wenn er das Gefühl hat, daß ihm Unrecht geschehen ist«, sagte sie. »Das liegt einfach in der menschlichen Natur.«

»Was ist mit mehrfachem Mord?«

»Wollen Sie damit sagen, daß Ihre hypothetische Agentin mehr als einmal gemordet hat?« Wieder der leicht schockierte Blick und das verstohlene, schuldige Fortblicken von ihm. Sie wußte etwas.

»Zweimal.«

»Und sie wird es wieder tun?«

»Möglich. Sogar wahrscheinlich.«

Schweigen. »Du liebe Zeit«, sagte Dr. Chisolm. »Sie bringen mich in eine schwierige Lage, Agent Langford.«

»Ich bringe Sie in gar keine Lage, Doktor. Ich sage Ihnen nur, was ich weiß.« Er verzog das Gesicht. »Was zu diesem Zeitpunkt nicht viel ist.«

»Wir sprechen jetzt nicht mehr hypothetisch, nicht wahr?«

»Ich befürchte, da haben Sie recht.«

»Du liebe Zeit«, wiederholte sie. Langford wartete. Dr. Chisolms Gesicht spiegelte Verwirrung wider.

»Haben Sie von Jay gehört?« fragte er ruhig.

»Nein.« Ihr Mund blieb offen, als wolle sie etwas hinzufügen. »Nein«, widerholte sie dann wie im Selbstgespräch und schloß den Mund.

Er ließ sie sich winden, solange er es wagte, und dann setzte er nach. Verhör von einer möglicherweise feindseligen Zeugin, Seite 32 im Handbuch. Er neigte sich in dem Weidenkorbsessel vor und hob die Hände mit den Handflächen nach außen.

»Sehen Sie, Dr. Chisolm, ich bin auf Jays Seite. Ich weiß nicht, wie Ihre Einstellung gegenüber der Polizei oder dem FBI oder der Welt im allgemeinen ist; ich weiß nur, daß Jay in ernsten Schwierigkeiten steckt. Ich will, daß wir sie aufspüren, bevor jemand anders das tut. Wenn sie Kontakt mit Ihnen gehabt hat, dann möchte ich es jetzt erfahren, nicht später. Später ist es vielleicht zu spät. Für uns alle.«

*Wenn später herauskommt, daß sie Kontakt mit dir hatte und du nichts unternommen hast, dann geht dein Ruf den Bach runter, Frau Doc.*

»Haben Sie von ihr gehört?« Er sprach sanft und freundlich und bemühte sich, seine Anspannung zu verbergen.

»Nein, ich habe nichts von ihr gehört«, antwortete Dr. Chisolm. »Jedenfalls nichts Direktes.«

»Was heißt das, nichts Direktes?«

»Als ich heute morgen eintraf, war eine Nachricht auf meinem Anrufbeantworter.«

»Von Jay?«

»Ich bin mir nicht sicher. Möglich.«

»Was war die Nachricht?«

»Es war keine. Jemand flüsterte etwas. Kaum hörbar.«

»Was war das?«

»Leute unter extremem Streß sprechen manchmal vor sich hin, ohne es zu merken. Eigentlich tun wir alle das, einige mehr, einige weniger. Normalerweise ist nicht zu hören, was man ›Gedanken mit dem Mund‹ nennt. Je mehr Streß, desto hörbarer. Für gewöhnlich.«

»Könnte es Jay gewesen sein?«

»Das ist möglich. Es war zweifellos eine Frauenstimme. Sie klang dumpf und verloren ...«

»Ferngespräch?« In diesem Fall konnte die Telefongesellschaft feststellen, woher es gekommen war.

Dr. Chisolm nickte und zog das Umhängetuch fester um die Schultern. »Das dachte ich, als ich das Band zurückspulte.«

»Bekommen Sie viele solcher Anrufe?« fragte Langford. »Von Leuten, die nicht auf Band sprechen?«

»Nein. Eigentlich nicht. So eine Praxis habe ich nicht. Die meisten meiner Patientinnen sind in Langzeittherapie.« Sie lächelte traurig. »Viele davon sind meine Freundinnen geworden.« Sie sammelte geheilte Fälle wie Medaillen und bezeichnete sie als Freunde, aber bei Jay war dafür nicht genug Zeit geblieben.

»Haben Sie das Band noch?«

»Ja«, sagte die Psychiaterin. Langford nickte vor sich hin; die Jungs vom Labor konnten vielleicht sogar die Stimme identifizieren.

»Konnten Sie hören, was sie sagte?«

»Ich glaube, ja. Es war nur ein Flüstern. Sie wiederholte es und legte dann auf.«

»Was hat sie geflüstert?«

*»Was hätte das für einen Sinn? Was hätte das für einen Sinn?«*

Bill Hawkins und Cruz saßen links und rechts von Jack Prine im Kellergeschoß des FBI-Headquarters und schauten zu, während der Computergraphik-Spezialist den Zeitungsausschnitt aus dem 1968er *Berkeley Barb* bearbeitete. Fast wie durch Zauberei nahm eine Vergrößerung des vergilbten Fotos Gestalt auf dem großen Computerbildschirm vor ihnen an.

»Der Schwarze oder der Weiße?« fragte Prine.

»Der Weiße«, antwortete Hawkins.

Prine schnaubte. »Der Schwarze sieht aus wie eine magere Version des Schauspielers in *Mod Squad,* erinnern Sie sich?«

»Ich glaube, er hieß Luke«, sagte Cruz.

»Genau der.« Prine nickte. »Krauskopf wie der hier. Alles, was er jemals sagte, war ›prima‹.«

Prine hantierte mit der Maus, und das Bild von Thomas Ritchie als junger Mann verschwand nach rechts aus dem Bild. Prine tippte auf der Tastatur, und Ricky Stiles' Gesicht füllte den Bildschirm aus.

»Prima«, sagte Prine und schnaubte wieder. Er setzte sich zurück und kratzte sich am Kinn. »Interessantes Gesicht. Wie alt ist er auf diesem Foto?«

»Achtzehn, neunzehn. Das Foto wurde 1968 geknipst.«

Prine nickte und schaute auf den Bildschirm. »Dann ist er jetzt Mitte Vierzig.« Er kramte in der Tasche seines schmuddeligen Laborkittels und holte eine Rolle Pfefferminzbonbons hervor.

»Können Sie mir irgend etwas Besonderes über ihn sagen? Nicht das Strafregister. Eine persönliche Information.«

»Er ist Epileptiker. Charmant. Äußerst intelligent. Vermutlich Computerspezialist.« Hawkins lächelte. »Wie Sie«, fügte er hinzu.

»Ein smarter, gutaussehender Hacker mit Epilepsie.« Prine lachte. »Außer der Epilepsie haben wir viele Gemeinsamkeiten.«

»Nicht so viele, wie Sie meinen«, entgegnete Hawkins, der schmatzend auf seinem Pfefferminz lutschte.

»Okay, mal sehen, was wir tun können.« Prine klickte mit dem Mauspfeil auf die Augen des Fotos. »Wenn er wie wir alle ist, werden seine Augen schlechter. Wie wäre es mit einer Brille?«

»Sein Aussehen ist ihm zu wichtig. Es ist wahrscheinlicher, daß er Kontaktlinsen trägt.« Hawkins überlegte einen Augenblick lang und erinnerte sich an die Informationen, die ihm der Arzt in San Francisco gegeben hatte. »Getönte Kontaktlinsen. Epileptiker sind lichtempfindlich.«

Prine nickte geistesabwesend. »In diesem Fall schwierig zu sagen, aber ich nehme an, seine Augen sind blau. Wir werden sie braun tönen.« Er klickte mit der Maus, und die Augen auf dem Bildschirm wurden dunkler. »Obendrein geben wir ihm ein paar Krähenfüße.« Die Augen alterten sichtlich, wirkten sonderbar klug in dem jugendlichen Gesicht.

»Unheimlich«, sagte Cruz. »All dieses Zeug ist Hexerei für mich.«

»Für mich auch«, pflichtete ihm Hawkins bei.

»Immer mit den Augen anfangen«, sagte Prine. »Fenster der Seele und all dieser Scheiß. Aber es stimmt. Wenn man die Augen richtig hinbekommt, kann man von der Mitte nach außen arbeiten.« Der Computerexperte tippte auf eine Reihe von Tasten, und das Bild von Ricky Stiles verschwand plötzlich vom Bildschirm.

»Was ist passiert?« fragte Hawkins bestürzt.

»Entspannen Sie sich«, murmelte Prine. »Ich füge nur dreißig Jahre an Erfahrung hinzu.«

»Wie funktioniert das?« fragte Cruz.

»Wollen Sie die technische Erklärung oder die schnelle Version für Laien?«

»Die schnelle Version für Laien«, antwortete Hawkins.

»Es gibt eine Reihe von Parametern, also Hilfsvariable für menschliches Altern, die wir einprogrammieren. Hautspannkraft, Gewebeschrumpfung, diese Art Dinge. Wie es aussieht, ist Ihr Mann hier ein kleiner und drahtiger Typ. Vielleicht wird er zwischen achtzehn und fünfzig etwas fülliger, aber nicht sehr viel, das Gesicht wird schmal bleiben.« Prine schürzte die Lippen. »Hat er eine sitzende Lebensweise, oder ist er aktiv?«

»Aktiv«, antwortete Hawkins. »Und Sie möchten bestimmt nichts über seine Aktivitäten hören.«

»Säufer?«

»Nein. Das hätte schlimme Auswirkungen, weil er starke Medikamente nimmt.«

»Was ist mit den Medikamenten? Irgendwelche Nebenwirkungen?«

»Vielleicht etwas Wasser speichern. Nichts Offensichtliches. Was er nimmt, führt oftmals zu einem Leberschaden. Er könnte ein wenig gelbsüchtig aussehen.«

»Raucher?«

»Keine Ahnung. Vielleicht.«

»Okay.« Prine nickte. »Das sollte ein Ausgangspunkt sein.« Er tippte einen Augenblick auf der Tastatur und drückte dann auf die ENTER-Taste. Stiles' Gesicht erschien wieder auf dem Bildschirm, und es formten sich schnell Linien von links nach rechts. In weniger als einer Minute war das Bild komplett. Stiles, aber nicht Stiles. Ein gutaussehender Mann in mittleren Jahren mit dunklen, ausdruckslosen Augen. Die Haarlinie war etwas zurückgewichen, fast zu einer Stirnglatze, und die hohen Wangenknochen waren betonter. Schwache Linien führten von seinen Mundwinkeln hinab, und das zuvor schmale Kinn war ein wenig breiter geworden.

»Sonderbar«, murmelte Hawkins und schaute auf den Bildschirm. Der Feind hatte endlich ein Gesicht.

»Kommt mir bekannt vor«, sagte Cruz und blickte neugierig auf den Bildschirm. »Vielleicht ein Schauspieler?«

Hawkins schnippte mit den Fingern. »Der Typ, der vor Jahren Charles Manson in diesem Fernsehfilm spielte.«

»Steve Railsback.« Prine nickte. »Er spielte auch mit

Peter O'Toole in dem Film *The Stunt Man.*« Prine wies auf den Bildschirm. »So sieht er jetzt aus. Jedenfalls nahe daran.« Er blickte zu Hawkins. »Ein Killer, richtig?«

»Wie haben Sie das erraten?« fragte Hawkins.

Prine zuckte die Achseln. »Ich mache diesen Job schon sehr lange; man bekommt ein Gefühl dafür. Er hat diesen Blick. Es hängt mit dem zusammen, was er tut. Ein Profi. Und ich kann Ihnen noch etwas sagen.«

»Was?«

»Er liebt seine Arbeit.«

Der Eismann saß in dem halbdunklen Hotelzimmer in Tijuana und betrachtete die Prostituierte, die auf dem schmalen Bett lag. Sie bot natürlich einen grotesken Anblick, aber das war ein Teil von ihrem Reiz. Sie war fünfzehn oder höchstens sechzehn und wurde bereits fett. Ihre Gesäßbacken waren mit Pickeln gesprenkelt, ihr Bauch wölbte sich wie eine fleischige Schürze über ihrer dicken Scham, und die Brüste wirkten auf den Eismann wie halb gefüllte Zuckertüten. Sie hatte ein rundes Gesicht mit kleinen Augen, einer breiten Nase und einem kleinen Mund wie ein Amorsbogen. Kleine, gelbliche Zähne. Haare wie alte schwarze Stricke.

Was hatte er sich dabei gedacht? Er lächelte. Neugier, das war es. Neugier und tote Katzen. Er blickte auf das gefaltete Exemplar der *L. A. Times* auf seinem nackten Schoß. Der Artikel war klein, ein paar Zeilen unten auf Seite sechs. Zuerst hatte es Gaddis erwischt und jetzt den Veterinär aus Slippery Rock, Pennsylvania, der sich selbst Dr. Cream genannt hatte. Jemand dort draußen war neugierig genug gewesen, um Gaddis aufzuspüren, und jetzt war es wieder geschehen. Derjenige, der die Warnung in den Computer eingegeben hatte. *Paß auf!* Der mußte es sein.

Was pflegte einst der Monsignore aus dem St.

Vincent's zu sagen? Einmal ist purer Zufall, zweimal ist Zufall, und dreimal ist ... wer? Der Artikel in der *L. A. Times* ließ anklingen, daß der Killer vielleicht ein schwarzes Schaf unter den Cops war. War das auch Zufall, wenn Hawkins so nahe war? Der Eismann dachte einen Moment darüber nach und starrte auf die schlafende Hure, ohne sie richtig wahrzunehmen. Schließlich schüttelte er den Kopf. Mr. Paß auf! war ein Hakker, und Hawkins war keiner. Also jemand anders. Nenn ihn Ted, nach Ted Bundy.

Wer war der nächste auf Teds Liste? Der Eismann schloß die Augen und stellte sich die Landkarte der Vereinigten Staaten vor. Es war ein langer Sprung von Albuquerque nach Slippery Rock, aber zwischen den beiden Taten lag genügend Zeit. Zeit für Ted, seinen Hunger zu stillen? Gaddis mochte ein Zufall gewesen sein, ein erster Appetithappen, aber der liebe, kranke Dr. Cream war zweifellos ein Anzeichen darauf, daß Ted auf den Geschmack gekommen war, und das Schwarze Brett von Special K war sein Menü.

Der Eismann schloß wieder die Augen und spürte ein leichtes, salziges Brennen. Wenn er sich seine Pillen besorgte, würde er auch Kontaktlinsenlösung kaufen. Er versuchte, sich auf Ted und den Tod des Mannes in Slippery Rock zu konzentrieren. Dr. Cream war wirklich wahnsinnig gewesen und erst spät zu der Gruppe gestoßen. Der Eismann und sein Freund Christie hatten lange über ihn diskutiert. Sein Tier-Fetischismus war ein interessantes Element, aber er und der Psychiater aus Baltimore waren sich darin einig gewesen, daß er labil und möglicherweise nicht sehr vorsichtig war. Gaddis hatte Ted zu Dr. Cream geführt, und so war fast sicher, daß Dr. Cream Ted zu jemand anderem auf der Liste führte. Wenn Ted tatsächlich ein Hacker und Cop war, dann war es gut möglich, daß er wie ein Cop dachte. Dann würde er wie Hawkins methodisch vorgehen.

Der Eismann stellte sich wieder die Landkarte vor. Welche Spieler waren am nächsten bei Slippery Rock? Da war natürlich Christie in Baltimore, aber der war zu gut versteckt, sogar der Eismann hatte ihn nie aufspüren oder identifizieren können. Da war Landru in Cleveland, der nahe genug war, aber der hatte sich seit Monaten nicht mehr eingeloggt. Der zweitnächste war Gecht in Columbus, der merkwürdige Typ, der immer aus *Tibetanisches Buch des Todes* zitierte.

Angenommen, Gecht war als nächster dran, was konnte er, Eismann, dagegen tun? Er konnte nach Ohio reisen und ihn persönlich warnen, aber er wußte nicht, wann Ted zuschlagen würde. Oder ob er überhaupt zuschlagen würde. Es würde auch gegen eine der Regeln des Eismanns verstoßen – seit Special K von ihm eingeführt worden war, hatte er peinlich genau darauf geachtet, mit keinem Mitspieler persönlichen Kontakt aufzunehmen, obwohl es mehrmals vorgeschlagen worden war.

Nach langer und sorgfältiger Überlegung war der Eismann zu dem Schluß gelangt, daß die Spieler, mit Ausnahme von ihm und Christie, am Rand des Wahnsinns lebten und trotz ihrer Fähigkeit, das Schwarze Brett, das im Spiel versteckt war, zu finden, schließlich geschnappt werden konnten. Einem von diesen Wahnsinnigen, die bereits durch das System von den richtigen Verrückten wie Jeffrey Dahmer und seinesgleichen getrennt wurden, persönlich gegenüberzutreten war ein Risiko, das er nicht eingehen wollte. Er wollte nicht den Rest seines Lebens in eine Klapsmühle gesteckt werden oder lebenslänglich bekommen wie Charlie Manson. Die Erfahrungen, die er als Jugendlicher im St. Vincent's gemacht hatte, reichten ihm.

Er schaute auf seine Armbanduhr – kurz vor zehn. In einer Stunde würde er hier fertig und eine Stunde später wieder in San Diego sein, gerade richtig zum

Mittagessen. Von dort aus war es nur ein einstündiger Flug zu seinem Haus; am frühen Nachmittag würde er wieder in Las Vegas sein. Er würde eine Botschaft für Gecht auf der Tastatur tippen und auf das Beste hoffen. Er würde auch am Abend, wenn das Spiel begann, die Dinge genau im Auge behalten, nur für den Fall, daß Ted irgendwo in den Büschen lauerte.

Er stand auf und gähnte. Die Zeitung glitt von seinem Schoß. Er blickte an sich hinab. Nicht hart, aber das machte nichts, besonders nicht hier. Er ging zum Bett. Das fette Mädchen hatte etwas geflickt und gestopft, als er es für die Nacht gekauft hatte, und da lagen Nadel, Garn und Scheren noch auf dem Nachttisch.

Der Eismann rüttelte das Mädchen an der Schulter. Er verzog das Gesicht; ihre Haut war talgig und fühlte sich leicht fettig an. Unter der fettigen Haut hatte sie vermutlich ein halbes Dutzend Geschlechtskrankheiten, einschließlich AIDS. Doch das machte nichts; er würde keinen Sex mit ihr haben. Er schnüffelte und glaubte für einen Moment den Duft nach Kiefern und See von Anderson Island zu riechen.

Das Mädchen auf dem Bett öffnete die Augen und sah ihn vor sich stehen. Sie seufzte, gähnte und setzte sich auf, schwang die dicken Füße auf den Boden. Sie gähnte von neuem, nahm sein Glied in den Mund, neigte sich vor. Wie lächerlich doch die Laute der gespielten Leidenschaft klangen, die über ihre kleinen, schmatzenden Lippen kamen!

Ihr strähniges Haar teilte sich von seinem Gewicht, und er sah ihren Nacken. Dort würde er ansetzen.

Sie stöhnte weiterhin zwischen seinen Schenkeln. Er empfand die alten Schmerzen und das ferne Flüstern. Eine Gefälligkeit für sie. Ein Vergnügen für ihn. Fairer Tausch. Die beste Beschreibung von Liebe, die er je gehört hatte. Was mehr konnte ein solches Mädchen wünschen oder erhoffen?

Er griff nach der Schere.

Es kostete Jay Fletcher zwanzig Dollar, um Homer Ellis Dunton zu identifizieren; damit bestach sie den livrierten Portier, der bei den Aufzügen zu den Apartments im John Hancock Center stand. Sie erzählte dem Mann, sie sei von der Zeitschrift *People* und recherchiere für einen Artikel über prominente Bewohner des Gebäudes. Sie wolle ihre Informationen sammeln, ohne daß die Bewohner das erfuhren.

Der Portier erzählte Jay, daß Dunton mit Trinkgeld knauserte, sogar zu Weihnachten, und er informierte sie, daß Dunton an den meisten Tagen das John Hancock Center gegen zehn Uhr morgens verließ und kurz nach dem Mittagessen zurückkehrte. Er verließ das Gebäude stets allein, aber dann und wann kehrte er mit einem gutaussehenden Mädchen am Arm zurück – keiner Profinutte, wie der Portier betonte. Er wußte nicht, womit Dunton seinen Lebensunterhalt bestritt.

Der Portier faltete den Zwanzigdollarschein sorgfältig und steckte ihn ein. Er versprach, Jay zuzuzwinkern und zu nicken, wenn Dunton auftauchte. Jay setzte sich in einen bequemen Sessel, der durch ein paar Pflanzen in Kübeln abgeschirmt war, und wartete. Um Viertel nach zehn trat ein gutgekleideter Mann Mitte Zwanzig aus einem der Aufzüge und schritt zum Ausgang North Michigan Avenue. Der Portier winkte Jay und wies mit seiner weiß behandschuhten Hand hinter dem Mann her.

Dunton ignorierte die Schlange von Taxis und ging auf der breiten, belebten Straße nach Süden. Die Werbebroschüre in Jays Hotelzimmer beschrieb dies als den Beginn der Prachtmeile, einer der besten Einkaufsstraßen in Chicago. Jay war nicht an einem Einkaufsbummel interessiert und Dunton ebenfalls nicht. Er ging forschen Schrittes südwärts und ignorierte die Schaufenster von Tiffany's, Gucci und Hammacher Schlemmer.

Jay sah ihn nur von hinten und konnte nicht viel über sein Aussehen sagen. Der kurze Blick in der Halle des John Hancock Center hatte ihr den Eindruck von einem dunkelhaarigen, gutaussehenden, jugendlich wirkenden Mann in einem eleganten Maßanzug vermittelt, mehr nicht.

Dunton ging die Michigan Avenue entlang und überquerte den Chicago River jenseits des Tribune Tower. Sie hatten jetzt gut anderthalb Kilometer zurückgelegt, und Jay fragte sich, ob es Zeitverschwendung war, Dunton zu folgen. Die zwei oder drei Stunden seines täglichen Ausflugs hätte sie besser dazu genutzt, sein Apartment im John Hancock Tower auf den Kopf zu stellen.

Dunton bog im Grant Park ab und stieg die breite Treppe zum imposanten Portal des Chicago Art Institute hinauf. Jay folgte ihm, verlor Dunton zwischenzeitlich in den Scharen von Schulkindern, die sich um die großen steinernen Löwen am Portal drängten, aus den Augen. Sie kaufte eine Eintrittskarte, nahm sich eine Broschüre vom Informationsschalter und betrat das Labyrinth von Galerien.

Eine halbe Stunde lang folgte sie Dunton durch die Kunstsammlungen; Mittelalter, Renaissance, Impressionismus, asiatische Kunst und zeitgenössische Fotografie. Sie nahm kaum die Kunstwerke ringsum wahr; ihre ganze Aufmerksamkeit galt Dunton. Er war anscheinend ebenfalls nicht an den Sammlungen interessiert. Langsam und zielstrebig bewegte sie sich von Gemälde zu Gemälde, von Ausstellungsraum zu Ausstellungsraum. Offenbar war er schon oft hier gewesen. Sein wahres Interesse galt anscheinend den Besuchern hier. Sein Blick schweifte über Gruppen und Einzelpersonen, als suche er jemanden. Er schaute nur flüchtig zu den Frauen, die in Gruppen oder bei Paaren waren, widmete jedoch große Aufmerksamkeit Frauen ohne Begleitung, vor allem wenn sie nicht älter als 35 zu sein schienen. Einmal setzte er sich auf eine niedrige, lederbezogene Bank in einer der Galerien und begann eine Unterhaltung mit einer Frau Anfang Zwanzig, die eine Skizze auf einem Skizzenblock anfertigte, der auf ihrem Schoß ruhte. Jay beobachtete von der anderen Seite der Galerie, wie die beiden eine Weile miteinander plauderten. Schließlich lächelte das Mädchen mit dem Skizzenblock und schüttelte den Kopf. Dunton sagte etwas, worüber die junge Frau kurz lachte, und dann erhob er sich und ging weiter.

Er fischt. Sucht eine schöne kleine Elritze.

Köder und Haken. Dahmer bot Geld an, Gacy versprach Arbeit, und Bundy benutzte einen falschen Gipsverband am Arm, um Mitleid zu erregen. Welchen Köder benutzte Dunton? Jay runzelte die Stirn, als ihr eine Erinnerung aus der Kindheit einfiel. Das geschah neuerdings oft. Was war es? Etwas über Fische.

*Große Fische werden von größeren Fischen gefressen.*

So würde sie es machen. Ein größerer Fisch sein.

Sie vermied es sorgfältig, Dunton anzuschauen, ging an ihm vorbei und betrat den nächsten Ausstellungsraum. Sie betete, daß er nicht umkehrte, sondern ihr folgte. Der Raum war intim klein, überwiegend dunkel mit ein paar Halogenscheinwerfern, die ein halbes Dutzend Glasvitrinen anstrahlten. Ein Schild wies darauf hin, daß es sich um die Rubloff-Briefbeschwerer-Sammlung handelte. Rubloff war offenbar ein Chicagoer Immobilienkönig mit einer Vorliebe für Glasobjekte gewesen, die er alle gespendet hatte. Jay ging zu den Vitrinen und schaute sich die glitzernden Ausstellungsstücke an. Sie bemühte sich, den Gesichtsausdruck einer im Kunstgenuß versunkenen Kennerin zu geben. Im Augenblick war sie die einzige Person in diesem Ausstellungsraum.

Ein paar Minuten später bemerkte sie, daß jemand seitlich hinter ihr stand. Ihr Mund wurde trocken, und sie mußte schlucken, bevor sie es wagte aufzublicken. Dunton stand einen Schritt von ihr entfernt vor der Vitrine. Er blickte sie an und schaute dann wieder auf die gläsernen Briefbeschwerer.

*Was? Bin ich nicht schön genug für dich?*

Dunton trat näher an die Vitrine heran und stützte die Hände darauf. Jay bemerkte den Ring an seinem Ringfinger. Ein ägyptischer Skarabäus. Der schwarze Stein des Siegelrings war in Gold gefaßt. Dunton wandte sich Jay zu und lächelte freundlich.

»Schön, nicht wahr?« Seine Baritonstimme klang sonderbar maskulin.

»Ja«, sagte Jay. »Aber Briefbeschwerer sind komische Sammelobjekte.«

»Sammler sind komische Leute«, antwortete Dunton lächelnd. Jay erwiderte das Lächeln. Aus der Nähe betrachtet sah Dunton immer noch gut aus, aber Jay glaubte etwas Schwaches an ihm zu spüren. Das Kinn war ein wenig zu breit, die lange Patriziernase zu glatt, die Lippen zu voll. Plötzlich wurde ihr klar, was sie sah.

*Mein Gott. Noch keine Dreißig, und bereits das Gesicht geliftet.*

»Sind Sie Sammler?« fragte sie.

»So sehe ich mich gern.«

»Was bedeutet, daß Sie komisch sein müssen.« Sie lächelte.

*Vorsichtig!*

»Ich bin eigentlich ziemlich langweilig. So sagen die Leute.«

»Sie sehen aber nicht langweilig aus.«

»Wie sehe ich für Sie aus?« fragte er.

»Wollen Sie eine höfliche oder eine ehrliche Antwort?«

»Eine ehrliche.« Dunton schaute ihr voll ins Gesicht.

Seine Augen waren braun und groß, gut passend zu der leicht vorstehenden Unterlippe.

»Sie sehen reich aus«, sagte Jay. Das war keine Lüge. Hemd und Krawatte waren aus Seide. Die Schuhe wirkten wie italienische Handarbeit. »Sie sind schön gekleidet, und nur jemand mit Geld treibt sich mitten am Tag in Museen und Galerien herum.«

»Ich bin reich.« Er lächelte. »Ich glaube, deshalb finden mich die Leute langweilig.«

»Ich dachte, Sie sagten, Sie sind Sammler.«

»Das bin ich.«

»Was sammeln Sie?«

*Mädchen? Vielleicht Katzen?*

»Verschiedenes«, erwiderte er. »Meine Eltern waren Kunstsammler. Ich nehme an, das liegt in der Familie.«

»Ihre Eltern sammeln nicht mehr?«

»Sie sind tot.«

»Oh, das tut mir leid.«

»Das braucht Ihnen nicht leid zu tun.« Dunton zuckte mit den Schultern. »Das ist lange her.« Er schwieg kurz und schaute sie weiterhin an. »Und was ist mit Ihnen? Wenn Sie mitten am Tag durch ein Museum wandern, sind Sie ebenfalls reich?«

»Ich bin im Urlaub hier.«

»Ganz allein?« fragte er freundlich. Jay schwächte ihr Lächeln etwas ab; die durchschnittliche Frau würde bei einer solchen Frage in dieser Situation mißtrauisch werden. Sie mußte ihre Rolle spielen.

»Warum fragen Sie?« sagte sie.

Dunton lächelte breiter. »Weil ich Sie fragen möchte, ob Sie mit mir zu Mittag essen«, erklärte er. »Ich frage keine verheirateten Frauen.«

»Sehe ich wie eine Ehefrau aus?«

»Nein. Sie sehen interessant aus.«

*Wie ein Truthahn auf einem Spieß.*

Sie ließ zwei Sekunden verstreichen und lächelte dann scheu. »Versuchen Sie mich anzumachen?«

»Nein.« Perfekt gespielte Überraschung. Wer, ich? »Ich frage nur, ob Sie mit mir zu Mittag essen. Das ist alles.« Es war alles so normal, ein gutaussehender Mann, der eine Frau in einem Museum aufgabelt. Das geschah jeden Tag tausendmal. Viel raffinierter als in einer Singles-Bar, und weniger Zeugen.

Wieder einen Moment Schweigen. Eine normale Person würde darüber nachdenken. »Okay«, sagte sie schließlich. »Sie kennen sich in Ihrer Stadt aus; wohin sollen wir gehen?«

*Bitte, sag nicht ›zu mir‹; ich bin nicht dazu bereit. Noch nicht.*

»In den fünfundneunzigsten Stock«, sagte Dunton sofort. »Das Essen ist ziemlich gut, und dort hat man den besten Blick auf Chicago. Solange Sie keine Höhenangst haben.«

»Wo ist das?« fragte Jay.

*Als ob ich das nicht wüßte.*

»Oben auf Big John«, sagte Dunton.

*Große Augen, unschuldiger Blick.*

»Big John?«

»Das John Hancock Center.«

Am Mittag traf sich Langford mit Hawkins und Cruz in Hawkins' Büro in der Georgetown University zu einem Meinungsaustausch.

»Ich weiß nicht, warum wir diesen Scheiß machen«, sagte Langford und ließ sich in den großen Sessel gegenüber von Hawkins sinken. »Man lernt die schlimmsten Leute der Welt kennen, die Kriminellen gar nicht mitgezählt.«

Hawkins lächelte. »Die Psychologin ging dir auf den Geist?«

»Und wie.« Langford stöhnte. »Eine widerliche Nervensäge.«

»Ich kann mir nur schwer vorstellen, daß Jay zu einer Seelenklempnerin geht«, sagte Cruz und wandte sich von der großen Karte an der Wand ab. »Das ist nicht ihr Stil.«

»Vielleicht greift sie nach einem Strohhalm.« Langford zuckte die Achseln. »Ich dachte, wenn ich sie zu Ihnen schicke, hat sie eine Abwechslung und kommt über den Streß hinweg. Das ist ein Schuß nach hinten geworden.« Er musterte Cruz genau. »Ihr beide hattet keine ... Probleme, oder? Etwas, das sie aus der Bahn geworfen hat?«

»Nein«, antwortete Cruz entschieden. »Ich meine ...« Er verstummte.

»Was?« fragte Hawkins, der etwas hinter dem Zögern witterte.

»Ich nehme an, daß vielleicht etwas zwischen uns war oder hätte sein können. Es war ziemlich vage.«

»Eine Art romantische Beziehung?« fragte Langford.

»Vielleicht. Ich habe es nicht vorangetrieben. Von Anfang an hatte ich das Gefühl, daß sie eine komplizierte Phase durchmacht.«

»Zum Beispiel verrückt werden«, sagte Langford. Es folgte eine lange Pause.

»Ich bezweifle, daß sie verrückt ist«, sagte Cruz schließlich, »dahinter steckt mehr.«

»Zum Beispiel?« fragte Hawkins. »Sie waren in letzter Zeit vertrauter mit ihr als jeder sonst; deshalb sind Sie hier, um uns einen Einblick zu geben.«

»Wir brauchen einen Anhaltspunkt«, pflichtete Langford ihm bei. »Etwas, worauf wir aufbauen können.«

»Ich meine, sie hatte es satt. Es reichte ihr. Sie hatte es zehn Jahre lang mit Abschaum und Wahnsinnigen zu tun. Das machte sie fertig. Sie bekam einen seelischen Knacks.« Cruz runzelte die Stirn. »Und ich glaube, sie war einsam. Verzweifelt einsam.«

Das Telefon klingelte, und Hawkins nahm den Hörer

ab. Er hörte einen Augenblick lang zu und hielt dann den Hörer Langford hin. »Technischer Dienst in Quantico.«

Langford nahm den Hörer, hörte fast fünf Minuten lang zu, nickte mehrmals und machte sich ein paar Notizen. Schließlich legte er den Hörer auf, lehnte sich zurück und stöhnte.

»Etwas von Nutzen?« fragte Hawkins.

»Es ist Jay Fletcher.« Langford seufzte. »Wir haben eine Aufzeichnung von ihrer Stimme, als wir im vergangenen Jahr an diesem Streß-Analyse-Detektor arbeiteten. Sie paßt genau zu der Stimme auf dem Anrufbeantworter der Psychologin. Wir haben sie.«

»Wo?« fragte Cruz.

»Bestätigung des Anrufs bei Psychologin. Chicago, Hilton Hotel. Jay hat die Kreditkarte des Tierarztes von Slippery Rock benutzt. Eh-ve-lyn, Eve-Eh-lin, das ist für American Express alles das gleiche. Sie ist auf den Leim gegangen.« Er schüttelte müde den Kopf. »Verdammt! Wie soll ich das in den Chefetagen erklären? In einem Jahr hätte ich in den Vorruhestand gehen können. Bei meinen Kindern in Kalifornien wohnen können.«

»Vielleicht kommt das schneller, als du denkst«, sagte Hawkins. Er grinste. »Du wirst einen Vertrag für ein Buch über diesen Fall bekommen, vielleicht sogar für einen Film.«

»Ja.« Langford schnaubte. »Welcher Schauspieler wird die Rolle des Blödmanns spielen, der eine lebende Kanone wie Jay Fletcher einstellte? Red Skelton ist tot, und Tom Hanks ist zu mager. Scheiße!«

»Wie wirst du die Sache handhaben?« fragte Hawkins.

»Kein Ton darüber beim FBI Chicago. Ich schicke ein Geisterkommando mit dem nächsten Flugzeug los.« Geisterkommandos waren offiziell mit Hoover gestorben, aber es gab immer noch Zeiten, an denen ein paar handverlesene, absolut vertrauenswürdige Agenten, die den Mund halten konnten, eingesetzt wurden. Langford blickte zu Cruz. »Nichts von alldem dringt aus diesen vier Wänden, Cruz. Verstanden?«

Der Ermittler in Fällen von Brandstiftung nickte. »Ich halte den Mund. Ich will nur nicht, daß ihr etwas passiert, das ist alles.«

»Keiner von uns will das«, sagte Langford. »Glauben Sie mir.«

»Observierung des Hotels?« fragte Hawkins.

Langford nickte. »Fürs erste. Sie werden anrufen, wenn sie auftaucht. Wenn sie Anstalten trifft, die Stadt zu verlassen, wird sie einkassiert und hergebracht.«

»Du wirst das nicht lange verschweigen können«, sagte Hawkins.

»Was du nicht sagst«, erwiderte Langford. »Ich werde nicht versuchen, ein Watergate aus dieser Sache zu machen; ich brauche nur etwas Zeit, um alles zu überdenken.« Er fuhr sich durch das schüttere Haar und atmete tief durch. »Was ist mit dir? War Wacker eine Hilfe?«

»So weit, so gut.« Wacker, der Hacker, war ein ehemaliger FBI-Techniker, der darauf spezialisiert war, die Vergangenheit von Leuten zu säubern und neue für sie zu erfinden. Wacker sagte es nicht offen, aber er deutete an, daß er von Zeit zu Zeit auch für den CIA arbeitete. Hawkins hatte ihm am vergangenen Abend seine Wunschliste genannt, und Wacker hatte ihn zwei Stunden später zurückgerufen.

»Du hast die Dinge eingegrenzt?« fragte Langford.

Hawkins nickte und blickte auf den Faxausdruck, den Wacker ihm aus New York geschickt hatte. »Laut deinem Freund Wacker gibt es viertausend registrierte Fälle von psychomotorischer Epilepsie in den Vereinigten Staaten. Wenn du Leute aussonderst, die zu jung, zu alt oder weiblich sind, kommst du auf weniger als fünfhundert. Davon nehmen weniger als zweihundert Phenacemid.«

»Das Präparat, das Stiles benutzt.«

»Ja.« Hawkins schaute auf das Fax. »Wie ich schon sagte, gibt es mehrere Firmen, die das Medikament herstellen, aber in Kanada gibt es eine, die die FDA-Vorschriften umgeht, indem sie verschriebene Medikamente direkt zustellt. Wenn ein Amerikaner die Droge von dieser Firma haben will, läßt er sie sich von einem kanadischen Arzt verschreiben, und dann wird der Stoff über die Grenze geschmuggelt.« Er schüttelte den Kopf. »Ich kann nicht verstehen, daß der Eismann dieses Risiko eingeht.«

»Wozu führt uns das?« fragte Langford.

»Die meisten der Leute auf Wackers Liste benutzen ein Präparat, das von Recklerpharm, einer deutschen Firma, hergestellt wird. Neunzig Prozent davon, genauer gesagt.«

»Stiles bezieht sein Medikament aus Deutschland?«

»Recklerpharm hat eine Fabrik in Mexiko, die Phenacemid herstellt. In Juarez. Die stellt es nicht per Post zu, aber sie hat Großabnehmer, die das Zeug in Tijuana über die Ladentheke verkaufen. Laut Aussage von einem Repräsentanten von Recklerpharm, mit dem ich heute morgen telefonierte, verkaufen sie nur an neun Leute eine so hohe Dosis wie die von Ricky Stiles.«

»Du kommst nahe heran«, sagte Langford.

»Nahe ist nicht gut genug«, erwiderte Hawkins. Es folgte eine lange Pause. Schließlich brach Cruz das Schweigen.

»Okay, was machen wir jetzt?«

»Ich bin noch immer nicht überzeugt, daß es eine Verbindung zwischen Stiles und der Agentin gibt«, sagte Hawkins. »Ich werde mich im Augenblick auf Stiles konzentrieren und sehen, was ich in Tijuana herausfinden kann. Ihr kümmert euch um Jay Fletcher.« Er blickte Langford an. »Ich nehme an, dies ist immer noch inoffiziell, wenigstens fürs erste?«

»Ja.«

»Okay. Ich sollte in vierundzwanzig Stunden zurück sein. Treffen wir uns morgen abend bei mir. Vielleicht wissen wir dann mehr.«

## 23

NUN, WIE FINDEN Sie das?« fragte Dunton erwartungsvoll.

Jay Fletcher stand auf der Türschwelle von Duntons Apartment im neunzehnten Stock des John Hancock Center und nahm den Anblick in sich auf. »Einfach wunderbar«, sagte sie. Und so war es.

Die loftartige Wohnung befand sich an der Nordostecke des Gebäudes, und der reflektierte Schein der untergehenden Sonne verwandelte das ferne gekräuselte Wasser des Michigansees in ein Laken aus gehämmertem Gold. Jay und Dunton hatten den ganzen Tag zusammen verbracht. In weniger als einer Stunde würde es dunkel sein.

»Meine Mutter sammelte die griechischen und ägyptischen Artefakte. Die Maya-Sammlungen stammen von meinem Vater.« Er schwieg kurz. »Die zeitgenössischen Gemälde und Fotos habe ich gesammelt.«

Der Hauptraum war mit Kunstobjekten jeder Art ausgestattet. Stücke von griechischen Säulen stützten kostbare ägyptischen Figurinen, Opferschalen der Mayas standen finster auf gläsernen Regalen, erhellt von winzigen Punktscheinwerfern an der Decke, und an den weißen Wänden hingen große und kleine Gemälde von fast jeder Periode, die Jay nennen konnte. Die Böden waren mit grauem Teppich ausgelegt. Die wenigen Möbel waren modern und mit Leder bezogen.

Laut Dunton waren beide Elternteile reich geboren worden, und nachdem sie ihren Reichtum zusammengelegt hatten, waren sie die meiste Zeit ihres Lebens als Sammler durch die Welt gereist. Es war ein kalter Unterton in dieser Erklärung; während seine Eltern durch die Welt gereist waren, hatte der einzige Sohn den größten Teil seiner Jugend und Pubertät in einer Reihe von teuren Internaten zugebracht.

Sein Intellekt hatte nicht die Erwartungen seiner Eltern erfüllt, und am Ende hatte er nur einen unbedeutenden Grad in Kunstgeschichte von einer kleinen Universität im Mittelwesten geschafft. Wenn seine Eltern in Chicago gewesen waren, dann hatten sie in einem Herrenhaus in Oak Park gewohnt. Ihr Sohn war ins John Hancock Center verbannt worden.

Aus dem Augenwinkel sah Jay ein flackerndes Bild. Sie wandte den Kopf und sah, daß die Wand, die das Wohnzimmer vom Küchenbereich abtrennte, fast völlig mit einem gigantischen eingebauten Fernsehbildschirm ausgefüllt war, der sie an der Tür zeigte. Dunton sah ihren überraschten Blick. Er wies zur Decke vor ihr, und Jay sah die Linse einer Sicherheitskamera, die auf sie herabstarrte.

»Ich habe sie im ganzen Apartment«, sagte Dunton. »Sie sind mit den Bewegungsmeldern des Sicherheitssystems verbunden; sie schalten sich automatisch an, wenn man sich vor ihnen bewegt.«

»Angst vor Dieben in der Nacht?« fragte Jay.

Dunton schüttelte den Kopf. Er zog sein Jackett aus und legte es auf den Schoß einer sitzenden ägyptischen Skulptur rechts der Tür. »Eigentlich nicht. Nur so ein Spleen.« Seine Miene verfinsterte sich leicht, und sein Lächeln wurde fast höhnisch. »Mami und Daddy wollten, daß ich Kunsthistoriker werde.«

*Mami und Daddy?*

Er grinste höhnisch. »Es war ihr kühnster Traum. Man könnte sagen, ich habe ihn für sie posthum erfüllt.« Er wies auf den gewaltigen Fernsehschirm. »Vorübergehende Zeit ist Geschichte, und Kunst ist, was immer man dafür hält. Folglich Kunstgeschichte. Ich zeichne alles auf.«

»Alles?« fragte Jay und bemühte sich, es leichthin zu sagen.

*Alles hat eine versteckte Bedeutung, wenn man weiß, daß der Partner, mit dem man verabredet ist, ein Psychopath ist.*

»Sehr viel«, antwortete Dunton. »Möchten Sie etwas trinken?«

»Nein, danke.«

*Kein Alkohol heute abend, Janet Louise. Du brauchst einen klaren Kopf.*

Dunton nickte. Er durchquerte das große Wohnzimmer und verschwand hinter der Trennwand zur Küche. Jay hörte das Klirren von Eiswürfeln in einem Glas und das zischende Öffnen einer Dose. Sie tastete zu ihrem Kreuz und berührte die beruhigende Browning-Pistole. Nachdem sie sich vergewissert hatte, daß sie sich verteidigen konnte, ging sie zu dem Fernsehschirm und betrachtete ihn. Das Bild veränderte sich entsprechend ihren Bewegungen.

Laut einem diskret angebrachten Schild handelte es sich um einen Stewart Opta90-Bildschirm, was vermutlich bedeutete, daß er neunzig Zoll groß war. An einer Seite gab es Regler und Kontrollen und Zusatzgeräte wie einen Videorecorder, einen JVC-100-CD-Wechsler und einen Yamaha-Tuner. Darunter war eine zweite Schalttafel, die der Sicherheit diente, einschließlich eines separaten Zeitlupen-Videorecorders, Kamera-Kontrollen und die Kontrollen für die Bewegungsmelder. Unter dem zweiten Rack mit Ausrüstung befand sich ein Regal mit CDs und Videos. Hunderte.

Jay strich mit der Hand leicht über den Chrom der elektronischen Geräte. Dunton hatte gesagt, er zeichne alles auf.

*Du nimmst die Frauen auf, nicht wahr, Homer? Du filmst sie und tötest sie und schaust dir immer wieder an, wie sie sterben.*

Duntons Stimme ertönte wie aus dem Nichts. »Bitte berühren Sie nichts!« Jay erschrak fast zu Tode. Sie fuhr herum. Er stand hinter ihr, kaum einen Schritt entfernt, und hielt ein Kristallglas mit einer dunklen Flüssigkeit in der Hand. Sie hatte ihn nicht kommen hören.

*Er hätte mich töten können.*

»Mein Gott! Sie haben mich erschreckt!«

»Verzeihung. Die Geräte sind sehr empfindlich, das ist alles.« Er hob sein Glas. »Soll ich Ihnen wirklich nichts holen? Es ist nur Cola.« Sein Lächeln war gezwungen.

Jay schüttelte lächelnd den Kopf. »Nein, danke.« Wer weiß, was er in die Cola hineinschütten würde. Sie lächelte weiterhin. Ein Mittel, um seine Opfer zu betäuben, bevor er sie umbrachte? Oder mochte er es, wenn sie sich wehrten? Sie war sich noch nicht sicher, aber sie würde nicht so dumm sein, ein Risiko einzugehen.

Dunton setzte sich auf eine Couch schräg gegenüber vom Bildschirm. Er schlug die Beine übereinander und hielt das Glas auf dem Knie. Er schien geradewegs einer Anzeige im *New Yorker* entsprungen zu sein. Jay schenkte ihm ein kleines, nervöses Lächeln, wanderte langsam an den verschiedenen Kunstwerken vorbei und betrachtete sie. Sie blieb vor einer großen, grob gerahmten Leinwand an der fernen Wand stehen. Zwei Gestalten, beide männlich, rangen miteinander vor einem dunklen Hintergrund, und eine Art Rahmen oder Käfig war mit dünnen, weißen Strichen um sie gemalt. Die

Gestalten waren finster und brutal, ihre Gesichtszüge waren kaum zu erkennen. Kämpften sie in ihrer sonderbaren Umgebung, oder hatten sie Sex miteinander? Waren sie nach realen Modellen gemalt oder von jemand erträumt? Es war unmöglich zu sagen.

»Francis Bacon«, sagte Dunton von der fernen Couch. »Einer meiner Lieblinge.« Er stand auf und ging geschmeidig zu ihr, wie gleitend. Wie eine Schlange. Jay spürte, daß ihr Mund trocken wurde und ihr Herz schneller schlug. Wie lange wartete er? Wie lange dehnte er es aus?

*Was macht er mit den Leichen?*

Dunton gesellte sich vor dem Gemälde zu ihr. Er umfaßte ihren Ellenbogen und neigte sich zu ihrem Ohr.

»Ich führe Sie herum«, sagte er.

Dunton zeigte ihr die verschiedenen Sammlungen, erzählte ihre einzelne Geschichte und wie seine Eltern oder er in ihren Besitz gelangt waren. Er blieb an ihrer rechten Seite und ließ ihren Ellenbogen nicht los. Wenn sie schnell an die Pistole heran mußte, würde sie Schwierigkeiten haben.

Auf der anderen Seite des Küchenbereichs gab es drei weitere Räume. Die Türen standen einen Spalt offen. Eine Tür führte zu einem großen, verspiegelten Badezimmer. Durch eine andere Tür erhaschte Jay einen Blick auf Duntons Schlafzimmer, ganz in Schwarz und Weiß und Grau. Unter dem Fenster im Schlafzimmer stand ein Schreibtisch, auf dem ein Computer und dazugehörige Ausrüstung standen.

»Wozu dient der Computer?« fragte Jay.

»Damit halte ich mich über die Dinge, die ich sammele, auf dem laufenden«, erklärte Dunton. »Und ich spiele damit. Er füttert den Bildschirm im Wohnzimmer.«

»Sie lieben Computerspiele?« fragte Jay.

*Versteckte Anspielungen.*

Dunton nickte. Das Lächeln war wieder gezwungen.

Er wurde zunehmend nervöser. Oder gieriger? Die dunklen Wolken ballten sich in seinem Kopf, während sich der Moment näherte.

»Ich liebe sie. Besonders die Rollenspiele. Ich kann jeder sein, wenn ich es will.«

»Haben Sie irgendwelche Favoriten?« Sie hatte Bruchstücke des Spiels von Special K auf Gaddis' und Kushinskis Computerbildschirmen gesehen.

»All die Dungeons and Dragons. Die mystischen Sachen. Ich spiele noch nicht lange und lerne also noch.« Er schwieg kurz. »Möchten Sie eines sehen?«

*Liebend gern, aber noch nicht.*

»Vielleicht später.«

Sie gelangten zur Tür des letzten Zimmers. In Nischen in der Wand standen große Tonfiguren, zwei auf jeder Seite der Tür. Die Statuen waren bunt bemalt und sehr alt.

»Ägyptisch«, sagte Dunton. Er strich mit einer perfekt manikürten Hand über die Reihe von Hieroglyphen auf einer Statue.

»Sie sehen wie große Weinkrüge aus«, sagte Jay.

*Sieh dir das Schloß an dieser Tür an! Wie beim Tresorraum einer Bank.*

»Nahe dran.« Dunton lächelte. »Es sind Krüge, in denen die Körperorgane aufbewahrt wurden, während eine Person mumifizierte.« Er berührte den Deckel von einem auf der linken Seite; es war ein Tierkopf, blau und grün mit riesigen Ohren wie denen einer Fledermaus. »Das ist Duamutef, der Schakal. Er bewachte den Magen. Der Paviankopf daneben ist Hapy, der Bewacher der Lunge. Die anderen beiden sind Imesty, der die Leber enthielt, und Qebehsenuef, der Falke, der die Eingeweide bewachte.«

Jay lächelte schwach. »Ich hoffe, sie sind nicht immer noch dort drin.«

Duntons Stimme klang flach und ausdruckslos. »Nicht

mehr«, antwortete er. Sie legte die Hand auf den Knauf der Tür zwischen den Statuen.

»Was ist hier drin?«

Dunton ließ ihren Ellenbogen los und umfaßte leicht ihr Handgelenk. Er zog ihre Hand vom Türknauf fort. »Meine Privatsammlung«, sagte er.

»Kann ich sie sehen?«

*Verdammt, hast du den Verstand verloren?!*

Dunton starrte sie an. Die braunen Augen waren groß, und sein Blick war ausdruckslos. Die Hand um ihr Handgelenk war kalt und feucht. »Jetzt nicht«, sagte er. Er umfaßte wieder ihren Ellenbogen und führte sie ins große Wohnzimmer zurück.

*Tu es jetzt!* schrie eine Stimme in ihr.

Durch das Panoramafenster sah sie, daß es jetzt dunkel war. Chicago war ein Lichtermeer unter ihr und doch wie Millionen Kilometer entfernt. Jenseits davon war der See wie ein schwarzes Loch in der Welt.

*Töte ihn, bevor er dich tötet!*

*Noch nicht. Erst muß ich ganz sicher sein. Ich kann ihn nicht einfach umbringen.*

*Doch, das kannst du.*

»Warum setzen Sie sich nicht?« sagte Dunton und schob sie sanft zur Couch. »Ich zeige Ihnen eines der Spiele, die ich wirklich mag.«

Jay setzte sich auf die Couch. Dunton ging zum Bildschirm und nahm ein Video, schob es in den Videorecorder und ergriff eine kompliziert aussehende Fernbedienung. Jay schob langsam die rechte Hand hinter ihren Rücken und umfaßte den beruhigenden Griff der Browning.

Sie entsicherte die Pistole. Dann setzte sich Dunton zu ihr auf die Couch. Er hielt ungefähr einen halben Meter Abstand von ihr, richtete die Fernbedienung auf den Bildschirm und drückte auf eine Taste. Der Fernseher ging sofort an. Auf dem Bildschirm sah Jay ein sehr realistisches, mit dem Computer erzeugtes Bild von einer Wüstenlandschaft. Vor einem wolkenlosen blauen Himmel führten Tausende gewellte Dünen zu einer fernen Oase, die von Palmen umgeben war. Zwischen den Bäumen waren die Minarette eines prächtigen Palastes zu sehen. Es war ihr schrecklich bewußt, daß Dunton neben ihr saß und sie seine wachsende Begierde spürte, doch sie war fasziniert von dem Bild. Ein Programmierer, selbst ein brillanter, hätte Wochen gebraucht, um diese Details hinzubekommen.

»Wunderschön«, sagte sie.

»Es wird noch besser«, beteuerte Dunton.

Das Bild flimmerte wie eine Hitzespiegelung auf heißem Asphalt und wurde dann wieder scharf. Es zeigte eine Nahaufnahme des Palastes, den sie vor ein paar Sekunden zwischen den Palmen gesehen hatte. Türme, Zinnen und zwei riesige Holzportale. Bei einem 90-Zoll-Bildschirm hätte das Bild aus Millionen Pünktchen bestehen und leicht verschwommen sein müssen, doch es war perfekt scharf. Jay hatte in ihrer Freizeit mit Graphikprogrammen am Computer herumgespielt, und sie wußte, was Leute wie Jack Prine zustande brachten, aber das ging über alles hinaus, was sie jemals gesehen hatte. Genial.

Wahnsinn. Sie hatte es schon gesehen, hatte einen flüchtigen Blick auf Kushinskis Bildschirm in Pennsylvania erhascht.

Sie räusperte sich. »Wie heißt das?«

»Wizards Kingdom«, antwortete Dunton. »Das Königreich des Hexenmeisters.«

*Nein, das ist es nicht.*

Duntons Stimme klang wie aus weiter Ferne. »Möchten Sie spielen?«

Sie blinzelte. Der schöne Palast in der Wüste war verschwunden. Statt dessen zeigte der Bildschirm jetzt das Innere von Duntons Apartment. Die Kamera war irgendwo hinter ihr. Auf der Couch saß eine Gestalt, und im ersten Augenblick dachte Jay, das wäre sie. Dann erkannte sie, daß auf dem Bildschirm Dunton nicht neben ihr saß. Die Aufnahme veränderte sich. Die Frau auf der Couch war viel jünger. Strähniges blondes Haar; eine Brille auf einer sommersprossigen Nase; kurzer rostfarbener Rock; weiße Bluse, lange, gebräunte Beine; und Sandalen. Sie blickte auf und lächelte erwartungsvoll. Plötzlich verzerrte sich ihr Gesicht vor Angst und Entsetzen, und ihr Mund öffnete sich zu einem Schrei. Dann traf sie etwas Längliches, wie eine gekrümmte Nadel, und ein Glas der Brille zerbarst. Der Bildschirm wurde rot und dann leer.

In diesem Moment hörte Jay Dunton flüstern: »Ich bin Horus.«

*Gott der Toten.*

Und dann dachte sie nichts mehr. Sie riß die Hand mit der Pistole hinter dem Rücken hervor, und die Browning war scheinbar federleicht darin, und Duntons weit aufgerissene Augen spiegelten Furcht wider.

»Aber Mami läßt mich immer gewinnen.« Die Stimme eines verzogenen Kindes.

»Diesmal nicht.«

»Du verdammtes Weib!«

Er taumelte auf sie zu, die Hand vor dem Gesicht wie eine Klaue. Etwas glänzte darin, lang und gekrümmt. Das Zimmer war von seinem Schrei erfüllt.

Jay drückte ab.

Sie stand am Fenster und starrte in die Dunkelheit hinaus. Weit hinter ihr lag Dunton auf der Couch. Der große Fernseher summte leise. Ihre Augen waren halb geschlossen, und sie spürte, wie Müdigkeit und Lethargie in ihren Körper krochen. Sie hielt immer noch die Pistole in der rechten Hand. In der linken Hand war ebenfalls etwas in der krampfhaft geschlossenen Faust.

Sie öffnete die Faust. Duntons Siegelring, den sie zuerst im Museum gesehen hatte. Die dicke goldene Fassung war voller Blut. Trocknend, klebrig. Der Ring war wie auf ihre Hand geklebt.

*Ein Souvenir.*

Totem.

Was ein Verrückter von der Leiche seines Opfers nimmt, um sich später an den Augenblick der Tat zu erinnern, an das, was aus ihm geworden war.

*Was aus ihr geworden war.*

»Nein, ich bin nicht wie sie«, stöhnte sie und lehnte den Kopf gegen die kühle Fensterscheibe. Sie ballte die Hand wieder zur Faust. Schloß die Augen. »Ich bin nicht wie sie.«

*Wie sonst nennst du jemand, der dreimal gemordet hat?*

*Anders.*

*Wieso?*

*Sie wollen es tun. Brauchen es. Tod ist ihr Leben, ihr Ziel.*

*Und du?*

Sie wandte sich vom Fenster ab, schaute zu Homer Ellis Duntons Leiche. Sah sich auf dem großen Bildschirm und erkannte, was sie tun mußte. Erkannte die Zukunft.

*Ich tue es, weil es nötig ist. Jemand muß es tun. Bevor es zu spät ist.*

Der Anruf bei der Chicagoer Polizei wurde um 23 Uhr 05 aufgezeichnet. Da das Chicagoer Notrufsystem 911 mit einer automatischen Anzeige des Anschlusses gekoppelt ist, von dem aus telefoniert wurde, war es leicht, den Anruf zurückzuverfolgen – eine öffentliche Telefonzelle auf dem O'Hare International Airport.

Gleich nach dem Anruf fuhren zwei Mitglieder der Mordkommission zum John Hancock Center. Sie trafen genau um Mitternacht in Homer Duntons Apartment ein. Sie fanden Duntons Leiche, und ein Ermittlungsteam und die Spurensicherung wurden angefordert. Gegen ein Uhr wurde die verschlossene Tür neben Duntons Schlafzimmer von einem Schlosser der technischen Abteilung der Polizei geöffnet. Kurz danach wurde der Schlosser mit schwerem Schock zum Northwestern Memorial Hospital gebracht.

Keine Stunde später sickerten die Nachrichten von der grauenvollen Entdeckung im John Hancock Center an die lokalen Medien durch. Einige Reporter stellten eine Verbindung zu dem Mord in Slippery Rock her, und um drei Uhr wurde die Geschichte von allen nationalen Nachrichtenagenturen verbreitet. Um vier Uhr bemerkte die Polizei von Chicago ebenfalls die Ähnlichkeit zwischen dem Mord im John Hancock Center und den Informationen, die sie über die Ermordung von Kushinski, dem Veterinär aus Slippery Rock, erhalten hatte.

Um fünf Uhr wurde das Chicagoer Büro des FBI benachrichtigt, und um halb sieben erzählte der Portier der Tagesschicht im John Hancock Center glücklich seine Geschichte von der Frau, die Homer Dunton am vergangenen Morgen verfolgt hatte. Er gab drei verschiedenen Boulevardsendern bezahlte Interviews, bevor er offiziell von der Mordkommission vernommen wurde. Um sieben Uhr sprach er mit CNN in Atlanta, und um halb acht sickerten die Nachrichten zu Charles Langford in Washington, D. C., durch.

Um Viertel nach neun gingen Langford und Cruz in Washington an Bord der Continental Airlines und flogen nach Chicago.

# 24

MEIN GOTT«, MURMELTE Cruz, als er den Raum verließ, den Homer Dunton zum Lagern seiner ›privaten‹ Sammlung benutzt hatte. Er hielt ein Taschentuch vor Mund und Nase, bis er im Wohnzimmer war. Acht der elf Leichen waren bereits entfernt worden, aber die drei übriggebliebenen zählten zu den schlimmsten. Die Spurensicherer der Chicagoer Polizei wechselten sich beim Betreten des Raums ab, und alle trugen Atemgeräte.

Langford stand am Fenster und sprach mit einem der Leute vom Büro des Leichenbeschauers. Dr. Elson, Stellvertretende Leichenbeschauerin, war Mitte Fünfzig, hatte graubraunes Haar, zu einem Knoten gebunden, ein schmales Frettchengesicht mit leicht vorquellenden Augen und einen Überbiß. Der Mundschutz baumelte an einer Schnur von ihrem Hals, und sie hielt eine Zigarette in der Hand. Als sich Cruz näherte, sah er, daß sie sich eine Creme unter die Nase gerieben hatte.

»Dr. Elson hier erzählt mir gerade, wie unser Junge vorging«, sagte Langford.

»Haben Sie den Raum gesehen?« fragte die Frau.

Cruz nickte. »Ich komme von dort.« Es war ein alptraumhafter Anblick gewesen.

»Interessant«, sagte Dr. Elson. Sie sog an ihrer Zigarette und blies den Rauch durch die Nase aus. »Wie es dort aussieht, orientierte er sich an den Ägyptern. Entfernte ein Stück der Decke, leitete heiße Luft in den Raum und ließ die Natur den Rest erledigen.«

»Natürliche Mumifizierung«, sagte Cruz. Die drei Leichen in dem Raum begannen bereits auszutrocknen. Der Raum war perfekt versiegelt, knochentrocken und mindestens fünfzig Grad Celsius warm.

Dr. Elson lachte mit rauchiger Stimme. »So natürlich, wie das im neunzehnten Stock eines Gebäudes möglich ist.« Sie schürzte die Lippen. »Ich nehme an, Big John ist Chicagos Version einer Pyramide.«

»Anzeichen auf Vergewaltigung?« fragte Langford.

»Sieht so aus.«

»Sie sehen wie ausgeweidet aus«, warf Cruz ein. Er hatte eine Reihe von Plastikeimern und ihren Inhalt gesehen.

»All die Werkzeuge dort drinnen sehen aus wie seine eigene Vorstellung von ägyptischer Ausrüstung zum Einbalsamieren«, sagte Dr. Elson. »Er besuchte wohl einen Einführungskurs in die Medizin. Er hätte noch weitere zwanzig oder dreißig dort trocknen können, bevor er sich einen anderen Aufbewahrungsort hätte ausdenken müssen.«

»Wie lange hat er das gemacht?« fragte Langford.

»Schwer zu sagen.« Die Leichenbeschauerin zuckte die Achseln und sog wieder an der Zigarette. Hinter ihnen wurde eine Leiche in einem Sack entfernt. »Die letzten beiden sind am ältesten. Fünf oder sechs Jahre, schätze ich. Sie unterscheiden sich auch von den anderen.«

»Wieso?«

»Alter und Geschlecht. Eine ist männlich, um die Sechzig, vielleicht älter. Der einzige Mann der Gruppe. Die andere ist weiblich, ungefähr im gleichen Alter.«

»Seine Eltern?« überlegte Langford laut.

Dr. Elson nickte. »Das nehme ich an.« Sie blickte auf ihre Armbanduhr. »Die Pause ist vorbei.« Sie lächelte. »Kann ich Ihnen sonst noch etwas sagen?«

»Nein, danke«, sagte Langford. Die Leichenbeschauerin lächelte wieder, zog ihren Mundschutz vor Mund und Nase und ging wieder in den schrecklichen Raum.

Der FBI-Mann schaute ihr nach. »Haben Sie den Computer gesehen?« fragte er Cruz.

»Ja. Zertrümmert. Laut Sladky waren die Computer im Haus von Hand Job genauso zerstört.«

»Albuquerque, Slippery Rock und jetzt hier. Das kann kein Zufall sein. Mir ist gleichgültig, was Hawkins denkt. Es gibt einen Zusammenhang zwischen alldem und Ricky Stiles. Es muß einen geben.«

»Wir haben nicht viel, auf dem wir aufbauen könnten«, sagte Cruz. »Jay ist längst fort, und wir wissen nicht, wo sie jetzt steckt.«

»Wenn Hawkins in Mexiko eine Spur zu Stiles findet, könnte sie uns zugleich zu Jay Fletcher führen. Etwas anderes fällt mir nicht ein.«

»Hoffen wir also, daß er etwas herausfindet«, sagte Cruz.

»Ja, und zwar bald«, pflichtete Langford ihm bei.

Als Langford und Cruz im John Hancock Center eintrafen, war Jay Fletcher bereits einen halben Tag in Los Angeles. Homer Dunton hatte fünfzehn verschiedene Kreditkarten gehabt, und Jay hatte eine Liste der Geheimnummern im Schreibtisch im Schlafzimmer gefunden. Wegen der Möglichkeit, daß ihr Anruf bei der Psychiaterin Dr. Chisolm zurückverfolgt worden war, kehrte Jay nicht ins Hotel zurück, obwohl sie den Laptop und ihre Ersatzkleidung zurücklassen mußte. Stattdessen nahm sie sofort ein Taxi zum Flughafen.

An den Bankautomaten auf dem O'Hare-Flughafen hob sie mit allen Kreditkarten das Limit ab und warf die Karten dann fort. Es gab verschiedene Inlandsflüge, die sie hätte buchen können, doch sie entschied sich für Los Angeles. Das Szenenbild, das sie von Wizards Königreich gesehen hatte, ließ auf einen heißen und trockenen Ort schließen, was den östlichen Teil des Landes ausschloß.

Sie schlief während des ganzen Flugs und nahm sich dann ein Zimmer in einem kleinen italienischen Hotel am Pacific Boulevard, das ihr vom Taxifahrer empfohlen worden war. Das Hotel lag auf halbem Weg zwischen

Long Beach und L. A., und man nahm gern das Geld für drei Übernachtungen in bar, statt von einer Kreditkarte abzubuchen. Genauso wichtig war, daß einige der Zimmer mit Videorecordern ausgestattet waren. Sie war ziemlich sicher, daß sie ihre elektronischen Spuren verwischt hatte, jedenfalls fürs erste. Sie bestellte beim Zimmerservice Frühstück und begann mit einer Sichtung der Videos, die sie aus Duntons Apartment mitgenommen hatte.

Eines der Videos war besonders interessant, denn es zeigte, wie Homer Dunton sich durch verschiedene Ebenen von Wizards Königreich spielte, das ein Rollenspiel à la Dungeons & Dragons war und das Schwarze Brett von Special K ›schützte‹, wie ihr jetzt klar wurde. Vermutlich war SK-WIZ der Wizard, der das Königreich und das elektronische Schwarze Brett entwickelt hatte, das in dem Spiel versteckt war. Sie hatte nichts in Gaddis' Haus in Albuquerque, in Kushinskis Haus in Harrisville und in Duntons Apartment gefunden, das irgendeinen Hinweis auf den Aufenthaltsort des Operators des Special K Systems gab; nur das Spiel konnte vielleicht Aufschluß geben.

Nach dem, was sie auf den Bändern sah, gab es mindestens fünf Ebenen des Spiels und mindestens zwanzig verschiedene Szenarien. Die erste Ebene hieß ›Ripper‹ und war nichts anderes als eine Imitation der Whitechapel-Morde, komplett mit unheimlichen Londoner Straßen, einem geheimnisvollen Killer mit Mantel und seiner Sammlung von Prostituierten, die seine Opfer wurden. Offenbar war das Ziel der ersten Ebene, die Opfer zu töten, ohne erwischt zu werden und ohne Spuren zu hinterlassen. Das einzige, was die erste Ebene von jedem Spiel unterschied, das man in einem Softwareladen kaufen konnte, war die grausige Durchführung der Morde, die eine Auswahl der Organe einschloß, die von jeder Leiche per Mausklick entfernt werden konnten.

Wenn man erfolgreich die erste Ebene absolviert hatte, wurde man automatisch durch eine knarrende Tür und hinab über eine Steintreppe auf die zweite Ebene gezogen – ›Blutdoktor‹. Blutdoktor basierte im Grunde auf den Taten von Dr. Marcel Petiot, einem französischen Arzt, der Dutzende von Leuten während des Zweiten Weltkriegs ermordete, hauptsächlich flüchtende Juden. Man konnte eine Reihe von Rollen auf der Ebene ›Blutdoktor‹ wählen, einschließlich der Gestapo-Offiziere.

Ebene drei brachte das Spiel wie durch Zauberei mit dem ›Immigranten-Mörder‹ zurück in die Vereinigten Staaten. Hier war die Hauptrolle die von Juan Corona, dem Arbeitsvermittler aus dem Yuba County, der wegen Vergewaltigung, Raub und Mord an mehr als fünfundzwanzig eingewanderten Arbeitskräften Mitte bis Ende der sechziger Jahre verurteilt worden war. Ebene drei unterschied sich von den beiden vorhergegangenen; sie schloß Coronas Prozeß ein, eine Rolle für seinen auf mysteriöse Weise verstorbenen Bruder Natividad, und ein Labyrinth, in dem man an verschiedenen Stellen graben mußte, um die enthaupteten Leichen der Opfer zu entdecken. Um die Hauptrolle des Corona zu bekommen, mußte der Spieler zuerst die Machete finden, mit der Corona die Opfer getötet hatte; es gab auch die Wahl sexueller Möglichkeiten für alle Spieler. Ebene drei war noch gewalttätiger und obszöner als die beiden vorherigen. Ein weiterer Schutzwall, um alle Laien abzuschrecken.

Ebene vier, ›Todes-Team‹, war eine bizarre Mischung von Themen, die ein breites Spektrum von nordamerikanischen Serienmördern einnahmen. Da gab es die Rollen von L. A. Zodiac, Berkowitz, Green River Killer, des Würgers von Boston, Ted Bundys und John Wayne Gacys.

Hier gab es nur eine Vorschrift: möglichst viele Leute in möglichst kurzer Zeit zu ermorden. Auf Ebene vier waren anscheinend die Einzelheiten des Mordens das Wichtigste, und es gab zur Belohnung Punkte für Dinge wie die Wahl des Mordinstruments, der Methode des Beseitigens der Leiche und für Totems.

Schließlich erreichte der Spieler, der entschlossen genug war, Wizards Kingdom, das Königreich des Hexenmeisters – die Ebene, die Jay am vergangenen Abend kurz in Chicago gesehen hatte. Auf dem Video durchstreifte Dunton die verschiedenen Ebenen aufs Geratewohl, aber er kehrte immer auf diese zurück. Nach den Eröffnungssequenzen des Palastes in der Oase ging der Spieler durch das Hauptportal in eine Folge von Räumen, und jeder war grotesker als der vorherige. Die Bilder auf der fünften Ebene waren anscheinend weniger komplex als die der vorangegangenen, und die Einzelheiten waren nur grob. Auf halbem Weg durch Duntons Video erkannte Jay den Grund.

Die fünfte Ebene war besonders für Spieler entwikkelt, die bereits herausgefunden hatten, wie man von dem Spiel auf das Schwarze Brett darunter kommen konnte. Dunton nutzte seine Fähigkeiten, um Türen zu einem halben Dutzend Räume zu öffnen, und ein Raum zeigte einen Killer, der die Hände seiner Opfer verstümmelte. Der Hand-Job-Killer aus Albuquerque. Gaddis.

Ein Fenster im Spiel stellte für jeden Spieler graphisch seine Taten dar. Da war bereits ein Fenster für Dunton, zu dem man gelangte, wenn man über einen langen Gang ging, dessen Wände mit ägyptischen Hieroglyphen verziert waren.

Jay spielte das Video dutzendmal ab, aber es war nichts darauf, das irgendwohin führte. Sie hatte Duntons Computer-Dateien in Chicago überprüft, aber da war anscheinend ebenfalls nichts, das sie weiterbrachte; im Gegensatz zu Gaddis und Kushinski hatte Dunton keine Aufzeichnungen gemacht. Nachdem sie den

›Sammler‹ erschossen hatte, war es ihr durch Suchprogramme von Duntons Software gelungen, Zugriff auf das Schwarze Brett zu nehmen, aber selbst nach einer halben Stunde Hacken war sie nirgendwohin gelangt. Das Schwarze Brett war leer, es waren keine onlinechats im Gange, und das einzige von Interesse war eine kurze Warnung für jeden, der zu Special K gelangte, daß möglicherweise ein Eindringling im Netz war. Damit war vermutlich sie gemeint.

Jay gönnte sich eine Pause, verließ das Hotel und kaufte sich neue Kleidung.

Als sie zurückgekehrt war und sich geduscht und eine neue Jeans angezogen hatte, kam ihr plötzlich in den Sinn, daß ihre Periode fast eine Woche überfällig war. Streß oder – o Gott – Schwangerschaft. Sie zählte die Tage zurück und atmete erleichtert auf; wenn ihr Rhythmus nicht völlig durcheinander war, dann war die Möglichkeit, daß sie von dem schwarzen Pikkolo geschwängert worden war, äußerst minimal.

Sie schaltete den Videorecorder wieder an, ging bis auf die Eröffnung der fünften Ebene und stoppte dort. War Wizards Königreich der Ort, wo er wohnte, oder nur seine imaginäre Unterwelt des Horrors? Auffallend war die Qualität des Bildes. Wenn der WIZ dies in seiner Freizeit tat, dann machte er vielleicht das gleiche, um seinen Lebensunterhalt zu bestreiten.

Sie blätterte in den Gelben Seiten und erstellte eine Liste von einem halben Dutzend Geschäften in L. A., die sich auf Computer-Rollenspiele spezialisiert hatten. Dann nahm sie das Video aus dem Recorder und verließ damit und mit der Liste das Hotel. Drei Stunden später fand sie südlich von Anaheim, in Orange, California, wonach sie gesucht hatte.

# 25

VOR ÜBER ZWANZIG Jahren hatte der Special Agent des San Diego FBI-Büros in Tijuana diese Stadt als ›Hämorrhoide im Arschloch Amerikas‹ bezeichnet. In diesen zwanzig Jahren war die Einwohnerschaft der Stadt an der mexikanischen Grenze auf über eine Million Seelen angeschwollen, und keine politische Salbe konnte das schmerzende Jucken von Leuten mildern, die weniger als dreißig Prozent für den gleichen Job ein paar Kilometer weiter nördlich erhielten.

Hawkins verbrachte über eine Stunde an der Grenze und schwitzte in der Hitze des frühen Nachmittags, als sich die Schlange von PKWs, Trucks und Wohnmobilen langsam voranquälte. Schließlich bekam er seine Touristenkarte und einen Aufkleber für die Windschutzscheibe, gab dem uniformierten Zöllner ein paar Dollars *mordida* und fuhr mit seinem Mietwagen ohne Klimaanlage über die Grenze nach Mexiko. In den zwei Jahrzehnten nach seinem letzten Besuch hier hatte sich anscheinend nicht sehr viel verändert, abgesehen davon, daß alles einfach mehr und auf einem größeren Raum verteilt war.

Die Straßen waren schmal, laut und vom Verkehr verstopft; jeder schien jedem etwas zu verkaufen, und hunderttausend Schilder schrien ihre Botschaften auf englisch, spanisch und spanglisch, einer absonderlichen Kombination aus beiden Sprachen. Auf spanglish hieß ein Boot *canoa,* ein Taxistand *sitio* und ein Taxifahrer *chofer*.

Überall war Staub und mischte sich mit dem braunen Smog der Auspuffgase. Auf der Fahrt durch die Innenstadt von Tijuana konnte er kaum weiter als hundert Meter sehen. Hawkins fragte sich, ob es auf spanglish ein Wort für Katalysator gab. Irgendwie bezweifelte er das; die meisten der Wagen mit mexikanischen Nummernschildern waren Baujahr Mitte der siebziger Jahre oder noch älter.

Schließlich fand er die Adresse, die er suchte, in einem Vorort am Tijuana-Ensenada Highway. Die Farmacia Enfermo befand sich zwischen einem großen Autofriedhof und einem fensterlosen Gebäude, auf dem in riesigen Neonlettern HITACHI stand. Die *farmacia* war ein eingeschossiger Betonklotz von der Größe eines mittleren Supermarkts. Laut Hawkins' Information war es die größte Vertriebsstelle für Phenacemid, das von Recklerpharm hergestellt wurde.

Hawkins stellte erfreut fest, daß die große Apotheke mit einer Klimaanlage ausgestattet war. Er blieb einen Moment lang hinter dem Eingang stehen, genoß die kühle Luft und versuchte sich zu orientieren. Der Repräsentant von Recklerpharm in San Diego hatte ihn vorgewarnt, daß eine mexikanische Apotheke wenig oder nichts mit ihrem Gegenstück in den Vereinigten Staaten gemein hatte. Echte Rezepte waren fast unbekannt. Arzneien wurden in einzelnen Pillen oder in Kisten ausgegeben, und in den meisten großen *farmacias* gab es kleine Nischen, in denen man sich selbst Spritzen mit allem von Antibiotika bis Morphium setzen konnte.

Die Farmacia Enfermo war in einer verwirrenden Reihe von Gängen und Inseln angelegt, und es gab nirgendwo Schilder. Regale mit Heftpflaster standen neben Zahnpastaschachteln, die fast bis zur Decke gestapelt waren. Und ein Sortiment von leuchtend bunten Packungen mit Klistierspritzen befand sich neben Vitamin-C-Röhrchen.

Hawkins gewann den Eindruck, daß alle Angestellten in der Apotheke Mexikaner waren. Hier und dort gingen Männer und Frauen mit weißen Kitteln herum, überprüften Waren mit Klemmbrettern und antworteten auf seine Frage mit lautem, schnellem Spanisch. Sie hoben die Stimmen über das Rasseln und Stampfen der Musik, die aus den Lautsprechern plärrte. Hawkins erkannte das gleiche rhythmische schwere Trommeln und Klimpern, das er auf dem ganzen Weg von San Diego gehört hatte: mexikanische *ranchera* oder Country-Music, die von Radio XEG in Monterrey, der größten Rundfunkstation in Mexiko, gesendet wurde.

Er fragte vier Personen mit weißem Kittel, bis er jemand fand, der Englisch sprach. Die junge Frau verwies ihn an eine ferne Theke am anderen Ende des Gebäudes. Hawkins wandte sich dort an einen anderen Weißkittel, ein Mann mit weißem Haar und Brille.

»Verzeihen Sie, sprechen Sie Englisch?«

»Selbstverständlich«, antwortete der Mann.

»Sind Sie Apotheker?«

Der Mann lächelte. »Wir alle hier sind Apotheker.« Hawkins nickte. Es war schlimmer, als er erwartet hatte. Das Mädchen, das ihn zu der Theke geschickt hatte, konnte nicht älter als sechzehn gewesen sein; er bezweifelte, daß sie einen Schulabschluß hatte, geschweige denn eine pharmazeutische Ausbildung.

»Ich suche ein bestimmtes Medikament«, sagte Hawkins.

»Wir haben hier viele Medikamente«, sagte der Mann und machte eine weit ausholende Geste. »Wir sind schließlich eine *farmacia.*«

»Es geht um ein krampflösendes Medikament.«

»Davon haben wir mehrere.«

»Phenacemid«, sagte Hawkins. Der Mann überlegte einen Moment und nickte dann.

»Ja.«

»Sie führen es?«

»Ja.«

»Wo würde ich es finden?«

Der Mann lächelte wieder. »Da müßte ich nachsehen.« Er blieb, wo er war.

»Ich bin eigentlich an jemandem interessiert, der es kauft«, sagte Hawkins.

»Ah.« Das Lächeln des Mannes veränderte sich nicht, aber in den Augen hinter den Brillengläsern leuchtete es auf. »Dann wollen Sie das Medikament nicht für sich selbst?«

»Nein.«

»Ah«, wiederholte der Mann. Er wirkte belustigt.

Hawkins zog das mit dem Computer veränderte Foto von Stiles aus der Tasche und legte es auf die Theke. Der Mexikaner warf einen flüchtigen Blick darauf.

»Haben Sie diesen Mann jemals gesehen?« fragte Hawkins.

»Sind Sie von der amerikanischen Polizei?«

»Ja«, antwortete Hawkins. Er wartete darauf, daß der Apotheker etwas sagte, doch der Mann schaute ihn nur feindselig an. Sein vages Lächeln blieb unverändert.

»Haben Sie ihn gesehen?« fragte Hawkins noch einmal.

Der Apotheker zuckte die Achseln. »Schwer zu sagen.« Er schaute auf das Foto und blickte dann zu Hawkins auf. »Es kommt nicht oft ein *gabacho* hierher.«

*»Gabacho?«*

»Weißer.« Das Lächeln verstärkte sich leicht. »Wie Sie.«

»Dieser *gabacho* kauft Phenacemid. Er ist Epileptiker.«

»Ah«, sagte der Mann ein drittes Mal. Hawkins widerstand dem Drang, ihn zu packen und mit seiner eigenen schmalen Krawatte zu erdrosseln. Statt dessen zückte er seine Brieftasche. Er entnahm ihr einen Fünfdollarschein und legte ihn auf die Theke neben das Foto. Die Miene des Mannes veränderte sich. Er wirkte jetzt wie jemand, der angestrengt nachdachte.

»Nun?« fragte Hawkins.

»Ein bißchen vertraut kommt er mir vor, ja.«

Hawkins nahm weitere fünf Dollar aus der Brieftasche.

»Wie vertraut?«

»Ich glaube, er kommt von Zeit zu Zeit her.«

»Sie glauben.« Hawkins fügte einen dritten Fünfdollarschein hinzu.

Der Mann nickte. »Ja. Er kommt her.«

»Und kauft Phenacemid?«

»Ja.«

»Legt er ein Rezept vor?« frage Hawkins. »Von einem amerikanischen Arzt?« Es war ein kühner Versuch.

»Rezepte sind nicht nötig für ein krampflösendes Medikament«, sagte der Apotheker. Er lächelte breit. »Wer würde so etwas nehmen, wenn er keine Krämpfe hätte? Das wäre sehr dumm, meinen Sie nicht?«

»Ja.« Hawkins waren die Fünfer ausgegangen. Er legte einen Zehndollarschein hin.

»Das ist nicht nötig«, sagte der Apotheker.

»Ich brauche einen Namen.«

»Vielleicht kann ich mich daran erinnern.« Der Apotheker wartete. Hawkins legte einen Zwanziger auf die Theke. Der Apotheker nahm den Schein und gab den Zehner zurück. Wechselgeld von seiner *mordida*, als kaufe er einen Big Mac. »Einen Augenblick«, sagte der Mexikaner und verschwand hinter einem Stapel Kartons mit Babypuder. Kurz darauf tauchte er mit einem Kreditkartenzettel in der Hand wieder auf. »Dies ist die Person, die Sie suchen.« Er gab den Zettel Hawkins und nahm dann das restliche Geld von der Theke. Es war der Durchschlag von einem Formular der Citibank. Jemand hatte mit einer Visa Card dieser Bank bezahlt.

»Ich kann den Namen nicht lesen«, sagte Hawkins. Der Zettel war vom Fuß des Durchschlags abgetrennt. Er konnte nur zwei verschwommene, nicht richtig durchgedrückte Buchstaben am Fuß der Adressenrubrik erkennen. Me, Ne, Mo ... es war unmöglich, es genau zu sagen. Maine, Nevada oder Missouri. Ein weites geographisches Feld. »Das nützt mir überhaupt nichts.«

»Da ist kein Name«, räumte der Apotheker ein, »aber die Nummer ist deutlich genug.«

»Können Sie mir den dazu passenden Namen besorgen?« fragte Hawkins.

Der Apotheker zuckte mit den Schultern. »Vielleicht. Das würde einige Zeit dauern. Wenn Sie eine Telefonnummer haben, unter der ich Sie erreichen kann ...« Der Apotheker ließ den Rest unausgesprochen.

Hawkins überlegte schnell. An diesem Abend sollte er wieder in Washington sein. Er nahm eine alte Visitenkarte aus der Brieftasche, schrieb seine Privatnummer auf die Karte und gab sie dem Apotheker.

»Wenn ich nicht da bin, sprechen Sie auf meinen Anrufbeantworter.«

»Ich habe vielleicht einige Ausgaben, um den Namen für Sie zu finden, Señor.«

Hawkins seufzte. »Ich habe kein Bargeld mehr.«

»Das ist überhaupt kein Problem.« Der Apotheker grinste breit. »Wie Sie sehen, nehmen wir alle größeren Kreditkarten.«

Am Ende war es bemerkenswert einfach. Der junge, äußerst kenntnisreiche Angestellte des GameMaster-Geschäfts in Orange warf nur einen Blick auf das Video von Wizards Königreich und identifizierte das Spiel von der Machart her sofort als ein Produkt von Softimage Creations, eine Firma, die Computerspiele herstellte und ihren Sitz in Carson City, Nevada, hatte.

Jay kaufte, wieder mit Bargeld, einen Hochleistungs-Laptop als Ersatz für den tragbaren PC, den sie in Chicago zurückgelassen hatte, und wählte dazu ein halbes

Dutzend von Softimage-Spielen aus. Nach der Rückkehr in ihr Hotel in Long Beach schob sie das Video von Wizards Königreich in den Recorder, startete den Laptop und begann eines der Spiele nach dem anderen zu spielen.

Die meisten waren Standard-Szenarien à la Dungeons & Dragons, aber selbst dabei konnte Jay die Ähnlichkeiten zu Wizards Königreich sehen. Die andere Spiele-Software, die ihr der Angestellte bei GameMaster gezeigt hatte, war im Vergleich dazu Stoff aus Comicheften – sabbernde, überzeichnete Monster, verwischte Farben und kindische Geräuscheffekte. Die Softimage-Spiele waren farblich viel feiner, das Bild war schärfer, und die Spiele waren anspruchsvoller und komplizierter.

Von den sechs Spielen, die sie gekauft hatte, war bei vieren im Vorspann derselbe Autor angegeben: Merlin Ambrose. Eines von Jays Lieblingsbüchern als Kind war T. H. Whites *The Once and Future King* gewesen, und ihr fiel sofort der Bezug auf. In Whites Buch hatte der berühmte Zauberer, der König Arthur bei Camelot half, den lateinischen Namen Merlin Ambrosius. Merlin der Zauberer. SK-WIZ wäre nicht der erste Mörder seiner Art mit einem übersteigerten Selbstbewußtsein. Das letzte Spiel zog die Schlinge um den Hals des Psychopathen zusammen.

Der Angestellte bei GameMasters hatte gesagt, daß ›Hold 'em-Fold 'em‹ zwar kein Rollenspiel, aber das beliebteste Softwareprodukt war, das von Softimage hergestellt worden war. Sie las die Quellenangaben im Vorspann und sah, daß das Copyright von 1980 war, und der angegebene Künstler war Merlin Ambrose. Es stand auch dabei, daß er das Copyright hatte, was bedeutete, daß er laufende Tantiemen von Softimage dafür erhielt.

Hold 'em-Fold 'em war ein altmodisches Computerspiel mit einer Palette von Spielmöglichkeiten, einschließlich Roulette, Craps, Keno, Stud Poker, Blackjack und verschiedenen Einarmigen Banditen. Es gab sogar die Möglichkeit, auf größere Sportereignisse zu wetten, komplett mit einer großen Tabelle, die von einem schwadronierenden einäugigen Tipgeber namens Rick the Greek geführt wurde.

Die Graphik des Spiels war grober und anspruchsloser als bei den anderen Spielen von Merlin Ambrose, aber die Eröffnungsbilder verrieten ihn. Hold 'em-Fold 'em begann mit einer Wüstenszene, die mit der in Wizards Königreich identisch war. Er hatte einfach das Bild aus dem Software-Programm für die untere Ebene seines Spiels im Internet benutzt.

Jay starrte auf den Bildschirm ihres Laptops, verglich es mit dem Videobild auf dem Fernseher hinter ihr und durchschaute den Spaß. Gewellte Sanddünen, rosafarbene Flamingos in einer Oase mit glänzendem Palast, und alles vor einem sternenübersäten Nachthimmel, der sich wie schimmernder Nebel auflöste, wenn das Spiel begann.

Dunes
Oasis
Flamingo
Palace
Stardust
Mirage

Das waren Namen von Spielkasinos in Las Vegas.

*Ich habe dich.*

Sie schaltete den Computer aus, packte ihre wenigen Sachen und bestellte ein Taxi. Am späten Nachmittag flog sie von Los Angeles ab. Als sie auf dem McCarran International Airport in Las Vegas landete, brach bereits die Dunkelheit herein. Jay nahm sich ein Zimmer im Best Western nahe beim Flughafen an der Paradise Road und schaltete ihren Laptop ein. Es gab noch mehr Arbeit zu erledigen, bevor sie den letzten Schritt unternehmen würde.

Der Eismann saß in seinem dunklen, geheimen Raum, umgeben von tausend Bildern der Welt, die er mit soviel Zeit und Mühe für sich erschaffen hatte. Vor ihm leuchteten zwei Bildschirme. Einer zeigte den Online-Nachrichtendienst von Associated Press, der andere das Citibank Credit Services Center.

Associated Press verbreitete die Homer-Dunton-Story mit drei blinkenden Sternen und wiederholte sie jede Stunde. Es gab auch einen Querverweis mit der Datumszeile von Butler, Pennsylvania. Die Morde an Kushinski und Dunton wurden in Zusammenhang gebracht. Auf die Verbindung zu Gaddis war noch keiner gekommen, aber der Eismann wußte, daß man sie schließlich erkennen würde. Sowohl die AP-Story aus Chicago als auch der Verweis auf Butler erwähnten eine Frau namens Jennifer Smith als Verdächtige, und er hatte eine Reklame für *Hard Copy*, den TV-Boulevardsender, gesehen, bei der ebenfalls erwähnt worden war, daß eine Frau die mutmaßliche Mörderin war.

Auf Grund von Interviews mit der Reporterin vom *Butler Eagle* und dem Portier im John Hancock Center hatte AP sogar ein Phantombild anfertigen lassen: eine dunkelhaarige Frau Mitte oder Ende Dreißig, schön genug, wenn man den alternden Elfentyp mochte, aber mit einem traurigen und gefährlichen Zug um Augen und Mund. Man nannte sie Ladykiller. Er mußte darüber lächeln; wenn jemand den Namen Ladykiller verdiente, dann er.

Die elektronische Spur, die Bill Hawkins hinterlassen hatte, war für ihn interessanter, aber auch besorgniserregender. Berkeley, zurück nach Washington, ein kurzer Aufenthalt dort, dann plötzlich eine Reise nach San Diego. Jetzt Tijuana, ein Kauf mit Kreditkarte bei der Farmacia Enfermo am Nachmittag. Der einäugige Scheißer konnte nur zu dieser besonderen *farmacia* in Tijuana gereist sein, weil er es geschafft hatte, die Natur seiner wahren Kraftquelle herauszufinden. Vor ihm flackerte einer der Bildschirme, und eine neue Zeile erschien. Hawkins war wieder unterwegs; er hatte wieder ein Flugticket in San Diego mit Kreditkarte bezahlt. Ein Flug nach Dulles. Zurück nach Washington.

Während der Eismann in dem dunklen Raum saß, hatte er plötzlich das Gefühl, die Welt stürze ringsum zusammen und auf einmal sei die perfekt gefilterte Luft mit dem überwältigenden Duft von Lavendel erfüllt. Er erstarrte in seinem Sessel, spürte, daß sich seine Muskeln zusammenzogen, und sein Gefühl sagte ihm, daß er einen Anfall bekommen würde. Es spielte keine Rolle; nach fast einem ganzen Leben mit seinen Beschwerden hatte er sich beinahe mit den Symptomen angefreundet. Er wußte, daß zunehmender Streß oftmals die Anfälle auslöste, und er hatte vor knapp zwei Stunden eine doppelte Dosis Phenacemid genommen und war überzeugt, daß er jeden Anfall, der ihm zu schaden drohte, unter Kontrolle halten konnte.

*Scheißer.*

Er glaubte, jemand das Wort flüstern zu hören. Pozniak?

*Meinst du wirklich, du kannst mir drohen, du kleiner Scheißer? Wer wird dir glauben nach dem, was du dieser Nonne im Waisenhaus angetan hast? Du Scheißer.*

Er wünschte, er hätte eine Baseballschlagkeule anstelle einer Fahrradkette für den Pinguin mit den versteckten Brüsten und den rosigen Wangen gehabt. Aber man nahm, was gerade zur Hand war; man tat, was man konnte, mit dem, was man hatte. Das hatte er gelernt.

Pozniaks Leiche wurde zu kaltem Wachs im Wasser des Puget-Meeresarms.

Das Donnern von Pater Johns Indian zwischen den Beinen.

Das dumpfe Knacken des Schädels von Pater Johns Schwester beim Sonnenaufgang in Berkeley.

Das erste Mal. Mit zwölf Jahren. Als er gedacht hätte, er würde sterben, und die Stimme Gottes wie die Glocken von St. Peteris in seinen Ohren geläutet hatte. Als sich die Dunkelheit über ihn gesenkt hatte und die Vögel von raschelnden Blättern toter Bäume aufgeflogen waren.

*Scheißer.*

Die Vergewaltigung von Ellen Putnam, während ihre Tochter zuschauen mußte ...

*Töte sie alle.*

Er blinzelte und starrte auf die Computer. Die Bildschirme waren leer bis auf die hinüberziehenden Sterne des Bildschirmschoners. Er blickte auf das Leuchtzifferblatt seiner Armbanduhr, wußte, was er zu erwarten hatte. Diese knappe Stunde war vergangen wie ein paar Sekunden. Bei Anfällen gab es keine Zeit; manchmal dachte er, er könnte ewig in diesen leeren Räumen leben. In einem elastischen Universum, wo man ihn in Ruhe ließ.

*Töte sie alle.* Die Stimme hatte recht.

*Es ist der einzige Weg. Hawkins zuerst, dann Ladykiller. Nicht ich muß mich vor dir in acht nehmen, sondern umgekehrt ist es. Paß ja auf!*

## 26

CHARLES LANGFORD SASS in seinem Büro im Kellergeschoß des FBI-Hauptquartiers in Washington, D. C., und dachte über eine Zukunft nach, die schnell näher rückte. Bis jetzt hatte er drei Gespräche in den Chefetagen geführt, keines davon positiv, und wenn der Direktor nicht in Urlaub gewesen wäre, dann hätte er auch bei ihm antanzen müssen.

Aller Ärger hatte begonnen, als gestern abend *Hard Copy* die Story ausgestrahlt hatte. Durch die Reporterin in Butler, Pennsylvania, war eine vage Verbindung zum FBI hergestellt worden, und von da an war der Teufel los gewesen. Binnen Stunden sickerte die Verbindung zwischen dem Hand-Job-Mord in Albuquerque und der Ermordung von Kushinski und Dunton durch, und die Lokalpresse brauchte nicht lange, um auf die Spur zu Nadine, Jay Fletchers Nachbarin, zu kommen. Das wiederum führte zu der Psychiaterin Dr. Chisolm und einem schmutzigen Interview in *Good Morning, America*. Offenbar galt die Schweigepflicht für sie nur, wenn sie nicht gegen Bezahlung über ihre Patienten reden konnte. Sie schützte sich, indem sie dauernd von ›Hypothesen‹ quasselte, und sie nannte Jay nie beim Namen, aber für Langford war es ein klarer Verstoß gegen die Berufsethik.

In Network Television wies Dr. Chisolm besonders darauf hin, daß ›Jennifer Smith‹ eine FBI-Agentin war, und sie erwähnte auch, daß die Agentin vor kurzem in einen zweifelhaften Gerichtsfall verwickelt gewesen war, bei dem man sie zum Sündenbock gestempelt hatte. Damit deutete sie an, daß das FBI letztendlich verantwortlich für ›Jennifers‹ Taten war.

Die Rechercheure des Fernsehens hatten ihre Hausaufgaben gemacht, und das Interview war voller statistischer Angaben, wie viele weibliche Special Agents es gab, wie viele Zwischenfälle von sexueller Belästigung, wie hoch die Selbstmordrate unter Ex-Mitgliedern des FBI war.

Keiner erwähnte, daß Jennifer Smith vom FBI-Hauptquartier versetzt worden war, weil sie sich illegal Beweise beschafft und dadurch die Verurteilung eines wahnsinnigen Frauenmörders verhindert hatte.

Laut Büroklatsch brachte die Hälfte der Talk-Programme im Rundfunk der Nation die Geschichte, einschließlich Howard Stern in New York. Die Sympathie der Öffentlichkeit war anscheinend auf seiten der Mörderin, die Ladykiller genannt wurde. Eine Frau, die von ihren Bossen zum Äußersten getrieben worden war und zu einer modernen Version von Bonnie ohne Clyde geworden war. *Thelma and Louise* wurde ständig als Vergleich bemüht, ebenfalls Charles Bronson und die *Death-Wish*-Filme. Jeder hatte den Spitznamen Ladykiller aufgegriffen, und Langford wußte, daß er Jay und ihm für immer anhaften würde.

Mehrere große Frauenorganisationen hatten einen Verteidigungsfonds für Ladykiller ins Leben gerufen, für den Fall, daß sie geschnappt und für die bisher drei Morde verurteilt wurde, und Langford wußte, daß es nicht lange dauern würde, bis die ersten Ladykiller-Witze auf Cocktailpartys erzählt werden würden. Leno würde vielleicht heute abend damit anfangen, wenn Letterman ihm nicht zuvorkam.

Mit anderen Worten, es war katastrophal für die Öffentlichkeitsarbeit und das Ansehen des FBI, noch schlimmer als einst die Gerüchte, die die Runde gemacht hatten, als J. Edgar Hoover schöne Frauenkleider und seidene Damenunterwäsche getragen hatte. Das einzig Positive war, daß noch niemand Bill Hawkins' Rolle bei alldem herausgefunden hatte.

Wenn es der Ex-FBI-Mann schaffte, sowohl Jay Fletcher als auch Stiles zur Strecke zu bringen, dann war das vielleicht gerade genug, um das Öl aus dem Feuer zu nehmen, aber Langford glaubte nicht an Wunder. Es war an der Zeit, die Truppen zu sammeln, die Fährte zu verwischen und so viele Ärsche zu schützen wie möglich, seinen eingeschlossen. Langford griff zum Telefon und führte eine Reihe von strategischen Telefonaten.

Der Eismann hockte mit übereinandergeschlagenen Beinen versteckt im Schatten der Bäume, nur fünfzig Meter von William DeMille Hawkins' Haustür entfernt. Er hielt ein leistungsstarkes Fernglas an die Augen und suchte das alte Farmhaus und die Umgebung ab. Nach seiner Schätzung war Hawkins sechs Stunden vor ihm in Washington eingetroffen. Es stand kein Wagen auf dem Zufahrtsweg, und in den vergangenen zwei Stunden hatte es kein Anzeichen auf irgendeine Aktivität im Haus gegeben.

Er ließ das Fernglas sinken und schloß die Augen. Manchmal – meistens – waren seine eigenen Sinne schärfer als alles sonst. Kleine Dinge, leise Geräusche, vage Gerüche, Luftbewegungen. Geisterhafte Vibrationen. Magie.

Hawkins war nicht da. War seit einer Weile nicht dagewesen. Er würde bald kommen. Winzige, mit Juwelen geschmückte Schuhe und ein Kind in einem Tornado. Wizard of Oz. Der Eismann schluckte. Tornados. Strudel, Abgründe, die sich unter seinen Füßen öffneten. Der Gipfel der Welt, Ma! Das Ende der Welt. Die lange dunkle Wanderung endete, aber nicht hier, nicht jetzt. Es gab noch etwas mehr zu tun, etwas mehr zu empfinden vor der letzten Umwandlung.

Der Eismann konnte das fruchtbare dunkle Erdreich zu seinen Füßen und den stärkeren Duft der Glyzinien riechen. Sein Augenwinkel begann zu pulsieren und zu zucken. Er tastete zur Tasche seiner Windjacke. Die Pillen. Aber das war es nicht. Der Tick war Hawkins.

*Er steht außerhalb des Kreises. Er gehört nicht dazu.*

Als der Eismann hergekommen war, hatte er mit dem Gedanken gespielt, selbst Hawkins zu werden, wenn auch nur für eine Weile. Sein Leben zu nehmen und zu leben, der andere Jäger zu werden. Aber das wäre natürlich Wahnsinn. Das war wie das Mischen von Öl und Wasser, von Feuer und Luft. Hawkins mitzunehmen, das würde der Tod sein, und der Eismann wußte es. Zwei Seiten derselben Münze konnten nicht ein und dasselbe Gesicht haben.

*Zu nahe.*

Die Frau, die sich bei Softimage Systems in Carson City, Nevada, am Telefon meldete, wollte Jay Fletcher nicht die Telefonnummer oder Adresse von Merlin Ambrose geben. Jay schaffte es schließlich, bis zum Firmenchef, einem Mann namens Lyle Keefer, durchgestellt zu werden, aber Keefer zeigte sich ebenfalls verschlossen; unter keinen Umständen würde er Jay oder sonst jemand Informationen über Angestellte oder freie Mitarbeiter von Softimage geben.

Nachdem ihr die Vordertür vor der Nase zugeschlagen worden war, ging Jay durch die Hintertür. Mittels der online HELP-Nummer, die auf den Softimage-Spielkassetten aufgedruckt war, hackte sie sich auf ihrem Computer in das System der Firma. Sie hätte es binnen Minuten tun können, wenn sie die Programme benutzt hätte, die sie in Chicago zurückgelassen hatte, aber auch so schaffte sie es, sich durch die verschiedenen ›Brandschutzwände‹ zu arbeiten, die Softimage errichtet hatte, um sich zu schützen. Am Mittag wanderte sie durch ihr Unix-Großrechnersystem und suchte nach irgend etwas, das einen Hinweis auf Merlin Ambrose geben konnte. Am Nachmittag wurde sie fündig; Merlin verrechnete seine Dienste über eine Agentur namens ByteMe Inc. in New York und ein Postschließfach in Las Vegas.

Die New Yorker Agentur war Schwindel. Jay kannte die ITT/ATT Codes für die Überprüfung der Leitungen auswendig und benutzte sie, als sie herausfand, daß die ByteMe-Nummer das war, was Telefonhacker als willkommene Quelle bezeichneten. Die Leitung war ständig offen und konnte benutzt werden, um von einem Netz ins andere zu wechseln, ohne eine Spur zu hinterlassen. Für Jay war sie eine Sackgasse.

Sie arbeitete sich zurück ins System von Softimage und benutzte die ByteMe-Verrechnungs-Codenummern, um durch ihre gesamte Datenbank zu wandern. Es dauerte eine Weile, und zweimal war sie fast sicher, daß jemand bei Softimage erkannt hatte, daß jemand in das System eingedrungen war, aber schließlich wurde sie fündig. SK-WIZ alias Merlin Ambrose, alias ByteMe Inc. benutzte auch den Namen Lance Follett c/o Redi-Mail Inc. an der East Flamingo Road. Redi-Mail entpuppte sich als eine Kombination aus Postversand, E-mail-Adresse und Verlagsgesellschaft.

Es war jetzt später Nachmittag, und Jay wurde klar, daß sie seit dem Sandwich, das sie in der vergangenen Nacht auf dem Flug von San Diego verzehrt hatte, nichts mehr gegessen hatte. Sie machte sich einige Notizen, einschließlich des Falltür-Codes, den sie im Softimage Unix System hinterlassen hatte, klickte sich aus und schaltete den Laptop aus.

Laut Karte auf der Innenseite des Umschlags des Telefonbuchs von Las Vegas befand sich die East Flamingo Road nur ein paar Blocks nördlich von ihrem Hotel. SK-WIZ oder Lance Follett war jetzt so nah, daß sie fast seinen kalten Atem in ihrem Nacken spüren konnte. Sie erschauerte in dem Hotelzimmer mit Klimaanlage und empfand zugleich eine angenehme, vage erotische Spannung.

Das sonderbare Gefühl erschreckte sie. Sie hätte vielleicht mit Unruhe, Besorgnis oder einfach Furcht gerechnet, aber nicht mit so etwas. Wenn die Dinge liefen, wie sie es geplant hatte, dann würde sie in den nächsten vierundzwanzig Stunden einem Serienmörder gegenüberstehen. Das sollte sie nicht ...

*anmachen.*

Sie klappte das Telefonbuch zu und stand auf. Sie würde nicht darüber nachdenken. Nicht jetzt. Noch nicht. Sie nahm ihren Zimmerschlüssel und ging zur Tür.

Es war dunkel, als Cruz und Charles Langford bei Hawkins' Haus an den Potomac Palisades eintrafen. Langford stoppte den Saab auf dem Zufahrtsweg hinter Hawkins' Wagen und schaute zu dem dunklen Haus.

»Kein Licht an«, sagte Cruz auf dem Beifahrersitz. »Hat er Ihnen nicht zweiundzwanzig Uhr gesagt?«

»Das hat er«, betätigte Langford. Er traf immer noch keine Anstalten auszusteigen. »Er rief aus seinem Büro in der Uni an.«

»Der Wagen ist hier«, sagte Cruz. »Vielleicht macht er ein Nickerchen.«

»Hawkins macht keine Nickerchen«, sagte Langford. »Er hat uns erwartet. Da stimmt was nicht.« Er nahm den Hörer des Autotelefons aus der Halterung unter dem Armaturenbrett. Er wählte und hielt den Hörer ans Ohr.

»Keiner zu Hause?«

»Anrufbeantworter.« Langford schob den Telefonhörer in die Halterung zurück.

»Hat er einen Zweitwagen?«

»Nein. Er ist da, aber er meldet sich nicht.« Langford überlegte kurz. »Er weiß noch nichts von dem Mord an Prentice in Vancouver. Allmächtiger! Ich habe das zu lange für mich behalten. Stiles ist zu nahe.«

Langford zog den Schlüssel aus dem Zündschloß, neigte sich zur Beifahrerseite und schloß das Handschuhfach auf. »Da ist ein .38er. Nehmen Sie ihn.« Er öffnete die Tür auf der Fahrerseite und stieg aus. Cruz nahm die Waffe aus dem Handschuhfach. Er überprüfte, daß sie geladen war, und schob sie in seine Jackentasche. Dann stieg er aus und folgte Langford in der Dunkelheit über den mit Kies bestreuten Zufahrtsweg. Zu seiner Rechten raschelten die Blätter der Bäume auf der Klippe im Wind. Zu seiner Linken war der Wald zwischen Straße und Haus wie eine schwarze Wand. Cruz sah, daß Langford seine Waffe aus dem Schulterholster zog. Es war eine gewaltige Waffe, die matt silbern glänzte. Im Vergleich dazu war der .38er ein Pusterohr.

»Casull«, sagte Langford, als er Cruz' Blick bemerkte. »Freedom Arms stellt sie für kurzsichtige alte Furzer wie mich her. Damit treffe ich einen Truck auf hundert Yards mit verbundenen Augen.«

»Wie wollen Sie vorgehen?« fragte Cruz.

»Nicht von vorne und hinten zugleich«, sagte Langford. »Wir würden uns nur selbst umlegen, oder Hawkins hält uns für Einbrecher und schießt uns zuerst über den Haufen.« Er schaute zum Haus. Totenstille. »Bleiben Sie links von mir. Ich gehe rein und halte mich rechts, Sie folgen mir und bleiben links.«

»Sie kennen das Haus.«

»Ja. Lange Diele. Hawkins' Arbeitszimmer ist rechts, Wohn- und Eßzimmer sind links. Die Küche ist hinten.«

»Irgendwelche anderen Ausgänge?«

»Hintertür von der Küche aus, Terrassentür vom Arbeitszimmer in den Garten.«

»Alarmanlage?«

»Ziemlich einfach. Bewegungsmelder bei der Tür und ein stummer Alarm. Wenn die automatischen Lämpchen sich nicht anschalten, wenn wir reingehen, ist das System außer Betrieb.« Er blickte zu Cruz. »Sind Sie einverstanden?«

»Kein Problem.«

»Wirklich? Sie können noch aussteigen, wenn Sie wollen.«

»Ich bin dabei.«

»In Ordnung.«

Langford ging die breite Holztreppe zur Haustür hinauf. Die Lämpchen der Alarmanlage blieben dunkel. Er wies mit der enorm großen Waffe nach links, und Cruz nickte. Der jüngere der beiden Männer nahm seine Position ein, und Langford umfaßte den Türknauf. Seine Hand zuckte zurück, als hätte er sie verbrannt.

»Was ist?« flüsterte Cruz. Langford hielt ihm die Hand hin.

»Riechen Sie.«

Cruz tat es. Langfords Handfläche war mit etwas Dunklem beschmiert. Der Geruch war unverkennbar.

»Blut.«

»Mein Gott!« wisperte Langford. Mit zwei Fingern drehte er den Türknauf. Die Tür ließ sich leicht öffnen. Er trat ein und war mit zwei schnellen Schritten rechts in der Diele. Cruz folgte und wandte sich schnell nach links, den .38er im Beidhandanschlag. Im Haus war es dunkel und still, doch Cruz nahm überall den Geruch von Blut wahr. Aus dem Augenwinkel sah er, daß Langfords Schultern hinabsackten.

»Keiner hier«, sagte Cruz leise. Langford nickte.

»Kein Lebender.« Er tastete mit der freien Hand an der dunklen Wand entlang, bis er den Lichtschalter fand. Er drückte auf den Schalter, und die Diele war plötzlich erhellt.

»Mein Gott!« stieß Cruz hervor, als er die Blutlache auf dem Boden sah.

»Bleiben Sie hinter mir«, sagte Langford. Cruz hörte Furcht in der Stimme des älteren Mannes. Er nickte. Langford trat über die Blutlache hinweg und hielt sich dicht an der Wand, um nicht auf die Blutspur zu treten, die durch die Diele führte. Cruz folgte ihm.

Die Blutspur endete in Hawkins' Arbeitszimmer.

»O Scheiße!«

William DeMille Hawkins saß vor seinem Computer. Sein Kopf ruhte auf der Rückenlehne, und seine Kehle war durchgeschnitten. Übelkeit stieg in Langford auf, und er kämpfte gegen den Brechreiz an. Cruz sah an den Spuren, daß Hawkins in der Diele getötet und dann ins Arbeitszimmer geschleppt und auf den Stuhl gesetzt worden war.

Langfords Gesicht spiegelte seine Seelenqual wider, als er auf seinen toten Freund starrte. »O Gott, Bill, es tut mir so leid.«

Der FBI-Mann ging zum Computer, und Cruz folgte ihm. Der Computer war eingeschaltet, und auf dem Bildschirm explodierten Feuerbälle wie bei einem Feuerwerk und erhellten ein einziges Wort, das rot auf den Bildschirm geschmiert war. Mit Blut.

»Ladykiller«, las Cruz vom Bildschirm ab.

»Blödsinn«, sagte Langford. »Jay Fletcher hat das nicht getan.«

»Es sei denn, sie hat ihn überrascht.«

»Sie hat es nicht getan«, wiederholte Langford. »Es paßt einfach nicht zum Verhaltensmuster.«

»Stiles?«

»Ja«, sagte Langford und trat zurück. »So muß es sein. Bill ist zu nahe an ihn herangekommen. Ich nehme an, er wußte es.«

»Daß Stiles hinter ihm her war?«

»Ja. Er wußte, daß Stiles ihn durch seine Kreditkarten verfolgte. Ihn elektronisch verfolgte.«

»Und jetzt hinterläßt Stiles eine Botschaft über Jay. Eine Herausforderung. Er wirft einen Fehdehandschuh hin. Uns. Und Jay Fletcher.« Er stöhnte. »Verdammt! Das macht es tausendmal schlimmer.«

»Was?«

»Ladykiller«, sagte Langford und wies auf den Bildschirm. »Jeder kennt sie, und keiner weiß etwas über Stiles. Er lenkt den Verdacht auf sie, macht sie zum Sündenbock.« Er starrte auf die Leiche. »Wir können damit nicht an die Öffentlichkeit gehen. Wenn die Medien davon erfahren, bricht Panik aus.«

»Was tun wir?«

»Wir müssen sie finden. Beide. Schnell.«

Das Telefon neben dem Computer summte melodisch, und Cruz zuckte zusammen. Langford griff zum Hörer, zögerte und drückte dann auf den Lautsprecherknopf auf der Konsole.

»Ja?«

Die gelangweilte Stimme eines Telefonisten dröhnte in dem Zimmer. »R-Gespräch aus Tijuana, Mexiko, für Mr. William Hawkins. Übernehmen Sie die Gebühren?«

»Ja.«

»Sprechen Sie.«

»Mr. Hawkins?« Die Stimme hatte einen Akzent, und es klang wie *Ho-keens.*

»Ja?«

»Hier ist die Farmacia Enfermo in Tijuana. Erinnern Sie sich?«

Langford zögerte nur kurz. »Ja.«

»Ich habe den Namen für Sie.«

»Den Namen.« Langford betete, daß eine Erklärung folgen würde.

»*Si.* Der Mann, der seine Medikamente bei uns kauft.«

»Medikamente.«

*»Si.«* Die Stimme klang jetzt ein wenig ungeduldig. »Gegen die Fallsucht. *Epilepsia,* Sie erinnern sich?«

»O ja. Selbstverständlich.«

»Auf dem Quittungsbeleg der Kreditkarte war er nicht zu sehen, aber ich habe die Nummer, und ich rief bei Visa an, ja?«

»Ja.«

»*Si.* Und man gab mir, was wir wollen, Señor.«

»Den Namen.« Stiles.

»*Si.* Und die Adresse, wie Sie es wünschten.«

»Ja.«

»Der Mann, den Sie suchen, heißt Lance Follett.« Sein zweites Opfer. Das dritte, wenn man den üblen Priester mitzählte, von dem Hawkins erzählt hatte.

»Können Sie den Namen buchstabieren?« fragte Langford. Der Mann von der *farmacia* tat es. »Und die Adresse?«

»*Si.* Die Kreditkartenadresse lautet Post Office Box 22483, Las Vegas, Nevada 89119.«

## 27

CRUZ TRAF AM frühen Vormittag in Las Vegas ein. Er nahm sich ein Zimmer in einem Motel am Stadtrand und zahlte in bar statt mit einer Kreditkarte. Er erledigte einige Kleinarbeit und fuhr dann zum Polizeirevier in der Stewart Avenue. Er hatte nicht viel Zeit. Langford hatte genug Einfluß, um den Mord an William Hawkins kurze Zeit geheimzuhalten, aber schließlich mußte er ihn publik machen.

Cruz' Mandat von Langford war klar. Er war die letzte Karte im Blatt des FBI-Mannes. Cruz hatte eine persönliche Beziehung zu Jay Fletcher, und es mochte vielleicht sogar eine Art emotionale Bande zwischen ihnen geben. Es war seine Aufgabe, sie zu finden und dem Gesetz zu übergeben, wobei er hoffentlich seine persönliche Beziehung zu ihr nutzen konnte. Wenn das nicht möglich war, sollte er Langford anrufen und sofortige und offizielle Unterstützung anfordern und dann ganz aus der Sache aussteigen. Er hatte keinen offiziellen Status, und jeder offizielle Kontakt mit Jay Fletcher oder – Gott behüte – Ricky Stiles war verboten. Wenn erst Hawkins' Ermordung bekannt wurde, gab es kein Zurück mehr, und schließlich würde alles herauskommen.

Cruz fand das Gebäude der Metro Police versteckt hinter der City Hall, nur ein paar hundert Meter vom North Las Vegas Boulevard und dem Strip entfernt. Es gab kein FBI Field Office in Las Vegas, und selbst wenn es eins gegeben hätte, wäre das in diesem Fall gleichgültig gewesen; Langford hatte klargemacht, daß Cruz auf sich allein gestellt war. Cruz wußte, daß er auf die örtliche Polizei und das Netzwerk von Kollegen bauen und auf Unterstützung hoffen mußte.

Sie gaben ihm nicht viel. Seine Vorgeschichte als Ex-Cop war vielleicht von Vorteil, aber sie brachte ihn nicht sehr weit. Daß er absichtlich vage auf die Frage antwortete, warum er Lance Follett suchte, half ebenfalls nicht.

Er wurde von Abteilung zu Abteilung gereicht, bis er im Archiv landete, wo er einem gutaussehenden weiblichen Sergeant namens Raybolt gegenübersaß, der nicht wie eine Polizeibeamtin, sondern eher wie ein gealtertes Showgirl aussah. Sie war Ende Dreißig und bemühte sich sehr, es zu bleiben. Sie war füllig und hatte grüne Augen und flammend rotes Haar, das sie zu einem Pferdeschwanz gebunden trug. Die blaue und schwarze Uniform platzte unter ihren Formen fast aus den Nähten, und ihre Stimme klang rauchig. Links neben ihrem Computer stand ein gewaltiger Aschenbecher, und gleich vier Schachteln Zigaretten waren daneben gestapelt.

»Sie sind Cop?« fragte sie.

»Ich war einer. Jetzt bin ich Ermittler in Fällen von Brandstiftung. In Santa Fe.«

»Und Sie wollen diesen Mann durch unsere Datenbank aufspüren?«

»Wenn das möglich ist.«

Sergeant Raybolt hustete und zündete sich wieder eine Zigarette an. »Haben Sie im Telefonbuch gesucht?«

»Da gibt es keine Nummer von einem Lance Follett.«

»Vielleicht hat er eine Geheimnummer.«

»Nein. Das habe ich ebenfalls versucht.« Die Angestellte von Nevada Bell war angenehm kooperativ gewesen, nachdem er erklärt hatte, daß er für das FBI arbeitete, aber es gab keine Eintragung irgendeiner Nummer für Follett, auch keine geheime, in Las Vegas oder sonstwo im Staat. Ein anderer Name mußte aufgespürt werden.

»Sie haben also nur die Nummer vom Postschließfach?« fragte Sergeant Raybolt.

Cruz nickte. »Es ist das Postamt an der Swenson, Ecke East Flamingo Road.« Das Gebäude war riesig, und Hunderte Schließfächer nahmen ganze Wände ein. Wenn er genug Zeit und Leute zur Verfügung gehabt hätte, dann hätte er es observieren lassen können, aber er hatte beides nicht.

Sergeant Raybold lächelte kurz. »Man ließ Sie nicht an das Schließfach, richtig?«

»Nicht mal mit einer Beschlagnahmeverfügung«, sagte Cruz. »Ich müßte eine Woche lang Formulare ausfüllen, um vielleicht heranzukommen.«

»Wie wichtig ist die Sache für Sie?« fragte Sergeant Raybolt.

»Äußerst wichtig. Lebenswichtig.«

Sie lächelte leicht, drehte sich auf ihrem Schreibtischsessel und schaute auf den leeren Bildschirm ihres Computers. »Vielleicht gehen wir mal schnell auf Zehenspitzen durch das Tulpenfeld.« Sie schaltete den Computer ein. »Sind Sie verheiratet?«

»Nein.«

»Gut. Wenn ich das für Sie schaukele, laden Sie mich zum Essen ein, wie wäre das?«

Cruz lächelte. Die ging aber ran. »Wenn er eingesperrt ist.«

»John Byner im The Dunes.«

»Wer?«

»Das ist ein Komiker.«

»Sie können sich das Lokal aussuchen, wenn Sie den Mann finden, den ich suche.«

»Suchen wir irgend etwas Besonderes?«

»Er ist Epileptiker.« Wenn nicht die ganze Sache mit der Epilepsie ein Windei war. Wenn Hawkins sich nicht die ganze Zeit geirrt hatte.

»Ich sage es ungern, aber das ist kein Verbrechen in Nevada.«

»Hilflose Person mit Anfällen«, sagte Cruz. »Er kann einen Vermerk auf dem Führerschein haben.«

»Oder er könnte einfach die Krankheit verschweigen.« Sie zuckte die Achseln. »Aber versuchen wir es.« Sie tippte auf der Tastatur, setzte sich zurück und wartete. Ein paar Sekunden später füllte sich der Bildschirm mit Daten.

»Ist da was?« fragte Cruz.

Sie las die Daten und schüttelte den Kopf. »Nein. Einige Leute mit Parkinson-Krankheit.« Sie schaute Cruz an und zündete sich eine Zigarette an. »Was sonst?«

Er überlegte. Killer waren wie Feuerteufel. Ganz gleich, wie vorsichtig sie waren, es gab immer eine Spur von ihrer Anwesenheit am Tatort. Was hatte Ricky Stiles irgendwie irgendwo hinterlassen?

»Wie wäre es mit Mord?« fragte er schließlich. Sergeant Raybolt hob eine Augenbraue.

»Sie müssen scherzen. Wir haben ein halbes Dutzend Morde pro Woche.«

Ricky war smart; er würde nicht sein eigenes Nest beschmutzen. Wenn er in Las Vegas wohnte, verhielt er sich unauffällig wie ein Durchschnittsbürger.

»Wie wäre es mit Leuten von außerhalb, die eine Verbindung zur Stadt haben?« Cruz versuchte es zu durchdenken. »Seit kurzem.« Laut Langford war Ricky in Panik geraten und hatte Thomas Ritchie und dessen Frau ermordet. Die Morde in Kanada und Hawkins' Ermordung paßten ebenfalls nicht zu Ricky Stiles' normalem Verhaltensmuster. Wenn Langfords Täterprofil richtig war, dann konnte das bedeuten, daß Stiles die Nerven verlor. Vielleicht hatte er einen anderen Fehler begangen, näher daheim.

»Warten Sie«, sagte Sergeant Raybolt. Sie wandte sich wieder dem Computer zu. Erneutes Warten. »Nur einer in jüngster Vergangenheit«, sagte sie schließlich. »Ein Nuttenmörder in Tijuana. Der Hotelbesitzer war überzeugt, daß der Tatverdächtige ein Nummernschild von Nevada hatte.« Sie stieß einen glucksenden Laut aus. »Die Mordwaffe war eine Schere. Jesus!«

»Wann war das?«

Sie schaute auf den Bildschirm. »Mittwoch.« Die Daten paßten überein. Ricky Stiles war in Tijuana gewesen und hatte Phenacemid gekauft – an dem Tag, an dem die mexikanische Prostituierte ermordet worden war.

»Hat jemand das Nummernschild überprüft?«

Sergeant Raybolt nickte. »Klar. Ich. So steht es hier, also muß ich es gewesen sein.«

»Wer ist der Wagenbesitzer?«

»Ein Mietwagen. Avis vom Flughafen. Mit einer Kreditkarte eines Franz Schroeder aus Freiburg, Deutschland, bezahlt.«

»Gestohlen?«

»Vermutlich. Schroeder verstarb ein paar Tage zuvor im Desert Springs Hospital.«

Cruz setzte sich benommen zurück. »Mord?«

»Herzanfall oder Schlag, steht hier. Kein Anzeichen auf unnatürlichen Tod. Der Kerl, der die Nutte umbrachte, klaute vermutlich die Karte. Oder er kaufte sie vielleicht auf der Straße.« Sie zuckte mit den Schultern. »So oder so ist das eine Sackgasse.« Sie wies auf den Bildschirm. »Der Fall hat null Priorität.«

Du hättest mehr ermitteln sollen, dachte Cruz. Hawkins und Langford hatten ihm genug von Stiles' Verhaltensmuster erzählt; er konnte die Verbindung herstellen. Cruz hätte gewettet, daß Stiles den Mann in Las Vegas umgebracht und dann dessen Kreditkarte benutzt hatte, um den Ausflug nach Berkeley zu finanzieren.

»Der Kerl existiert«, sagte Cruz. »Ich bin mir fast sicher, daß er in Las Vegas oder in der Nähe wohnt – nahe genug, um dieses Postschließfach zu benutzen. Ich habe keine Zeit, um das herauszufinden. Es muß einen anderen Weg geben.«

Sergeant Raybolt schüttelte den Kopf und seufzte. Sie drückte die Kippe aus und zündete sich die nächste Zigarette an. »Hören Sie, Mr. Cruz, Sie leben in der Vergangenheit. Es ist nicht wie vor zehn oder sogar fünf Jahren. Sehen Sie mich an. Ich bin neununddreißig. Als ich in die Schule ging, war eine Rechenmaschine ein großes, graues Ding mit einem Griff, und mein Vater schleppte sie jedesmal aus dem Keller, wenn er die Steuererklärung machen mußte. Jetzt kann man einen Mini-Rechner am Handgelenk tragen, der den Treibstoffverbrauch berechnet, den Puls anzeigt und gleichzeitig die Ausgaben addiert und die Uhrzeit angibt. Computer waren früher Riesendinger, und jetzt kann man Raketen mit einem Laptop starten. Die Welt besteht jetzt aus Zahlen, Paßwörtern, Internet und Geldautomaten.«

Cruz sank auf seinem Stuhl zurück. »Sie haben recht«, sagte er leise.

Die Rothaarige griff über den Schreibtisch und tätschelte seinen Arm. »Schöner Versuch, aber Sie werden diesen Kerl wohl nie schnappen.« Sie lächelte. »Wenn Sie möchten, lade *ich* Sie zum Abendessen ein.

Ich habe ein kleines Zimmer, das ich immer noch mit der guten alten Visa Card bezahle.«

Cruz setzte sich plötzlich auf. Die Botschaft auf Hawkins' Anrufbeantworter vom Apotheker in Tijuana. Langford suchte Jay Fletcher, Ricky Stiles verfolgte Hawkins. Kreditkarten.

»Bargeld«, sagte Cruz. »Sie wird jetzt in cash zahlen.«

»Sie?« fragte Sergeant Raybolt. »Ich dachte, wir suchen nach einem Mann.«

»So ist es«, sagte Cruz, der jetzt überzeugt war, die Antwort gefunden zu haben. »Und sie wird mich zu ihm führen.«

Jay Fletcher saß an einem der Tische im Postamt und füllte blindlings Karten für Adressenänderungen aus, während sie versuchte, Folletts Postschließfach im Auge zu behalten. Sie saß jetzt fast eine Stunde dort, und wenn sie länger blieb, würden Leute mißtrauisch werden. Der Tisch stand zufällig nur ein paar Schritte von dem Schwarzen Brett entfernt, an dem die FBI-Steckbriefe der zehn meistgesuchten Verbrecher hingen. Noch ein oder zwei Tage, und ihr Bild würde dort bei all den anderen hängen.

Die Überwachung von Wizards Postschließfach war offenbar nur Zeitverschwendung, aber sie wußte nicht, was sie sonst tun konnte, nachdem sie bei Redi-Mail in einer Sackgasse war. Sie füllte noch eine Ummeldungskarte aus, legte sie auf den Stapel und drehte sich leicht auf dem Stuhl. Das Postamt war ein langes Viereck, und an den Seitenwänden befanden sich Hunderte stählerner Schließfächer. Am fernen Ende des Bereichs für Publikumsverkehr gab es einen langen Schalter, der von drei oder vier Postangestellten besetzt war. Hinter dem Schalter, abgeschirmt durch eine Trennwand, war der eigentliche Postbereich. Nach dem, was sie gesehen hatte, wurden die Schließfächer von hinten gefüllt. Kleine Glaseinsätze, ähnlich Spionen in Türen, erlaubten dem Schließfachbenutzer, zu sehen, ob Post im Fach war, ohne daß er es aufschließen mußte. Jay hatte bereits das Schließfach mit Wizards Nummer überprüft. Es war leer bis auf eine kleine Service-Karte der Post. Jay hatte herausgefunden, daß das Kärtchen im Schließfach eine Benachrichtigung der Post war, daß ein Päckchen an der Paketausgabe wartete.

Laut Postbeamten, mit dem sie gesprochen hatte, war dem Schließfachbenutzer bereits ein identisches Kärtchen an die Hausadresse geschickt worden, das ihn informierte, daß das Päckchen in der Paketausgabe war. Mit anderen Worten, wenn er aufs Postamt kam, war es unwahrscheinlich, daß er sein Schließfach überhaupt überprüfte – er würde einfach sein Kärtchen am Paketschalter vorlegen und das Päckchen erhalten. In diesem Fall war sie in einer weiteren Sackgasse. Denn sie hatte keine Ahnung, wie der Mann aussah. Sie spielte kurz mit dem Gedanken, dem Postbeamten zu sagen, daß sie vom FBI war, doch dann mußte sie sich ausweisen, und es würde vielleicht nicht einmal klappen. Die U. S. Post gab ihr wahrscheinlich keine Information, ohne daß sie unzählige Formulare ausfüllen mußte, um der Bürokratie zu genügen.

*Gib auf, Dummkopf. Stell dich.*

Nein, das kam nicht in Frage. Vielleicht wenn sie es schaffte, den Wizard zur Strecke zu bringen, dann vielleicht. Aber noch nicht. Es mußte einen Ausweg geben. Sie mußte der Dose noch einen Tritt versetzen. Sie nahm ihren Stapel Ummeldungskarten und stellte sich an der Schlange am Paketschalter an. Es war jetzt Mittag, und ein halbes Dutzend Leute wartete vor ihr. Während sie sich alle langsam vorwärts schoben, überlegte Jay irgendeinen Blödsinn, den sie dem Postangestellten sagen konnte. Irgendwie mußte sie erfahren, wann Follett das Päckchen abholte.

Noch drei Leute vor ihr. Ein Typ mit Bauarbeiter-Schutzhelm vor ihr, davor eine Frau mit einem Baby auf dem Arm und einem zweiten in einem Kinderwagen. Beide Babys plärrten. Jay legte eine Hand auf den Bauch und versuchte sich vorzustellen, wie dort ein Baby heranwuchs. Sie verbannte den Gedanken.

Die kleine Schlange bewegte sich vorwärts. Am Schalter war ein dunkelhaariger, mittelgroßer Mann. Er trug eine rote Windjacke aus Nylon, und irgendein Firmenname war hinten in Blau aufgedruckt. Der Postangestellte verschwand nach hinten. Die Kunden vor dem Schalter warteten. Das Baby auf dem Arm der Frau starrte über die Schulter seiner Mutter, die Augen groß und voller Tränen, und Rotze rann zum Kinn hinunter. Das Kind holte tief und feucht Atem und zog einen Flunsch. Soviel über biologische Uhren. Jay betete, daß ihre einen stummen Alarm hatte.

Der Name auf dem Rücken der Windjacke.

*Softimage.*

Die Firma, die Wizards Königreich herstellte.

*O Scheiße!*

Der Postangestellte kehrte mit einem Päckchen zurück und gab es dem Mann mit der Windjacke. Dann stempelte er irgend etwas ab. Jay erstarrte. Der Mann mit der Windjacke wandte sich um und ging an den anderen Postkunden vorbei, wobei er kurz zu der Frau mit den quengelnden Babys blickte.

Sein Blick traf ihren. Schwarze Augen in einem blassen Gesicht. Er blieb stehen und schaute sie an, und sie sah nur die Augen. Die Lippen, die sich zu einem Lächeln verzogen.

*Er ist es! Er weiß Bescheid!*

Er ging weiter. Mit schnellen Schritten zum Ausgang. Jay stand einen Moment benommen da, dann drehte sie sich um, griff unter ihre Jacke und umfaßte den Griff der Browning, die im Bund ihrer Jeans steckte. Das Baby auf dem Arm der Frau begann wieder zu plärren. Jay sah das Rot und Blau der Windjacke zwischen einer Gruppe von Leuten, die das Postamt betraten. Keine Chance zum Feuern. Ein Schuß würde Unbeteiligte gefährden. Selbst ein Querschläger konnte katastrophale Folgen haben. Er entkam, und sie konnte es nicht verhindern.

*Verfolge ihn.*

Sie lief los, wich einer alten Frau mit Spazierstock aus, die sich zu der Schlange vor dem Schalter gesellte, bahnte sich einen Weg durch eine Gruppe munter plappernder junger Frauen in Holidy-Inn-Uniformen und gelangte schließlich zum Ausgang. Sie verließ das Postamt und sah gerade noch etwas Rotes und Blaues in einem Taxi am Bordstein verschwinden. Ein Checker-Taxi. Die Sonne blendete. Keine Zeit, um das Nummernschild zu entziffern, aber Zeit genug, um die Lizenznummer zu lesen: 4772. Das Taxi fuhr nach Osten in Richtung Strip.

»Hurensohn!«

Sie stand da und schaute dem Taxi nach, das im dichten Verkehr auf der Flamingo Road verschwand. Sie hatte ihn auf der Handfläche gehabt, und er war durch ihre Finger geglitten. Sie sah ein anderes Checker-Taxi, das in dieselbe Richtung fuhr wie der Wagen, in dem Wizard saß, sprang auf die Straße und stoppte es mit Winken, ohne sich um das Kreischen von Reifen und das Hupen zu scheren, während sie im Zickzack zwischen den Wagen zu dem Taxi lief. Sie riß die Tür des Taxis auf und warf sich auf den Rücksitz.

»Haben Sie den Verstand verloren, meine Liebe?« Die Frau am Steuer des Taxis war Anfang Fünfzig und hatte eine gewaltige Oberweite.

Jay rang um Atem. »Ein Mann fuhr soeben mit einem von euren Taxis nach Osten in Richtung Strip.«

»Sie glauben doch nicht, daß ich mich auf eine Verfolgungsjagd einlasse, oder?«

»Ich will wissen, wohin er fährt.«

»Kommt nicht in Frage.«

Jay zog eine Rolle Banknoten aus der Jeanstasche. »Reichen fünfzig?«

»Ich brauche die Wagennummer.«

Jay gab der Frau das Geld. »4772«, sagte sie.

»Warten Sie.« Die Frau tippte einige Zahlen auf der Tastatur ihres Bordcomputers. »Dauert nur eine Sekunde«, sagte sie mit einem Blick über die Schulter. Jay nickte. Sie atmete immer noch schwer. Buchstaben begannen sich auf dem Display zu formen: Mirage.

»Was ist das?«

»Das werden Sie sehen.« Die Taxifahrerin fädelte sich abrupt in den Verkehr ein und fuhr Richtung Strip.

Das Mirage war ein Gebäude, das Wizards Spiel zu entstammen schien. Wasserfälle, Lagunen, Tausende Palmen in gigantischen Kübeln. Bengalische Tiger und ein ausbrechender Vulkan vor dem vergoldeten Delphinbecken beim Haupteingang. Kein Anzeichen auf Follett alias Wizard. Jay lief in die Regenwald-Halle und ließ den Blick durch die Halle schweifen, in der es von Leuten wimmelte. Nichts.

Da war etwas Rotes. Sie konzentrierte sich darauf und sah auf dem Rot blaue Buchstaben, während Follett sich einen Weg durch die Menge bahnte und zum Eingang des Kasinos strebte.

*Er hat auf mich gewartet.*

Sie schob sich so schnell durch die Menge, wie sie konnte, ohne zuviel Aufsehen zu erregen, und betrat das Kasino. Es war gewaltig, aber sonderbar zwanglos. Weitere tropische Pflanzen. Musik von Jimmy Buffett strich über die Reihen von Video-Pokergeräten und Einarmige Banditen. Weiches Licht und Craps und Blackjack. Wieder sah sie etwas Rotblaues in der Ferne, das sich schnell auf einen Ausgang zu bewegte.

*Er hat auf mich gewartet.*

Durch die Reihen der Geldspielautomaten, hinter der rotblauen Windjacke her. Aus dem Kasino auf einen rollenden Gehsteig voller Touristen mit Kameras. Viele Japaner, mindestens die Hälfte. Die Waffe in ihrem Hosenbund drückte gegen ihr Kreuz. Zu viele Leute. Der Bastard wußte, daß sie hier nichts unternehmen würde.

Sie trat von dem Laufband und blinzelte, fragte sich, ob sie in einem Traumland gelandet war – Folletts Wahnsinnswelt. Sie stand in hellem Tageslicht, Wolken zogen langsam über den blauen Himmel, und eine angenehme Brise blies ihr ins Gesicht, während sie über einen langen, erhöhten Gehsteig blickte, der von Dutzenden kleiner Steingebäude mit Ziegeldächern à la Terrakotta gesäumt war. Das alte Rom. Frauen in Togen, und vor ihr ein Springbrunnen mit Marmorstatuen. Nein, das waren überhaupt keine Statuen. Der Springbrunnen war eine Wasserfontäne, und die Statuen waren Musikinstrumente. Laserstrahlen tanzten über ihre Plastikoberflächen. Irgendwo zwitscherten elektronische Vögel. Ein junger Mann mit einer blaßgelben römischen Tunika spazierte vorbei, bot mit einem Bauchladen belegte Brötchen an und warb für etwas namens Boogies.

Zu ihrer Linken ein Informationsstand. Die Forum-Läden. Shopping auf einem römischen Markt. Vuitton-Lederwaren in einem Schaufenster, Gucci in einem anderen. Die Figuren des Springbrunnens waren Roboter im Disney-Stil. Und der Himmel war eine auf die hohe, gewölbte Decke projizierte Illusion.

*Wo ist er?*

Da. Wieder die Windjacke, ungefähr hundert Meter entfernt zwischen zwei Läden unter der Zeitreise-Arkade. Virtual Reality, fast real gemacht. Follett in seinem Element.

*Er wartet auf mich. Wie ist das möglich?*

*Er wußte, daß ich komme.*

*Zum Postamt gehe.*

»Gerissener Bastard.«

Er hatte seine Dateien bei Softimage irgendwie geschützt, und sie hatten einen Alarm ausgelöst. Ein Frühwarnsystem.

Jay ging die Straße entlang und bog zwischen Läden ab, die Hand auf der Waffe.

*Jetzt habe ich dich.*

Verschwunden. Ein gelangweilter Mann mit einem Lorbeerkranz aus Plastik stand neben einem Schlüsselbrett. Auf dem Schild über der Tür stand ›Parkservice Ausfahrt‹. Wütend schob sie sich an dem Parkwächter vorbei und ging durch die Tür. Sie blieb stehen und blinzelte in den Sonnenschein. Vor ihr schimmerte ein asphaltierter Parkplatz von der Größe eines Footballfelds in der Hitze des frühen Nachmittags. Tausend Wagen wurden auf einem Kuchenblech aus Asphalt gebacken.

Nichts Rotes und Blaues. Sie hatte ihn verloren.

## 28

JANET LOUISE FLETCHER, von ihren Freunden Jay genannt, wenn sie noch welche hatte, und jetzt jedem sonst als Ladykiller bekannt, stand vor dem Spiegel im Badezimmer ihres Hotelzimmers und betrachtete den Schaden. Eine etwas weniger magersüchtige Version von Sinead O'Connor, die auf die Vierzig zuging. Sie hatte ihr Gesicht auf einem halben Dutzend Zeitungen im Zeitungsstand des Hotels gesehen, und nach der Rückkehr auf ihr Zimmer hatte sie ihr Foto im Fernsehen gesehen; es wurde jede halbe Stunde von CNN ausgestrahlt.

Nach viermaligem Auftragen von Selbstbräun-Lotion auf ihr Gesicht und dem Einsatz von viel Lidschatten und Wimperntusche ähnelte sie nicht mehr der Frau auf den Fotos, und sie betete, daß die Taxifahrerin und der Angestellte auf dem Postamt keine Verbindung zu ihr herstellten. Der Kurzhaarschnitt, den sie sich selbst verpaßt hatte, und die Skalpmassage mit Lady Clairol Silvertip waren der beste Teil ihrer Verwandlung, aber die Fensterglasbrille, die Radlerhose und das hautenge T-Shirt hatten ebenfalls einen Anteil.

*Satan in Urlaub.*

Irgendwo zwischen Albuquerque und hier war Jay Fletcher verschwunden. Jay Fletcher konnte nicht in der gleichen Welt mit Leuten wie Homer Dunton oder Dr. Kushinski mit seinem lächerlich kleinen rosigen Pimmel und seinem Kirschtabak leben. Sie konnte nicht mehr Jay Fletcher sein; sie konnte es einfach nicht. Mom war eine Tätowierung auf Jeffrey Dahmers Arm, und Apfelkuchen war etwas, das man als Sexhilfe benutzte. Nichts funktionierte mehr; die Welt ging leer weiter. Eine Gedichtzeile aus ihrer Vergangenheit fiel ihr ein, etwas, das sie in der Schule gelernt hatte und an das sie sich vage erinnerte. Verraten von der verdammten Psychiaterin in Washington. Verraten von sich selbst. Wieder.

*Die Welt dreht sich weiter.*

Und hier war sie, mittendrin, eine Fremde.

*Die Welt dreht sich weiter.*

Sie wandte sich vom Spiegel ab und befürchtete, daß sie sich einen Namen geben mußte. Dem, was sie tat, einen Namen geben mußte. Sie hatte das Gefühl, in den Weltraum fortgewirbelt zu werden, damit alles, was gewesen war, war oder jemals sein konnte, abfiel wie ihre Haare, die auf die kalten Fliesen ihres Badezimmers gefallen waren. Wenn morgen das Zimmermädchen kam, würde es wissen, was es aufkehrte – Utensilien des Ladykillers? Wahrscheinlicher würde sie etwas auf spanisch über Touristenschweine murmeln. Morgen. Einst hatte sie gewußt, was das Morgen bringen würde: Kaffee und einen Doughnut, Freude auf die Arbeit, Seelenfrieden, später joggen mit Nadine – keuch, keuch, hey, wäre es nicht schön, in Georgetown zu wohnen?

Sie wankte aus dem Badezimmer, legte sich nackt aufs Bett und wartete darauf, daß sich ihr schnell pochendes Herz beruhigte und ihre Tränen versiegten.

»Big Girls Don't Cry.« Sie erinnerte sich, wann sie dieses Lied zum erstenmal gehört hatte. Eine alte zerkratzte 45er Platte in der Musicbox bei Fernieis, einen Block von der Schule entfernt. Sie hatte die Platte in diesem Sommer 1976 immer wieder gespielt. ›Große Mädchen weinen nicht.‹

Draußen wurde es dunkel, und die Flugzeuge röhrten über das Hotel, und die ganze Stadt begann zu glitzern und zu blinken wie ein gigantischer Neon-Leuchtturm mitten in der Wüste. Sie hatte ihn fast gehabt, aber sie hatte ihn entkommen lassen. Doch diesmal würde sie ihn zur Strecke bringen.

*Nur dieses eine Mal, ich verspreche es.*

*Was meinst du mit, ich verspreche es? Meinst du, er ist der letzte Serienmörder auf der Welt? Er ist nicht mal der letzte Serienkiller in diesem Staat.*

Und das war es, nicht wahr? Wir hätten all dieses Töten und Morden erwarten sollen; es mußte kommen, weil wir alle groß werden. Wir wurden in eine Welt geboren, in der kleine Mädchen Rüschenkleidchen trugen und entweder wie Veronica in den *Archie*-Comics oder Margaret in *Dennis* aussahen. Fette Mädchen und häßliche Mädchen waren die einzigen, die über Sex Bescheid wußten, weil sie die einzigen waren, die ihn brauchten; die anderen waren versprochen. Die Puppen, die wir liebten, hatten glatte Plastikkörper und Brüste ohne

Brustwarzen. Barbie bekam nie ihre Periode und sorgte sich nie, daß ihre Mutter Spermaflecken in ihren Höschen fand. Skipper wurde erwachsen, indem sie den Arm hob. Die einzigen, die im Fernsehen starben, waren die Gaststars.

Es gab keine Vergewaltigung in Amerika, es gab nur Lachen und Sonnenschein. Mord war ein Geheimnis, das am Ende eines Taschenbuchs gelöst wurde. Stephen King war ein besorgter Lehrer, der mit seiner schwangeren Frau in einem Wohnmobil irgendwo in der tiefsten Provinz von Maine lebte und verzweifelt mitten in der Nacht schmutzige Geschichten für das *Men-Only*-Magazin schrieb und nur von den Horrorgeschichten in seiner Zukunft träumte. Alles war einfach prima.

*Niemand erschoß Präsidenten.*

Niemand ermordete schwangere Schauspielerinnen und schrieb mit Blut *Helter Skelter* an die Wände.

Als Jay fünf gewesen war, hatte sie einen Freund gehabt, einen kleinen Jungen namens Arnie Arthur Bellecamp, dessen Eltern noch immer keinen Fernseher gekauft hatten. Eines Tages kauften sie einen, und Arnie dachte, ein Traum wäre Wahrheit geworden. Die Stimmen kamen unten aus der Schaltkonsole, und die Musik wurde von einem winzigen Orchester gespielt, das aus Musikern bestand, die nicht größer als Spielzeugsoldaten waren. Der Bildschirm war ein Fenster in ein anderes Universum, das von Palmolive und Eno Fruit Salts gesponsert wurde, und wenn man rausgehen und spielen wollte, dann schaltete man das Bühnenbild einfach aus und verließ das Zimmer in dem sicheren Wissen, daß man es bei seiner Rückkehr wieder anschalten und sehen konnte, wie es weiterging.

Wir alle glaubten das.

*Nicht mehr.*

Jay Fletcher saß in der Dämmerung, kalte Luft strich über ihren Körper, Luft, die erfüllt war vom Röhren von

Jets im Landeanflug. Ihr Puls beruhigte sich langsam, und die Tränen trockneten. Sie lächelte zur Decke empor, ließ alles aus sich heraus in einer einzelnen Woge von Nichts, und ihre Seele blieb leer, klar und rein zurück.

Es war alles Erinnerung und was man damit anfing. Wie ein Computer, dessen Festplatte überladen war. Von Zeit zu Zeit mußte man etwas löschen, das man nicht mehr brauchte. Die dunklen Stellen löschen, ihn von Viren und Würmern säubern, die Vergangenheit und Zukunft dieser schwarzen Dinge loswerden, die einen umgaben, und sich einen frischen Start ermöglichen. Wenn man zuviel in Erinnerung behielt, zerstörte es einen.

Vor Jahren hatte sie für zwei Wochen zwischen den Semestern einen billigen Charterflug nach Europa gebucht und war dann per Anhalter herumgereist. An einer Landstraße in Belgien war ihr plötzlich in den Sinn gekommen, daß auf dem Boden, auf dem sie stand, in zwei Weltkriegen gekämpft worden war und daß von den Kornfeldern ringsum und dem dunklen Wald in der Ferne die Schreie einer halben Million Sterbender gehallt waren.

Die Geschichte, die Erinnerung, war um sie herum gewesen, unsichtbar, es sei denn, man wollte sie sehen. Sie hatte sich gebückt, eine Handvoll Erde genommen und unter die Nase gehalten und versucht, die Vergangenheit zu riechen. Es war ihr nicht gelungen. Sie hatte sich aufgerichtet, wieder den Daumen als Anhalterin gereckt und sich gefragt, ob sie verrückt war. Dann hatte sie sich gesagt, daß jeder manchmal ein bißchen verrückt wird.

*Ich bin ein bißchen länger verrückt. Wenn ich nicht zu lange im Kaninchenbau bleibe, werde ich vielleicht den Weg zurück an die Oberfläche finden. Ich werde neben meiner Schwester aufwachen, mein kleiner Hund wird auf meinem Schoß schlafen, und das Kaninchen wird nur ein Kaninchen sein, kein Mann mit Taschenuhr oder Jacke und Handschuhen. Ich werde wieder mit Lewis Carroll am Ufer der Themse sein.*

*Erinnerst du dich? An den Pädophilen, der es liebte, nackte kleine Mädchen zu fotografieren?*

*Lieber Gott, laß mich in Frieden.*

Sie stieg aus dem Bett und zog sich an.

Die Episode auf dem Postamt war ein Fiasko gewesen, aber in die Innereien von Redi-Mail zu gelangen war ein Volltreffer, und sie verfluchte sich, weil sie nicht eher darauf gekommen war. Nachdem sie Follett im Mirage aus den Augen verloren hatte, war sie zu Redi-Mail gegangen, und als sie dem Trottel hinter der Theke von ihrem Interesse an Computern erzählt hatte, war er sofort bereit gewesen, sie zur Besichtigung herumzuführen. Sie hatte neben ihm gestanden, als er ihr stolz den Fax-Computer vorgeführt und versucht hatte, dabei in Hautkontakt zu kommen. Zwei Minuten später hatte sie sich die Paßwörter für das ganze lokale Netzwerk eingeprägt, mit dem die Redi-Mail-Computer verbunden waren.

Zurück im Hotel, hatte sie den Code benutzt, um sich beim nächsten Anruf an das kleine Geschäft zuzuschalten, und danach war es leicht gewesen. Lance Follett hatte eine offene Rechnung bei Redi-Mail; viel von seiner Ferngesprächszeit ging für Softimage in Carson City drauf, und die restliche Zeit blieb er eingeloggt mit einer unbekannten Nummer in Boulder, die vermutlich sein Konto für den Zugang ins Netz war. Das war alles, was sie brauchte.

Das war letzten Endes die endgültige Schwachstelle – K-WIZ mußte so oder so eine normale Telefonleitung mit einer normalen Nummer haben, wenn er die große schlechte Welt dort draußen erreichen wollte. Seine Kontaktadresse war das Postschließfach, doch die Telefonnummer war eine örtliche. Jay verließ das Hotel, nahm ein Taxi zur Clark-County-Bücherei an der Escondido Avenue und zog das Telefonbuch zu Rate. Laut Telefonbuch gehörte die Telefonnummer zu einer Adresse in der Caliente Street. Die große Stadtkarte in der Bücherei zeigte ihr, daß die Caliente Street nicht mehr als ungefähr anderthalb Kilometer entfernt war, östlich des Universitätskomplexes und südlich des Liberace Museums. Einfach wie eins, zwei, drei.

Sie betrachtete sich in ihrer Aufmachung mit engem T-Shirt und Radlerhose wieder im Spiegel.

*Du kannst noch aufhören. Du mußt es nicht tun.*

»Doch, ich tue es.«

Sie steckte die Browning in ihre Schultertasche, warf einen letzten Blick auf die Fremde, die sie geworden war, und verließ das Zimmer. Der Kreis schloß sich jetzt wie ein Roman von James Joyce. Das Finale würde bald beginnen.

Ladykiller traf kurz nach zweiundzwanzig Uhr bei Lance Folletts Haus in der Caliente Street ein. Sie hatte die Telefonnummer mehrfach gewählt, zum letztenmal von einem Münzfernsprecher in dem 7-Eleven-Laden, wo sie zur Tarnung eine Tüte mit Lebensmitteln gekauft hatte. Keiner meldete sich. Vielleicht war er ausgegangen. Vielleicht wartete er. In der Dunkelheit. Inzwischen mußte er ihr Bild in der Zeitung oder im Fernsehen gesehen haben. Nadine hatte viele Fotos von ihr; morgen oder übermorgen würde man ein Foto von ihr haben, nicht nur eine Zeichnung. Aber dann spielte es keine Rolle mehr.

Das Haus war ein schlichtes Einfamilienhaus aus den fünfziger Jahren wie die anderen links und rechts davon. Der gelbe Verputz war zu einem Cremeton verblaßt, und das Gras des Rasens war verdorrt und hatte fast die gleiche Farbe. Jay war zweimal um den Block gegangen und hatte sich soviel Einzelheiten wie möglich eingeprägt. Ein drittes Umrunden des Blocks konnte verdächtig wirken. Sie hatte es lange genug hingezogen. Sie ging zur Haustür. Kein Fahrzeug auf dem Stellplatz. Viele auf der Straße. Mittelklasse oder darunter. Chevys und Fords. Keine dunkle, lauernde Gestalt, jedenfalls keine, die sie sehen konnte. Das Haus hatte einen Transformatorkasten rechts neben der Treppe zur Tür. Sie sah ein dickes Stromkabel durch das Fenster im Verteilerkasten verlaufen.

*220 Volt. Für die Computerausrüstung.*

An der Tür nahm sie die Tüte mit den Lebensmitteln auf den rechten Arm. Sie hatte die Browning in der Schultertasche gelassen und dann auf dem Weg zur Caliente Street in die 7-Eleven-Tüte gesteckt. Jetzt nahm sie die Waffe in die Hand, verborgen unter der Tüte in ihrer Armbeuge, und ein Ersatzmagazin steckte im Bund ihrer Radlerhose. Sie brauchte jetzt nur die Tüte mit den Lebensmitteln fallen zu lassen, zu zielen und zu feuern. Diesmal keine Diskussion, keine Erklärung, keine Spielereien. Keine Zeit dafür.

*Er ist ein Tier. Schieß es nieder.*

Sie klopfte an.

Die Tür gab nach. Sie war unverschlossen und nur angelehnt gewesen.

*Dies ist eine Einladung.*

*Komm herein, sagte die Spinne zur Fliege.*

*Wer ist die Spinne?*

*Wer die Fliege?*

Sie trat ein, stellte die Tüte mit Lebensmitteln in der kleinen Diele ab und hob die Hand mit der Waffe. Kein Geruch wie in Kushinskis Haus. Saubere Luft, vielleicht eine Spur Raumspray mit Kieferndurft. Aber Flüstern. Geräusche, die aus den anderen Räumen kamen.

Die Diele war dunkel, das einzige Licht fiel durch die offene Tür herein. Jay schloß die Tür, verharrte, wartete, bis sich ihre Augen an die Dunkelheit gewöhnt hatten. Sie hielt die Browning schußbereit an der Wange mit der Mündung nach oben. Keine Überraschungen. Wispern. Das Summen der Klimaanlage übertönte das Wispern. Sie nickte vor sich hin. Die Tür war offen, und der Kompressor arbeitete auf vollen Touren.

*Dies ist nicht wie bei den anderen.*

Das T-Shirt und die Radlerhose waren eine gute Idee gewesen. Nichts, das sie behinderte und verlangsamte. Sie war glatt, aerodynamisch wie eine Kugel. Nichts würde sie stoppen. Sie schlich langsam durch die Diele, streifte lautlos den Träger der Tasche von der Schulter und ließ die Tasche zu Boden gleiten. Es war nichts darin, das sie brauchte.

Sie glaubte jeden Teil ihres Körpers zu spüren, jede Sehne, jeden Knochen, jeden Muskel. Jedes Nervenende. Die Radlerhose spannte sich um ihre Hüften und ihren Leib wie eine zweite Haut, heiß und fest und mächtig, so schrecklich und wunderbar stark.

All diese Lektionen über organisiertes Verbrechen und Einzeltäter, all die Rituale, die tiefen psychologischen Betrachtungen über Serienmörder. Sie spürte Duntons Siegelring an ihrer linken Hand. Totems. Alles Quatsch. Es war nichts daran schwer zu verstehen. Einige Leute waren abhängig von Zigaretten, andere von Alkohol oder Pillen. Einige wenige waren einfach süchtig nach dem Töten, und wie bei jedem Laster wuchs die Sucht im Laufe der Zeit, während sich der Körper an die Droge gewöhnte und nach einer stärkeren Dosis gierte. Nach einem stärkeren Schuß. Die Süchtigen setzten ihn sich, weil sie sich dann gut fühlten, weil er sie high machte. Und die Leidtragenden waren so viele andere Leute, nicht nur die Opfer, sondern auch ihre Familien. Den Mördern war das gleichgültig, warum sollte es eine Rolle für sie spielen?

Jay erreichte das Ende der Diele und verharrte wieder, lauschte auf das Wispern unter dem Summen der Klimaanlage. Die Luft war kalt, und sie fröstelte. Sie packte die Browning fester, schlich in den Raum hinter einem langen Perlenvorhang, der leise raschelte.

*O Gott!*

Sie stand in Wizards Wohnzimmer und betrachtete sein Reich. Eine Wand wurde von einem großen Panoramafenster eingenommen, das von einem schwarzen Vorhang verhüllt war, der die Sicht auf die Straße jenseits davon verdeckte. Vollgepfropft mit Möbeln. Couch, Dutzende schlecht zueinander passende, billige Regale. Tische mit den Enden aneinandergestellt, Spieltische, Beistelltische.

Auf den Tischen und den Regalen brannten Hunderte Kerzen. An den anderen Wänden gaben Tausende Fotos, große und kleine, verknitterte und eingerissene, Zeugnis vom Wahnsinn, der die Nation von einer Küste zur anderen durchzogen hatte. Auf dem Boden standen zehn oder zwölf billige Kassettenrecorder, und jeder spielte eine andere flüsternde Symphonie von Qual. Auf weiteren Tischen standen ein Dutzend Fernseher, Schwarzweiß- und Farbfernseher, alte und neue, alle verbunden mit einem Videorecorder, und alle zeigten dieselben Bilder des Wahnsinns, hundertmal schlimmer als Sladkys Tafel mit Aufnahmen von Opfern des Hand-Job-Killers, tausendmal schlimmer als Dr. Kushinskis Katzen.

*Mein Gott, wie viele hat er ermordet?*

*Hunderte?*

Im Kerzenschein sah sie die grauenvollen Fotos der Opfer, Kinder, Frauen, Männer, Dutzende, und die Entsetzensschreie und Laute der Qual klangen zu Flüstern gedämpft aus den Kassettenrecordern.

*Ich will ihn.*

*Wie will ich ihn?*

*Tot.*

Hinter ihr öffnete sich ein Abschnitt der Wand leise in verborgenen Angeln, und aus dem Augenwinkel erhaschte Jay einen Blick auf eine Baseballschlagkeule, die herabzischte und ihren Hinterkopf nur verfehlte, weil sie instinktiv zur Seite gezuckt war, fast bevor sie die Schlagkeule wahrgenommen hatte. Die Baseballschlagkeule traf sie an der Schulter, und Schmerzen stachen bis in ihren Oberkörper und den Nacken. Sie fiel, rollte sich zur Seite, und Tische mit Kerzen stürzten um.

Der Mann mit der Schlagkeule schrie: »Paß auf, Scheißer!«

Halb blind vor Schmerz hob Jay die Hand mit der Waffe und feuerte, als die Gestalt vorwärts sprang und wieder mit der Schlagkeule ausholte. Sie drückte immer wieder ab, und eine innere Stimme sagte ihr, daß sie das Magazin leerte, ohne zu zielen. Die Gestalt taumelte zurück, und weitere Tische stürzten um, als sie gegen die ferne Wand prallte und zur Seite stürzte, die Schlagkeule immer noch in der Hand.

Sie nahm den Finger vom Abzug, und das Krachen verstummte. Sechs, sieben, acht? Wie viele übrig?

*Tot. Er muß tot sein. Ich habe aus nächster Nähe gefeuert.*

Jay spürte einen brennenden Schmerz an der Wange, dann noch einen. Aufgeplatzt? Blutend? Nein. Heißes Wachs, das von irgendwoher auf sie herabtropfte. Auf der fernen Seite des Wohnzimmers stöhnte die dunkle Gestalt, und dann stemmte sie sich vom Boden auf, benutzte die Schlagkeule als Stütze. Irgend etwas mit seinem Umriß stimmte nicht, war zu bullig und aufgebauscht, und seine Beine rieben wie Plastik gegeneinander. Er trug irgendeinen Schutzanzug.

*O verdammt, er trägt ›Courage‹. Kevlar-Körperschutz, der Freund des Polizisten.*

Seitlich von ihm glitt die Geheimtür weiter auf, und

Jay konnte in den Raum dahinter blicken, der voller Computer war. Das Zentrum von Wizards Königreich. Die Gestalt taumelte gegen einen der umgekippten Tische und fiel fast wieder.

»Scheißer!« Das Wort kam wie ein Flüstern, und er wiederholte es bei jedem Schritt, den er auf sie zuwankte.

Im ganzen Wohnzimmer leckten die Flammen von Kerzen gegen die Fotos und entzündeten kleine Feuer. Der Mann stampfte sie aus und näherte sich Jay weiterhin, immer noch auf die Schlagkeule gestützt. Etwas Dunkles sickerte aus dem mit Plastik bedeckten Bein.

*Ich habe ihn getroffen.*

Sie versetzte einem Beistelltisch einen harten Tritt und schleuderte ihn auf den Mann zu, wobei eine weitere Gruppe Kerzen durch das Zimmer flog. Er holte mit der Schlagkeule aus, verfehlte Jay jedoch und traf statt dessen einen der Fernseher, daß Funken sprühten. Jay war zur Seite geschnellt, und sie schrie auf, als sie auf die verletzte Schulter stürzte.

*Jemand muß die Schüsse gehört haben. Man wird Hilfe rufen.*

*Sei nicht blöde. Niemand kommt dir zu Hilfe.*

Sie wich zurück, trat weitere Tische um, wischte mit der Waffenhand Kabel zur Seite, woraufhin ein paar Fernseher auf den Boden krachten. Der Mann ging weiterhin auf sie zu, hob die Baseballschlagkeule hoch über den Kopf, bereit zum tödlichen Schlag. Sie konnte ihn jetzt deutlich sehen, sein lächelndes Gesicht über der Schutzweste auf seinem Oberkörper.

»Scheißer!«

*Er sieht gut aus.*

*Weil er mich anlächelt.*

*Ist das eine Verabredung mit einem unbekannten Partner zu einem Rendezvous?*

Sie hob die Browning, zielte wie mit einem ausgestreckten Finger, wie es ihr der Ausbilder auf der Polizeiakademie beigebracht hatte. Sie hatte ein paarmal selbst Kugelschutzkleidung getragen und wußte, wo die Aussparung im Schritt und die kleine Vertiefung für den Hals war.

Ihr Verstand befahl ihrem Finger, abzudrücken, aber nichts geschah. Ihr Arm und ihre Hand waren noch betäubt von seinem Schlag. Nervenlähmung. Nur zwei Schritte entfernt schwang er die schreckliche Schlagkeule von neuem, während er durch das flackernde Licht der Kerzen auf sie zustampfte. Rings um sie wisperten und stöhnten seine sterbenden Opfer aus den Kassettenrecordern. Sie kroch zurück, warf einen Tisch vor seine Füße und gewann eine weitere Sekunde. Wieder sauste die Schlagkeule mit Wucht herab, und Holz splitterte.

»Scheißer!«

Sie zog die Füße unter sich an und rollte sich nach rechts, wobei Kerzen von den Regalen fielen und weiteres heißes Wachs auf sie herabspritzte. Es war jetzt sogar unmöglich, den rechten Arm auch nur anzuheben. Sie griff mit der Linken nach der Waffe, doch er schwang wieder die Baseballschlagkeule, jetzt hinter ihr. Direkt vor ihr war die offene Geheimtür. Nur einen Meter entfernt. Sie schaffte es, das große Bücherregal umzuwerfen, und der Inhalt verstreute sich mitten im Wohnzimmer, während das Regal zu Boden krachte. Sie stieß sich von der Wand ab und drehte sich in den Raum mit der Computerausrüstung hinter der Geheimtür.

*Er macht mich mürbe. Darauf ist er aus.*

Sie starrte auf ein großes Aquarium mit tropischen Fischen in blau beleuchtetem Wasser. Computerprozessor darunter, Modems und anderes darüber. Die Geräusche einer kleinen Pumpe und Luftblasen. Immer noch kein Gefühl im Arm.

»Du kannst da nicht rein!« schrie er. Hinter ihr war das Zischen der Schlagkeule, die durch die Luft schnitt. Die Keule schmetterte auf das Aquarium, und Wasser, Fische und Glasscherben ergossen sich auf den Boden. Jay schleuderte einen Stuhl hinter sich her, warf sich dann hin und duckte sich unter einen großen Schreibtisch. Sie drehte sich und sah Folletts Beine und die Schlagkeule, die er wieder schwang. Ihr Arm war jetzt ein einziger brennender Schmerz, aber sie konnte wenigstens die Finger bewegen.

*Noch eine Minute, um mehr bitte ich nicht, bitte, Gott!*

Sie kroch noch weiter zurück und griff nach dem Ersatzmagazin. Follett schwang wieder die Baseballschlagkeule, und Plastik brach und Metall ächzte. Er atmete jetzt schwer und stoßweise.

*Dreißig Sekunden.*

Sie riß die Knie hoch, als er mit der Schlagkeule unter den Schreibtisch drosch. Das Ende prallte von ihrem Schienbein ab, und sie schrie laut auf. Sie rammte den Griff der Pistole auf ihren Oberschenkel, stieß das leere Magazin aus. Vor ihr im schwachen Licht sah sie Folletts nackte Füße durch die größer werdende Wasserlache auf dem Linoleumboden platschen.

*Er trägt nicht mal Socken.*

Jay schob sich noch weiter zurück in die Ecke, immer noch geschützt durch die Platte des Schreibtischs über ihr. Ihre Hand verfing sich in dem Gewirr der Kabel, die hinter dem Schreibtisch hinabführten, und sie kam nicht an das Ersatzmagazin heran.

*Bitte, nur noch etwas Zeit!*

Sie ertastete das Magazin und zog es aus dem straffen Bund der Radlerhose.

Es fiel ihr aus der Hand.

*O Scheiße!*

Stille. Tropfendes Wasser. Follett trat jetzt etwas zurück, war sichtbar bis zu den Knien und schwang die

Schlagkeule leicht hin und her. Sein Atmen klang weniger angestrengt. Ein leises Stöhnen. Abermals bemerkte sie den dunklen Fleck an seinem Bein, der bis zu seinem nackten Fuß hinab verlief. Blut. Sie hatte es geschafft, ihn zu verwunden. Ihn zu verlangsamen. Aber es reichte nicht.

*Er hat mich jetzt.*

Er bückte sich, starrte unter den Schreibtisch, stützte sich mit der Schlagkeule. Sie starrte zurück und sah, daß es in seinen Augen aufleuchtete, als hätte er etwas Wundervolles tausend Kilometer jenseits von ihr im flackernden Licht der Kerzen im Raum hinter ihm gesehen. Der Blick der großen Augen schien sie zu durchbohren, sie komplett auszufüllen, ihr den Atem zu nehmen.

»Fast.« Er lächelte. »Du hättest es fast geschafft.«

Sie spürte das Magazin hinter sich auf dem Boden und rieb mit den Fingerspitzen darüber. Nicht annähernd genug Zeit. Sie schob den Arm vor und verhedderte sich wieder in den Kabeln. In diesem Moment fiel ihr Blick auf die große Wasserlache auf dem Boden zwischen ihnen.

*Eine Chance?*

»Ich nehme an, du hast mich ausgetrickst«, sagte sie.

Er lächelte. »Willst du Zeit schinden?« Sein Lächeln wurde breiter. Die Augen waren wie Löcher. Tot. »Warum die Mühe? Du wirst ohnehin sterben.«

»Sag nie sterben«, erwiderte sie schwach. Sie spürte ein dickeres Stromkabel und zog daran, vergewisserte sich, daß sie es aus dem Anschluß zog, nicht aus dem Stecker in der Wand. Sie spürte, daß es nachgab, und zog wieder daran.

»Das verstehe ich nicht.« Er schüttelte den Kopf, immer noch lächelnd, doch unter Schmerzen. Das Blut lief jetzt bis zu seinem Fuß und mischte sich mit dem Wasser des Aquariums. »Sag nie sterben?« wiederholte er.

»Das ergibt keinen Sinn. Wenn man tot ist, kann man ohnehin nichts mehr sagen.«

»Ich bin noch nicht tot.«

»Aber du wirst es sein. Bald.«

»Meinst du, ich bin allein hergekommen, Mr. Follett, Wizard?« Ein schwacher Bluff, aber sie brauchte Zeit. Sie zog wieder an dem Stromkabel und betete, daß es lang genug war. Es gab mehr nach.

»Ich weiß, daß du allein bist. Und du hast dich verschossen.«

»Hast du mitgezählt?«

»Wenn du noch eine Kugel hättest, dann hättest du längst gefeuert.«

»Kluger Junge.«

*Dieses gutaussehende Gesicht. Wie viele sind darauf hereingefallen? Hundert, zweihundert, dreihundert?*

»Klug genug.« Er zögerte. Sie starrte ihn weiterhin an, behielt Augenkontakt, versuchte ihn zum Reden zu bringen. Sie zog wieder an dem Kabel, spürte, wie es weiter nachgab und sich hinter ihr wand. Sie berührte das Ende. Die Anschlußbuchse, das Stromkabel für mindestens einen der Computer, vielleicht sogar das Hauptkabel.

»Wie heißt du? Ich sammele Namen, weißt du.«

*Laß ihn weiterreden.*

»Jay.«

*Zwei Mörder, die miteinander plaudern.*

»Das ist ein Vogel, kein Name.«

Sie ließ die Browning aus der rechten Hand fallen und beobachtete, wie sein Blick hinzuckte. Packte das Ende des Kabels mit dem Stecker härter, knickte ihn, riß an dem Stecker, spürte, daß er nachgab.

»Janet«, sagte sie. »Janet Louise.«

»Gefällt mir nicht«, erwiderte er.

Sie verzog das Gesicht.

»War auch nie mein Lieblingsname.« Sie verlagerte ihr Gewicht, bereitete sich vor. Eine kleine Chance.

»Ich denke, ich werde dich Celandine nennen«, sagte er leise.

*Wie?*

Er richtete sich stöhnend auf, stützte sich auf die Schlagkeule. Die Zeit war für ihn oder sie abgelaufen.

*Wie, zum Teufel, hatten sie es auf der Akademie genannt? Bei diesem Kurs über Erste Hilfe?*

Sofortiges Kammerflattern.

»Na komm schon, Janet Louise, komm schon.« Die Stimme klang weich und engelhaft. Engel des Todes. »Liebe braucht einem nie leid zu tun.«

*Herzstillstand.*

Sie zog das nicht geerdete Stromkabel hinter dem Rücken hervor und warf es in die Wasserlache, in der er stand. Schloß die Augen bei dem Lichtblitz.

*Tödlich.*

Du hättest dich vor mir in acht nehmen sollen.

Sie öffnete die Augen und sah seinen Körper zucken. Seine Lippen waren von den Zähnen gezogen, und die Wasserlache kräuselte sich wie in einem Elmsfeuer. Seine Hacken trommelten auf den Boden. Sie packte das Kabel und zog hart daran, riß den Stecker aus der Steckdose hinter sich. Ein peitschender Knall, und das Wasser wurde ruhig. Der Körper sackte zusammen und blieb reglos liegen. Wizards Königreich stürzte zusammen. Seine Herrschaft war vorüber.

*Der König ist tot.*

Lang lebe die Königin.

Als Cruz zu dem Haus in der Caliente Street ging, stand die Tür einen Spalt auf, und er nahm den Geruch von brennenden Kerzen wahr. Er schob die Tür auf. Fernes Schlurfen. Jemand ging im Haus herum. Er trat ein und ließ die Tür offen.

»Jay?« rief er. »Jay Fletcher?« Er zog Langfords .38er aus dem Hosenbund. Keine Antwort, doch das Schlurfen war abrupt verstummt. Fletcher oder Stiles? Er rief von neuem. »Fletcher? Ich bin's, Cruz.«

Immer noch keine Antwort. Er ging durch die Diele. Voraus sah er flackerndes Licht und den Schatten von jemand, der sich bewegte. »Fletcher?«

Stille. Er gelangte zum Ende der Diele, hob den Revolver, betrat das Zimmer und schwenkte die Waffe in weitem Kreis. Dutzende zerstörte Fernsehgeräte, die Überreste von vielen Kassettenrecordern. Er fuhr herum, als sich ein Schatten hinter ihm bewegte. Ein anderer Raum. Cruz trat auf die Schwelle, die Waffe schußbereit. Er verharrte abrupt, als er sie sah. Sie stand vor der Leiche von Ricky Stiles und benutzte eine Baseballschlagkeule als Krücke. Sie stützte ihre linke Seite, und ihr Gesicht war vor Schmerz verzerrt. Eine Browning Automatik steckte im Bund ihrer hautengen Radlerhose und wölbte den elastischen Stoff wie ein Phallus.

Da war noch etwas. Selbst im schwachen Licht konnte Cruz sehen, wie sie schwer und erregt atmete, wie sich ihre Brüste mit den stoßweisen Atemzügen hoben und senkten. Sie strahlte Sex oder noch etwas Stärkeres aus. Er blickte auf die Baseballschlagkeule in ihren Händen und dann auf Ricky Stiles. Er trug Kugelschutz. Er war an der Hüfte verletzt, aber sein Gesicht war ungezeichnet. Schwacher Brandgeruch hing in der Luft. Jenseits der Leiche sah Cruz einen kleinen Raum voller zerschmetterter Computerausrüstung. Überall waren kleine, schwelende Feuer, Flammen züngelten und erloschen, Rauchwölkchen zerfaserten in der Luft.

»Cruz?« Sie blickte mit trüben Augen auf und blinzelte gegen das Kerzenlicht. Sie atmete immer noch heftig, und ihre Stimme klang keuchend.

»Ja.«

»Warum sind Sie hier?« Sie berührte den Griff der

Browning. Es war etwas fast brutal Erotisches an der Geste, und Cruz mußte fortblicken, weil er seinen Augen nicht traute.

»Seinetwegen«, sagte er und nickte zu der Leiche hin.

»Follett ist tot.«

»Er hieß nicht Follett; das war eines seiner Opfer vor langer Zeit. Sein richtiger Name war Ricky Stiles.«

»Woher wissen Sie das?«

»Ich habe mit Charlie Langford geredet.«

»Er hat Sie hinter mir hergeschickt?«

»Ich habe mich selbst geschickt.«

»Warum?«

»Weil dies aufhören muß. Stiles ist das Ende, Jay. Sie können nicht weitermachen.«

Die Frau schaute auf die Leiche und schüttelte den Kopf. »Ich bezweifle, daß Ricky Stiles sein richtiger Name war.« Sie sprach leise; ihr Atem beruhigte sich. »Aber das spielt keine Rolle.« Sie sah wieder Cruz an. Sie war jetzt ruhig, aber ihre Hand blieb auf dem Griff der Waffe. Sie wirkte schrecklich müde, aber er rief sich schnell in Erinnerung, wozu sie fähig war. Sie trat über die Leiche hinweg und ließ die Baseballschlagkeule fallen. Cruz folgte ihr ins Wohnzimmer. Sie wandte sich zu ihm um. »Wie haben Sie mich gefunden?«

Er zuckte die Achseln. »Sie begannen mit Bargeld zu zahlen. Das fällt heutzutage auf. Als ich das herausgefunden hatte, war es leicht für mich, Sie aufzuspüren.«

»Wie sind Sie hergekommen, zu diesem Haus?«

»Sie sind die Computerexpertin. Ich sagte mir, Sie tun, was ich nicht konnte. Führen mich zu Stiles.«

»Sie sind mir also gefolgt?«

»Ja.«

»Und haben nur abgewartet? Sie müssen gewußt haben, was geschehen wird.« Sie schaute ihn kalt an. »Und wenn er mich getötet hätte anstatt ich ihn?«

Cruz zuckte mit den Schultern. Er hatte bereits darüber nachgedacht. Zur Hölle mit Langford. Er hatte hier sein eigenes Programm, genau wie Jay. »Dann hätte ich einen perfekten Grund gehabt, ihn zu erschießen, nicht wahr?« Er blickte auf die Leiche. »Dies war Ihr Wild, Jay. Es war Ihre Aufgabe, es zur Strecke zu bringen, nicht meine. Gewinnen oder verlieren.«

»Ziemlich unmoralisch, meinen Sie nicht?« Ihr fielen vor Erschöpfung fast die Augen zu.

»Sie sind kaum in der Position, um über Moral zu reden.«

»Dies ist lächerlich«, murmelte Jay. »Ich gehe.« Sie trat einen Schritt vor, doch Cruz blockierte ihr den Weg.

»Ich kann Sie nicht gehen lassen«, sagte er und hob die Waffe leicht an.

»Warum nicht?«

»Weil Sie eine Mörderin sind. Weil Sie wieder morden werden, wenn ich Sie laufenlasse. Weil Sie gegen die Regeln verstoßen haben.«

Jay seufzte. Ihre Atmung und ihre Stimme waren fast wieder normal. »Sie haben nicht kapiert, nicht wahr? Es gibt keine Regeln mehr. Ich bin keine Mörderin. Ich bin nur jemand, der versucht, ein paar Löcher im Deich zu verstopfen.« Sie blickte zurück zu der Leiche im Nebenraum. »Dies sind keine Menschen. Es sind nicht einmal Tiere. Sie haben keine Herzen, Seelen oder Gefühle. Sie begehen ihre Taten, weil sie es wollen. So einfach ist das. Maschinen, die essen und atmen und scheißen und töten.« Sie schwieg kurz. »Sie hätten mich hier sterben lassen, das haben Sie selbst gesagt. Das stellt Sie und mich auf die gleiche Stufe. Weshalb maßen Sie sich also an, über mich zu richten, Cruz?«

Jay wies zu dem Computerraum hinter der Geheimwand. »Sehen Sie sich dort um. Ich habe mich umgesehen. Da sind genug Beweismittel, um Dutzend andere wie Stiles zur Strecke zu bringen, aber Charlie Langford wird sie nicht nutzen, weil sie verdorben sind – Früchte vom vergifteten Baum oder was auch immer das Gesetz sagt.« Sie atmete jetzt wieder schwerer, und ihre Hand krampfte sich um die Browning. »Scheiß auf das Gesetz«, sagte sie heftig. »Wenn ich sie nicht stoppe, wird das niemand sonst tun.«

»Was wollen Sie?« fragte Cruz. »Gerechtigkeit? Rache?«

»Nennen Sie es, wie Sie wollen«, erwiderte Jay. »Aber gehen Sie mir aus dem Weg.«

»Und wenn ich das nicht tue?«

»Was dann?« Sie lächelte. »Werden Sie mich erschießen?«

Er blickte auf die Waffe in seiner Hand und schaute dann die abgespannte Frau an, die vor ihm stand. Er schüttelte den Kopf und schob den .38er in seinen Hosenbund.

»Nein, das kann ich nicht.« Lüge. Er konnte es, aber er wollte es nicht. Sie wußte, es war alles eine Sache der Wahl, und er hatte seine getroffen wie sie ihre.

Sie nickte, trat auf ihn zu, schob sich an ihm vorbei und ging durch die Diele. Ihre linke Schulter hing hinab. Als sie an ihm vorbeiging, wollte er sie berühren, etwas sagen.

»Jay?«

»Was?« Sie wandte sich an der Haustür um.

»Es wird nicht leicht sein.«

»Sie könnten es leichter machen«, erwiderte sie.

»Wie?«

»Geben Sie mir etwas Zeit. Eine Stunde. Die Nacht. Einen Tag.«

»Ich werde darüber nachdenken.«

»Tun Sie das bitte.« Sie lächelte. »Ich bin nicht verrückt, wissen Sie.« Das Lächeln wurde bitter. »Ein bißchen sonderbar vielleicht, aber nicht verrückt.«

*Eine andere Art Tier.*

»Das weiß ich«, sagte er ruhig. Er zögerte und fragte dann: »Wohin werden Sie gehen?«

Sie blickte an ihm vorbei zu dem schrecklichen Raum, dachte noch weiter, erinnerte sich an das, was sie auf dem einzigen Computer gesehen hatte, dessen Bildschirm noch intakt war. Den Papierausdruck, den sie gefunden und hinten in ihre Radlerhose gestopft hatte. Den Horror, der vor ihr lag.

»Deutschland«, log sie und dachte an den anderen Namen, den sie in der Datenbank des wahnsinnigen Veterinärs in Slippery Rock gesehen hatte.

*Baltimore. Ein Arzttermin.*

»Was werden Sie dort tun?« Durch all den Schmerz und die Spuren der Erschöpfung auf ihrem Gesicht konnte er etwas tief in ihr sehen, etwas Sehnsüchtiges und fast Trauriges. Zum zweitenmal wollte er die Hand ausstrecken und sie trösten, sie streicheln, in die Arme nehmen. Doch er rührte sich nicht. Sie lächelte und erinnerte sich an einige Augenblicke zwischen ihnen in Santa Fe. Dachte daran, was hätte sein können. Was gewesen wäre, wenn sie geblieben wäre. Was sein könnte, vielleicht sogar noch jetzt.

*Wirklich? Kann ich immer noch so ein Leben haben?*

Er braucht mich nur zu fragen.

*Nein. Dafür ist es jetzt zu spät. Zu spät für alles außer dem, was vor mir liegt.*

Sie winkte ihm leicht zu und ging aus der Tür hinaus in die warme Nacht, und der Himmel war mit Sternen übersät wie bei der träumenden nächtlichen Oase von Wizards Königreich. Weitaus aufregender und schöner als alles, was die glitzernde Stadt ringsum bot. Sie dachte an Cruz und ging fast zurück in eine Welt, die vielleicht hätte sein können. Er sprach zu ihr von der Türschwelle aus. Ein letztes Mal.

»Sie können damit nicht weitermachen, Jay.« Er sagte es flehend. »Sie können das nicht.«

Sie antwortete leise, ohne sich umzuwenden, mit dem Blick zu den Sternen. »Wirklich nicht?«

Dann ging sie fort.

*Nehmt euch vor mir in acht.*